SYLVIA DAY

EINE FRAGE DES VERLANGENS

Roman

Aus dem Englischen
von Marie Rahn

W0216028

WILHELM HEYNE VERLAG
MÜNCHEN

Die Originalausgabe ASK FOR IT erschien 2006 bei
Kensington Books, New York

MIX
Papier aus verantwortungsvollen Quellen
FSC® C014496
FSC
www.fsc.org

Verlagsgruppe Random House FSC® N001967
Das für dieses Buch verwendete FSC®-zertifizierte
Papier *Holmen Book Cream* liefert
Holmen Paper, Hallstavik, Schweden.

Vollständige deutsche Erstausgabe 06/2014
Copyright © 2006 by Sylvia Day
Copyright © 2014 der deutschsprachigen Ausgabe
by Wilhelm Heyne Verlag, München
in der Verlagsgruppe Random House GmbH
Printed in Germany 2014
Umschlaggestaltung: Nele Schütz Design, München
unter Verwendung von © thinkstock
Satz: KompetenzCenter, Mönchengladbach
Druck und Bindung: GGP Media GmbH, Pößneck
ISBN: 978-3-453-54567-0

www.heyne.de

Für meine Mutter Tami Day, weil sie meine Liebe zu Liebesromanen gefördert hat und so fantastisch PR für mich macht.
(Sie wirbt wie eine Wahnsinnige für meine Bücher!)
Ich liebe dich, Mom.

Prolog

London, April 1770

»Haben Sie Angst, dass ich die Frau verführe, Eldridge? Ich gebe zu, dass ich gerne Witwen in meinem Bett habe. Sie sind so viel angenehmer und unkomplizierter als Jungfrauen oder Verheiratete.«

Scharfe graue Augen sahen von dem Stapel Unterlagen auf dem riesigen Mahagonischreibtisch auf. »Dass Sie sie verführen, Westfield?« Die tiefe Stimme verriet Überdruss. »Nehmen Sie die Sache ernst, Mann. Dieser Auftrag ist sehr wichtig.«

Marcus Ashford, der siebte Earl of Westfield, verzichtete auf das spöttische Lächeln, das seine nüchtern kalkulierenden Gedanken verbarg, und atmete geräuschvoll aus. »Und Sie sollten wissen, dass er mir genauso wichtig ist.«

Lord Nicholas Eldridge lehnte sich auf seinem Stuhl zurück, stützte die Ellbogen auf die Armlehnen und legte die langen, dünnen Finger zusammen. Er war ein großer, sehniger Mann mit einem wettergegerbten Gesicht, das schon zu viele Stunden an Deck eines Schiffs erlebt hatte. Alles an ihm, von seiner Sprechweise bis zu seiner Haltung, war genau durchdacht und kontrolliert. Vor dem Hintergrund einer betriebsamen Londoner Durchfahrtsstraße, die durch das Fenster hinter ihm zu sehen war, bot er einen einschüchternden Anblick. Eine Wirkung, die beabsichtigt und höchst effektiv war.

»Tatsächlich war mir dies bis jetzt nicht bewusst. Ich wollte Ihre Fähigkeiten als Kryptograf nutzen und hätte nie in Betracht gezogen, dass Sie den Fall freiwillig übernehmen würden.«

Marcus erwiderte den durchdringenden Blick mit grimmiger Entschlossenheit. Eldridge war der Leiter eines Elite-Agentenrings, der einzig und allein die Aufgabe hatte, berüchtigte Piraten und Schmuggler zu finden und zu fassen, und da er unter dem Schutz der Königlichen Marine arbeitete, hatte er große Macht. Wenn Eldridge ihm den Auftrag verweigerte, konnte Marcus kaum etwas dagegen machen.

Aber er würde nicht zurückgewiesen werden. Diesmal nicht.

Er biss die Zähne zusammen. »Ich werde nicht zulassen, dass ein anderer den Auftrag bekommt. Wenn Lady Hawthorne in Gefahr ist, wird kein anderer für ihre Sicherheit sorgen.«

Eldridge bedachte ihn mit einem unangenehm scharfen Blick. »Woher rührt Ihr leidenschaftliches Interesse? Nach dem, was zwischen Ihnen vorgefallen ist, wundert es mich, dass Sie überhaupt noch Kontakt zu ihr wollen. Ich begreife Ihr Motiv nicht.«

»Ich habe kein besonderes Motiv.« Zumindest keines, das er verraten würde. »Trotz unserer Vergangenheit will ich nicht, dass ihr geschadet wird.«

»Sie hat Sie in einen Skandal verwickelt, der Monate für Aufruhr sorgte und über den man bis heute noch spricht. Sie haben zwar gute Miene zum bösen Spiel gemacht, mein Freund, aber auch Narben davongetragen. Vielleicht sogar Wunden, die noch nicht verheilt sind?«

Marcus saß vollkommen reglos und ohne eine Miene zu verziehen da und kämpfte gegen seinen tiefen Groll an. Sein Schmerz ging nur ihn etwas an. Es widerstrebte ihm zutiefst, auch nur danach gefragt zu werden. »Glauben Sie, ich könnte Privates nicht von Beruflichem trennen?«

Eldridge schüttelte den Kopf und seufzte. »Nun gut. Das lasse ich mal so stehen.«

»Und Sie geben mir den Auftrag?«

»Sie sind mein bester Mann. Ich habe nur wegen Ihrer Vergangenheit gezögert, aber wenn Sie keine Bedenken haben, habe ich auch keine. Allerdings werde ich zustimmen, wenn sie einen anderen Agenten anfordert.«

Marcus nickte und bemühte sich, seine Erleichterung zu unterdrücken. Elizabeth würde niemals um einen anderen Agenten bitten; dazu war sie zu stolz.

Eldridge tippte seine Finger gegeneinander. »Das Tagebuch, das Lady Hawthorne zuging, war an ihren verstorbenen Gatten adressiert und ist codiert. Wenn es etwas mit seinem Tod zu tun hat ...« Er zögerte. »Viscount Hawthorne ermittelte gegen Christopher St. John, als er starb.«

Marcus erstarrte, als er den Namen des berüchtigten Piraten hörte. Es gab keinen Verbrecher, den er lieber fassen wollte als St. John, und zwar aus persönlichen Gründen. St. Johns Angriffe gegen Ashford Shipping, die Reederei seiner Familie, waren der Grund, warum er sich dem Agentenring zur Verfügung gestellt hatte. »Wenn Lord Hawthorne wirklich über seine Aufträge Buch geführt hat und St. John an diese Informationen gerät – dann ist die Hölle los!« Bei dem Gedanken, der Pirat könnte Elizabeth zu nahe kommen, verkrampfte sich sein Magen.

»Genau«, nickte Eldridge. »Nachdem ich vor einer Woche von der Sache erfuhr, ist Lady Hawthorne bereits kontaktiert worden. Zu ihrer eigenen und zu unserer Sicherheit sollte das Tagebuch sofort aus ihrer Obhut entfernt werden, doch das ist augenblicklich nicht möglich. Sie wurde von einem Unbekannten angewiesen, es persönlich zu übergeben, daher braucht sie unseren Schutz.«

»Selbstverständlich.«

Eldridge schob eine Akte über den Tisch. »Hier stehen alle Informationen, die ich bislang zusammentragen konnte. Lady Hawthorne wird Sie auf dem Ball der Morelands vom Rest unterrichten.«

Marcus nahm die Akte mit den Details seines Auftrags, stand auf und ging. Erst im Flur erlaubte er sich ein grimmiges, aber zufriedenes Lächeln.

Er hatte nur noch wenige Tage warten wollen, um bei Elizabeth vorzusprechen. Der Abschluss ihrer Trauerzeit hieß auch, dass sein unerträglich langes Warten ein Ende hatte. Obwohl die Sache mit dem Tagebuch ziemlich bestürzend war, arbeitete sie zu seinen Gunsten, denn so konnte Elizabeth ihm nicht ausweichen. Nachdem sie ihn vor vier Jahren so unverschämt hatte sitzen lassen, würde sie nicht besonders erfreut sein, ihm wieder Zutritt zu ihrem Leben zu gewähren. Doch sie würde auch Eldridge nicht vor den Kopf stoßen, da war er sicher.

Schon bald, sehr bald, würde das, was sie ihm versprochen und dann versagt hatte, endlich ihm gehören.

1. Kapitel

Marcus entdeckte Elizabeth schon, bevor er einen Fuß in den Ballsaal der Morelands setzte. Genauer gesagt steckte er auf der Treppe fest, weil ungeduldige Adlige und Würdenträger ihn unbedingt sprechen wollten. Doch als er kurz einen Blick von ihr erhaschte, vergaß er alle, die um seine Aufmerksamkeit wetteiferten.

Sie war noch liebreizender als früher, obwohl er das nicht für möglich gehalten hatte. Sie war schon immer wunderschön gewesen. Vielleicht war er noch empfänglicher dafür geworden, weil er sie so lange nicht gesehen hatte.

Ein spöttisches Lächeln spielte um seine Lippen. Offensichtlich erwiderte Elizabeth seine Gefühle nicht. Als sich ihre Blicke trafen, zeigte er deutlich seine Freude über ihr Wiedersehen. Sie hingegen hob das Kinn und sah weg.

Eine bewusste Abfuhr.

Der Schnitt war direkt und exakt ausgeführt, aber seine Wunde blutete nicht mehr. Da Elizabeth ihm schon vor Jahren die schmerzlichste Verletzung zugefügt hatte, war er gegen weiteren Schmerz immun. Er tat ihre Missachtung mühelos ab. Nichts konnte ihr Schicksal ändern, ganz gleich, wie sehr sie es sich wünschte.

Er diente nun schon seit Jahren als Agent der Krone und hatte in dieser Zeit ein Leben wie aus dem Abenteuerroman geführt.

Er hatte unendlich viele Schwertkämpfe überlebt, war zweimal angeschossen worden und so oft unter Kanonenbeschuss gekommen, dass er es nicht mehr zählen konnte. Dabei hatte er drei seiner eigenen Schiffe verloren und ein halbes Dutzend fremder versenkt, bevor sein Titel es erforderlich machte, in England zu bleiben. Und doch erwachten nur dann all seine Sinne, wenn er im selben Raum wie Elizabeth war.

Sein Partner Avery James trat um ihn herum, als er sich einfach nicht vom Fleck rühren wollte. »Da ist die Viscountess Hawthorne, Mylord«, erklärte er mit einem fast unmerklichen Ruck seines Kinns. »Sie steht rechts von uns, am Rand der Tanzfläche, in einem violetten Seidenkleid. Sie ist –«

»Ich weiß, wer sie ist.«

Verblüfft sah Avery ihn an. »Ich wusste nicht, dass Sie miteinander bekannt sind.«

Marcus' Lippen, die Scharen von Frauen ins Schwärmen brachten, verzogen sich in unverhohlener Vorfreude. »Lady Hawthorne und ich sind … alte Freunde.«

»Verstehe«, murmelte Avery, doch seine gerunzelte Stirn strafte ihn Lügen.

Marcus legte seinem kleineren Partner eine Hand auf die Schulter. »Gehen Sie schon vor, Avery, während ich mich um die Menge hier kümmere, aber überlassen Sie Lady Hawthorne mir.«

Avery zögerte kurz, dann nickte er widerstrebend und ging weiter in den Ballsaal – freier nun, da die Menge Marcus belagerte.

Marcus unterdrückte seinen Zorn über die aufdringlichen Gäste, die ihm den Weg versperrten, und hörte sich angespannt die vielen Willkommensgrüße und Fragen an. Genau deswegen hasste er solche Empfänge. Gentlemen, die nicht die Initiative ergriffen, ihn während der Geschäftszeiten aufzusuchen, hatten keinerlei Bedenken, ihn in einer zwangloseren Umgebung anzusprechen. Er hingegen vermischte niemals Geschäftliches mit Privatem. Daran hatte er sich immer gehalten, bis heute Abend.

Elizabeth würde die Ausnahme sein. So, wie sie immer die Ausnahme gewesen war.

Er drehte sein Monokel in der Hand und beobachtete, wie Avery sich mühelos durch die Gästeschar bewegte. Dann sah er zu der Frau hinüber, die er beschützen sollte. Wie ein Verdurstender sog er ihren Anblick in sich auf.

Elizabeth hatte nie etwas für Perücken übriggehabt und trug im Gegensatz zu den meisten anderen Damen auch an diesem Abend keine. Der Effekt der strahlend weißen Federn in ihren dunklen Haaren war atemberaubend und zog alle Blicke auf sich. Ihr Haar war rabenschwarz und betonte ihre Augen, deren violette Farbe an Amethyste erinnerte.

Zwar hatten sich ihre Blicke nur einen Moment lang getroffen, doch immer noch spürte er die magnetische Wirkung, die sie auf ihn ausübte. Er konnte nicht widerstehen, sie weiterhin wie gebannt anzustarren, trotz der Gefahr zu verbrennen.

Sie hatte eine ganz besondere Art, einen Mann mit ihren hinreißenden Augen anzusehen. Fast hätte Marcus geglaubt, er wäre der einzige Mann im Saal, alle anderen wären verschwunden und niemand mehr befände sich zwischen ihm auf der Treppe und ihr auf der anderen Seite der Tanzfläche.

Er stellte sich vor, wie er die Distanz zwischen ihnen überwand, sie ihn seine Arme zog und seinen Mund auf ihren drückte. Er wusste bereits, dass ihre überaus erotisch geformten prallen Lippen mit seinen verschmelzen würden. Er wollte mit dem Mund über ihren schmalen Hals und weiter über ihr Schlüsselbein fahren. Er wollte in ihrem üppigen Körper versinken und seinen quälenden Hunger stillen, den Hunger, der so mächtig geworden war, dass er fast den Verstand darüber verloren hatte.

Einst wollte er sie lächeln und lachen sehen, den Klang ihrer Stimme hören und ihre Sicht der Dinge erfahren. Jetzt waren seine Bedürfnisse grundlegender. Marcus weigerte sich, mehr zuzulassen. Er wollte sein altes Leben zurück, ein Leben ohne Schmerz, Wut und schlaflose Nächte. Elizabeth hatte ihm das genommen und musste es ihm verdammt noch mal zurückgeben.

Er spannte die Kieferknochen an. Es war Zeit, die Distanz zwischen ihnen zu überwinden.

Ein einziger Blick von ihr hatte seine Selbstkontrolle erschüttert. Wie würde es sein, wenn er sie wieder in seinen Armen hielt?

Elizabeth, die Viscountess Hawthorne, konnte sich vor Schock eine ganze Weile nicht rühren, und das Blut schoss ihr in die Wangen.

Nur eine Sekunde hatte sich ihr Blick mit dem des Mannes auf der Treppe getroffen, und doch hatte ihr Herz zu rasen angefangen. Sie war betört von der maskulinen Schönheit seines Gesichts, auf dem sich eindeutig die Freude über ihr Wiedersehen zeigte. Erschreckt und verwirrt über ihre Reaktion nach all den Jahren hatte sie sich gezwungen, ihn zu schneiden, und hochmütig die Augen abgewandt.

Marcus, mittlerweile der Earl of Westfield, bot immer noch einen prächtigen Anblick. Er war und blieb der bestaussehende Mann, den sie je gesehen hatte. Als sich ihre Blicke trafen, spürte sie den Funken zwischen ihnen wie eine greifbare Kraft. Zwischen ihnen hatte immer große Anziehung geherrscht. Es verwirrte sie zutiefst, dass sie nicht im Mindesten nachgelassen hatte.

Dabei sollte sie doch abgestoßen sein, nach dem, was er getan hatte.

Als Elizabeth eine Hand auf ihrem Ellbogen spürte, wurde sie in die Gegenwart zurückgerissen. Sie wandte sich um und sah George Stanton neben sich, der sie besorgt musterte. »Fühlen Sie sich nicht wohl? Sie wirken ein wenig erhitzt.«

Sie nestelte an der Spitze ihres Ärmels, um ihr Unbehagen zu überspielen. »Es ist warm hier.« Sie ließ ihren Fächer aufschnappen und fächelte sich heftig kühle Luft zu.

»Ich glaube, etwas zu trinken würde helfen«, sagte George, und sie belohnte seine Aufmerksamkeit mit einem Lächeln.

Als George gegangen war, richtete Elizabeth ihre Aufmerksamkeit auf die Gruppe Gentlemen um sie herum. »Worüber sprachen wir gerade?«, fragte sie in die Runde. Ehrlich gesagt hatte sie fast die ganze letzte Stunde nicht auf die Unterhaltung geachtet.

Thomas Fowler antwortete. »Wir sprachen über den Earl of Westfield.« Er deutete diskret zu Marcus. »Erstaunlich, dass er hier ist. Der Earl ist bekannt für seine Abneigung gegen gesellschaftliche Ereignisse.«

»In der Tat.« Sie gab sich gleichgültig, während ihre Handflächen in ihren Handschuhen feucht wurden. »Ich hatte gehofft, die Neigung des Earls würde auch heute Abend Wirkung zeigen, doch offenbar hatte ich kein Glück.«

Thomas verlagerte unbehaglich sein Gewicht. »Verzeihung, Lady Hawthorne. Ich habe Ihre Verbindung mit Lord Westfield vergessen.«

Sie lachte leise. »Aber nicht doch. Ehrlich gesagt bin ich Ihnen sogar aufrichtig dankbar, denn Sie sind sicher der Einzige in ganz London, der den Anstand hatte, dies zu vergessen. Achten Sie gar nicht auf ihn, Mr. Fowler. Der Earl war für mich damals kaum von Bedeutung und ist es jetzt noch weniger.«

Als George mit dem Getränk zurückkehrte, lächelte sie, worauf er strahlte.

Während die Unterhaltung um sie herum ihren Fortgang nahm, veränderte Elizabeth langsam ihre Position, um besser verstohlene Blicke auf Marcus werfen zu können, der sich die übervölkerte Treppe hinabmühte. Offenbar hatte sein skandalöser Ruf weder seine Macht noch seinen Einfluss geschmälert. Selbst in einer Menge war seine Wirkung bezwingend. Mehrere angesehene Gentlemen eilten ihm entgegen, anstatt abzuwarten, bis er zur Tanzfläche hinuntergekommen war. Frauen in einer leuchtend bunten Auswahl spitzenbesetzter Abendkleider glitten kaum merklich Richtung Treppe. Der Strom der Bewunderer, der auf ihn zutrieb, störte das Gleichgewicht des gesamten Saals. Allerdings musste man Marcus zugutehalten, dass er auf die Katzbuckelei um ihn herum höchst gleichgültig reagierte.

Während er sich seinen Weg zum Ballsaal bahnte, bewegte er sich mit der lässigen Arroganz eines Mannes, der immer genau das bekommt, was er haben will. Die Menge um ihn herum versuchte, ihn aufzuhalten, doch Marcus drängte sich mühelos hindurch. Einigen hörte er aufmerksam zu, anderen nur beiläufig, und einige wenige wies er mit erhobener Hand zurück. Allein mit der Kraft seiner Persönlichkeit beeinflusste er seine Umgebung, und alle schienen damit zufrieden zu sein.

Als er ihre Aufmerksamkeit spürte, trafen sich erneut ihre Blicke. Die Winkel seines großzügig geschnittenen Mundes hoben sich, als sie sich ansahen. Das Funkeln in seinen Augen und die Wärme seines Lächelns versprachen mehr, als er je hätte halten können.

Anders als vier Jahre zuvor schien Marcus nur Augen für sie zu haben, und eine rastlose Energie lag in seinen Bewegungen. Das waren Warnzeichen, die Elizabeth zu beachten beabsichtigte.

George blickte leichthin über ihren Kopf hinweg, um die Szene zu betrachten. »Wie ich schon sagte. Offenbar kommt Lord Westfield hierher.«

»Sind Sie wirklich sicher, Mr. Stanton?«

»Ja, Mylady. Jetzt, während wir sprechen, starrt Westfield mich unverhohlen an.«

Elizabeth spürte, wie sich Anspannung in ihrer Magengrube bemerkbar machte. Bei ihrem ersten Blickwechsel war Marcus wie erstarrt stehen geblieben, und der zweite war noch verstörender gewesen. Er kam zu ihr, und sie hatte keine Zeit, sich vorzubereiten. George sah sie an, als sie sich heftig Luft zufächelte.

Verdammt, dass er ausgerechnet heute Abend kommen musste! Ihr erstes gesellschaftliches Ereignis nach drei Jahren Trauer, und er tauchte unfehlbar direkt nach ihrem Wiedererscheinen auf, so als hätte er die letzten Jahre ungeduldig genau auf diesen Moment gewartet. Sie war sich nur allzu bewusst, dass sie damit völlig falschlag. Denn während sie um ihren verstorbenen Mann trauerte, hatte Marcus weiterhin seinen Ruf als Frauenheld gefestigt.

Nachdem er ihr so brutal das Herz gebrochen hatte, hätte Elizabeth ihm überall die kalte Schulter gezeigt, doch vor allem hier. Sie wollte nicht das Fest genießen, sondern einen Mann treffen, auf den sie gewartet hatte. Einen Mann, mit dem sie sich heimlich verabredet hatte. Heute Abend würde sie sich der Erinnerung an ihren Ehemann widmen. Sie würde Gerechtigkeit für Hawthorne finden.

Die Menge teilte sich widerstrebend vor Marcus und strömte

hinter ihm sofort wieder zusammen. Diese Bewegung kündigte sein Kommen an. Und dann war Westfield da, stand direkt vor ihr. Als er lächelte, fing ihr Herz wieder an zu rasen. Die Versuchung lockte, zurückzuweichen, einfach zu fliehen, aber die Gelegenheit dazu war viel zu schnell vorbei.

Elizabeth straffte die Schultern und holte tief Luft. Da das Glas in ihrer Hand zu zittern begann, schluckte sie rasch den restlichen Inhalt, bevor er ihr noch das Kleid ruinierte. Dann gab sie das leere Glas George, ohne ihn anzusehen. Marcus nahm ihre Hand, ehe sie sie zurückziehen konnte.

Er verbeugte sich tief und lächelte charmant, ohne den Blick von ihr zu lösen. »Lady Hawthorne, Sie sind wie immer betörend.« Seine Stimme war warm und weich. »Wäre es vermessen zu hoffen, dass Sie noch einen freien Tanz haben, den Sie an mich vergeben wollten?«

Elizabeth dachte hektisch nach, um eine Ausflucht zu suchen. Seine gefährliche männliche Energie, die schon aus der Distanz mächtig wirkte, war aus der Nähe einfach überwältigend.

»Ich bin nicht hier, um zu tanzen, Lord Westfield. Fragen Sie die Gentlemen hier im Umkreis.«

»Mit denen will ich nicht tanzen«, entgegnete er trocken, »also interessieren mich ihre Gedanken zu dem Thema nicht.«

Sie wollte schon protestieren, als sie seinen spöttischen Blick bemerkte. Sichtlich belustigt lächelte er sie an und forderte sie eindeutig heraus. Sie zögerte. Auf gar keinen Fall wollte sie ihm die Genugtuung geben, dass sie Angst hatte, mit ihm zu tanzen. »Wenn Sie darauf bestehen, Lord Westfield, dann können Sie den nächsten Tanz haben.«

Mit zustimmender Miene verneigte er sich tief vor ihr. Dann bot er ihr seinen Arm und führte sie auf die Tanzfläche. Als die

Musiker zu spielen begannen, erfüllten die heiteren Klänge eines wunderschönen Menuetts den ganzen Saal.

Marcus drehte sich zu ihr und streckte seinen Arm nach ihr aus. Sie legte ihre Hand auf seine und war nur dankbar, dass sie beide Handschuhe trugen. Im goldenen Licht der vielen Kerzen fiel ihr das Muskelspiel seiner Schultern besonders auf. Unter gesenkten Wimpern musterte sie ihn auf etwaige Veränderungen.

Marcus war schon immer ein ausgesprochen körperbetonter Mann gewesen, der sich vielen Sportarten und körperlichen Aktivitäten hingab. Es war kaum vorstellbar, doch er schien noch stärker und imposanter geworden zu sein. Er wirkte wie die personifizierte Kraft, und Elizabeth wunderte sich, wie sie je so naiv hatte sein können zu glauben, sie könnte ihn zähmen. Zum Glück war sie inzwischen klüger.

Das einzig Weiche an ihm war sein herrlich dichtes sandfarbenes Haar. Es schimmerte wie Zobelfell und war im Nacken mit einer schlichten schwarzen Schleife zusammengebunden. Selbst der Blick aus seinen smaragdgrünen Augen war durchdringend und zeugte von seiner Intelligenz. Er hatte einen scharfen Verstand, für den Betrug nur ein Spiel war, wie sie aus eigener Erfahrung wusste. Ihr Herz und ihr Stolz hatten dabei starken Schaden genommen.

Sie erwartete schon beinahe, Anzeichen seines ausschweifenden Lebens zu sehen, doch sein markantes Gesicht ließ derlei nicht erkennen. Im Gegenteil: Seine Haut war sonnengebräunt, so als verbringe er viel Zeit im Freien. Seine Nase ragte gerade und kühn über seine vollen, sinnlichen Lippen, die sich jetzt zu einem halben Lächeln verzogen, das gleichzeitig jungenhaft und verführerisch wirkte. Er war einfach atemberaubend, von Kopf bis Fuß. Und er merkte genau, wie sie ihn musterte und widerstrebend bewunderte. Daher senkte sie den Blick und starrte entschieden auf sein Jabot.

Sein Geruch betäubte ihre Sinne. Er roch wunderbar männlich nach Sandelholz, Zitrone und etwas Drittem, das unverkennbar nur ihm anhaftete. Das Blut, das ihr in die Wangen geschossen war, strömte nun in ihr Inneres, das sich erwartungsvoll zusammenzog.

Marcus neigte den Kopf, als könnte er ihre Gedanken lesen. Mit leiser, heiserer Stimme sagte er: »Elizabeth, ich freue mich sehr, dich nach so langer Zeit wiederzusehen.«

»Die Freude, Lord Westfield, ist ganz einseitig.«

»Früher hast du mich Marcus genannt.«

»Das wäre nicht mehr angemessen, Mylord.«

Er verzog den Mund zu einem reuigen Lächeln. »Ich gebe dir die Erlaubnis, dich jederzeit mir gegenüber unangemessen zu benehmen. Genau gesagt hat mir dein unangemessenes Benehmen immer sehr gefallen.«

»Du hattest eine Vielzahl williger Frauen, die dir genauso gefallen haben.«

»Aber nein, meine Liebe. Du warst immer etwas ganz Besonderes und Herausragendes.«

Elizabeth war schon vielen Lebemännern und Schürzenjägern begegnet, doch deren Glattzüngigkeit und Aufdringlichkeit hatten sie immer kaltgelassen. Aber Marcus war so gewieft darin, Frauen zu verführen, dass er immer vollkommen aufrichtig wirkte. Einst hatte sie jede seiner Liebesbezeugungen geglaubt, die er von sich gegeben hatte. Selbst jetzt wirkte er fast überzeugend, als er sie mit scheinbar großer Sehnsucht in den Augen ansah.

Am liebsten hätte sie vergessen, was er war: ein herzloser Verführer. Doch ihr Körper wollte das nicht zulassen. Sie fühlte sich fiebrig, und leichter Schwindel überkam sie.

»Drei Jahre Trauerzeit«, sagte er mit leichter Verbitterung. »Ich sehe mit Erleichterung, dass die Trauer deiner Schönheit nichts anhaben konnte. Im Gegenteil: Du erscheinst mir noch schöner als bei unserer letzten Begegnung. Du erinnerst dich doch noch daran, oder nicht?«

»Vage«, log sie. »Ich hab schon jahrelang nicht mehr daran gedacht.«

Weil sie wissen wollte, ob er ihr die Lüge abnahm, sah sie ihn an, während sie die Partner wechselten. Marcus strahlte wie üblich die ihm eigene sexuelle Anziehungskraft aus. Wie er sich bewegte, wie er sprach und roch – all das zeugte von seiner mächtigen Energie und seinem großen Appetit. Sie spürte seine kaum gebändigte Kraft unter der glatten Fassade und erinnerte sich daran, wie gefährlich er war.

Seine Stimme umschmeichelte sie, als die Schrittfolge des Menuetts sie wieder zu ihm zurückführte. »Es kränkt mich, dass du dich nicht mehr freust, mich zu sehen, vor allem, weil ich diesen elenden Empfang nur erdulde, um mit dir zusammen zu sein.«

»Lächerlich«, gab sie zurück. »Du hattest keine Ahnung, dass ich heute Abend hier sein würde. Was immer dein Ziel war, gib es bitte auf und lass mich in Frieden.«

Seine Stimme war gefährlich sanft. »Mein Ziel bist du, Elizabeth.«

Einen Moment lang starrte sie ihn an, während ihr Magen unangenehm zu brennen anfing. »Wenn mein Bruder uns zusammen sieht, wird er fuchsteufelswild sein.«

Sie zuckte zusammen, als sie sah, wie sich seine Nasenflügel blähten. Früher waren William und er die besten Freunde gewesen, aber die Auflösung ihrer Verlobung hatte auch das Ende ihrer Freundschaft bedeutet. Von allen Dingen bedauerte sie das am meisten.

»Was willst du?«, fragte sie, als er nichts mehr sagte.

»Dass du dein Versprechen erfüllst.«

»Welches Versprechen?«

»Deine Haut an meiner, mit nichts dazwischen.«

»Du bist ja wahnsinnig«, sagte sie schwer atmend und erschauerte. Dann verengte sie ihre Augen zu Schlitzen. »Lass deine Spielchen mit mir. Denk an die vielen Frauen, die du seit unserer Trennung im Bett hattest. Ich habe dir einen großen Gefallen getan, als ich dich freigab –«

Sie keuchte auf, als er seine Hand unter ihrer herumdrehte und ihre Finger fest drückte.

Mit finsterem Blick stieß er hervor: »Du hast mir alles andere als einen großen Gefallen getan, als du dein Wort gebrochen hast.«

Schockiert wegen seiner heftigen Reaktion gab sie zurück: »Du wusstest genau, wie wichtig mir Treue war, wie sehr ich sie mir wünschte. Du hättest nie der Ehemann sein können, den ich wollte.«

»Ich war genau das, was du wolltest, Elizabeth. Du wolltest mich so sehr, dass du davor zurückgeschreckt bist.«

»Das ist nicht wahr! Ich habe keine Angst vor dir!«

»Wenn dir noch ein Funken Verstand geblieben wäre, hättest du Angst«, murmelte er.

Sie hätte protestiert, doch jetzt riss sie der Tanz wieder auseinander. Er bedachte die Frau, die um ihn herumtrippelte, mit einem strahlenden Lächeln, worauf Elizabeth die Zähne zusammenbiss. Den Rest des Menuetts sprach er kein Wort mehr mit ihr, bezirzte aber jede andere, mit der er in Kontakt kam.

Elizabeths Hand brannte von seiner Berührung, und ihre Haut glühte unter der Hitze seines Blicks. Er hatte nie versucht, seine ausgeprägt sexuelle Natur zu verleugnen, im Gegenteil: Er hatte sie ermutigt, ihre zu entfesseln. Er hatte ihr das Beste aus beiden Welten angeboten – die Ehrwürdigkeit ihres Standes und die Leidenschaft eines Mannes, der ihr Blut in Wallung versetzen konnte –, und sie hatte geglaubt, er könnte sie glücklich machen.

Wie naiv sie gewesen war! Sie hätte es doch besser wissen müssen, bei ihrer Familie!

Kaum war der Tanz vorbei, floh Elizabeth eilends. Als sie eine halb erhobene Hand entdeckte, lächelte sie, denn sie erkannte Avery James. Sie konzentrierte sich, da sie wusste, dies war der Mann, auf den sie gewartet hatte. Avery würde nur auf Lord Eldridges Geheiß einen solchen Empfang besuchen.

Eldridge hatte ihr versichert, als Witwe eines verdienten Agenten müsse sie nur fragen, falls sie jemals etwas brauche. Avery war ihr als Kontaktmann zugeteilt worden. Trotz seines zynischen und gelangweilten Auftretens war er ein freundlicher und rücksichtsvoller Mensch, der ihr in den ersten Monaten nach Hawthornes Tod unendlich geholfen hatte. Sein Anblick erinnerte sie daran, weshalb sie hier war.

Sie wollte noch schneller gehen, als Marcus hinter ihr ihren Namen rief.

»Der von Ihnen erbetene Tanz ist vorüber, Westfield«, bemerkte sie, über ihre Schulter hinweg. »Sie können sich nun im Glanz Ihres hart erarbeiteten Ruhmes sonnen und die Aufmerksamkeit Ihrer Bewunderer genießen.«

Sie hoffte, er begriff, dass sie ihn nicht wiederzusehen beabsichtigte, was es auch kostete.

Marcus sah zu, wie Elizabeth anmutig auf Avery zuging. Da sie ihm den Rücken zuwandte, musste er sein Grinsen nicht länger unterdrücken. Sie hatte ihm eine Abfuhr erteilt. Wieder einmal.

Doch leider würde seine süße Elizabeth bald begreifen, dass man ihn nicht so leicht loswurde.

2. Kapitel

»Mr. James«, sagte Elizabeth aufrichtig erfreut, »es ist mir ein Vergnügen, Sie wiederzusehen.« Sie streckte ihm ihre Hände entgegen, die er in seine nahm, während ein Lächeln über sein Gesicht huschte. Ein seltener Anblick. Er bot ihr ihren Arm und führte sie durch eine Flügeltür in ein Atrium.

Sie drückte seinen Unterarm. »Ich dachte schon, ich wäre zu spät gekommen und hätte unsere Verabredung verpasst.«

»Aber nicht doch, Lady Hawthorne«, entgegnete er voller Zuneigung, »dann hätte ich den ganzen Abend gewartet.«

Elizabeth legte den Kopf in den Nacken und atmete tief die duftgeschwängerte Luft ein. Die Atmosphäre dieses riesigen Innengartens war angenehm und eine willkommene Abwechslung nach dem Geruch von Rauch und verbranntem Wachs, Puder und schwerem Parfüm im Ballsaal.

Als sie langsam über die Pfade schlenderten, wandte sich Elizabeth plötzlich zu Avery und fragte: »Ich gehe doch recht in der Annahme, dass Sie der Agent sind, der mir zugeteilt wurde?«

Er lächelte. »Ich helfe einem anderen Agenten in dieser Angelegenheit, ja.«

»Natürlich.« Sie verzog reuig den Mund. »Sie arbeiten ja immer mit einem Partner, nicht wahr? Genau wie früher Hawthorne und mein Bruder.«

»Das funktioniert gut, Mylady, und hat Menschenleben gerettet.«

Ihr Schritt stockte. Manche Menschenleben vielleicht. »Mir gefällt nicht, dass es diesen Agentenring überhaupt gibt, Mr. James. Williams Heirat und seine darauf folgende Kündigung ist ein Segen für mich. Er wäre in der Nacht, als ich meinen Mann verlor, ebenfalls fast gestorben. Ich kann es kaum erwarten, dass die Organisation nicht mehr Teil meines Lebens ist.«

»Wir bemühen uns, alles so schnell wie möglich zu einem Abschluss zu bringen«, versicherte er ihr.

»Das weiß ich«, seufzte sie. »Ich freue mich, dass Lord Eldridge Sie ausgesucht hat.«

Avery drückte ihre Hand, die immer noch auf seinem Unterarm lag. »Ich war dankbar für die Gelegenheit, Sie wiederzusehen. Seit unserer letzten Begegnung sind einige Monate vergangen.«

»Ist das wirklich schon so lange her?«, fragte sie stirnrunzelnd. »Die Zeit vergeht wie im Flug.«

»Ich wünschte, das könnte ich auch behaupten«, ertönte eine bekannte Stimme hinter ihr. »Leider kamen mir die letzten vier Jahre wie eine Ewigkeit vor.«

Elizabeth erstarrte, und ihr stockte das Herz, bevor es rasend schnell wieder einsetzte.

Avery drehte sich mit ihr zu dem Mann herum, der sich zu ihnen gesellt hatte. »Ah, da ist ja mein Partner. Wie ich gehört habe, sind Lord Westfield und Sie alte Bekannte. Hoffentlich wird dieser Umstand die Abläufe beschleunigen.«

»Marcus«, flüsterte sie und riss die Augen auf, denn seine Anwesenheit traf sie wie ein Schlag.

Er verneigte sich. »Zu Ihren Diensten, Madam.«

Als Elizabeth schwankte, stützte Avery sie. »Lady Hawthorne?«

Marcus kam mit zwei großen Schritten auf sie zu. »Nicht ohnmächtig werden, meine Liebe. Tief Luft holen.«

Das war eine unmögliche Aufgabe für sie, denn plötzlich schnappte sie wie ein Fisch auf dem Trockenen nach Luft, und ihr Korsett schnürte sie unerträglich ein. Sie wehrte ihn ab, weil seine Nähe und der Geruch seiner Haut es ihr noch schwerer machten, zu Atem zu kommen.

Sie sah, wie Marcus Avery einen vielsagenden Blick zuwarf, woraufhin dieser sich umdrehte und zu einem Farn in einiger Entfernung schritt, für den er sich plötzlich sehr zu interessieren schien.

Leicht benommen, aber schon etwas stabiler schüttelte Elizabeth den Kopf. »Marcus, jetzt hast du wirklich den Verstand verloren.«

»Ah, ich sehe, du erholst dich«, erwiderte er mit einem spöttischen Lächeln.

»Suche dein Amüsement woanders. Reiche deine Kündigung ein. Verlasse die Organisation.«

»Deine Sorge ist rührend, wenn auch etwas verwirrend, nachdem dir mein Wohlergehen in der Vergangenheit doch mehr als gleichgültig war.«

»Spar dir deinen Sarkasmus«, fauchte sie. »Weißt du denn nicht, worauf du dich da eingelassen hast? Es ist gefährlich, für Lord Eldridge zu arbeiten. Du könntest verletzt werden. Oder getötet.«

Marcus atmete geräuschvoll aus. »Elizabeth, du bist überreizt.«

Sie starrte ihn finster an und warf rasch einen Blick zu Avery, der immer noch eingehend den Farn studierte. Dann senkte sie die Stimme: »Wie lange bist du schon Agent?«

Er biss die Zähne zusammen. »Vier Jahre.«

»Vier Jahre?« Sie taumelte zurück. »Warst du schon Agent, als du mir den Hof gemacht hast?«

»Ja.«

»Du verdammter Mistkerl.« Ihre Stimme war zu einem gequälten Flüstern gesunken. »Wann hattest du denn vor, mich darin einzuweihen? Oder sollte ich es erst erfahren, wenn du in einem Sarg nach Hause gekommen wärst?«

Er verzog das Gesicht und verschränkte die Arme über der Brust. »Ich wüsste nicht, wieso das jetzt noch wichtig wäre.«

Sie erstarrte, als sie seinen frostigen Tonfall hörte. »All die Jahre habe ich mich vor der Ankündigung deiner bevorstehenden Eheschließung gefürchtet. Dabei hätte ich besser die Todesanzeigen lesen sollen!« Sie wandte sich ab und legte sich eine Hand auf ihr rasendes Herz. »Wie sehr wünschte ich mir, du wärst weit, weit weg von mir geblieben.« Sie raffte ihre Röcke und eilte davon. »Ich wünschte bei Gott, ich wäre dir niemals begegnet.«

Nur seine lauten Schritte auf dem Marmorboden warnten sie vor. Dann wurde sie am Ellbogen gepackt und herumgewirbelt.

»Das beruht auf Gegenseitigkeit«, grollte er.

Er ragte drohend über ihr, sein sinnlicher Mund war vor Zorn angespannt, und in seinen smaragdgrünen Augen blitzte etwas, das sie erschauern ließ.

»Wie konnte Lord Eldridge dich mir zuteilen?«, rief sie. »Und warum warst du einverstanden?«

»Ich habe darauf bestanden.«

Als er sie erstaunt aufkeuchen hörte, wurden seine Lippen noch schmaler. »Mach keinen Fehler. Du bist einmal vor mir geflohen. Ein zweites Mal werde ich das nicht dulden.« Er zog sie näher an sich heran. Die Luft zwischen ihnen knisterte vor Spannung. Seine Stimme wurde rau: »Und wenn du den König persönlich heiratest: Ich werde dich haben.«

Sie wollte sich von ihm losreißen, doch er umfasste sie wie ein Schraubstock. »Himmel noch mal, Marcus. Haben wir einander nicht schon genug verletzt?«

»Nicht mal annähernd.« Er stieß sie von sich, als wäre ihm ihre Nähe zuwider. »Aber jetzt lass uns den Fall deines verstorbenen Mannes abschließen, damit Avery gehen kann.«

Zitternd eilte Elizabeth zu Avery. Marcus folgte ihr mit der gefährlichen Eleganz einer Raubkatze.

Es bestand kein Zweifel: Sie wurde gejagt.

Bei Avery blieb sie stehen und holte zitternd Luft, ehe sie sich umdrehte.

Marcus musterte sie mit unergründlichem Blick. »Ich habe gehört, du hättest ein Tagebuch deines verstorbenen Mannes bekommen.« Er wartete, bis sie nickte. »Weißt du, wer es dir geschickt hat?«

»Es war Hawthornes Handschrift auf dem Päckchen. Offensichtlich wurde es schon vor einiger Zeit adressiert, denn die Tinte war verblasst und die Verpackung vergilbt.« Sie hatte tagelang darüber nachgedacht, aber weder die Herkunft noch den Zweck des Päckchens ergründen können.

»Dein Mann hat sich selbst ein Päckchen geschickt, das drei Jahre nach seinem Tod angekommen ist?« Marcus kniff die Augen zusammen. »Hat er irgendwelche Karten mit seltsamen Löchern oder ein Schriftstück, das dir komisch vorkommt, hinterlassen?«

»Nein, nichts.« Sie griff in ihr Ridikül und holte das schmale Tagebuch und den Brief hervor, die sie nur Tage zuvor bekommen hatte. Beides reichte sie Marcus.

Nachdem er einen flüchtigen Blick auf das Tagebuch geworfen hatte, steckte er es in seinen Mantel. Anschließend überflog er den Brief und runzelte die Stirn. »In der Geschichte der Organisation wurde nur Lord Hawthornes Tod nicht aufgeklärt. Ich hatte gehofft, dich so wenig wie möglich da mit hineinziehen zu müssen.«

»Ich werde alles tun, was notwendig ist«, erwiderte sie rasch. »Hawthorne verdient es, dass der Gerechtigkeit Genüge getan wird. Falls nötig, werde ich dazu beitragen.« Sie würde alles dafür tun.

Marcus faltete vorsichtig den Brief. »Ich möchte dich nicht in Gefahr bringen.«

Jetzt verlor Elizabeth die Beherrschung. »Ach, mich willst du in Sicherheit wissen, während du selbst deinen Hals riskierst? Ich leide doch wohl mehr unter den Folgen dieser Angelegenheit als du oder deine kostbare Organisation!«

Marcus knurrte warnend ihren Namen.

Da räusperte sich Avery laut. »Offenbar können Sie beide nicht gut zusammenarbeiten. Daher schlage ich vor, Lord Eldridge von diesen Schwierigkeiten in Kenntnis zu setzen. Ich bin sicher, es gibt andere Agenten, die –«

»Nein!«, zischte Marcus scharf.

»Ja!« Vor lauter Erleichterung brach Elizabeth fast zusammen. »Ein ausgezeichneter Vorschlag.« Unendlich dankbar lächelte sie ihn an. »Sicher erkennt Lord Eldridge, wie vernünftig das wäre.«

»Läufst du schon wieder weg?«, spottete Marcus.

Sie starrte ihn finster an. »Ich bin nur vernünftig. Offensichtlich können wir nicht miteinander arbeiten.«

»Vernünftig?« Er schnaubte verächtlich. »Das Wort, das du suchst, lautet feige!«

»Lord Westfield!«, mahnte Avery mit gerunzelter Stirn.

Elizabeth winkte ab. »Lassen Sie uns einen Moment allein, Mr. James. Bitte.« Sie löste ihren Blick nicht von Marcus, während Avery zögerte.

»Tun Sie, was sie sagt«, murmelte Marcus und sah sie genauso finster an.

Avery murrte, machte auf dem Absatz kehrt und stapfte wütend davon.

Daraufhin kam Elizabeth direkt zur Sache. »Sollte ich zur Zusammenarbeit mit dir gezwungen werden, Westfield, werde ich der Organisation alle weiteren Informationen verweigern und mich allein um die Sache kümmern.«

»Den Teufel wirst du!« An Marcus' Kiefer begann ein Muskel zu zucken. »Ich lasse nicht zu, dass du dich in Gefahr bringst. Versuch's nur, dann wirst du schon sehen, was passiert. Aber es wird dir nicht gefallen, das verspreche ich dir.«

»Ach ja?«, erwiderte sie provozierend und nicht geneigt, vor einem Wutanfall zurückzuschrecken, der den meisten Männern Angst eingejagt hätte. »Und wie willst du mich aufhalten?«

Drohend trat Marcus auf sie zu. »Ich bin ein Agent der Krone –«

»Das hatten wir schon.«

»– und habe einen Auftrag. Solltest du meine Untersuchungen behindern, betrachte ich das als Verrat und werde dich entsprechend behandeln.«

»Das würdest du nicht wagen! Lord Eldridge würde das nicht zulassen.«

»Doch, das würde ich, und er würde mich nicht aufhalten.« Er blieb vor ihr stehen. »Dieses Tagebuch sieht so aus, als enthielte es Aufzeichnungen von Hawthornes Aufträgen, und könnte mit seinem Tod in Verbindung gebracht werden. Wenn das stimmt, bist du in Gefahr. Eldridge wird das genauso wenig dulden wie ich.«

»Wieso nicht?«, forderte sie ihn heraus. »Es ist doch offensichtlich, was du für mich empfindest.«

Er trat noch näher an sie heran, bis seine Schuhspitzen unter dem Saum ihres Kleides verschwanden. »Anscheinend nicht. Aber wenn du meinst, du müsstest alles Eldridge erzählen, dann nur zu. Sag ihm, welche Wirkung ich auf dich habe und wie sehr du dich nach mir sehnst. Erzähl ihm alles über unsere schmutzige Vergangenheit, und vergiss nicht zu erwähnen, dass selbst das Andenken an deinen lieben verstorbenen Mann dein Verlangen nach mir nicht dämpfen kann.«

Sie starrte ihn an, dann entfuhr ihr ein trockenes Lachen. »Deine Arroganz ist erstaunlich.« Sie wandte sich ab, um das Zittern ihrer Hände zu verbergen. Das verdammte Tagebuch konnte er haben. Am nächsten Morgen würde sie mit Eldridge sprechen.

Sein Spott verfolgte sie. »Meine Arroganz? Du bist doch diejenige, die glaubt, alles drehe sich nur um sie!«

Elizabeth erstarrte und wirbelte herum. »Du mit deinen Drohungen hast etwas Persönliches daraus gemacht.«

»Es ist keine Drohung, dass wir ein Liebespaar werden. Sondern ein höchstwahrscheinlicher Schluss, der nichts mit dem Tagebuch deines verstorbenen Mannes zu tun hat.« Als sie widersprechen wollte, hob er die Hand. »Spar dir die Mühe. Diese Mission ist für Eldridge von großer Bedeutung. Nur aus diesem Grund wollte ich sie haben. Um dich in mein Bett zu kriegen, muss ich nicht mit dir arbeiten.«

»Aber …« Sie verstummte und überlegte, was er vorher zu ihr

gesagt hatte. Tatsächlich hatte er nie behauptet, dass er den Auftrag unbedingt ihretwegen haben wollte. Blut schoss ihr ins Gesicht.

Marcus schlenderte lässig an ihr vorbei und wandte sich zum Tanzsaal. »Also erzähle Eldridge ruhig, warum du meinst, du könntest nicht mit mir arbeiten. Er weiß allerdings sehr genau, dass ich kein Problem damit habe, mit dir zu arbeiten.«

Elizabeth biss die Zähne zusammen, um keinen der Kraftausdrücke auszusprechen, die ihr auf der Zunge lagen. Sie war nicht dumm und wusste genau, was er wollte. Er würde nicht gehen, bis er entschied, dass er genug hatte – Auftrag hin oder her. In diesem ganzen Debakel konnte sie höchstens noch dafür sorgen, dass ihr Stolz nicht gebrochen wurde.

Ihr zog sich der Magen zusammen. Nun, da sie ihre Trauerzeit beendet hatte und in die Gesellschaft zurückgekehrt war, würde sie seine Verführungskünste mit ansehen müssen. Sie würde gezwungen sein, mit Frauen zu verkehren, die seine Aufmerksamkeit erregt hatten. Sie würde das Lächeln sehen, das er mit ihnen, aber nicht mit ihr tauschte.

Verdammt! Ihr Atem ging schneller. Gegen jede Vernunft und Selbstachtung setzte sie sich in Bewegung, um ihm zu folgen.

Eine sanfte Berührung an ihrem Ellbogen erinnerte sie daran, dass Avery auch noch da war. »Lady Hawthorne, ist alles in Ordnung?«

Sie nickte ruckartig.

»Ich werde so bald wie möglich mit Lord Eldridge sprechen und –«

»Das wird nicht nötig sein, Mr. James.«

Sie wartete, bis Marcus um die Ecke verschwunden war, dann sah sie Avery an. »Meine Aufgabe ist es nur, das Tagebuch zu übergeben. Der Rest unterliegt Lord Westfield und Ihnen. Also besteht keine Notwendigkeit, einen anderen Agenten anzufordern.«

»Sind Sie sicher?«

Sie nickte erneut, weil sie das Gespräch beenden und in den Tanzsaal zurückkehren wollte.

Averys Blick war zwar skeptisch, doch er sagte: »Nun gut. Ich schicke Ihnen zwei bewaffnete Männer, die Sie überallhin begleiten. Geben Sie mir sofort Bescheid, wenn Sie die Einzelheiten der Übergabe bekommen.«

»Natürlich.«

»Da wir hier fertig sind, werde ich aufbrechen.« Erleichterung zeigte sich in seinem Lächeln. »Solche Empfänge waren noch nie etwas für mich.«

Er nahm ihre Hand und deutete einen Kuss auf ihren Handrücken an.

»Elizabeth?« Williams dröhnende Stimme tönte durch das große Atrium.

Sie riss die Augen auf und umklammerte Averys Finger. »Mein Bruder darf Sie nicht sehen. Er wird sofort vermuten, dass etwas nicht stimmt.«

Avery, der ihre Sorge zu schätzen wusste und im Fassen schneller Entschlüsse geübt war, nickte grimmig und tauchte schnell hinter einem Busch unter.

Als Elizabeth sich umwandte, sah sie, wie ihr Bruder näher kam. Wie Marcus bewegte er sich mit lässiger Eleganz, und seinem Bein war nichts von der Verletzung anzusehen, die ihn fast das Leben gekostet hätte.

Sie sahen vollkommen unterschiedlich aus, obwohl sie Geschwister waren. Sie hatte die rabenschwarzen Haare und die amethystfarbenen Augen ihrer Mutter, William das blonde Haar und die blaugrünen Augen ihres Vaters. Hochgewachsen und breitschultrig sah er aus wie ein Wikinger: stark und gefährlich, aber auch humorvoll, wovon die feinen Fältchen an seinen Augen zeugten.

»Was machst du hier?«, fragte er und überflog mit einem neugierigen Blick das Atrium.

Elizabeth hakte sich bei ihm unter und steuerte ihn zum Ballsaal zurück. »Ich habe nur die schönen Pflanzen sehen wollen. Wo ist Margaret?«

»Bei ihren Bekannten.« William wurde langsamer, blieb stehen und zwang sie, ebenfalls innezuhalten. »Ich habe gehört, du hast eben mit Westfield getanzt.«

»Und schon wird geklatscht?«

»Halte dich von ihm fern, Elizabeth«, warnte er sie leise.

»Es gab keine Möglichkeit, ihn höflich abzuweisen.«

»Du musst auch nicht höflich sein. Ich traue ihm nicht. Seltsam genug, dass er heute Abend hier ist.«

Sie seufzte traurig, weil sie den Bruch der Freundschaft verursacht hatte. Marcus mochte kein guter Ehemann sein, aber er war William ein treuer Freund gewesen. »Der Ruf, den er sich in den vergangenen Jahren erworben hat, rechtfertigt mein Verhalten. Ich versichere dir, ich laufe nicht Gefahr, mich noch mal von ihm bezirzen zu lassen.«

Sie zog ihn zum Ballsaal und war erleichtert, als William ihr willig folgte. Wenn sie sich beeilten, sah sie vielleicht noch, wohin Marcus ging.

Marcus trat aus seinem Versteck hinter einem Baum hervor und fegte sich ein Blatt vom Umhang. Während er sich die Erde von den Schuhen stampfte, hielt er den Blick auf Elizabeths Rücken gerichtet, bis er aus seinem Sichtfeld verschwand. Er fragte sich, ob sein wahnsinniges Verlangen nach ihr sichtbar war. Sein Herz raste und seine Beine schmerzten von der Anstrengung, ihr nicht zu folgen und sie sich zu schnappen.

Ihre Sturheit und ihr Eigensinn machten ihn rasend, doch genau deswegen war sie perfekt für ihn. Keine andere Frau erregte dermaßen seine Leidenschaft. Nur Elizabeth brachte sein Blut derart zum Kochen, ob vor Wut oder vor Begierde. Er musste sie einfach haben.

Er wünschte bei Gott, er würde Liebe empfinden. Aber dieses Gefühl schwand unweigerlich mit der Zeit, verbrannte zu Asche, wenn alles aufgezehrt war. Nur Verlangen wurde mit der Zeit größer, schmerzte und nagte an einem, bis es gestillt wurde.

Nun tauchte Avery vor ihm auf. »Wenn Sie so mit einer alten Freundin umgehen, Mylord, möchte ich nicht sehen, wie Sie Ihre Feinde behandeln.«

Sein Lächeln zeigte keine Spur von Belustigung. »Sie wollte meine Frau werden.« Avery schwieg verblüfft. »Jetzt sind Sie sprachlos, was?«

»Verdammt noch mal!«

»Allerdings.« Er wappnete sich innerlich und fragte: »Plant sie, mit Eldridge zu sprechen?«

»Nein.« Avery bedachte ihn mit einem Seitenblick. »Halten Sie es für klug, den Auftrag übernommen zu haben?«

»Nein«, gestand er, erleichtert, dass sein Plan aufgegangen war, und dankbar, dass er sie nach all den Jahren immer noch so gut kannte. »Aber ich bin überzeugt, dass ich keine andere Wahl habe.«

»Eldridge ist entschlossen, Hawthornes Mörder zu fassen.

Möglicherweise werden wir bei unserer Mission gezwungen sein, Lady Hawthorne in Gefahr zu bringen, um dieses Ziel zu erreichen.«

»Nein. Hawthorne ist tot. Es wird ihn nicht zurückbringen, wenn wir Elizabeths Leben gefährden. Wir werden andere Wege finden, den Auftrag auszuführen.«

Avery schüttelte amüsiert den Kopf. »Ich vertraue darauf, dass Sie wissen, was Sie tun, denn ich weiß es nicht. Aber wenn Sie mich jetzt entschuldigen wollen, Mylord, dann verschwinde ich durch den Garten, bevor noch etwas passiert.«

»Ich glaube, ich komme mit.« Er setzte sich ebenfalls in Bewegung und lachte, als er Averys hochgezogene Augenbrauen sah. »In einer längeren Schlacht muss ein Mann bereit sein, sich bei Gelegenheit zurückzuziehen, um später ausgeruht und mit frischer Kraft zurückzuschlagen.«

»Guter Gott! Schlachten, geplatzte Verlobungen und zerbrochene Freundschaften! Ihre Vergangenheit mit Lady Hawthorne wird nur Probleme machen.«

Marcus rieb sich die Hände. »Darauf freue ich mich schon.«

3. Kapitel

»Das ist ja die reinste Belagerung!«, klagte Elizabeth, als ein weiterer ungebührlich großer Blumenstrauß ins Wohnzimmer gebracht wurde.

»Es gibt Schlimmeres für eine Frau, als von einem teuflisch gut aussehenden Adligen umworben zu werden«, bemerkte Margaret, strich sich über den Rock und nahm auf dem Sofa Platz.

»Du bist eine hoffnungslose Romantikerin, weißt du das?« Elizabeth stand auf, nahm ein winziges Brokatkissen und stopfte es ihrer Schwägerin in den Rücken. Dabei sah sie bewusst den riesigen und offensichtlich teuren Blumenstrauß nicht an. Marcus hatte ihr zu verstehen gegeben, dass sein Interesse an ihr sowohl beruflich als auch körperlich war, und darauf hatte sie sich so gut wie möglich vorbereitet. Aber dieser Angriff auf ihre weibliche Empfindsamkeit kam überraschend.

»Ich bin *enceinte*«, protestierte Margaret wegen dieser Verhätschelung. »Nicht invalide.«

»Lass mich dich doch ein bisschen verwöhnen. Es macht mir solche Freude.«

»Ich bin sicher, später werde ich dir dafür dankbar sein, aber im Moment kann ich mich noch ganz gut um mich selbst kümmern.«

Trotz ihres Protests ließ sich Margaret mit einem zufriedenen Seufzer gegen das Kissen sinken. Ihre sanft gerötete Haut passte perfekt zu ihren dunkelroten Locken.

»Da bin ich anderer Meinung. Obwohl du im fünften Monat bist, wirkst du noch schmaler als vor deiner Schwangerschaft.«

»Fast im fünften Monat«, korrigierte Margaret sie. »Und es ist schwer zu essen, wenn einem die meiste Zeit übel ist.«

Elizabeth schürzte die Lippen, griff nach einem Scone, legte ihn auf einen Teller und bot ihn Margaret an. »Iss«, befahl sie.

Mit gespielt finsterer Miene gehorchte Margaret und sagte dann: »William behauptet, die Wettbücher seien schon voll wegen der Frage, ob Lord Westfield dich immer noch heiraten will oder nicht.«

Elizabeth, die gerade Tee zubereitete, riss den Mund auf. »Du meine Güte!«

»Du bist eine Legende, weil du ihn sitzen gelassen hast – einen so gut aussehenden Earl, den alle Frauen wollten. Alle außer dir. Die verpatzte Liebesgeschichte eines Lebemannes.«

Elizabeth schnaubte verächtlich.

»Du hast mir nie erzählt, was Lord Westfield eigentlich getan hat, weswegen du eure Verlobung hast platzen lassen.«

Elizabeths Hände zitterten, als sie Tee in das kochende Wasser in der Kanne löffelte. »Das ist schon lange her, Margaret, und wie ich bereits mehrfach sagte, gibt es keinen Grund, darüber zu reden.«

»Ja, ja, ich weiß. Aber er sehnt sich doch eindeutig nach deiner Nähe, was seine wiederholten Versuche, dich zu umwerben, beweisen. Ich bewundere Westfields Selbstsicherheit. Er blinzelt nicht mal, wenn er abgewiesen wird. Er lächelt nur, sagt etwas Nettes und geht.«

»Ja, der Mann hat eine Menge Charme. Die Frauen strömen in Scharen zu ihm, um sich lächerlich zu machen.«

»Das klingt, als wärst du eifersüchtig.«

»Nein, bin ich nicht«, widersprach sie. »Ein Stück Zucker oder zwei? Egal, du brauchst zwei.«

»Wechsel nicht das Thema, sondern erzähl mir von deiner Eifersucht. Hawthorne wurde auch von vielen Frauen attraktiv gefunden, aber das schien dich nicht zu stören.«

»Hawthorne war auch treu.«

Margaret nahm mit einem dankbaren Lächeln ihre Teetasse entgegen. »Und wie du schon sagtest: Westfield nicht.«

»Nein«, seufzte Elizabeth.

»Bist du sicher?«

»So sicher, als hätte ich ihn in flagranti ertappt.«

Margaret verengte ihre moosgrünen Augen zu Schlitzen. »Du hast einem Außenstehenden mehr geglaubt als deinem Verlobten?«

Elizabeth schüttelte den Kopf und trank zur Stärkung einen Schluck Tee, bevor sie antwortete: »Ich hatte eines Abends etwas Dringendes mit Lord Westfield zu besprechen, daher fuhr ich zu seinem Haus …«

»Allein? Was um Himmels willen ist in dich gefahren?«

»Margaret, willst du die Geschichte nun hören oder nicht? Es fällt mir auch ohne deine Unterbrechungen schon schwer genug, darüber zu sprechen.«

»Tut mir leid«, entschuldigte sie sich zerknirscht. »Erzähl bitte weiter.«

»Nach meiner Ankunft musste ich einige Zeit warten, bis er mich empfing. Als er erschien, war sein Haar feucht, seine Haut gerötet, und er trug einen Bademantel.«

Elizabeth starrte in ihre Tasse und spürte, wie ihr leicht übel wurde.

»Weiter«, forderte Margaret sie auf, als sie schwieg.

»Dann ging die Tür auf, durch die er gekommen war, und eine Frau tauchte auf – ähnlich gekleidet, mit nassen Haaren.«

»Ach du meine Güte! Das dürfte schwierig zu erklären gewesen sein. Wie hat er es denn versucht?«

»Gar nicht.« Elizabeth stieß ein trockenes, freudloses Lachen aus. »Er sagte, er dürfe nicht mit mir darüber sprechen.«

Stirnrunzelnd setzte Margaret ihre Teetasse auf dem Beistelltisch ab. »Hat er später versucht, es zu erklären?«

»Nein. Ich brannte mit Hawthorne durch, und Westfield verließ das Land, bis sein Vater starb. Bis zum Ball der Morelands letzte Woche haben sich unsere Wege nicht mehr gekreuzt.«

»Nie? Vielleicht hat Westfield seinen Fehler eingesehen und möchte ihn wiedergutmachen«, spekulierte Margaret. »Es muss doch einen Grund geben, warum er dir so hartnäckig nachstellen will.«

Elizabeth erschauerte beim Wort *nachstellen*.

»Glaub mir, ganz sicher hat er nicht die noble Absicht, seine früheren Fehler wiedergutzumachen.«

»Aber die Blumen, die täglichen Besuche …«

»Lass uns über etwas Erfreulicheres reden, Margaret«, sagte sie warnend. »Sonst trinke ich meinen Tee woanders.«

»Oh, auch gut. Du und dein Bruder seid richtige Sturköpfe.«

Aber Margaret ließ sich nicht so leicht von etwas abbringen, schließlich hatte sie ihren Mann überzeugt, sein Leben als Agent aufzugeben und sie zu heiraten. Daher wartete Elizabeth schon darauf, dass ihre Schwägerin auf das Thema zurückkommen würde, und war nicht überrascht, als sie später am Abend davon anfing.

»Was für ein Prachtkerl.«

Elizabeth folgte Margarets Blick durch die Menge beim Empfang der Dempseys. Sie sah, dass Marcus bei Lady Cramshaw und deren hübschen Tochter Clara stand. Elizabeth tat zwar so, als ignorierte sie ihn, folgte allerdings jeder seiner Bewegungen. »Wie kannst du dich noch von seinem Äußeren blenden lassen, wo du doch von unserer Vergangenheit weißt?«

Sie hatte alle Gesellschaften der letzten Woche bewusst gemieden, am Ende allerdings die Einladung der Dempseys angenommen, denn sie war sicher, der Ball der Faulkners würde Marcus mehr interessieren. Aber der lästige Kerl hatte sie doch aufgespürt und sich auch noch herausgeputzt! Seine dunkelrote Jacke reichte ihm bis zu den Oberschenkeln und war großzügig mit goldenen Stickereien verziert. Die schwere Seide schimmerte ebenso im Kerzenlicht wie die Rubine an seinen Fingern und seinem Jabot.

»Wie bitte?« Margaret sah sie mit großen Augen verwirrt an und zeigte mit ihrem Fächer durch den Saal. Da entdeckte Elizabeth William und errötete heftig, weil sie sich geirrt hatte.

Margaret lachte. »Dein Westfield und Lady Clara geben ein sehr schönes Paar ab.«

»Er ist nicht mein Westfield, und das arme Mädchen kann mir nur leidtun, sollte er es auf es abgesehen haben.« Sie hob das Kinn und wandte den Blick ab.

Verräterisches Rascheln schwerer Seide kündete einen neuen Teilnehmer in ihrer Runde an. »Ganz meine Meinung«, murmelte die verwitwete Duchess of Ravensend, als sie sich zu ihnen gesellte. »Lady Clara ist doch noch ein Kind und könnte nicht mal darauf hoffen, diesem Mann zu genügen.«

»Euer Gnaden.« Elizabeth deutete einen Knicks vor ihrer Patentante an.

Die sanften braunen Augen der Duchess funkelten spitzbübisch. »So leid es mir tut, dass du Witwe bist, meine Liebe, aber du und der Earl habt damit eine neue Chance.«

Elizabeth schloss die Augen und betete um Geduld. Von Anfang an war ihre Patin von Marcus eingenommen gewesen. »Westfield ist ein Betrüger. Ich schätze mich glücklich, dies vor der Eheschließung bemerkt zu haben.«

»Aber wahrscheinlich ist er der bestaussehende Mann, den ich je kennengelernt habe«, erklärte Margaret. »Nach William natürlich.«

»Und so gut gebaut«, fügte die Duchess hinzu, nachdem sie einen Blick durch ihre Lorgnette geworfen hatte. »Meiner Meinung nach der ideale Gatte.«

Seufzend bauschte Elizabeth ihre Röcke und unterdrückte den Drang, ihre Augen zu verdrehen. »Ich wünschte, ihr beide würdet die Hoffnung aufgeben, dass ich wieder heirate. Denn das werde ich nicht.«

»Hawthorne war doch eher ein Junge«, bemerkte die Duchess. »Aber Westfield ist ein Mann. Du wirst feststellen, dass das etwas ganz anderes ist, solltest du dich je entschließen, das Bett mit ihm zu teilen. Von einer Heirat war ja gar nicht die Rede.«

»Ich verspüre nicht den Wunsch, auf die Eroberungsliste dieses Verführers gesetzt zu werden. Er ist ein Hedonist. Das könnt Ihr nicht leugnen, Euer Gnaden.«

»Ein Mann mit Erfahrungen hat schon etwas für sich«, bemerkte Margaret. »Ich muss es wissen, da ich mit deinem Bruder verheiratet bin.« Sie zuckte vielsagend mit den Augenbrauen.

Elizabeth erschauerte. »Margaret, bitte.«

»Lady Hawthorne.«

Rasch drehte sie sich um und bedachte George Stanton mit einem dankbaren Lächeln. Freundlich grinsend verneigte er sich.

»Ich würde mich freuen, mit Ihnen zu tanzen«, sagte sie, ehe er fragen konnte. Eifrig darauf bedacht, vor ihren Gesprächspartnerinnen zu fliehen, legte sie die Fingerspitzen auf seinen Ärmel und ließ sich von ihm zur Tanzfläche führen.

»Danke«, wisperte sie.

»Sie wirkten, als müssten Sie gerettet werden.«

Sie lächelte, während sie Aufstellung nahmen. »Sie sind bemerkenswert scharfsinnig, mein lieber Freund.«

Aus den Augenwinkeln sah sie, wie Marcus sich über die Hand von Clara neigte und sie dann zur Tanzfläche geleitete. Während er auf sie zukam, ertappte sie sich dabei, wie sie seinen Gang bewunderte. Ein Mann, der sich so verführerisch bewegte, war zweifellos ein guter Liebhaber. Andere Frauen beobachteten ihn ebenfalls, wie sie fühlten sie sich von ihm angezogen, begehrten ihn …

Als er den Kopf hob und sie ansah, wandte Elizabeth rasch den Blick ab, um sein wissendes Lächeln nicht zu sehen. Dieser Mann wusste, wie er sie aufbrachte, und nutzte es höchst unehrenhaft zu seinem Vorteil.

Als die Schrittfolge des *Contredanse* die Tänzer zusammen- und wieder auseinanderführte, beobachtete sie ihn aus den Augenwinkeln. Bei der nächsten Sequenz würden sie zusammenkommen. Vor Aufregung beschleunigte sich ihr Puls.

Sie löste sich von George und wandte sich anmutig zu Marcus. Da sie wusste, dass ihre Begegnung nur flüchtig sein würde, erlaubte sie sich, seinen Anblick und seinen Geruch zu genießen. Sie holte tief Luft und legte ihre Handflächen gegen seine. Die Lust entbrannte sofort. Sie sah es in seinen Augen und spürte es tief in ihrem Inneren. Mit einem Seufzer der Erleichterung löste sie sich wieder von ihm.

Als die Musik verstummte, erhob sich Elizabeth aus ihrem tiefen Knicks. Sie hatte schon so lange nicht getanzt, dass ihr fast entfallen wäre, wie viel Spaß es ihr machte.

George erwiderte ihr Lächeln und führte sie geschickt in die richtige Position für den nächsten Tanz.

Da trat ihnen jemand in den Weg. Noch bevor sie aufsah, wusste sie, wer das war. Ihr Herz fing an zu rasen.

Offenbar hatte sie unterschätzt, wie weit Marcus gehen würde, um sein Ziel zu erreichen.

Er nickte kurz zur Begrüßung. »Mr. Stanton.«

»Lord Westfield.« George sah Elizabeth stirnrunzelnd an.

»Lady Clara, darf ich Ihnen Mr. George Stanton vorstellen?«, fragte Marcus. »Stanton, die hinreißende Lady Clara.«

George nahm Claras Hand und beugte sich über sie. »Es ist mir ein Vergnügen.«

Ehe Elizabeth seine Absicht erraten konnte, nahm Marcus schon ihre Hand. »Eine ausgezeichnete Paarung«, bemerkte Marcus. »Da Lady Hawthorne und ich überzählig sind, überlassen wir es Ihnen, den Schluss zu bilden.«

Er steckte ihre Hand fest unter seinen Arm und führte sie zur Tür, die auf den Garten hinausging.

Elizabeth warf ein entschuldigendes Lächeln über ihre Schulter, während ihr Herz angesichts dieses primitiven Imponiergehabes einen Satz machte. »Was soll das?«

»Ich dachte, das wäre offensichtlich. Ich provoziere eine Szene. Du hast mich dazu getrieben, indem du mir die gesamte letzte Woche aus dem Weg gegangen bist.«

»Ich bin dir nicht aus dem Weg gegangen«, protestierte sie. »Da ich noch nichts bezüglich des Tagebuchs gehört habe, gab es keinerlei Grund, mich mit dir zu treffen.«

Sie traten auf den Balkon, wo schon mehrere Gäste die kühle Nachtluft genossen. Er hielt sich so dicht bei ihr, dass sie wieder einmal von seiner bloßen Präsenz überwältigt wurde.

»Dein Benehmen ist abscheulich«, murmelte sie.

»Du kannst mich so viel beleidigen, wie du willst, wenn wir erst allein sind.«

Allein. Sie bekam eine Gänsehaut.

Sein Blick fuhr über ihr Gesicht und verweilte stirnrunzelnd bei ihren Augen. Sie versuchte, seine Gedanken zu ergründen, doch seine markanten Züge wirkten wie in Stein gemeißelt. Als sie die Treppe in den Garten hinabstiegen, ging er schneller. Sie folgte ihm atemlos und fragte sich, was er tun, was er sagen wollte. Verwirrt bemerkte sie, dass sie seine Entschlossenheit aufregend fand.

Marcus schob sie in einen kleinen Alkoven am Fuß der Treppe und musterte prüfend ihre Umgebung. Als er sah, dass sie allein waren, hob er sanft ihr Kinn.

Ein Kuss, dachte sie – zu spät, denn sein Mund bedeckte schon ihren. Und dann konnte sie nichts mehr denken.

Seine Lippen waren unglaublich weich, als sie mit ihren verschmolzen, doch die Gefühle, die dadurch ausgelöst wurden, waren in ihrer Intensität schon fast brutal. Elizabeth konnte sich nicht mehr rühren, so stark reagierte ihr Körper auf seinen. Nur ihre Lippen berührten sich. Ein einziger Schritt zurück hätte die Verbindung unterbrochen, doch nicht mal das brachte sie zustande. Wie erstarrt stand sie da, während ihre Sinne von seinem Geruch und Geschmack erwachten und alle Nerven wegen seines kühnen Übergriffs entflammten.

»Küss mich auch«, knurrte er und packte ihre Handgelenke.

»Nein …« Sie versuchte, ihren Kopf abzuwenden.

Fluchend küsste er sie wieder, aber diesmal nicht so sanft wie zuvor. Jetzt wurde er von einer Bitterkeit getrieben, die sie geradezu schmecken konnte. Er neigte leicht den Kopf und intensivierte seinen Kuss, und dann stieß er mit seiner Zunge zwischen ihre leicht geöffneten Lippen. Seine Leidenschaft erschreckte sie, doch dann flammte etwas Stärkeres als Furcht in ihr auf.

So hatte Hawthorne sie nie geküsst. Dies war mehr als die Berührung ihrer Lippen. Es war eine Besitzerklärung und zeugte von unstillbarem Verlangen, einem Verlangen, das Marcus in ihr entfacht hatte, bis sie es nicht mehr leugnen konnte. Wimmernd kapitulierte sie und berührte vorsichtig seine Zunge, weil sie sich verzweifelt nach seinem berauschenden Geschmack sehnte.

Als er zufrieden knurrte, verlor sie fast den Boden unter den Füßen, so erotisch fand sie diesen Laut. Er ließ ihre Handgelenke los und umfasste ihre Taille, packte aber mit der anderen Hand ihren Nacken, um sie in die richtige Position für ihn zu bringen. Seine Lippen bewegten sich kundig über ihren und belohnten ihre Reaktion damit, dass seine Zunge tiefer in ihren Mund eindrang. Sie umklammerte mit den Fäusten seine Jacke, zog und schob an ihm, um etwas Kontrolle zu gewinnen, doch am Ende konnte sie nur das nehmen, was er ihr gab.

Schließlich löste er mit einem gequälten Seufzen seinen Mund von ihr und vergrub sein Gesicht in ihrem parfümierten Haar. »Elizabeth«, sagte er mit erstickter, brüchiger Stimme, »wir müssen ein Bett finden. Sofort.«

Keuchend lachte sie auf. »Das ist doch Wahnsinn.«

»Es war schon immer Wahnsinn.«

»Dann musst du dich von mir fernhalten.«

»Habe ich ja. Vier verdammte Jahre. Ich habe den Preis für meine angeblichen Sünden bezahlt.« Er zog sich von ihr zurück und starrte sie mit brennendem Blick an. »Ich habe lange genug gewartet. Jetzt will ich dich endlich haben.«

Die Erinnerung an ihre Vergangenheit brachte für beide Ernüchterung. »Es steht einfach zu viel zwischen uns, um eine Affäre zu genießen.«

»Und doch werde ich sie genießen, verdammt noch mal!«

Zitternd löste sie sich von ihm und wurde zu ihrer Überraschung auch freigegeben. Sie drückte ihre Finger auf die geschwollenen Lippen. »Ich will den Schmerz nicht, den das mit sich bringt. Ich will dich nicht.«

»Du lügst«, widersprach er schroff. »Du hast mich seit unserer ersten Begegnung gewollt. Und du willst mich immer noch, das rieche ich.«

Elizabeth verfluchte ihren verräterischen Körper, der immer noch so von ihm verzaubert war, dass er alle Gebote der Vernunft missachtete. Sie fühlte heißes Begehren in sich aufwallen und war damit keinen Deut besser als all die anderen schmachtenden Frauen, die er so leicht in sein Bett locken konnte. Sie wich noch weiter zurück, wurde jedoch vom kalten Marmorhandlauf der Treppe aufgehalten. Sie griff nach hinten und umklammerte ihn so fest, dass ihr das Blut aus den Händen wich.

»Wenn du auch nur die geringsten Gefühle für mich hegtest, würdest du mich in Ruhe lassen.«

Marcus ließ ein Lächeln aufblitzen, bei dem ihr das Herz stockte, und trat auf sie zu. »Ich hege dir gegenüber die gleichen Gefühle wie du vor ein paar Jahren mir gegenüber.« In seinem Blick schwelte pure Verführung. »Gib deinem Verlangen nach, Süße. Ich versichere dir, du wirst es nicht bereuen.«

»Wie kannst du das sagen? Du hast mich doch schon mal verletzt. Obwohl du genau wusstest, wie ich über meinen Vater dachte, hast du dein Verhalten nicht geändert. Ich hasse Männer wie dich. Es ist einfach schändlich, einer Frau Liebe und Hingabe im Bett zu versprechen, um sie dann abzuschieben, wenn man ihrer überdrüssig ist.«

Marcus hielt abrupt inne. »Ich war derjenige, der abgeschoben wurde.«

Elizabeth drückte sich noch dichter an das Geländer. »Aus gutem Grund.«

Er verzog die Lippen zu einem zynischen Lächeln. »Wenn ich dich besuchen komme, wirst du mich empfangen, Elizabeth. Du wirst nachmittags mit mir ausfahren und mich zu Empfängen begleiten. Ich werde nie wieder abgewiesen werden.«

Die Kälte der Marmorbalustrade drang durch ihre Handschuhe und ließ sie frösteln. Dennoch war ihr innerlich ganz heiß. »Bist du noch nicht mit den zahllosen Frauen zufrieden, die dir nachschmachten?«

»Nein«, antwortete er mit seiner üblichen Arroganz. »Zufrieden bin ich erst, wenn du für mich entbrennst, wenn ich jeden deiner Gedanken und jeden deiner Träume besetze. Eines Tages wirst du so von mir verzaubert sein, dass jeder Atemzug ohne mich dir die Lunge versengen wird. Du wirst mir geben, was immer ich will, und zwar wann und wie ich es will.«

»Ich gebe dir gar nichts!«

»Du wirst mir alles geben.« Er überwand die kurze Distanz zwischen ihnen. »Du wirst dich mir völlig ausliefern.«

»Kennst du denn gar keine Scham?« Tränen traten ihr in die Augen und netzten ihre Wimpern. Er war so makellos, und die Ausweglosigkeit ihrer Lage traf sie schmerzlich. »Musst du mich jetzt noch verführen, nach allem, was du mir angetan hast? Wirst du dich erst zufriedengeben, wenn ich völlig vernichtet bin?«

»Zur Hölle mit dir.« Er senkte den Kopf und fuhr ihr kaum merklich mit dem Mund über ihre Lippen. »Ich hätte nie gedacht, dich haben zu können«, hauchte er. »Ich hätte nie erwartet, dass du noch mal frei sein würdest. Aber so ist es. Und ich werde bekommen, was mir vor langer Zeit versprochen wurde.«

Elizabeth ließ die Balustrade los und stemmte ihre Hände gegen seinen Torso. Sie spürte fast schmerzlich die festen Muskeln unter seinen Kleidern. »Ich werde dich mit allem bekämpfen, was mir zur Verfügung steht. Ich flehe dich an, mich in Ruhe zu lassen.«

»Nicht, bevor ich habe, was ich will.«

»Lass sie in Ruhe, Westfield.«

Erleichterung durchströmte Elizabeth, als sie die vertraute Stimme hörte. Sie blickte auf und sah, dass William die Treppe hinunterkam.

Marcus fluchte rüde und wich zurück. Er richtete sich auf und warf seinem ehemaligen Freund einen unheilvollen Blick zu. Elizabeth nutzte die Gelegenheit, um an ihm vorbeizuschlüpfen, in den Park zu laufen und hinter der Ecke einer Eibenhecke zu verschwinden. Marcus setzte sich in Bewegung, um ihr zu folgen.

»Das würde ich nicht tun«, sagte William leise drohend, »wenn ich du wäre.«

»Du kommst ungelegen, Barclay.« Marcus schluckte seine Frustration herunter, weil er wusste, dass sein alter Freund jede Gelegenheit nutzen würde, sich mit ihm zu schlagen. Die Lage verschlimmerte sich, als sich Zuschauer in Erwartung frischen Nachschubs für die Gerüchteküche an der Balustrade versammelten. Die lauten Stimmen und Williams angriffslustige Haltung hatten sie angelockt.

»Solltest du in Zukunft Lady Hawthornes Gesellschaft wünschen, Westfield, denke daran, dass sie für immer indisponiert sein wird.«

Eine majestätische Rothaarige drängte sich durch die Zuschauermenge und kam die Treppe hinuntergerannt.

»Lord Westfield. Barclay. Bitte!« Sie umklammerte Westfields Arm. »Dies ist nicht der rechte Platz für eine private Unterredung.«

William löste seinen Blick von Marcus und sah seine Frau mit einem grimmigen Lächeln an. »Keine Aufregung. Es ist alles in Ordnung.« Er hob den Blick und nickte zu George Stanton hinüber, der sofort den Balkon verließ und sich ihnen anschloss. »Bitte suchen Sie Lady Hawthorne, und bringen Sie sie nach Hause.«

»Es ist mir eine Ehre.« Stanton zwängte sich vorsichtig zwischen den beiden Kampfhähnen hindurch, dann eilte er in den Park und verschwand in den Schatten.

Marcus seufzte und rieb sich den Nacken. »Deine Einmischung gründet auf falschen Annahmen, Barclay.«

»Ich werde nicht mit dir diskutieren«, konterte William unverblümt. »Elizabeth hat sich geweigert, dich wiederzusehen, und du wirst dich ihren Wünschen fügen.« Sanft löste er Margarets Hand von seinem Ärmel und trat näher zu ihm. Seine Schultern waren vor unterdrückter Wut angespannt. »Dies ist die letzte Warnung. Halte dich von meiner Schwester fern, sonst fordere ich dich zum Duell.« In der Menge über ihnen hörte man erschrockenes Aufkeuchen.

Marcus zwang sich, ruhig zu atmen. Besonnenheit hatte ihm in vielen brisanten Situationen geholfen, doch dieses Mal bemühte er sich nicht, die Lage zu beruhigen. Er hatte eine Mission und eigene Pläne. Für beides musste er viel Zeit mit Elizabeth verbringen. Dem durfte einfach nichts im Wege stehen.

So nahm er Williams Herausforderung an und trat so dicht an ihn heran, bis nur noch Zentimeter sie trennten. Seine Stimme wurde gefährlich sanft, als er sagte: »Es wäre nicht klug, dich in meine Beziehung zu Elizabeth einzumischen. Es gibt noch vieles zwischen uns zu klären, da verbitte ich mir jegliche Einmischung. Ich würde ihr niemals absichtlich schaden. Doch solltest du an meinem Wort zweifeln, nenne mir auf der Stelle deinen Sekundanten. Meine Position ist eindeutig und wichtig genug, um jedes Risiko einzugehen.«

»Auch wenn du dein Leben riskierst?«

»Ohne jeden Zweifel.«

Ominöses Schweigen trat ein, als sie sich mit abschätzenden Blicken maßen. Marcus zeigte deutlich, wie entschlossen er war. Er würde sich nicht abschrecken lassen, und wenn man ihm mit dem Tode drohte.

William hingegen sah ihn durchdringend an. In den vergangenen Jahren hatten sie es geschafft, sich in der Öffentlichkeit mit frostiger Höflichkeit zu begegnen. Aber da William verheiratet und Marcus Junggeselle war, hatten sie kaum Gelegenheit gehabt, ein paar Worte miteinander zu wechseln. Marcus bedauerte das. Er hatte oft die Gesellschaft seines Freundes vermisst, der ein anständiger Mann war. Doch William hatte zu schnell sein Urteil gefällt, und Marcus würde sich nicht dazu herablassen, sich vor tauben Ohren zu verteidigen.

»Sollen wir zum Fest zurückkehren, Lady Barclay?«, fragte William schließlich und entspannte sich ein wenig.

»Ich glaube, es ist etwas kühl geworden«, murmelte Marcus.

»Ja, Mylord«, nickte Lady Barclay. »Das wollte ich auch gerade sagen.«

Marcus verbarg sein Bedauern, nickte, machte auf dem Absatz kehrt und verschwand.

Elizabeth durchquerte mit einem stillen Seufzer die Eingangshalle von Chesterfield Hall. Ihre Lippen pochten immer noch und schmeckten nach Marcus – ein schweres Aroma, das eine Frau leicht um den Verstand bringen konnte. Obwohl ihr Herz jetzt nicht mehr so raste, fühlte sie sich immer noch, als wäre sie eine lange Strecke gerannt. Dankbar ließ sie sich von ihrem Butler den schweren Umhang abnehmen und zupfte sich ihre Handschuhe ab, dann ging sie direkt zur Treppe. Es gab so vieles zu bedenken, zu viel! Sie hatte nicht damit gerechnet, dass Marcus so verdammt hartnäckig sein würde. Der Umgang mit einem solchen Mann erforderte sorgfältige Planung.

»Mylady?«

Sie wandte sich zu ihrem Diener um.

Er trug ein Silbertablett mit einem cremefarbenen Brief. Obwohl der Umschlag ganz harmlos aussah, erschauerte Elizabeth bei seinem Anblick, denn die Schrift und das Papier waren genau dieselben wie bei dem Brief, in dem die Herausgabe von Hawthornes Tagebuch gefordert wurde.

Sie schüttelte den Kopf und atmete geräuschvoll aus. Marcus würde sie morgen aufsuchen, da war sie ganz sicher. Was auch immer das Schreiben enthielt, konnte bis morgen warten. Es hatte keinen Sinn, es allein zu lesen. Sie wusste, wie gefährlich die Missionen des Agentenrings waren, und nahm ihre Beteiligung nicht auf die leichte Schulter. Wenn Marcus sie unbedingt quälen wollte, dann würde sie zumindest einen kleinen Nutzen daraus ziehen.

Sie entließ den Diener mit einer Handbewegung, raffte die Röcke und ging die Treppe hinauf.

Es war eine Ironie des Schicksals, dass ausgerechnet dem Mann nicht zu trauen war, der sie doch beschützen sollte.

4. Kapitel

Im Gegensatz zu Marcus' eigenem Stadthaus am Grosvenor Square war Chesterfield Hall ein großes, verwinkeltes Gebäude ohne direkte Nachbarn. Nun stand Marcus in der Eingangshalle, gab dem wartenden Lakaien Hut und Handschuhe und folgte dann dem Butler in den Salon.

Es entging ihm nicht, dass er im offiziellen Zimmer für Besucher empfangen wurde. Früher wäre er nach oben gebeten und fast wie ein Familienmitglied begrüßt worden. Nun hielt man ihn eines solchen Privilegs nicht mehr für würdig.

»Der Earl of Westfield«, verkündete der Diener.

Marcus blieb auf der Schwelle stehen, sah sich um und bemerkte interessiert das Porträt über dem Kamin. Die verstorbene Countess of Langston schaute ihn mit einem gewinnenden Lächeln an. Sie hatte die gleichen amethystfarbenen Augen wie ihre Tochter. Doch im Gegensatz zu Elizabeths zeigten sie keinerlei Misstrauen, sondern den sanften Glanz einer zufriedenen Frau. Elizabeth war selbst nur kurz Zeugin eines Glücks gewesen, das seine eigenen Eltern ein ganzes Leben lang begleitet hatte. Bei dem Gedanken hatte er einen Kloß im Hals.

Einst hatte er geschworen, sein ganzes Leben Elizabeths Glück zu widmen. Jetzt wollte er nur noch sein Verlangen nach ihr loswerden und sich von ihrem Fluch befreien.

Er biss die Zähne zusammen, wandte den Blick von dem

schmerzbehafteten Porträt ab und entdeckte die kurvenreiche Gestalt, die ihn bis in seine Träume verfolgte. Als der Butler die Tür mit einem leisen Klicken hinter ihm schloss, drehte Marcus den Schlüssel um.

Elizabeth stand an dem Fenster mit dem Rundbogen, das auf den Garten hinausging. Sie trug ein schlichtes Tageskleid aus Musselin und wirkte im indirekten Sonnenlicht so jung wie bei ihrer ersten Begegnung. Wie immer erwachten all seine Sinne und ließen ihn aufs Deutlichste ihre Nähe spüren. Unter den vielen Frauen, die er gekannt hatte, hatte ihn noch nie eine so tief und intensiv berührt wie Elizabeth.

»Guten Tag, Lord Westfield«, sagte sie mit der dunklen, kehligen Stimme, bei der er sofort an zerwühlte Seidenlaken denken musste. Sie warf einen vielsagenden Blick auf seine Hand, die immer noch den Türknauf umfasst hielt. »Mein Bruder ist auch im Haus.«

»Schön für ihn.« Mit wenigen Schritten überquerte er den riesigen Aubusson-Teppich und hob ihre Fingerspitzen an seine Lippen. Ihre Haut fühlte sich wunderbar an, ihr Duft war erregend. Seine Zunge schnellte zwischen ihre Finger, und er sah, wie ihre Pupillen sich weiteten und ihre Iris dunkler wurde. Dann führte er ihre Hand an sein Herz und behielt sie dort. »Gedenkst du, wieder in dein Haus zu ziehen, nun, da deine Trauerzeit vorbei ist?«

Sie verengte ihre Augen zu Schlitzen. »Das würde die Sache einfacher für dich machen, nicht wahr?«

»Sicherlich würden durch ein privateres Arrangement Frühstücke im Bett und Schäferstündchen am Nachmittag begünstigt werden«, antwortete er leichthin.

Elizabeth entriss ihm ihre Hand und wandte sich ab. Marcus verbiss sich ein Lächeln.

»Wenn man bedenkt, wie sehr du mich verachtest«, murmelte sie, »ist es mir unbegreiflich, warum du unbedingt mit mir intim werden willst.«

»Körperliche Nähe erfordert keine Intimität.«

Ihre Schultern versteiften sich. »Ach ja«, höhnte sie. »Das hast du ja oft genug bewiesen, nicht wahr?«

Marcus schnippte eine nicht vorhandene Fluse von seinen gerüschten Manschetten, ging zu einem Sofa und richtete seine Jacke, bevor er Platz nahm. Auf gar keinen Fall wollte er seinen Ärger über ihren Ton zeigen. Schuldzuweisungen konnte er nicht gebrauchen, er fühlte sich ohnehin schon oft genug schuldig. »Aus mir ist nur geworden, was du in mir gesehen hast. Was hätte ich denn tun sollen, meine Liebe? Wahnsinnig werden, wenn ich an dich denke? Oder gar vor Sehnsucht?«

Er seufzte dramatisch, damit sie ihn endlich anschaute. Ihr Gesicht zu sehen war ein schlichtes Vergnügen, aber nach vier Jahren Trennung brauchte er es wie die Luft zum Atmen. »Du bist so hartherzig und grausam, da überrascht es mich wahrlich nicht, dass du mir selbst den kleinsten Trost missgönnst.«

Elizabeth wirbelte herum. Ihre Wangen waren hochrot. »Gibst du etwa mir die Schuld?«

»Wem denn sonst?« Er ließ seine Schnupftabaksdose aufschnappen und nahm eine kleine Prise. »Du hättest all die Jahre in meinen Armen liegen sollen. Stattdessen musste ich mich jedes Mal, wenn ich mit einer anderen ins Bett ging, an die Hoffnung klammern, dich endlich vergessen zu können. Aber das bewirkte keine. Keine Einzige.« Er ließ den Deckel zuschnappen.

Sie sog so heftig den Atem ein, dass ihre Nasenflügel bebten.

»Oft löschte ich auch das Licht und machte die Augen zu. Dann tat ich so, als lägest du unter mir, als schliefe ich mit dir.«

»Du verdammter Mistkerl!« Sie ballte ihre Hände zu Fäusten. »Warum musstest du ausgerechnet wie mein Vater werden?«

»Wäre ich dir als Mönch lieber?«

»Immer noch besser als ein Libertin!«

»Während du die Bedürfnisse eines anderen befriedigst und kein bisschen leidest?« Er bemühte sich, ruhig und gelassen zu wirken, doch sein ganzer Körper war aufs Äußerste angespannt. »Hast du an mich gedacht, Elizabeth? In deinem Ehebett? Hast du je von mir geträumt? Hast du je gewünscht, es wäre mein Körper, der auf dir liegt und dich erfüllt? Mein Schweiß, der deine Haut benetzt?«

Eine Weile stand sie reglos da, ehe sich ihr sinnlicher Mund plötzlich zu einem einladenden Lächeln verzog, bei dem sich sein Unterleib krampfte. Als der Butler ihn hereinbat, hatte er gewusst, dass Elizabeth nicht mehr flüchten oder sich verstecken wollte. Er hatte sich auf einen Kampf gefasst gemacht. Aber ein sexueller Angriff wäre ihm nie in den Sinn gekommen. Würde er sie jemals verstehen?

»Soll ich dir von meinem Ehebett erzählen, Marcus?«, gurrte sie. »Möchtest du hören, auf wie viele verschiedene Arten Hawthorne mich genommen hat? Was er mochte, wonach er sich verzehrte? Hm? Oder soll ich dir lieber erzählen, wie ich es mochte? Wie ich am liebsten genommen werde?«

Sie schlenderte auf ihn zu und schwang dabei so einladend ihre Hüften, dass sein Mund trocken wurde. Bei all ihren Begegnungen hatte ihn Elizabeth noch nie so herausgefordert. Es verstörte ihn zutiefst, wie sehr ihn das erregte, vor allem angesichts der Tatsache, dass er in den letzten vier Jahren nur Affären hatte, die von seinen Liebhaberinnen ausgingen, nicht von ihm.

Es war auch nicht hilfreich, dass seine widerstrebende Leidenschaft von ihren Worten und den damit hervorgerufenen Bildern entzündet wurde. Er stellte sich vor, wie sie mit dem Gesicht nach unten auf dem Bett lag, willig und mit gespreizten Beinen, während ein anderer von hinten in sie hineinstieß. Sein Kieferknochen schmerzte, so heftig biss er die Zähne zusammen, und primitive Besitzansprüche brachten ihn fast zur Weißglut. Er riss seine Jacke auf und enthüllte seine Erektion, die sich deutlich unter seiner Hose abmalte. Sie stockte kurz, dann hob sie ihr Kinn und kam weiter auf ihn zu.

»Ich bin kein Unschuldslamm, das beim Anblick eines erregten Mannes schreiend davonrennt.« Elizabeth blieb vor ihm stehen und legte ihm ihre Hände auf die Knie. Direkt vor ihm hing ihr üppiger Busen, der fast aus dem runden, mit Satin eingefassten Ausschnitt ihres Leibchens quoll. Bei Abendkleidern wurde der Busen vom Korsett flachgedrückt. Doch tagsüber wurde ihm weit mehr Freiheit zugestanden, und Marcus' Augen hingen wie festgenagelt an der Beute, die zum Greifen nahe schien, für ihn allein.

Da er niemals eine Gelegenheit verstreichen ließ, umfasste er die nackten Oberseiten ihrer Brüste mit beiden Händen und hörte dankbar, wie sie scharf zischend die Luft zwischen ihren Zähnen einsog. Ihr Körper hatte seine jungfräuliche Zartheit verloren und zeigte jetzt die reifen Rundungen einer Frau. Er knetete und kniff ihren Busen, während er auf die Mulde dazwischen starrte und sich vorstellte, seinen Schwanz hineinzuschieben. Bei dem Gedanken knurrte er unwillkürlich, dann blickte er hinauf zu ihrem Mund und sah in einer Aufwallung von Lust, wie sie sich mit der Zunge über die Unterlippe strich.

Doch plötzlich richtete sie sich auf, wandte ihm den Rücken zu und griff nach etwas auf dem Beistelltisch. Noch bevor er ihr befehlen konnte, zu ihm zurückzukommen, warf sie ihm einen versiegelten Brief gegen die Brust und entfernte sich ein paar Schritte von ihm. Er wusste schon, was darin stand. Dennoch wartete er, bis sein Atem und sein Puls sich beruhigt hatten, ehe er seine ganze Aufmerksamkeit darauf wandte. Er bemerkte, dass er das Papier schon mal gesehen hatte, Stärke und Farbton waren weitverbreitet.

Er brach vorsichtig das glatte Siegel auf und überflog den Brief. »Wie lange hast du ihn schon?«, fragte er schroff.

»Ein paar Stunden.«

Marcus drehte das Papier um und sah anschließend zu ihr auf. Elizabeth war errötet und ihr Blick verschwommen, doch sie hatte ihr Kinn energisch vorgereckt. Er runzelte die Stirn und stand auf. »Warum hast du ihn nicht schon vorher geöffnet?«

»Weil ich weiß, was darin steht. Er will sich mit mir treffen und das Tagebuch haben. Da ist es doch gleich, wie er sein Anliegen formuliert, oder? Hast du einen Blick in Hawthornes Tagebuch geworfen?«

Er nickte. »Die Karten waren leicht zu entschlüsseln. Hawthorne hat ein paar detaillierte Zeichnungen von englischen und schottischen Küstenbereichen angefertigt, genau wie von ein paar Wasserstraßen in den Kolonien, die mir bekannt sind. Aber sein Code ist schwer zu entziffern. Ich hatte gehofft, mehr Zeit dazu zu haben.«

Er faltete den Brief wieder und steckte ihn in seine Tasche. Kryptografie war ein Steckenpferd, das er sich nach Elizabeths Hochzeit zugelegt hatte. Weil dazu höchste Konzentration erforderlich war, bot es ihm kurze Zeitspannen, in denen er nicht an sie denken musste. Ein seltenes Geschenk. »Ich kenne die Stelle, die er genannt hat. Avery und ich werden ganz in der Nähe sein, um dich zu beschützen.«

Sie zuckte die Achseln und sagte: »Wie du willst.«

Er stand auf und trat zu ihr. Packte sie bei den Schultern und schüttelte sie. Heftig. »Wie zum Teufel kannst du so verdammt ruhig sein? Ist dir denn die Gefahr nicht bewusst? Oder hast du völlig den Verstand verloren?«

»Was soll ich denn machen?«, fauchte sie. »Zusammenbrechen? Haltlos schluchzen?«

»Ein bisschen Gefühl würde schon reichen. Irgendwas, das mir zeigen würde, dass du dich um seine Sicherheit sorgst.« Er löste die Hände von ihren Schultern und griff in ihre Haare, neigte ihren Kopf in den von ihm gewünschten Winkel. Dann küsste er sie so heftig, wie er sie geschüttelt hatte. Er drängte sie zurück, sodass sie stolperte, bis er sie gegen die Wand drückte.

Elizabeth hatte sich an seinem Hemd festgeklammert und grub ihre Nägel jetzt tief in seine Haut. Sie hatte den Mund geöffnet und empfing willig seine drängende Zunge. Obwohl er jegliche Raffinesse vermissen ließ, zitterte sie, wimmerte gequält und schmolz plötzlich dahin. Sie erwiderte seinen Kuss mit einer Heftigkeit, die ihm fast die Beherrschung raubte.

Auf einmal bekam er keine Luft mehr und riss sich von ihr los. Er presste seine Stirn gegen ihre und stöhnte frustriert auf. »Warum wirst du erst lebendig, wenn ich dich berühre? Hast du nie die Fassade satt, hinter der du dich versteckst?«

Sie kniff die Augen zu und wandte das Gesicht ab. »Und was ist mit deiner Fassade?«

»Gott, du bist so stur!« Er drückte sein Gesicht unsanft an ihres und rieb ihren Geruch in seine feuchte Haut, während er gleichzeitig seinen Schweiß auf ihrer Wange hinterließ. Mit rauer, drängender Stimme flüsterte er: »Du musst all meinen Anweisungen folgen und darfst nicht zulassen, dass deine Gefühle dir im Weg stehen.«

»Ich vertraue deinem Urteil«, sagte sie.

Er erstarrte und umkrallte ihr Haar, bis sie zurückzuckte.

»Wirklich?«

Plötzlich war die Atmosphäre zwischen ihnen aufgeladen.

»Wirklich?«, wiederholte er.

»Was ist …« Sie schluckte hart und drückte ihre Nägel noch tiefer in seine Haut. »Was ist in jener Nacht passiert?«

Er stieß die Luft aus, die er angehalten hatte. Sein ganzer Körper entspannte sich, als die Vergangenheit ihn aus ihrem gnadenlosen Griff entließ. Marcus erkannte, dass nur die kalte Wut über ihre geplatzte Verlobung ihn all die Jahre angetrieben hatte.

»Setz dich.« Er löste sich von ihr und wartete, bis sie zum Sofa gegangen war. Eine ganze Weile sah er sie nur an und weidete sich am Anblick ihrer zerzausten Haare und geschwollenen Lippen. Von Anfang an hatte er ihr begierig nachgestellt und sie ständig in stille Ecken gezogen, um ihr überstürzte, verzweifelte Küsse zu rauben. Obwohl er einen Skandal riskierte, wollte er unbedingt Elizabeths inneres Feuer sehen, das sie so gut verbarg. Ihre Schönheit war nur die Hülle eines geheimnisvollen und faszinierenden Schatzes. Aber ihre Augen verrieten sie. Darin war keine Spur der Sanftmut und Demut zu finden, die man von einer Lady erwartete. Sondern Herausforderungen und Abenteuer, die entdeckt und erforscht werden wollten.

Wieder fragte er sich, ob Hawthorne das Glück gehabt hatte, sie in all ihren Facetten zu sehen. War sie für ihn dahingeschmolzen, hatte sie sich ihm geöffnet, war sie durch seine Liebe weich geworden, hatte er sie erfüllt?

Er biss die Zähne zusammen und verdrängte diese quälenden Gedanken. »Du kennst Ashford Shipping?«

»Natürlich.«

»In einem Jahr habe ich ein kleines Vermögen an einen Piraten namens Christopher St. John verloren.«

»St. John?« Sie runzelte die Stirn. »Meine Zofe hat diesen Namen mal erwähnt. Er ist ziemlich beliebt, fast wie ein Held. Ein Wohltäter für die Armen und Benachteiligten.«

Marcus schnaubte. »Ein Held ist er sicher nicht. Dieser Mann ist ein rücksichtsloser Halsabschneider. Seinetwegen bin ich an Lord Eldridge herangetreten. Ich verlangte, dass man sich um St. John kümmerte. Doch Eldridge bot mir an, mich so auszubilden, dass ich mich selbst um ihn kümmern konnte.« Er verzog ironisch die Lippen. »Die Aussicht, selbst Vergeltung zu üben, war unwiderstehlich.«

Elizabeth schürzte die Lippen. »Aber natürlich. Ein normales Leben ist ja so schrecklich langweilig.«

»Manche Aufgaben erfordern eben persönlichen Einsatz.«

Er verschränkte die Arme vor der Brust und genoss es, ihre ungeteilte Aufmerksamkeit zu haben. Er genoss es, sich einfach mit ihr zu unterhalten, trotz ihrer verächtlichen Bemerkungen. Sein ganzes Leben lang war er bedient und bewundert worden. Elizabeths Weigerung, ihn anders als jeden normalen Mann zu behandeln, war eine ihrer attraktivsten Eigenschaften.

»Ich werde nie verstehen, wieso ein gefährliches Leben reizvoll ist, Marcus. Ich will Ruhe und Frieden.«

»Verständlich, bei der Familie, in der du aufgewachsen bist. Es gab keine Struktur, und du warst dir selbst überlassen, weil die männlichen Mitglieder deiner Familie zu sehr mit ihren eigenen Vergnügungen beschäftigt waren.«

»Wie gut du mich kennst«, bemerkte sie bissig.

»Ich hab dich schon immer so gut gekannt.«

»Dann musst du zugeben, wie schlecht wir zusammenpassen.«

»Ich gebe nichts dergleichen zu.«

Sie winkte abschätzig ab. »Was jene Nacht betrifft …«

Er sah, wie sie ihr Kinn hob, als erwarte sie einen herben Schlag, und seufzte. »Ich erfuhr von einem Mann, der möglicherweise vernichtende Informationen über St. John hatte. Wir wollten uns am Kai treffen. Im Gegenzug bat er mich um einen Gefallen. Seine Frau war schwanger und wusste zu ihrem eigenen Schutz nichts von seinen Aktivitäten. Er bat mich, sie zu beschützen, sollte ihm etwas passieren.«

»Die Frau im Bademantel war seine Ehefrau?« Sie riss die Augen auf.

»Ja. Bei unserem Treffen wurden wir angegriffen. Als sie Kampfgeräusche hörte, kam sie zu uns, um zu sehen, was los war. Dabei wurde sie ins Wasser geworfen, und ich sprang ihr nach. Ihr Mann wurde erschossen.«

»Du warst nicht mit ihr im Bett.« Das war keine Frage, sondern eine Feststellung.

»Selbstverständlich nicht«, antwortete er schlicht. »Aber wir beide waren schmutzig. Ich nahm sie mit nach Hause, damit sie baden konnte, und inzwischen arrangierte ich etwas für sie.«

Elizabeth stand auf und fing an hin und her zu laufen, während sie krampfhaft ihre Hände zu Fäusten ballte. »Wahrscheinlich war mir das immer bewusst.«

Marcus stieß ein humorloses Lachen aus. Er wartete, ob sie noch etwas sagen wollte, und fragte sich, ob er noch bei Verstand war, weil er sie weiterhin wollte. Er hatte schon lange vermutet, dass seine angebliche Untreue nur ein Vorwand für sie gewesen war, die Verlobung zu lösen. An diesem Nachmittag sah er seinen Verdacht bestätigt, denn weder bat sie um eine zweite Chance, noch unternahm sie einen Versuch, sich mit ihm zu versöhnen. Und ihr Schweigen brachte ihn so in Rage, dass er ihr am liebsten Gewalt angetan hätte.

Er ballte die Fäuste, um den Drang zu unterdrücken, sie zu packen, ihr die Kleider vom Leib zu reißen, sie zu Boden zu drücken und seinen Schwanz in sie zu stoßen. Dann konnte sie ihn nicht mehr missachten. Einen anderen Weg, ihren Schutzpanzer zu durchdringen, kannte er nicht.

Doch sein Stolz würde nicht zulassen, dass er ihr zeigte, wie verletzt er war. Dennoch würde er eine Veränderung bei ihr bewirken, zumindest einen winzigen Riss in ihrer Fassade.

»Ich war genauso erstaunt wie du, als sie hereinkam, Elizabeth. Sie dachte wohl, du wärst die Frau, die sich ihrer annehmen sollte. Sie konnte ja nicht ahnen, dass meine Verlobte mich zu nächtlicher Stunde aufsuchen würde …«

»Sie hatte nichts an …«

»Ihre Kleider waren nass. Sie hatte nur den Bademantel, den meine Haushälterin ihr lieh.«

»Du hättest mir nachlaufen sollen«, sagte sie mit leiser, zorniger Stimme.

»Das habe ich versucht. Ich gestehe, es hat einen Moment gedauert, mich von deiner Ohrfeige zu erholen. Du warst einfach zu schnell. Als die Witwe versorgt war und ich zu dir kommen konnte, warst du schon mit Hawthorne abgereist.«

Elizabeth unterbrach ihr rastloses Umhergehen, und das Rascheln ihrer Röcke verstummte. Sie wandte ihm den Kopf zu und sah ihn mit diesen Augen an, die viel zu viel vor ihm verbargen. »Hasst du mich?«

»Hin und wieder.« Er zuckte die Achseln, um seine tiefe Verbitterung zu verbergen, die an ihm nagte und alles in seinem Leben vergiftete.

»Du willst Rache«, stellte sie tonlos fest.

»Das ist das wenigste. Vor allem will ich Antworten. Warum bist du mit Hawthorne durchgebrannt? Hattest du solche Angst vor deinen Gefühlen mir gegenüber?«

»Vielleicht war er immer eine Alternative.«

»Das kann ich nicht glauben.«

Sie verzog grimmig ihre sinnlichen Lippen. »Fühlst du dich dadurch in deinem Stolz gekränkt?«

Er schnaubte. »Lass die Spielchen. Du willst mich, ob es dir gefällt oder nicht.«

Er ging auf sie zu, aber sie hielt ihn mit ausgestreckter Hand auf. Zwar wirkte sie ruhig, ihre Finger zitterten allerdings heftig. Dann ließ sie den Arm sinken.

Hinter ihren Differenzen steckte weitaus mehr, als er bis jetzt erkannt hatte. Sie waren Fremde, die jenseits aller Vernunft voneinander angezogen waren. Doch er würde die Wahrheit herausbringen. Trotz seiner Angst, dass sie sich ihm wieder entziehen würde, war sein Drang nach ihr stärker als sein Selbstschutz.

Sie hatte gefragt, ob er sie hasste. In Augenblicken wie diesen tat er das. Er hasste sie dafür, dass sie ihm so viel bedeutete, hasste sie, weil sie immer noch schön und begehrenswert war, hasste sie, weil sie die Einzige war, die er je so gewollt hatte.

»Erinnerst du dich an deine erste Saison?«, fragte er mit heiserer Stimme.

»Natürlich.«

Er ging zur reich mit Schnitzereien verzierten Anrichte und schenkte sich einen kleinen Drink ein. Zwar war es noch zu früh für Alkohol, aber das kümmerte ihn im Moment nicht. Er fror innerlich, und als die scharfe Flüssigkeit durch seine Kehle floss, genoss er die Wärme, die sich in ihm ausbreitete.

In jenem Jahr hatte er keine Braut gesucht – und auch danach nicht. Im Gegenteil: Er war Debütantinnen und ihren Fallstricken aus dem Weg gegangen. Doch ein Blick auf Elizabeth hatte alles geändert.

Er hatte arrangiert, dass sie einander vorgestellt wurden, und sie hatte ihn mit ihrer Selbstsicherheit beeindruckt, die ihr Alter Lügen strafte. Als er sie um einen Tanz bat, war er hocherfreut, dass sie trotz seines schlechten Rufs zustimmte. Und allein die Berührung ihrer behandschuhten Hand hatte so mächtig alle Sinne in ihm geweckt, wie er es nie zuvor – und danach – erlebt hatte.

»Du hast mich von Anfang an fasziniert, Elizabeth.« Er starrte in sein leeres Glas und rollte es zwischen den Händen hin und her. »Wenn ich mir Freiheiten herausnahm, hast du nicht gestammelt oder bist ohnmächtig geworden, sondern hast mich aufgezogen oder sogar die Stirn besessen, mich zu tadeln. Als du zum ersten Mal in meiner Gegenwart geflucht hast, war ich so geschockt, dass ich gestolpert bin. Weißt du noch?«

Ganz leise drang ihre Stimme durchs Zimmer. »Wie könnte ich das vergessen?«

»Jede Matrone war empört, weil du mich dazu gebracht hast, laut zu lachen.«

Nach diesem denkwürdigen ersten Tanz war er darauf erpicht gewesen, zu denselben Empfängen zu gehen wie sie. Dazu musste er manchmal bei mehreren Häusern vorsprechen, bis er sie fand. Die Konvention verbot, dass er mehr als einmal pro Abend mit ihr tanzte und unbeaufsichtigt mit ihr zusammen war, doch trotz dieser Beschränkungen entdeckten sie ihre Zuneigung zueinander. Mit ihr langweilte er sich nie, stattdessen war er unendlich fasziniert.

Elizabeth war zwar freundlich, geriet aber rasch in Rage und beruhigte sich genauso schnell wieder. Sie besaß bereits im Übermaß alle Attribute einer Frau, doch hatte sie sich eine Kindlichkeit bewahrt, die gleichzeitig reizend und frustrierend war. Er bewunderte ihre Stärke, aber erst flüchtige Einblicke in ihre Verletzlichkeit machten aus seiner Verliebtheit etwas Tieferes. Er sehnte sich danach, sie vor der Welt zu beschützen, ihr ein Heim zu bieten und sie nur für sich allein zu haben.

Und das hatte sich trotz all der Jahre und ihrer Missverständnisse nicht geändert.

Marcus fluchte leise und fuhr dann zusammen, als sie ihn an der Schulter berührte.

»Ich weiß, was du denkst«, flüsterte sie. »Aber so kann ich nie wieder sein.«

Er lachte schroff. »Ich verspüre nicht den geringsten Wunsch, die Zeit zurückzudrehen. Ich will einfach mein verzehrendes Verlangen nach dir loswerden. Und du wirst dabei nicht leiden müssen, das kann ich dir versprechen.«

Er drehte sich um, blickte in ihr Gesicht und sah, dass ihre amethystfarbenen Augen eine rätselhafte Traurigkeit zeigten. Ihre Unterlippe zitterte, und er beendete dieses verräterische Beben, indem er ihr mit dem Daumen darüberstrich.

»Ich muss gehen und alles für das morgige Treffen vorbereiten.« Er legte ihr die Hand auf die errötete Wange und senkte sie dann zu ihrem Busen. »Ich spreche mit den Leibwächtern, die Avery dir zugeteilt hat. Sie werden dir in sicherem Abstand folgen. Trage unauffällige Kleidung. Keinen Schmuck. Feste Schuhe.«

Elizabeth nickte und rührte sich nicht, als er den Kopf zu ihr neigte und sie flüchtig küsste. Nur ihr rasendes Herz unter seiner Handfläche verriet ihm, wie sehr es sie berührte. Er schloss die Augen, als sich seine Brust und seine Lenden schmerzlich zusammenzogen. Er hätte sein ganzes Vermögen dafür geopfert, diese Sehnsucht loszuwerden.

Voller Selbstverachtung ging er an ihr vorbei und verschwand. Schon jetzt hasste er jede einzelne Sekunde, bis er sie wiedersehen konnte.

5. Kapitel

Marcus starrte durch das Gebüsch, das ihn verbarg. Als ihm ein Schweißtropfen zwischen den Schulterblättern hinunterrann, biss er die Zähne zusammen. Ein paar Meter von ihm entfernt auf einer Lichtung stand Elizabeth und umklammerte mit ihren Händen das Tagebuch. Das Gras unter ihr war niedergetreten und verbreitete frühlingshaften Geruch, der auf Marcus jedoch nicht wie sonst beruhigend wirkte.

Er hasste es, sie dort drüben allein stehen zu lassen, dem Unbekannten preisgegeben, der dieses Buch wollte. Als er sah, wie sie nervös von einem Fuß auf den anderen trat, wollte er zu ihr, sie beruhigen und die Bürde des Wartens auf seine eigenen Schultern laden.

Er hatte nur sehr wenig Zeit für Vorbereitungen gehabt. Da Bäume von allen Seiten den Übergabeort säumten, war er nur schwer zu überwachen. Es gab einfach zu viele Verstecke. Avery und die Leibwächter, die die ausgetretenen Pfade beobachteten, die zum Treffpunkt führten, waren für ihn nicht zu sehen. Er fühlte sich hilflos, weil sie keinerlei Signale austauschen konnten. Außerdem lag es nicht in seiner Natur, geduldig abzuwarten, daher umklammerte er mit Ingrimm den Griff seines kurzen Schwerts. Warum zum Teufel ließ er sich so viel Zeit?

Diese Mission war eine der wichtigsten, die ihm je zugeteilt worden waren; sie verlangte Geistesgegenwärtigkeit und unfehlbare Besonnenheit, die all seine Unternehmungen auszeichnete. Doch zu seiner Bestürzung musste er feststellen, dass er jetzt nicht imstande war, einen kühlen Kopf zu bewahren. Ein Versagen war nie infrage gekommen, aber hier … hier ging es um Elizabeth!

Als hätte sie seinen inneren Aufruhr gespürt, blickte sie sich verstohlen um und suchte nach ihm. Als er sah, wie sie ihre Unterlippe zwischen die Zähne zog, stockte ihm der Atem. Schon so lange hatte er nicht mehr die Gelegenheit gehabt, sie ungestört zu betrachten. Er nahm jedes Detail in sich auf: vom trotzig gehobenen Kinn bis zum unruhigen Befingern des Tagebuchs. Eine leichte Brise fuhr durch ihre Locken und legte ihren schlanken weißen Hals frei. Einen Moment abgelenkt durch ihren Mut und seinen heftigen Drang, sie zu beschützen, sah er die dunkle Gestalt, die sich von einem Baum fallen ließ, erst, als es zu spät war. Dann aber sprang er auf. Das Blut rauschte ihm so laut in den Ohren, dass er kaum etwas hörte.

Elizabeth wurde zu Boden geschlagen, und das Tagebuch flog ihr aus den Händen. Sie schrie auf, wurde jedoch von dem Gewicht des Mannes auf ihr sofort zum Schweigen gebracht.

Mit wütendem Grollen hechtete Marcus über die Büsche und riss den Angreifer von ihr fort, schlug mit den Fäusten auf ihn ein, als sie über den Boden rollten. Ein rascher Schlag betäubte den maskierten Mann, doch Marcus bearbeitete ihn weiter mit den Fäusten, rasend vor Zorn und dem Drang, jeden zu töten, der Elizabeth bedrohte. Wie ein Besessener schlug er knurrend auf ihn ein, getrieben davon, sich aus den Fängen der Angst um sie zu lösen.

Elizabeth lag reglos und mit offenem Mund da. Sie hatte gewusst, dass Marcus stark war, er hatte allerdings immer Selbstbeherrschung gezeigt. Sie hatte sich romantischen Vorstellungen von ihm hingegeben, wie er mit lässiger Arroganz ein Schwert schwang oder eine Pistole zückte, seine Gegner mit ein paar schlagfertigen Bemerkungen provozierte, bevor er mühelos kurzen Prozess mit ihnen machte. Doch nie hätte sie sich vorstellen können, was sie nun sah: Marcus als rachsüchtigen Berserker, der einen Menschen ohne Weiteres mit bloßen Händen töten konnte und genau dies offenbar jetzt beabsichtigte.

Als er dem Mann die Hände an die Kehle legte, der als Einziger das Rätsel um das Tagebuch lösen konnte, sprang sie mit vor Schreck großen Augen auf. »Nein! Bring ihn nicht um!«

Marcus hörte Elizabeths Stimme, und in diesem Moment lichtete sich der Nebel des Blutrauschs vor seinen Augen, und er lockerte seinen Griff. Mit erstaunlicher Kraft schnellte sein Gegner nach oben, warf Marcus auf den Rücken und befreite sich so ganz von ihm.

Marcus rollte sich schnell auf den Bauch und sprang kampfbereit auf, aber der Angreifer schnappte sich das Tagebuch und floh.

Ganz kurz blitzte die Mündung einer Pistole auf, als der Fliehende sich umdrehte und zielte, doch das genügte Marcus, um sich zu Elizabeth zu stürzen und sie aus der Schussbahn zu stoßen. Aber er war nicht schnell genug. Der Schuss hallte von den Bäumen wider. Er stieß einen Warnschrei aus und drehte sich um. Bei dem Anblick, der sich ihm bot, stockte ihm das Herz.

Elizabeth stand bei ihrem Pferd, ihre Haare hingen ihr aufgelöst über den Schultern. In ihrer ausgestreckten Hand sah er den rauchenden Lauf einer Schusswaffe.

Als ihm klar wurde, woher der Schuss gekommen war, wandte

er den Kopf und sah wie betäubt, dass der Angreifer sich dort, wo er gefallen war, aufzustehen bemühte, während seine Pistole immer noch über das taufeuchte Gras schlitterte. Seine linke Hand hing schlaff herunter, das rote Tagebuch hatte er fallen gelassen. Die rechte presste er gegen eine Schusswunde an der Schulter. Fluchend tauchte er zwischen zwei Büsche und verschwand im Wäldchen.

Starr vor Staunen sah Marcus zu, wie Avery ihm nachrannte.

»Zum Teufel noch mal«, knurrte er dann, wütend auf sich, weil er nicht verhindert hatte, dass die Lage so außer Kontrolle geriet.

Elizabeth fasste ihn am Arm und fragte drängend und mit zittriger Stimme: »Bist du verletzt?«

Angesichts ihrer Besorgnis riss er die Augen auf.

»Verdammt, Marcus! Fehlt dir etwas? Hat er dich verletzt?«

»Nein, nein, mir geht es gut. Was zum Teufel willst du damit?« Wie betäubt starrte er auf die Pistole in ihrer Hand.

»Dir das Leben retten.« Sie drückte sich ihre Hand aufs Herz, atmete tief aus und ging dann zu dem auf dem Boden liegenden Tagebuch. »Danken kannst du mir, wenn du deine Fassung wiedergewonnen hast.«

Schweigend saß Marcus im Wohnzimmer seines Londoner Stadthauses. Er hatte Jacke und Weste ausgezogen, die Füße auf den Tisch gelegt und betrachtete die Reflexe, die das Glas in seiner Hand vom Licht aus dem Fenster hinter ihm spiegelte.

Es wäre untertrieben gewesen zu sagen, dass der Morgen eine Katastrophe gewesen war. Und doch hatte Elizabeth das Buch behalten und ihren Angreifer verwundet. Das überraschte Marcus nicht. Durch seine Freundschaft mit William wusste er einiges über ihre Kindheit.

Da ihre Mutter früh gestorben war, war sie von ihrem Vater und ihrem älteren Bruder aufgezogen worden, die beide für ihre Zügellosigkeit bekannt waren. Die Gouvernanten hatten sich die Klinke in die Hand gedrückt, weil die junge Elizabeth als schwer erziehbar galt. Ohne den beruhigenden Einfluss einer Frau im Haus war sie nahezu ein Wildfang.

Als sie noch Kinder waren, hatte William seine Schwester überallhin mitgenommen – war mit ihr in halsbrecherischem Tempo über Felder galoppiert, mit ihr auf Bäume geklettert und hatte Schießübungen veranstaltet. Sie war in glücklicher Unkenntnis all der gesellschaftlichen Regeln für Frauen aufgewachsen, bis sie ins Internat kam. Jahre rigorosen Benimmunterrichts hatten sie die nötigen Schliche gelehrt, mit denen sie sich vor ihm verstecken konnte, aber das scherte ihn nicht. Er würde sie aufdecken und entkräften, alle.

Das geheimnisvolle Tagebuch barg weitaus mehr Gefahren, als sie alle gedacht hatten. Jetzt mussten Maßnahmen zu Elizabeths Sicherheit getroffen werden.

»Danke, dass ich mich hier wieder in Ordnung bringen durfte«, sagte Elizabeth leise von der Türschwelle zum Schlafzimmer.

Sie hatte das Zimmer benutzt, das ursprünglich für sie gedacht war – als Herrin des Hauses. Als er sich zu ihr umdrehte, sah er, dass sie auf ihre verschränkten Hände starrte. »William hätte sofort gewusst, dass etwas passiert ist, wenn ich in aufgelöstem Zustand nach Hause gekommen wäre.«

Marcus bemerkte die dunklen Ringe unter ihren Augen. Schlief sie schlecht? Suchte er sie in ihren Träumen heim, so wie sie ihn in seinen?

»Ist deine Familie nicht hier?«, fragte sie und sah sich um, als könnte sie sie entdecken. »Lady Westfield? Paul und Robert?«

»Meine Mutter hat geschrieben, Roberts letztes Experiment würde sie noch aufhalten. Also sind wir allein.«

»Oh.« Sie biss sich auf die Unterlippe.

»Elizabeth, die ganze Sache ist äußerst gefährlich geworden. Wenn dieser Mann sich erst mal erholt hat, wird er dir wieder nachstellen. Und wenn er Kumpane hat, werden diese nicht warten.«

Sie nickte. »Das ist mir bewusst. Ich werde wachsam sein.«

»Das reicht nicht. Ich möchte, dass du Tag und Nacht bewacht wirst, nicht nur, wenn du ausgehst. Ich möchte, dass ständig jemand bei dir ist, selbst wenn du schläfst.«

»Das geht nicht. Wenn ich Leibwächter im Haus habe, wird William misstrauisch werden.«

Marcus stellte sein Glas ab. »William ist durchaus in der Lage, seine eigenen Entscheidungen zu treffen. Warum lässt du ihn nicht entscheiden, ob er dir helfen kann?«

Sie stützte ihre Hände in die Hüften. »Weil ich diese Entscheidung getroffen habe. Er hat endlich nichts mehr mit der verdammten Organisation zu tun. Seine Frau bekommt ein Kind. Auf gar keinen Fall werde ich sein Leben und Margarets Glück wegen nichts und wieder nichts riskieren.«

»Du bist doch nicht nichts«, knurrte er.

»Denk doch an das, was heute passiert ist.«

Er stand auf. »Ich denke die ganze Zeit daran. Ich kann an nichts anderes denken.«

»Du wurdest fast getötet.«

»Das weißt du nicht.«

»Ich war da …« Ihr brach die Stimme. Sie machte auf dem Absatz kehrt und ging mit großen Schritten zur Tür.

Rasch stellte er sich ihr in den Weg. »Ich bin noch nicht fertig, Madam.«

»Aber ich.« Sie versuchte, um ihn herum zu gehen, doch er blockierte immer wieder ihren Weg. »Verdammt. Du bist so verflucht arrogant.«

Als sie ihm mit dem Finger gegen die Brust stach, hielt er ihn fest. Erst da bemerkte er, dass sie zitterte.

»Elizabeth …«

Sie starrte ihn an, zierlich und zart und doch so hinreißend in ihrem Zorn. Bei dem Gedanken, dass sie hätte verletzt werden können, verkrampfte sich sein Magen. Als er in ihren Augen Angst schimmern sah, ging ihm das Herz auf.

»Giftspritze«, murmelte er und zog sie zu sich. Seine Fingerspitzen kribbelten von der Berührung ihrer Hand. Ihre Haut war so weich und glatt wie Satin. Er fuhr ihr mit dem Daumen über ihr Handgelenk und spürte, wie sich ihr Puls genau wie seiner beschleunigte. »Du warst heute so mutig.«

»Dein Charme wirkt bei mir nicht.«

»Sehr schade.« Er zog sie näher zu sich.

Sie schnaubte. »Ganz gleich, was ich sage, du versuchst immer weiter, mich zu verführen.«

»Ich versuche es nur? Es gelingt mir nicht?« Als er seine Finger mit ihren verschränkte, merkte er, wie kalt ihre Hand war. »Dann muss ich mich mehr bemühen.«

Ihre amethystfarbenen Augen funkelten gefährlich, aber ihm hatte ein Hauch von Gefahr immer gefallen. Zumindest dachte Elizabeth jetzt nicht mehr an den Angreifer. Ihre Hand wurde in seiner rasch wärmer. Er hatte die Absicht, auch ihren restlichen Körper zu wärmen.

»Du bemühst dich schon genug.« Elizabeth trat einen Schritt zurück.

Er folgte ihr und lenkte sie rückwärts zu seinem Schlafzimmer, das auf der anderen Seite seines privaten Wohnzimmers lag.

»Sind die Frauen immer auf dich reingefallen?«

Er zog die Augenbrauen hoch und sagte: »Ich weiß nicht, wie ich das beantworten soll.«

»Versuch's mal mit der Wahrheit.«

»Nun, dann ja, sind sie.«

Ihre Miene verfinsterte sich.

Er lachte und drückte ihre Finger. »Ah ... Es war immer schon die Eifersucht, die ich am leichtesten in dir wecken konnte.«

»Ich bin nicht eifersüchtig. Wenn andere Frauen dich wollen – meinen Segen haben sie.«

»Ach was.« Er lächelte, als ihre Miene sich noch mehr verfinsterte. Er trat näher zu ihr, umschlang sie mit ihren verschränkten Händen und zog sie zu sich.

Sie kniff die Augen zusammen. »Was hast du vor?«

»Ich lenke dich ab. Du bist überreizt.«

»Bin ich nicht.«

Er senkte den Kopf, woraufhin sie unwillkürlich die Lippen öffnete. Er roch Schießpulver und darunter ihr schweres Vanille-Rosen-Parfüm. Ihre Handfläche wurde feucht. Er rieb seine Nase an ihrer.

»Du warst heute Nachmittag einfach großartig.« Er streifte mit seinem Mund ihren und spürte, wie sie seufzte. Daraufhin knabberte er sanft an ihren Lippen. »Obwohl es dich schockiert, auf einen Mann geschossen zu haben, bereust du es nicht. Du würdest es wieder tun. Für mich.«

»Marcus ...«

Er stöhnte, verlor sich im Klang ihrer Stimme und ihrem

süßen Geschmack. Sein ganzer Körper spannte sich schmerzlich an, weil sie ihm so nahe war. »Ja, meine Liebe?«

»Ich will dich nicht«, sagte sie.

»Doch, du willst mich.« Er versiegelte ihren Mund mit seinen Lippen.

Mit einem Aufschluchzen sank Elizabeth an Marcus' harte Brust. Es war einfach nicht fair, dass er sie überwältigen konnte – nur indem er sie berührte, streichelte und mit seiner tiefen, weichen Stimme und seinem maskulinen Geruch verführte. Seine smaragdgrünen Augen brannten unter seinen halb geschlossenen Lidern mit einem Verlangen, das ganz ohne ihr Zutun erwacht war.

Gegen ihren Willen schlang sie die Hände um seine schmale Taille und strich über seinen muskulösen Rücken. »Schrecklich, dass du so zärtlich bist.«

Er drückte seine schweißfeuchte Stirn an ihre. Stöhnend fuhr er ihr unter den Saum ihrer langen Reitjacke. »Und du hast viel zu viel an, verdammt noch mal.«

Wieder nahm er ihren Mund in Besitz und liebkoste sie zärtlich und fordernd mit seiner Zunge. So versunken war sie in ihren Kuss, dass sie nicht merkte, wie er sie hochhob und in sein Zimmer trug, bis er die Tür hinter sich mit dem Fuß zumachte und sie vor der Welt abschloss.

Sie protestierte und versuchte, sich von ihm zu lösen. Dann bedeckte er mit einer Hand ihre Brust und weckte durch den Stoff hindurch brennendes Verlangen in ihr. Sie stöhnte an seinem Mund, worauf er den Kopf neigte und sie noch leidenschaftlicher küsste.

Stocksteif, die Arme an die Seiten gepresst, stand Elizabeth da, während ihre Gedanken mit den Befehlen ihres Körpers kämpften. Ihr Blut kochte, ihre Haut war heiß und schmerzhaft gespannt.

»Ich will dich.« Seine Stimme war eine bittersüße Liebkosung. »Ich will ganz tief in dir sein, bis wir uns vergessen.«

»Ich will aber nicht vergessen.«

Seine Stimme wurde noch tiefer. »Ich sollte an die Mission und die heutigen Ereignisse denken, aber ich kann nicht. Denn ich kann nur noch an dich denken. Für nichts anderes ist Platz.«

Elizabeth legte ihm ihre Finger auf den Mund, um die verführerischen Worte aufzuhalten, die wider alle Erwartung nicht routiniert und selbstgefällig klangen.

Er riss die Tagesdecke zurück. Darunter warteten prächtige Seidenlaken. Mit sanften, zärtlichen Küssen versuchte er, sie von seinen Fingern abzulenken, die geschickt die Jacke aufknöpften, um an ihre nackte Haut zu kommen. Anschließend fuhr er mit den Händen unter die geöffnete Jacke und streifte sie ab. Elizabeth erschauerte, obwohl ihr heiß war, und er drückte sie an sich.

»Schsch«, murmelte er, die Lippen an ihre Stirn gedrückt. »Nur du und ich sind hier. Lass deinen Vater und Eldridge außen vor.«

Sie vergrub ihr Gesicht in seinem Leinenhemd und atmete seinen Geruch ein. »Ich hasse es, wenn du mir keine Rückzugsmöglichkeit lässt.«

Dann legte sie ihre Wange an seine Brust und holte zittrig Luft. Das Bett war riesig, groß genug, um vier Erwachsenen Platz zu bieten. Es wartete – auf sie.

»Sieh mich an.«

Als sie ihm wieder in die Augen blickte, entdeckte sie unsagbares Verlangen darin. Ihre Lippen bebten. Marcus neigte sich zu ihr und streifte mit seinem Mund über ihren. »Hab keine Angst«, flüsterte er.

Eine größere Gefahr, als mit ihm in einem Schlafzimmer zu sein, gab es nicht. Sie war weitaus schlimmer als der Angreifer im Park. Jener Mann schlug schnell wie eine Viper zu. Marcus hingegen war eher eine Python. Er würde sich um sie herumschlingen und alles Leben aus ihr pressen, bis nichts mehr von ihrer Unabhängigkeit geblieben war.

»Ich habe keine Angst.« Sie schob ihn zurück, als sich ihr Magen verkrampfte. Rasch ging sie zur Tür, ließ ihre Jacke, wo sie war, nur um vor ihm zu fliehen. »Ich gehe.«

Fast wäre ihr die Flucht gelungen, doch da packte er sie grob und warf sie mit dem Gesicht nach unten aufs Bett. »Was machst du?«, rief sie.

Marcus drückte sie nach unten und hielt sie fest, während er ihre Hände mit seiner Krawatte fesselte. »Nur um hier wegzukommen«, knurrte er, »würdest du halb nackt auf die Straße rennen. Diese Angst vor mir muss ein Ende haben. Du musst mir blind vertrauen, in jeder Hinsicht, über jeden Zweifel hinaus, sonst könntest du umgebracht werden.«

»Willst du etwa so mein Vertrauen gewinnen?«, fauchte sie. »Indem du mich gegen meinen Willen hier festhältst?«

Er stieg über sie, klemmte ihre Hüften zwischen seine Knie und zwang sie so aufs Bett. Er knabberte an ihrem Ohrläppchen, und von seiner tiefen, zornigen Stimme bekam sie am ganzen Körper Gänsehaut. »Das hätte ich schon vor Jahren tun sollen. Doch ich war durch deine Reize abgelenkt und hab die Zeichen übersehen. Bis gerade hielt ich dich für so schreckhaft, dass ich dachte, ich müsste sanft mit dir umgehen. Aber jetzt erkenne ich, dass du hart und gründlich eingeritten werden musst.«

»Bastard!« Mit rasendem Herzen wand Elizabeth sich unter ihm. Doch er saß einfach nur auf ihr und erstickte jeden Widerstand.

Geschickte Finger zogen an den Schnüren ihrer Röcke und Turnüre. Dann stand er auf und stellte sich an die Bettkante, um ihr die Kleider vom Leib zu reißen. Sie überlegte kurz, ob sie sich auf den Rücken rollen sollte, um ihren Po zu verbergen, der unter dem dünnen Hemdchen deutlich zu sehen war, aber dann entschied sie, dass ihre vordere Seite mehr geschützt werden musste. »Damit kommst du nicht durch«, warnte sie ihn. »Du kannst mich nicht ewig hier festhalten, und wenn ich erst mal freikomme, dann räche ich mich. Ich werde …«

»Du wirst nicht mal laufen können«, spottete er.

Als er nach ihren Stiefeln griff, trat sie mit aller Kraft nach ihm. Aber plötzlich spürte sie einen scharfen Schmerz an ihrem Hintern und schrie auf. Auf den ersten Schlag folgten sofort weitere, und jeder brannte mehr als der vorige, bis sie ihr Gesicht in die Decke drückte und vor Schmerz weinte. Erst als sie aufhörte, sich zu wehren und seine Schläge nur noch hinnahm, hörte er auf.

»Dein Vater hätte dich schon vor langer Zeit übers Knie legen sollen«, stieß er hervor.

»Ich hasse dich!« Sie wandte den Kopf, um ihn anzusehen, schaffte es aber nicht.

Marcus stieß einen lauten, resignierten Seufzer aus. »Du protestierst zu viel, meine Liebe. Eines Tages wirst du mir dankbar sein. Ich habe dir die Freiheit gegeben, dich mit mir zu vergnügen. Du kannst dich wehren, wie du willst, und bekommst trotzdem, was du tief im Innern begehrst. Lust ohne Schuldgefühle.«

Seine Hände bedeckten ihr brennendes Hinterteil und streichelten es sanft und tröstend. Der Kontrast dieser sanften Berührung zu seiner vorigen Behandlung erregte sie sofort. »Du bist so schön. So weich und makellos.« Seine Stimme wurde noch tiefer und einschmeichelnder. »Lass dich fallen, Süße. Genieß einfach die Erfahrung, wenn du schon gezwungen werden musst.«

Seine Hände schlüpften unter den Saum ihres Hemdchens, was sie vor Erwartung aufstöhnen ließ. Eine Gänsehaut überzog ihren ganzen Körper, als sie seine nackte Haut an ihrer spürte. Ihr Blut fing an zu simmern, und ihr Zorn schmolz in etwas Berauschendes, während seine Daumen immer höher fuhren und beide Seiten ihrer Lenden massierten. Bei seiner geschickten Berührung wurde sie tief im Innern immer weicher. Sie wimmerte vor Genuss, als Luft an ihre brennende Haut kam.

»Du würdest mich bis zum Äußersten bekämpfen, so stur wie du bist, aber es hat doch was für sich, mir so zur Verfügung zu stehen, nicht wahr?« Er rollte sie auf den Rücken, packte sie an den Schultern und zog ihren Oberkörper hoch.

Elizabeth biss sich auf die Unterlippe, um ihre Enttäuschung über die Distanz zwischen ihnen zu verbergen. Ihre harten, aufgerichteten Brustwarzen schmerzten und sehnten sich nach seiner Berührung. Marcus' smaragdgrüne Augen verengten sich zu Schlitzen, als er ihr errötetes Gesicht sah. Keine Zärtlichkeit, kein Anzeichen von Gnade lag in seinem Blick, nur reine Konzentration, und sie wusste, er würde sich nicht erweichen lassen. Ihr wurde ganz flau im Magen, als sie angesichts ihrer Ohnmacht feucht wurde.

Er half ihr auf die Beine und führte sie zu einem Stuhl mit wunderschön geschwungenen Armlehnen. Er drückte sie auf den Sitz, zupfte dann sein Hemd aus der Hose und zog es über den Kopf.

Elizabeth starrte wie gebannt auf seinen männlichen Oberkörper mit den Muskeln, die sich unter seiner braun gebrannten Haut abzeichneten. An seiner linken Schulter hatte er eine runde Narbe von einer Kugel, und silberne Linien zeugten von der scharfen Klinge eines Schwerts. So atemberaubend er auch aussah, wurde ihr beim Anblick seiner Wundmale doch bewusst, dass er nicht für sie bestimmt war. Ihr Blut fing an zu sieden, aber ihr Herz wurde kalt.

»Die Organisation hat ihre Spuren hinterlassen«, sagte sie bissig. »Widerwärtig.«

Marcus hob die Augenbrauen. »Deshalb kannst du also den Blick nicht von mir wenden.«

Getroffen sah sie weg.

Er kniete sich vor sie hin, fasste sie an den Kniekehlen und hob ihre Beine über die Stuhllehnen. Sie wurde hochrot vor Verlegenheit, als sich ihre feuchten Schamlippen für ihn öffneten. »Schließ die Vorhänge.«

Stirnrunzelnd starrte er auf den Ansatz ihrer Schenkel. »Gott, nein.«

Er fuhr mit den Fingern über ihr Schamhaar. »Warum solltest du das verbergen? Es ist ein himmlischer Anblick, nach dem ich mich viel zu lange gesehnt habe.«

»Bitte.« Angespannt und dann zitternd kniff sie die Augen zusammen.

»Elizabeth, schau mich an.«

Als sie die Lider hob, hatte sie Tränen in den Augen.

»Wovor hast du solche Angst? Du weißt doch, ich würde dir niemals wehtun.«

»Du nimmst mir alles und lässt mir gar nichts.«

Er fuhr ihr mit dem Finger durch ihren feuchten Spalt und

tauchte leicht in ihn hinein. Unwillkürlich wölbte sie sich ihm entgegen, obwohl ihre Arme schmerzhaft gespannt wurden.

»Mit Hawthorne hast du das geteilt, aber mit mir willst du es nicht? Warum?« Seine Stimme war rau und aggressiv. »Warum nicht mit mir?«

Ihre Antwort kam bebend und verriet ihre tiefe Betroffenheit. »Mein Mann hat mich nie so gesehen.«

Der vorwitzige Finger verharrte kurz in ihr. »Was?«

»So was tut man nur nachts. Man muss …«

»Hawthorne hat nur im Dunkeln mit dir geschlafen?«

»Er war ein Gentleman, einer, der …«

»Vollkommen unzurechnungsfähig war. Guter Gott!« Marcus schnaubte und zog seinen Finger aus ihr heraus. Er erhob sich. »Obwohl er dich ganz für sich hatte und dich nehmen konnte, wie er wollte, hat er nicht deiner Schönheit gehuldigt? Welch eine Verschwendung. Der Mann war ein Idiot.«

Elizabeth senkte den Kopf. »Unsere Ehe war wie alle anderen.«

»Aber vollkommen anders als die, die wir geführt hätten. Wie oft?«

»Wie oft?«, wiederholte sie verständnislos.

»Wie oft hat er dich genommen? Jede Nacht? Alle paar Tage?«

»Wozu willst du das wissen?«

Er atmete so tief ein, dass seine Nasenflügel bebten, stand angespannt vor ihr und fuhr sich unruhig mit der Hand durchs Haar, ohne etwas zu sagen.

»Lass mich frei, Marcus, und wir vergessen es.« Ihre Scham war grenzenlos; mehr konnte er ihr nicht mehr antun.

Grob umfasste er ihr Kinn und zwang sie, ihn anzusehen. »Ich werde dich überall berühren. Mit meinen Händen und mit meinem Mund. Bei Tageslicht und bis tief in die Nacht. Ich werde dich nehmen, wie und wo es mir gefällt. Ich werde dich kennenlernen, wie dich noch niemand in deinem ganzen Leben kennengelernt hat.«

»Wieso?« Wieder wehrte sie sich, vollkommen seiner Gnade ausgeliefert und doch unerträglich erregt. Sie saß vollkommen entblößt vor ihm, spürte die Leere in ihrem Innern und hasste sich dafür, dass sie sich danach sehnte, von ihm erfüllt zu werden.

»Weil ich es kann. Weil du dich nach dem heutigen Tag nach mir und der Lust, die ich dir schenken kann, verzehren wirst. Weil du mir endlich vertrauen wirst, verdammt noch mal!« Er grollte leise. »All die Jahre warst du erst mit ihm verheiratet und hast dann um ihn getrauert. Wo du doch mir hättest gehören können.«

Er sank auf die Knie, umfasste ihre Hüften und senkte den Kopf. Elizabeth hielt die Luft an, als er ihre Brust mit seinem Mund umschloss und durch den Stoff ihres Leibchens hindurch an ihr saugte. Doch ihr Schreck schwand bald, und sie wölbte sich ihm stöhnend entgegen und ermutigte ihn so ohne Worte. Heiße Wellen breiteten sich im Rhythmus seines Saugens aus, und ihr Schoß zog sich krampfartig zusammen.

Marcus' warme Fingerspitzen strichen von ihrem Bauch abwärts bis zu den ebenholzfarbenen Locken darunter. Sie keuchte überrascht auf, als sich alles in ihr in sengendem Schmerz anspannte.

»Ich werde dich dort berühren«, warnte er sie. »Mit meinen Fingern, meiner Zunge, meinem Schwanz.«

Mit weit aufgerissenen Augen biss sie sich auf die Unterlippe.

»Du wirst es genießen«, versprach er und zupfte ihre Unterlippe heraus.

»Du willst mich wie eine Hure behandeln. Das ist deine Rache.«

Sein Lächeln war vollkommen humorlos. »Ich will dir Lust schenken, ich will, dass du um meine Gunst bettelst. Warum sollte ich dir das vorenthalten?«

Er stand auf und knöpfte seine Hose auf. Als er sein Glied herauszog, durchzuckte sie ein nie gekanntes Verlangen, sodass sie sich auf dem Stuhl wand. Es war lang und dick, und vorne dunkelrot von dem Blut, das sich darin staute. Als er mit der Hand seinen Penis hinauffuhr, trat cremige Flüssigkeit aus der Eichel.

»Siehst du, was dein Anblick bei mir bewirkt, Elizabeth? Wie viel Macht du hast? Du bist gefesselt und hilflos, aber ich bin dir ausgeliefert.«

Sie schluckte hart und konnte die Augen nicht von ihm wenden.

»Vertrau mir, Elizabeth. Du musst mir vertrauen, in jeglicher Hinsicht.«

Als sie aufsah, war sein Anblick fast schmerzlich für sie. Er war so schön, und doch so hart und markant, wie nur ein Mann sein konnte. »Geht es hier um deine Mission?«

»Hier geht es um uns. Um dich und mich.« Er trat näher zu ihr, und dann noch näher. »Mach den Mund auf.«

»Was?« Ihr stockte der Atem.

»Nimm mich in deinen Mund.«

»Nein …« Sie zuckte zurück.

»Wo ist das kleine Biest, das behauptete, es würde nicht vor dem Anblick eines erregten Mannes wegrennen?« Marcus stellte sich breitbeinig vor den Stuhl, sodass die glänzende Spitze seines Schwanzes direkt vor und leicht unter ihrem Mund schwebte.

»Das ist Vertrauen«, flüsterte er. »Überleg mal, wie leicht du mir wehtun kannst, wie verletzlich ich bin. Du kannst mich beißen, meine Liebe, und mich entmannen. Oder du kannst an mir saugen und mich vor lauter Lust in die Knie zwingen. Ich bitte dich darum, obwohl mir das Risiko bewusst ist, weil ich dir vertraue. Ich erwarte von dir, dass du mir genauso vertraust.«

Elizabeth starrte ihn an, fasziniert von der plötzlichen Machtverschiebung zwischen ihnen. Wieder trafen sich ihre Blicke, und dieses Mal erkannte sie seine Sehnsucht und Bedürftigkeit. Alle Bitterkeit war verschwunden. Jetzt sah er wieder genauso aus wie früher, als sie einander versprochen waren und noch keine Verletzungen hatten. Er war so atemberaubend attraktiv und wirkte ohne die Last seiner Feindseligkeit so viel jünger.

Seine Offenheit gab den Ausschlag. Elizabeth holte tief Luft, folgte dem Drängen ihres Herzens und öffnete den Mund.

6. Kapitel

In quälender Lust stand Marcus vor Elizabeth, als ihre Lippen sich öffneten und sie sich nach vorne neigte, um ihn in den Mund zu nehmen. Zischend stieß er Luft aus, ehe sie ihn heiß benetzte. Die Knie wurden ihm weich, und er musste sich mit der freien Hand an der Stuhllehne festhalten, um aufrecht stehen zu bleiben.

Mit vor Schreck großen Augen zog sie sich zurück. »Hab ich dir wehgetan?«

Außerstande zu sprechen schüttelte er heftig den Kopf. Sie schluckte hart, und sein Schwanz zuckte in seiner Hand. Sie leckte sich über die Unterlippe, öffnete den Mund und versuchte es noch einmal, umschloss aber diesmal seine ganze Eichel.

»Saugen«, keuchte er und kippte den Kopf nach unten, um zu beobachten, wie ihre Wangen einfielen, als sie sanft an ihm saugte. Seine Beine zitterten, und er stieß einen leisen, gequälten Laut aus.

Dadurch ermutigt nahm sie ihn tiefer in sich auf und erkundete ihn vorsichtig mit ihrer Zunge. Als er sah, wie ihr Mund sein Glied umschloss, hatte er vollkommen die Kontrolle verloren.

»Ich werde mich bewegen«, stieß er hervor. »Nicht erschrecken.« Er begann, seine Hüfte zu bewegen, und stieß sanft und leicht in ihren Mund. Sie riss noch weiter die Augen auf, doch weder protestierte sie noch zog sie sich zurück, sondern reagierte immer weniger zögernd.

Als Marcus das sah, war er sicher, dass er jetzt seinen Lohn bekam und seine tiefste Sehnsucht Wirklichkeit wurde. Fast fürchtete er sich zu glauben, dass es Elizabeth war, die ihm so diente.

»Gott, Elizabeth …«

Er ließ seinen Schwanz los, griff mit der Hand zwischen ihre Beine und streichelte sie durch ihre geöffneten Schamlippen. Als sie aufstöhnte, intensivierte er seine Bemühungen, entschlossen, sich nur auf sie zu konzentrieren, um seinen bevorstehenden Höhepunkt hinauszuschieben. Sie war heiß und glitschig und schmolz unter seiner Berührung dahin. Sie fühlte sich so weich an wie Satin, und als er einen Finger in sie gleiten ließ, biss er die Zähne zusammen, denn sie war so eng, dass sie ihm wie angegossen passen würde. Er konnte kaum atmen, so schmerzhaft zog sich seine Brust zusammen – genau wie sein prall gefüllter Hoden. Mit zittrigen Beinen trat er zurück, worauf sein Schwanz mit einem leisen Plopp aus ihrem Mund flutschte.

Sie bewegte ihren Kiefer hin und her, leckte sich über die Lippen und sah ihn mit ihren amethystfarbenen Augen fragend an.

Mit rauer Stimme flüsterte er: »Es ist Zeit.«

Elizabeth erschauerte. Marcus sah sie immer an wie ein Verhungernder. Aber jetzt war sein Blick … verzweifelt. Aus seiner Eichel tröpfelte es heftig, und als sie schluckte, füllte sich ihr Mund mit dem Aroma seiner Essenz.

Er fühlte sich so anders an, als sie erwartet hatte. Sie hatte sich schon für recht erfahren gehalten. Doch nun erkannte sie, wie wenig sie wusste. Als sie seine Erektion mit den dicken, pulsierenden Adern sah, hatte sie gedacht, er würde hart und uneben sein. Doch seine Haut war so glatt wie feinste Seide und glitt in einem Rhythmus über ihre Zunge, der ein Echo im Pochen zwischen ihren Beinen fand.

Auch der Akt war ganz anders, als sie erwartet hatte. Sie hatte gedacht, sie würde sich benutzt fühlen, wie ein Objekt seiner Begierde. Aber sie vernichtete ihn, das sah und spürte sie. Sie hörte es an seiner heiseren Stimme. Wenn man die Leidenschaft eines Mannes kontrollierte, hatte man Macht.

»Löse meine Fesseln«, befahl sie atemlos, weil sie sehen wollte, wie weit sie gehen konnte.

Er schüttelte den Kopf und kippte den Stuhl auf die Hinterbeine. Sie schrie, bis er innehielt. Erst da begriff sie, was er vorhatte. Als er die Rücklehne des Stuhls an die mit Damast bespannte Wand lehnte, wurde ihre Scham in einem perfekten Winkel seinem Schwanz dargeboten. Ihr stockte der Atem, als er sie dreist und verheißungsvoll zugleich angrinste. Er griff zwischen sie, ging in die Knie und drückte seinen erigierten Penis nach unten. Dann bestrich er sie mit seinem Samen, der immer noch aus seiner Eichel tropfte.

Ein Aufschluchzen entfuhr ihr vor lauter Erwartung. Bei dieser offenen, schamlosen Stimulation brach ihr der Schweiß aus, und sie schnappte nach Luft. Sie ignorierte die Stimme in ihrem Kopf, die sie drängte, sich gegen ihn zu wehren, und beschloss, es zu genießen – nur dieses eine Mal.

»Tun dir deine Arme weh?«, fragte er, tränkte sie aber weiterhin mit dem Beweis seiner Erregung.

»Du tust mir weh.«

»Soll ich aufhören?« Seine Stimme klang brüchig, daher wusste sie, dass ihn die Vorstellung schmerzte.

»Nein, dann würde ich dich erschießen.«

Aufstöhnend brachte er sich in die rechte Position und stieß in sie hinein, unermüdlich, Zentimeter für Zentimeter. Sie zuckte zurück, weil er viel zu mächtig für ihre lang verschlossene Scham war. Seine Eichel rieb in ihrem Innern, dehnte sie und streichelte sie viel besser als seine geschickten Finger.

Dann stützte er sich mit beiden Händen an der Wand ab und keuchte, als er tief in sie eindrang. »Ah, Gott.« Er erschauerte. »Du bist so heiß wie die Hölle und so eng wie eine Faust.«

»Marcus ...«, wimmerte sie. Es war so unsagbar erotisch, wie er sie nahm – halb angezogen, noch in Stiefeln. Es hätte kränkend sein können. Aber das war es nicht.

All die Jahre hatte sie die Frauen getröstet, die ihr Vater sitzen gelassen hatte, und den Klatsch über die Frauen angehört, die durch Marcus' Untreue desillusioniert waren. Wieso hatten sie ihre eigene Macht nicht gesehen? Marcus hatte einen Mann mit bloßen Händen fast umgebracht, und jetzt stand er zitternd vor Verlangen vor ihr.

Er zog sich mit gesenktem Kopf zurück. »Sieh zu, wie ich dich nehme, Elizabeth.« Seine mächtigen Oberschenkel spannten sich, als er wieder in sie stieß. Wie gebannt blickte sie auf sein Glied, das sich, glitschig mit ihrem Saft, zurückzog, nur um schmerzlich langsam wieder in sie zu gleiten.

Ihre Arme schmerzten, ihre Beine waren unangenehm gespreizt, und ihr Steißbein wurde taub, weil ihr gesamtes Körpergewicht auf ihm lastete, doch das kümmerte sie nicht. Für sie gab es nur noch ihre Beine und den Mann, für den sie sie spreizte.

»Das ist Vertrauen«, sagte er und bewegte seinen Schwanz rhythmisch und präzise in ihr.

Vertrauen. Tränen rannen ihr aus den Augen, als er die göttliche Folter immer weiter ausdehnte. Er wusste ganz genau, wie er sie streicheln musste, rieb seinen Schwanz mit gebeugten Knien genau an der richtigen Stelle, um sie vor Verlangen in den Wahnsinn zu treiben. Sie keuchte, und dann fing sie an zu betteln. Ihr Blut raste, ihre Brustwarzen stachen schmerzhaft aufgerichtet durch den Stoff ihres Leibchens. »Bitte …«

Auch Marcus keuchte, seine Brust hob und senkte sich heftig, und Schweiß tropfte aus seinen Haaren in ihr Gesicht. Ihr ging das Herz auf, so intim war das alles.

»Ja«, grollte er. »Jetzt.« Er legte eine Hand zwischen ihre Beine und rieb sie sanft. Wie eine zu stark gespannte Feder schnellte etwas in ihr frei. Mit einem scharfen Aufschrei bog sie den Rücken durch. Marcus reagierte mit langsamen, tiefen Stößen, zog ihre Lust in die Länge und hielt sie angespannt, atemlos und den Tränen nahe.

»Nicht mehr …«, rief sie, weil sie es keine Sekunde länger aushielt.

Da stieß er seinen Schwanz tief in sie hinein und hielt ihn dort, passte sich ganz den Zuckungen ihres Höhepunkts an. Er sog scharf die Luft ein, und dann erschauerte er so heftig, dass die Stuhllehne an der Wand ratterte. Er stöhnte auf, es war ein tiefer, schmerzlicher Laut, der anhielt, solange er bebend seinen Samen in sie ergoss.

Keuchend kam er zur Ruhe. Er neigte den Kopf und sah ihr direkt in die Augen. Die offenkundige Verwirrung darin tröstete sie etwas, fühlte sie sich doch völlig vernichtet.

»Zu schnell«, murrte er. Er nahm eine Hand von der Wand, umfasste ihre Wange und fuhr mit dem Daumen ihren Wangenknochen nach.

»Bist du verrückt?« Sie schluckte hart, um ihre raue Kehle zu befeuchten.

»Ja.« Langsam und vorsichtig entzog er sich ihr, dennoch zuckte sie zusammen, so überwältigend war das Verlustgefühl. Äußerst behutsam hob er ihre Beine von den Armlehnen und half ihr aufzustehen. Geschwächt ließ sie sich an ihn sinken. Er hob sie auf seine Arme und trug sie zum Bett.

Er legte sie auf die Seite, entfernte die Fessel von ihren Handgelenken und rieb ihr die Schultern und die Arme, als das Blut prickelnd zurückströmte. Anschließend berührte er sie an der Mulde ihrer Kehle.

Elizabeth schreckte zurück. »Ich muss jetzt gehen.«

Leise lachend setzte sich Marcus neben sie. Er beugte den Oberkörper, zog sich die Stiefel aus, holte einen dort versteckten Dolch heraus und legte ihn auf den Nachttisch. »Du bist erschöpft und kannst kaum laufen, geschweige denn reiten.«

Elizabeths Hand driftete über seinen Rücken, ihre Finger umkreisten neugierig die runde Narbe, die sich in sein muskulöses Fleisch gedrückt hatte. Er wandte den Kopf und küsste ihre Fingerspitzen, als sie weiter über seine Schulter strichen. Diese zärtliche Geste erstaunte sie. Als er aufstand und rasch die Hose auszog, wandte sie den Blick ab, denn schon wieder flammte Verlangen in ihr auf. Sie starrte aus dem Fenster auf den Himmel, der sich hinter den hauchdünnen Gardinen erahnen ließ.

»Sieh mich an«, knurrte er. Unter dem groben Befehl lag eine Bitte.

»Nein.«

»Elizabeth, du musst dich nicht schämen, nur weil du mich begehrst.«

Sie verzog reuevoll den Mund und achtete nicht mehr auf die Aussicht. »Natürlich nicht. Jede Frau tut das.«

»Ich denke nicht an andere Frauen, also solltest du es auch nicht.« Er seufzte ergeben, als wäre sie ein aufsässiges Kind. »Sieh mich an. Bitte.«

Langsam und mit hämmerndem Herzen wandte sie ihm den Kopf zu. Unglaublich breite Schultern verjüngten sich zu einem muskulösen Rumpf, schmalen Hüften und langen, kräftigen Beinen. Marcus Ashford war perfekt, und die Narben auf seinem Torso dienten nur dazu zu zeigen, dass er ein Mensch war und kein Gott der Antike.

Eigentlich hatte sie ihren Blick nicht senken wollen, doch sie konnte nicht anders. Sie schluckte hart, als sie seine beeindruckende Erektion sah.

»Himmel! Wie kannst du …? Du hast schon wieder …«

Er bedachte sie mit einem verschwörerischen Lächeln. »Lust auf ein bisschen Spaß im Bett?«

»Ich bin erschöpft«, wehrte sie ab.

Marcus zupfte an dem Bändchen an ihrem Hals und nutzte ihre Faszination über seinen Schwanz, um ihr das Oberteil über den Kopf zu streifen. »Du musst gar nichts machen.« Doch als er nach ihrem Hemdchen greifen wollte, schlug sie auf seine Hand, weil sie eine Barriere zwischen sich und ihm brauchte, und sei sie noch so dürftig.

Lässig schlenderte er zu einer Ecke, verschwand hinter dem Paravent und kam kurz darauf mit einem feuchten Waschlappen zurück. Er drückte sie zurück in die Kissen und langte nach ihrem Knie. Sie rollte sich zur Seite.

»Ein bisschen spät für Schamgefühle, findest du nicht, Süße?«

»Was hast du vor?«

»Das will ich dir zeigen, wenn du mich lässt.«

Elizabeth dachte eine Weile nach, weil sie ahnte, was er vorhatte, und nicht sicher war, ob sie ihm diese Intimität zugestehen sollte.

»Ich war in dir«, sagte er mit leiser, verführerischer Stimme. »Und du hast nicht mal genug Vertrauen zu mir, um dich waschen zu lassen?«

Die leise Herausforderung in seiner Stimme gab den Ausschlag. Sie drehte sich auf den Rücken und spreizte trotzig die Beine. Als sie sein schiefes Lächeln sah, wurde sie rot.

Sanft fuhr er ihr mit dem Waschlappen über die Schamhaare, bevor er behutsam ihre Schamlippen teilte und sie säuberte. Die kühle Feuchtigkeit fühlte sich wundervoll auf ihrem wunden Fleisch an, und sie holte entzückt Luft. Sie zwang sich, die Augen zu schließen und sich zu entspannen, obwohl sie Marcus so nahe war. Gerade wollte sie einschlafen, als sie in ihrer Scham etwas Heißes spürte und sie mit einem Schreckensschrei auffuhr.

Mit weit aufgerissenen Augen starrte sie an sich herunter. Als sie Marcus' dreistes Lächeln sah, fing ihr Herz wieder an zu hämmern.

»Hast du mich gerade – geleckt?«

»Allerdings.« Er warf den Waschlappen auf den Teppich und kroch tigergleich auf sie. »Wie ich sehe, bist du entsetzt. Da du heute schon genug erlitten hast, gewähre ich dir eine kurze Gnadenfrist. Aber mach dich darauf gefasst, meine künftigen Aufmerksamkeiten hinzunehmen, wie auch immer sie aussehen mögen.«

Elizabeth erschauerte, als die Haare auf seiner Brust über ihre nur von ihrem Hemdchen bedeckten Brustwarzen strichen, und versank tiefer in ihre Kissen, so überwältigt war sie durch seine bloße Anwesenheit.

Das Gefühl eines harten männlichen Körpers auf ihrem kannte sie. Doch die Gefühle, die er in ihr aufgerührt hatte, waren ihr vollkommen neu. Sie hatte Hawthorne in ihrem Bett empfangen, wie es sich gebührte, aber sie hatte auch seine Eile und Rücksichtnahme begrüßt. Abgesehen vom schmerzhaften ersten Mal war es nie unangenehm gewesen. Er war leise, reinlich und vorsichtig gewesen. Nie war es so roh und primitiv gewesen wie eben mit Marcus. Nie hatte er diesen ziehenden, nagenden Schmerz, dieses überwältigende Verlangen in ihr ausgelöst. Nie hatte es mit solch einem Zustand der Erlösung geendet, der selbst in ihrer Seele tiefen Frieden hinterließ.

»Langsam«, murmelte er, an ihren Hals gepresst, als sie sich ungeduldig an ihn drängte.

Der Körper ihres Mannes war für sie ein Mysterium gewesen, ihr nur als schemenhafte Gestalt bekannt, die sich im Schutz der Dunkelheit ins Zimmer schlich, und als warme Hand, die ihr Nachthemd hochschob. Marcus hingegen hatte sie angefleht, ihn anzuschauen, er wollte, dass sie ihn sah und kannte, als das, was er war, in all seiner Pracht. Allein der Anblick seines nackten Körpers war so umwerfend, dass sie feucht zwischen den Beinen wurde.

Dennoch wollte sie auf keinen Fall, dass nur sie von ihrem Schäferstündchen profitierte.

»Sag mir, was dir gefällt, Marcus.«

»Fass mich an. Ich möchte deine Hände auf meiner Haut spüren.«

Also strich sie ihm über Rücken und Arme und erkundete seine Narben und seine steinharten Muskeln. Wenn sie besonders empfindsame Stellen berührte, stöhnte er auf, worauf sie dort etwas länger verweilte. Sein Körper fühlte sich überall anders an: weich und hart, glatt und haarig. Er schloss die Augen, während er sich über ihr auf die Unterarme stützte, und ließ zu, wie sie alles erkundete. Sein steifer Schwanz pochte an ihrem Oberschenkel. Das warme Rinnsal, das aus ihm tröpfelte, verriet ihr, wie sehr er ihre unbeholfenen Berührungen genoss.

Das war Macht.

Als er stöhnend den Kopf senkte, fielen seine seidigen Haare über ihre Brüste und erfüllten die Luft um sie herum mit seinem Geruch. »Fass meinen Schwanz an«, befahl er rau.

Um sich Mut zu machen, holte sie tief Luft, dann griff sie zwischen ihren Leibern nach unten und staunte, wie hart er war und bei ihrer Berührung zuckte. Ganz offensichtlich gefiel es ihm, wie sie ihn liebkoste, denn Blut schoss in seine Wangen und er fing an zu keuchen. Ermutigt fing sie an zu experimentieren und versuchte, einen Rhythmus zu finden, der ihn in den Wahnsinn treiben würde: grob und sanft, schnell und quälend langsam.

»Willst du mich?«, fragte er. Er hielt ihre Hand fest, worauf sie ihn verwirrt anstarrte. Dann fuhr seine Hand tiefer, umfasste ihr Knie und drängte es zur Seite.

»Ich bin erstaunt, dass ein Libertin wie du noch fragt«, erwiderte sie, weil sie ihm keine Kapitulation gewähren wollte.

Da stieß er ohne weitere Vorwarnung in sie hinein und glitt so tief in ihr geschwollenes Fleisch, bis es nicht weiter ging.

Überrumpelt wimmerte sie auf. Sie fragte sich, ob sie sich je damit abfinden konnte, sich am helllichten Tag zu lieben. Mit großen Augen sah sie ihn an.

Marcus nagelte sie mit seiner Hüfte auf der Matratze fest, griff nach den Trägern ihres Hemdchens und riss es bis zur Taille in zwei Teile.

»Glaubst du wirklich, du könntest mit Kleidern oder Worten eine Barriere zwischen uns errichten?«, fragte er schroff. »Jedes Mal, wenn du das versuchst, werde ich dich einfach so nehmen und ein Teil von dir werden, sodass all deine Bemühungen vergeblich sind.«

Sie konnte nirgendwohin flüchten, sich nirgendwo verstecken.

»Das hier ist das letzte Mal«, schwor sie.

Sie war betroffen, weil sie ihn, einen Mann, bei dessen Schönheit und Charme sie immer schwach geworden war, so nah an sich herangelassen hatte. Da senkte er seinen Mund auf ihren und küsste sie hungrig. Er packte besitzergreifend ihre Hüften und zwang sie stillzuliegen, während er sich zurückzog und dann wieder in sie hineinstieß. Die Berührung war so exquisit, dass sie erschauerte.

Unruhig wand sie sich, erstaunt, dass ihr Körper sich geweitet hatte, um ihn zu empfangen, sich immer noch weitete, um es ihm bequemer zu machen. Diese Härte in ihr war einfach atemberaubend, sie füllte sie vollkommen aus und vermittelte ihr ein Gefühl tiefster Verbundenheit.

»Elizabeth«, grollte er mit lusterfüllter Stimme, während er seine Arme um sie schlang und sie fest an sich zog. Er schmiegte sich an ihren Hals. »Du wirst mich erst los, wenn ich befriedigt bin.«

Nach dieser ominösen Drohung fing er an, geschmeidig in sie hineinzugleiten. Und wieder hinaus.

»Oh«, schrie sie erschrocken auf, als mit jedem Gleiten die Lust in ihr stieg. Sie hatte sie eigentlich vor ihm verbergen wollen, hatte lügen und ihm das, was er wollte, verweigern wollen.

Doch das war unmöglich. Er konnte sie nur mit einem einzigen heißen Blick zum Schmelzen bringen. Ihn zu vögeln – wie er es so grob nannte – war etwas, dem sie einfach nicht widerstehen konnte.

Sie versuchte, seine Geschwindigkeit zu steigern, schlang ihre Beine um seine Hüften, umfasste seine Pobacken und zog sie zu sich, aber er war zu stark und zu entschlossen, um es auf seine Art zu machen.

»Nimm mich«, keuchte sie in dem Versuch, ihm die Kontrolle zu entreißen. »Schneller.«

Marcus stöhnte, als sie sich unter ihm wand. Vor lauter Lust konnte er nur undeutlich sprechen. »Ich wusste, es würde mit dir so sein …«

Daraufhin grub Elizabeth ihre Nägel in seinen Rücken. Sie liebte es, seine feuchte Haut auf ihrer zu spüren, in seinen warmen Duft eingehüllt zu werden. Als er kurz die Kontrolle verlor, stieß er hart und unglaublich tief in sie hinein. Ihre Zehen krümmten sich.

Ihr ganzer Körper glühte vor Begehren. Als sie kam, krampfte sie sich um seinen stoßenden Schwanz, rief laut seinen Namen und hielt sich an ihm fest, denn er war ihr einziger Anker in einem Strudel ungeahnter Empfindungen.

Und Marcus machte weiter, in Schweiß gebadet, während die Hitze ihm aus allen Poren drang. Auch er hatte einen gewaltigen Höhepunkt und stieß dabei laut »Elizabeth« aus.

Sie schloss die Augen und weinte.

Danach waren ihre Gliedmaßen schwer wie Blei. Nur mit äußerster Mühe konnte sie den Kopf wenden und Marcus betrachten, der neben ihr schlief. Seine langen dunklen Wimpern warfen leichte Schatten auf seine Wangen, seine markanten Züge wirkten im Schlaf fast sanft.

Sie schaffte es, sich auf die Seite zu rollen – keine leichte Aufgabe, da er seinen starken Arm über ihren Oberkörper gelegt hatte. Sie stützte sich auf einen Ellbogen und betrachtete ihn schweigend. Er sah im Schlaf so jungenhaft und unschuldig aus, dass ihr der Atem stockte.

Langsam zog sie mit der Fingerspitze erst die Konturen seines kühn geschnittenen Mundes nach, um dann seine Augenbrauen und seine Kieferknochen zu erkunden. Als er sie plötzlich auf sich zog, quiekte sie überrascht auf.

»Was machen Sie da, Madam?«, fragte er träge.

Elizabeth ließ sich von ihm gleiten, setzte sich auf die Bettkante und bemühte sich, die geforderte Nonchalance zu zeigen. »Macht man das nicht so, wenn man auseinandergeht?« Sie musste nachdenken, und das konnte sie nicht, wenn sie nackt neben ihm lag.

»Du musst nicht gehen.« Marcus lehnte sich an ein Kissen und klopfte einladend auf die Stelle neben sich. »Komm wieder ins Bett.«

»Nein.« Sie glitt von der Matratze und hob ihre Kleider auf. »Ich bin müde und wund.«

Als sie das Bett umrundete, packte er sie und zog sie näher zu sich. »Elizabeth, wir können ein Nickerchen machen und später Tee trinken. Dann kannst du gehen.«

»Das geht nicht«, murmelte sie, ohne ihn anzublicken. »Ich muss nach Hause. Ich brauche ein heißes Bad.«

Er rieb ihren Arm und grinste jungenhaft. »Du kannst hier baden. Ich werde mich persönlich um dich kümmern.«

Elizabeth entzog sich ihm und zog sich im Stehen ihre Strümpfe an. Dann mühte sie sich mit den Bändern ihrer Röcke und konnte sie nicht zubinden. Daraufhin stand Marcus auf, kam zu ihr, obwohl er nackt war, und schob ihre Hände beiseite.

Rasch wandte sie sich ab, weil sie rot wurde. Gott, er sah so gut aus! Unter seiner braun gebrannten Haut sah man seine prächtigen Muskeln. Obwohl sie gerade erst befriedigt worden war, spürte sie, wie sich schon wieder Lust in ihr regte.

Er zog sie rasch und geschickt an. Neidisch auf seine offenkundige Erfahrung, stand sie stocksteif da, bis er sie zu sich herumdrehte.

Seufzend zog er sie an seine nackte Brust. »Du bist so fest entschlossen, für dich zu bleiben, dass du niemanden an dich heranlässt.«

Sie lehnte kurz ihren Kopf an seine Brust und genoss seinen Geruch, der sich nun mit ihrem vermischt hatte. Dann schob sie ihn fort.

»Ich hab dir doch gegeben, was du haben wolltest«, erwiderte sie gereizt.

»Ich will aber mehr.«

Ihr Magen zog sich zusammen. »Dann such's dir woanders.«

Marcus lachte. »Aber jetzt, da ich dir gezeigt habe, was Lust ist, wirst du dich danach verzehren. Nach mir. Nachts wirst du dich an meine Berührungen erinnern, an meinen Schwanz in dir, und du wirst dich nach mir sehnen.«

»Du eingebildeter …«

»Nein.« Er umfasste ihr Handgelenk. »Ich werde mich ebenso nach dir verzehren. Was heute zwischen uns geschehen ist, war einzigartig. Du wirst es bei keinem anderen finden, doch du wirst es brauchen.«

Sie hob ihr Kinn und kämpfte gegen die Erkenntnis in ihrem

Innern an, dass er wahrscheinlich recht hatte. »Aber suchen werde ich wohl dürfen.«

Er packte fester zu und tat ihr weh. »Nein. Darfst du nicht.« Er führte ihre Hand nach unten, um ihr seine Erektion zu zeigen. »Wenn du das hier brauchst, kommst du zu mir. Zweifle keine Sekunde, dass ich jeden töte, der dich berührt.«

»Gilt diese aufgezwungene Treue auch für dich?« Sie hielt den Atem an.

»Selbstverständlich.«

Einen Moment lang stand Marcus angespannt und schweigend da, bevor er sich abwandte und seine Hose aufhob.

Erleichtert stieß Elizabeth die Luft aus, die sie angehalten hatte, nahm vor dem Spiegel Platz und versuchte, ihre Frisur in Ordnung zu bringen. Staunend betrachtete sie ihr Gesicht. Gerötete Wangen, geschwollene Lippen, strahlende Augen – sie sah ganz anders aus als noch heute Morgen. Dann fiel ihr Blick im Spiegel auf Marcus, der sich hinter ihr anzog, offensichtlich überlegte, was er sagen sollte, und ihre Sturheit verfluchte. Er war nun noch entschlossener als vor ihrem Schäferstündchen.

Als sie fertig war, stand sie auf, allerdings etwas zu schnell für ihre zittrigen Beine. Sie taumelte, doch Marcus war sofort bei ihr und umfasste sie mit stählernem Griff. Er hatte sie auch beobachtet.

»Alles in Ordnung?«, fragte er rau. »Hab ich dir wehgetan?«

Sie winkte ab. »Nein, nein. Mir geht's gut.«

Er trat zurück. »Elizabeth, ein Gespräch wäre wohl angebracht.«

»Wieso?« Nervös bauschte sie ihre Röcke.

»Verdammt noch mal. Du und ich. Haben uns gerade geliebt. In diesem Bett.« Ungeduldig wies er mit dem Kinn zum Bett. »Und auf dem Stuhl. Und gleich auf dem Boden, wenn du mich weiterhin reizt.«

»Es war ein Fehler«, sagte sie leise, während eisige Angst sich in ihrem Magen einnistete.

»Verdammt!« Er warf ihr einen so glühenden Seitenblick zu, dass sie zusammenzuckte. »Du kannst ruhig deine Spielchen spielen und den Kopf in den Sand stecken. Ich krieg trotzdem meinen Willen.«

»Ich wollte keine Spielchen spielen, Marcus.« Sie schluckte hart und wollte zur Tür gehen. Da er keinerlei Anstalten machte, sie aufzuhalten, drehte sie sich verwirrt um und erschrak, als er direkt hinter ihr stand.

»Hab keine Angst wegen des Vorfalls im Park«, murmelte er, wieder ganz der alte Charmeur. »Ich beschütze dich.«

Unwillkürlich schloss sie die Augen. Plötzlich hatte sie es nicht mehr so eilig fortzukommen. »Das weiß ich.«

»Wo bist du heute Abend?«

»Bei der musikalischen Soiree der Dunsmores.«

»Dann sehen wir uns da.«

Seufzend schlug sie die Augen auf. Sein entschlossener Blick und sein hartnäckiges Beharren verrieten ihr, dass er die Sache zwischen ihnen nicht auf sich beruhen lassen würde.

Er streifte ihr leicht mit den Lippen über ihren Mund, trat dann zurück und bot ihr seinen Arm. Misstrauisch, weil er so schnell aufgab, nahm sie seinen Arm und gestattete ihm, sie zur Eingangshalle zu bringen.

Dort wartete der Butler schon mit ihrem Hut und ihren Handschuhen. »Ein Mr. James hat vorgesprochen, Mylord.«

»Ist er im Arbeitszimmer? Ausgezeichnet. Sie brauchen nicht zu warten.«

Der Butler verneigte sich und ging.

Elizabeth sah Marcus forschend an, als er ihr den Hut auf den Kopf setzte und geschickt eine Schleife band. »Ich bete nur, dass ich ungesehen gehen kann.«

Er flüsterte ihr verführerisch ins Ohr: »Zu spät. Selbst jetzt noch beobachten die Dienstboten uns. Schon bald wird jedes Haus in London wissen, dass wir ein Paar sind. Und Avery wird es auch erfahren, ob er dich nun sieht oder nicht.«

Da wich ihr alle Farbe aus dem Gesicht. Sie hatte nicht daran gedacht, dass Dienstboten die schlimmsten Klatschmäuler waren. »Ich hätte gedacht, ein Mann mit einem Doppelleben wie du hätte diskrete Diener.«

»Habe ich auch. Aber in diesem Falle habe ich sie ermuntert, die Neuigkeit zu verbreiten.«

»Bist du wahnsinnig?« Sie riss die Augen auf. »Geht es hier um die Wette?«

Marcus seufzte. »Du hast mich verletzt. Ich hasse es zu verlieren, meine Liebe, aber ich würde dich niemals so herzlos missbrauchen.«

»Verlieren?«, rief sie, und ihr klappte die Kinnlade auf. »Das hast du doch gar nicht!«

»Doch.« Er zuckte lässig die Achseln. »Dumm von mir, nicht zu wetten, wenn das Ergebnis durch meine eigenen Handlungen entschieden wird.«

Sie runzelte die Stirn. »Was hättest du denn gewettet?«

Er grinste so breit, dass ihr Herz einen Satz machte. »Als würde ich dir das verraten.«

Er fasste sie am Ellbogen und führte sie durch den rückwärtigen Garten zu den Stallungen. Grimmig sah er zu, wie sie aufsaß. Die beiden bewaffneten Leibwächter warteten schon ein paar Meter entfernt.

Er verneigte sich kurz. »Bis heute Abend.«

Sie spürte seinen bohrenden Blick zwischen ihren Schulterblättern, bis sie in die nächste Straße einbog. Der Schmerz in ihrer Brust erschwerte ihr das Atmen. Sie wusste, je mehr Zeit sie mit ihm verbrachte, desto schlimmer würde er werden.

Und sie wusste auch, was sie dagegen tun musste.

7. Kapitel

»Warum riecht es hier wie in einer Parfümerie?«, knurrte William, als er mit Margaret in den ersten Stock von Chesterfield Hall ging.

»Der Geruch kommt aus Elizabeths Räumen.«

Stirnrunzelnd sah er sie an und entdeckte, dass ihre Augen vor ungeduldiger Vorfreude glänzten.

An der offenen Tür zum Wohnzimmer seiner Schwester blieb er stehen und blinzelte. »Hier sieht's aus wie in einem verdammten Blumenladen!«

»Schön, nicht wahr? So romantisch«, lachte Margaret, und ihr feuriges Haar wippte leicht.

William konnte nicht widerstehen und berührte eine ihrer Locken. Seine süße, wunderbare Frau. Wer sie nicht kannte, dachte, sie wäre ein ungewöhnlich ausgeglichener Rotschopf. Nur er wusste, dass sie die wilde, leidenschaftliche Seite ihres Wesens ausschließlich ihm zeigte. Als Verlangen seine Lenden durchzuckte, holte er tief Luft und wurde vom durchdringenden Duft der Blumen überwältigt.

»Romantisch?«, brummte er. Er betrat das Zimmer und zog Margaret hinter sich her. Jede Oberfläche war von üppigen, stark duftenden Blumensträußen besetzt. »Westfield«, grollte er. »Ich bringe ihn um.«

»Beruhige dich, William«, sagte Margaret beschwichtigend.

Mit grimmigem Blick überflog er das Zimmer. »Wie lange geht das schon so?«

»Seit dem Ball der Morelands.« Margaret seufzte, worauf William die Stirn runzelte. »Und Lord Westfield sieht so gut aus.«

»Du bist eine hoffnungslose Romantikerin«, brummte er und beschloss, die letzte Bemerkung zu ignorieren.

Sie trat näher zu ihm und schlang ihm ihre Arme um seinen schlanken Leib. »Dazu habe ich auch jedes Recht.«

»Wieso?«

»Da ich die wahre Liebe gefunden habe, weiß ich, dass es sie gibt.« Sie stellte sich auf die Zehenspitzen und gab ihm einen leichten Kuss. Daraufhin verstärkte William sofort den Druck und küsste sie, bis sie keine Luft mehr bekam.

»Westfield ist ein Schuft, Liebes«, sagte er warnend. »Ich wollte, du würdest mir glauben.«

»Ich glaube dir doch. Er erinnert mich an dich.«

Er brummte und löste sich von ihr. »Und das willst du Elizabeth zumuten?«

Margaret lachte. »So schlimm bist du auch nicht.«

»Weil du mich bekehrt hast.« Er schmiegte sich an sie.

»Elizabeth ist stärker als ich. Sie könnte Lord Westfield leicht zur Räson bringen, wenn sie das wollte. Überlass es ihr, sich um ihn zu kümmern.«

William verließ das Zimmer und zog sie mit sich. »Ich nehme deine Meinung zur Kenntnis.«

Sie versuchte, sich ihm zu widersetzen, doch er hob sie einfach hoch und wandte sich zu ihrem Schlafzimmer.

»Aber hören wirst du nicht auf mich, oder?«

Er grinste. »Nein, werde ich nicht. Ich werde mich um ihn kümmern, und du wirst nicht mehr darüber sprechen.« Kaum hatten sie die Tür ihres Zimmers erreicht, küsste er sie leidenschaftlich. Nur durch Zufall drehte er genau in dem Moment den Kopf zur Treppe, als Elizabeth die oberste Stufe erklommen hatte. Stirnrunzelnd setzte er Margaret ab. Sie protestierte leise.

»Einen Augenblick, Süße.« Er setzte sich in Bewegung.

»Du mischst dich schon wieder ein«, rief sie ihm nach.

Irgendetwas stimmte nicht mit Elizabeth. Das war selbst aus der Entfernung zu sehen. Sie sah aus, als hätte sie Fieber, war ganz rot und zerzaust. Als er sich ihr näherte, verkrampfte sich sein Magen. Bei seinem Anblick vertiefte sich das Rot auf ihren Wangen, und einen Moment lang sah sie genauso aus wie ihre Mutter, kurz bevor sie am Fieber starb. Dieser Gedanke ließ ihn vor Schreck zusammenzucken, und er ging schneller.

»Bist du krank?«, fragte er und legte ihr die Hand auf die Stirn.

Sie riss die Augen auf und schüttelte rasch den Kopf.

»Du siehst aber krank aus.«

»Mir geht es gut«, sagte sie mit einer Stimme, die tiefer und rauer war als sonst.

»Ich lasse den Arzt rufen.«

»Das ist nicht nötig«, protestierte sie und richtete sich auf.

William öffnete den Mund, um etwas zu sagen, doch sie kam ihm zuvor.

»Ein Nickerchen, William, mehr brauche ich nicht. Ich schwöre es.« Sie seufzte und legte ihm die Hand auf den Arm. Ihre amethystfarbenen Augen blickten jetzt sanfter. »Du machst dir zu viele Sorgen.«

»Das lässt sich nicht ändern.« Er legte seine Hand auf ihre und wandte sich dann um, weil er sie zu ihrem Zimmer begleiten wollte. Seit ihre Mutter gestorben war und ihr Vater sich von ihnen zurückgezogen hatte, war ihm für den Großteil seines

Lebens nur noch Elizabeth geblieben. Ehe er Margaret traf, in der Zeit, als er entschlossen gewesen war, sich niemals zu verlieben, um nicht das gleiche Elend wie sein Vater zu riskieren, war Elizabeth der einzige Mensch gewesen, den er geliebt hatte.

Als sie sich ihrem Zimmer näherten, erinnerte ihn seine Nase an die Blumenorgie, die sie erwartete. »Warum hast du mir nicht erzählt, dass Westfield dich belästigt? Ich hätte mich darum gekümmert.«

»Nein!«

Ihr Schrei ließ ihn innehalten. Sofort meldete sich sein ausgeprägter Beschützerinstinkt, den er ihr gegenüber immer empfunden hatte. »Jetzt sag nicht, du ermutigst ihn auch noch.«

Elizabeth räusperte sich. »Hatten wir dieses Thema nicht schon mal?«

William schloss die Augen, holte tief Luft und betete um Geduld. »Wenn du mir versicherst, dass du mich um Hilfe bittest, falls du sie brauchen solltest, werde ich dir keine Fragen stellen, die du nicht beantworten willst.« Er schlug die Augen wieder auf und sah sie an. Als er ihr hochrotes Gesicht und die glasig wirkenden Augen sah, runzelte er die Stirn. Sie sah überhaupt nicht gut aus. Und ihre Haare waren ganz zerzaust. Als sie das letzte Mal so ausgesehen hatte …

»Hast du wieder ein Pferderennen veranstaltet?«, bellte er. »Hast du wenigstens einen Stallburschen mitgenommen? Himmel, wenn du abgeworfen worden wärst …«

»William.« Elizabeth lachte. »Geh und kümmere dich um Margaret. Ich bin müde. Wenn du mich unbedingt verhören willst, kannst du das nach meinem Nickerchen tun.«

»Ich verhöre dich nicht. Ich kenne dich nur zu gut. Du bist unglaublich stur und weigerst dich, vernünftig zu sein.«

»Sagt der Mann, der für Lord Eldridge gearbeitet hat.«

William atmete frustriert aus, weil er an ihrem plötzlich abweisenden Tonfall hörte, dass das Gespräch beendet war. Nun gut. Er hatte ohnehin die Absicht, auf seine Weise mit Marcus fertigzuwerden. »Schön. Dann komm später zu mir.« Er neigte sich vor und küsste sie auf die Stirn. »Aber wenn du nach deinem Nickerchen immer noch so rot bist, rufe ich den Arzt.«

»Ja, ja.« Elizabeth scheuchte ihn fort.

William ging, aber sie beide wussten, dass er sich immer noch Sorgen machte.

Elizabeth wartete, höchst zufrieden, dass sie sich hatte davonschleichen können, während William beschäftigt war, im Flur vor Lord Nicholas Eldridges Büro. Sie rechnete damit, eine Weile dort sitzen zu müssen, da sie unangekündigt kam. Doch der Leiter des Elite-Agentenrings bat sie schon bald zu sich.

»Lady Hawthorne«, begrüßte er sie in seiner wohl üblichen zerstreuten Art. Er kam um den Schreibtisch herum und wies ihr einen Stuhl zu. »Welchem Umstand verdanke ich das Vergnügen Ihres Besuchs?«, fragte er höflich, aber mit einem Anflug von Ungeduld. Er nahm wieder Platz und hob die Augenbrauen.

Sie hatte vergessen, wie ernst er war, wie streng. Doch trotz seines nüchternen Benehmens und seiner grauen Perücke war er eine beeindruckende Persönlichkeit und trug die Last seiner Macht mit großer Leichtigkeit.

»Verzeihen Sie mir meine Aufdringlichkeit, Lord Eldridge, aber ich möchte Ihnen einen Handel vorschlagen.«

Er musterte sie scharf. »Einen Handel?«

»Ich möchte lieber mit einem anderen Agenten zusammenarbeiten.«

Er blinzelte. »Und was bieten Sie mir im Gegenzug?«

»Hawthornes Tagebuch.«

»Verstehe.« Er lehnte sich zurück. »Hat Lord Westfield etwas getan, Lady Hawthorne, weswegen Sie ihn ersetzen lassen wollen?«

Sie konnte nicht verhindern, dass sie rot wurde. Lord Eldridge stürzte sich sofort auf dieses verräterische Zeichen. »Ist er Ihnen in einer Weise nahegetreten, die nicht im Einklang mit seiner Aufgabe steht? Einen solchen Vorwurf würde ich sehr ernst nehmen.«

Elizabeth rutschte unruhig hin und her. Sie wollte nicht, dass Marcus Schwierigkeiten bekam, sondern nur, dass er aus ihrem Leben verschwand.

»Lady Hawthorne, haben Sie persönliche Gründe oder nicht?«

Sie nickte.

»Ich hatte gute Gründe, Ihnen Lord Westfield zuzuteilen.«

»Da bin ich sicher. Doch trotz Ihrer Beweggründe kann ich nicht mehr mit ihm zusammenarbeiten. Mein Bruder wird langsam misstrauisch.« Das war nicht der einzige Grund, würde aber genügen müssen.

»Verstehe«, murmelte Lord Eldridge wieder. Eine ganze Weile sah er sie nur schweigend an, sie schwankte allerdings nicht unter seinem einschüchternden Blick. »Ihr Mann war ein wertvolles Mitglied meiner Truppe. Es war schwer, gleichzeitig auf ihn und Ihren Bruder zu verzichten. Lord Westfield hat ausgezeichnete Arbeit geleistet, seit er trotz der Anforderungen seines Titels so große Verantwortung übernommen hat. Er ist wirklich der beste Mann für diese Aufgabe.«

»Ich zweifle nicht an seinen Fähigkeiten.«

»Dennoch sind Sie fest entschlossen, nicht wahr?« Als sie nickte, seufzte er. »Dann werde ich darüber nachdenken.«

Elizabeth nickte noch einmal, weil sie begriff, dass mehr Zugeständnisse nun nicht von ihm zu erwarten waren. Sie stand auf und lächelte verkrampft, als er sie abschätzend ansah. Er geleitete sie zur Tür, hielt aber kurz inne, bevor er sie öffnete.

»Es steht mir nicht zu, Lady Hawthorne, doch ich habe das Gefühl, noch einmal betonen zu müssen, dass Lord Westfield ein guter Mann ist. Ich bin über Ihre Vorgeschichte im Bilde, und mir ist klar, dass es bestimmt nicht leicht für Sie ist. Dennoch ist er aufrichtig um Ihre Sicherheit besorgt. Vergessen Sie das bitte nicht, was auch immer geschieht.«

Elizabeth sah Lord Eldridge schweigend an und nickte dann. Da war noch etwas – etwas, das er ihr nicht sagte. Aber das überraschte sie nicht. Ihrer Erfahrung nach waren alle Agenten geheimnistuerisch und gaben nur wenig von sich preis. Sie war sehr erleichtert, als er die Tür öffnete und sie fliehen konnte. Zwar hatte sie nichts gegen Eldridge, doch sie freute sich auf den Tag, wenn er und seine verdammte Organisation aus ihrem Leben verschwinden würden.

Kurz vor zehn Uhr abends betrat Marcus das Büro von Lord Eldridge. Die Nachricht hatte ihn unmittelbar vor seinem geplanten Aufbruch zur Musiksoiree bei den Dunsmores erreicht. Obwohl er es kaum abwarten konnte, Elizabeth wiederzusehen, wollte er auch ein paar Ideen zum Fall austauschen, daher kam ihm die unerwartete Audienz sehr gelegen.

Jetzt hob er die Schöße seines Fracks und ließ sich auf den nächststehenden Stuhl sinken.

»Lady Hawthorne hat mich heute Nachmittag aufgesucht.«

»Wirklich?«

Marcus nahm eine Prise Schnupftabak.

Ohne aufzublicken, widmete sich Eldridge weiterhin seinen Unterlagen, die vom Licht des Kandelabers auf seinem Schreibtisch und vom Kaminfeuer erhellt wurden. »Sie hat uns Viscount Hawthornes Tagebuch angeboten, wenn wir Sie von diesem Auftrag abziehen.«

Das Emailledöschen mit dem Schnupftabak klappte mit einem Knall zu.

Seufzend legte Eldridge seine Schreibfeder nieder. »Sie war fest entschlossen, Westfield, und drohte sogar, nicht mehr mitzuarbeiten, sollte ich ihr dies verweigern.«

»Ich bin sicher, sie war sehr überzeugend.« Kopfschüttelnd fragte Marcus: »Was werden Sie tun?«

»Ich sagte, ich würde darüber nachdenken, und das habe ich auch. Die Frage ist jetzt: Was werden Sie tun?«

»Überlassen Sie sie mir. Ich wollte gerade zu ihr, als ich Ihre Nachricht bekam.«

»Sollte ich herausfinden, dass Sie Ihre Stellung bei der Organisation für persönliche Zwecke missbrauchen, bekommen Sie es mit mir zu tun«, erklärte Eldridge mit grimmiger Miene.

»Ich würde nichts anderes erwarten«, versicherte Marcus.

»Wie geht es mit dem Tagebuch voran?«

»Ich mache Fortschritte, aber nur langsam.«

Eldridge nickte. »Dann zerstreuen Sie ihre Bedenken. Wenn sie mich noch einmal aufsucht, muss ich ihrer Bitte nachkommen. Und das wäre doch schade, da Sie vorankommen. Mir wäre es lieber, Sie könnten weitermachen.«

Marcus schürzte die Lippen und sprach aus, was er dachte. »Ich gehe davon aus, dass Avery Ihnen von den heutigen Vorkommnissen erzählt hat?«

»Natürlich. Aber ich sehe, dass Sie dazu noch etwas zu sagen haben.«

»Ich habe die ganze Zeit über die Situation nachgedacht. Irgendwas stimmt da nicht. Der Angreifer wusste zu gut über unsere Maßnahmen Bescheid, so als wäre er vorher informiert worden. Sicherlich konnte er davon ausgehen, dass Lady Hawthorne sich mit der Organisation in Verbindung setzt, da ihr Mann dort gearbeitet hatte und das Tagebuch so bedeutend ist, aber sein Versteck, sein Fluchtweg … Verdammt, wir waren doch alles fähige Leute! Trotzdem ist er vier Männern ohne die geringste Mühe entkommen. Er wusste, wo sie sich versteckten. Und Hawthornes Tagebuch? Wie hat er davon erfahren?«

»Sie vermuten eine undichte Stelle?«

»Was sonst?«

»Ich vertraue meinen Männern blind, Westfield. Anders könnte die Organisation nicht funktionieren.«

»Denken Sie nur mal darüber nach. Etwas anderes will ich ja gar nicht.«

Eldridge hob die Augenbrauen. »Avery? Die Leibwächter? Wem können Sie trauen?«

»Avery ist Lady Hawthorne offensichtlich zugetan. Also erstreckt sich mein Vertrauen momentan auf Sie, Avery und mich selbst.«

»Nun, damit gibt es gewichtige Gründe gegen Lady Hawthornes Ansinnen, nicht wahr?« Eldridge kniff sich in die Nasenwurzel und seufzte müde. »Ich werde darüber nachdenken, wer noch von Hawthornes Tagebuch hätte erfahren können. Kommen Sie morgen wieder, dann besprechen wir alles Weitere.«

In stillem Mitgefühl schüttelte Marcus den Kopf und ging. Während er durch den Flur mit der hohen Decke und den trüb flackernden Leuchtern schritt, warf er einen Blick in die leeren Büros. Ein Anflug von Wut auf Elizabeth überkam ihn und verschwand dann wieder. Sie hätte Eldridge niemals eingeschaltet, wenn es für sie nicht unbedingt notwendig gewesen wäre. An diesem Nachmittag war sie so schwer erschüttert worden, dass sie ihren Stolz hatte hinunterschlucken müssen.

Ihre Rüstung hatte einen Riss bekommen. Er hoffte, schon bald würde sie ganz fallen und er könnte wieder die verletzliche Frau sehen, die sich darin verbarg.

»So gut hast du schon seit Jahren nicht mehr ausgesehen«, sagte Margaret und zauberte mit ihrem Lächeln ein charmantes Grübchen auf ihre Wangen. »Du strahlst ja geradezu heute Abend.«

Elizabeth wurde rot und bauschte die hellblaue Seide ihres Rockes. Sie war bezaubernd, anders konnte man es nicht bezeichnen. »Du bist diejenige, die strahlt. Neben dir verblassen alle anderen Frauen. Die Schwangerschaft steht dir.«

Margaret legte die Hand auf die leichte Wölbung ihres kaum geschnürten Leibs. »Es freut mich, dass du dich wieder in Gesellschaft begibst. Für deinen Teint jedenfalls hat der heutige Ausritt im Park Wunder bewirkt. William macht sich zwar Sorgen wegen deiner überaus gut aussehenden Leibwächter, aber ich habe ihm erklärt, dass es nach dem Tod deines Mannes sehr schwierig für dich sein muss, allein auszugehen.«

Elizabeth biss sich auf die Unterlippe. »Ja«, bestätigte sie leise. »Es war schwierig.«

In diesem Moment stellten sich ihr die Nackenhaare auf. Sie musste sich nicht umdrehen, um den Grund zu erfahren.

Marcus war da. Sie weigerte sich, ihn anzusehen. Ihr Blut wallte immer noch in Erinnerung an die Lust, die er ihr geschenkt hatte, und das würde ihm, scharfsinnig wie er war, sicher nicht entgehen.

Margaret neigte sich zu ihr. »Himmel! Man könnte ein Feuer anzünden mit dem Blick, den Lord Westfield dir zuwirft. Du hast Glück, dass William heute verhindert ist. Ich könnte mir denken, dass es sonst zu Handgreiflichkeiten kommen könnte. Du hättest hören sollen, wie Westfield sagte, für dich würde es sich lohnen, im Duell zu sterben. Jede Frau in London ist grün vor Neid deswegen.«

Elizabeth spürte den brennenden Blick, der quer durch den gut gefüllten Saal zu ihr drang. Sie erschauerte, weil all ihre Sinne ihr signalisierten, dass er sich ihr näherte.

»Da kommt er.« Margaret hob eine ihrer kupferroten Augenbrauen. »Jetzt wird die Gerüchteküche hochkochen, sie brodelte ohnehin schon seit dem Streit mit William bei den Morelands. Jetzt wird Öl aufs Feuer gegossen.« Sie verstummte.

»Lady Barclay«, ertönte eine samtweiche Stimme, dann beugte sich Marcus über Margarets ausgestreckte Hand. Dabei streifte er vorsätzlich mit der Schulter Elizabeths Arm, woraufhin diese eine Gänsehaut bekam.

»Lord Westfield, welch eine Freude.«

Er drehte sich um, und Elizabeth stockte der Atem, so intensiv war sein Blick. Du meine Güte! Er sah aus, als wollte er ihr sofort an die Wäsche. Ganz in Dunkelblau gekleidet verblasste jeder Mann neben ihm zur Bedeutungslosigkeit.

»Lady Hawthorne.« Er nahm ihre schlaff herunterhängende Hand, hob sie und kam ihr auf halber Strecke mit seinem Mund entgegen. Sein Kuss war alles andere als keusch. Er brannte sich durch ihren Handschuh, während seine Finger ihre Handfläche liebkosten.

Sofort war sie höchst erregt und wollte nur noch, dass diese Finger sie, wie noch wenige Stunden zuvor, überall liebkosten. Er beobachtete sie mit einem wissenden Lächeln, weil ihm ihre Reaktion nicht entging.

»Lord Westfield.« Sie wollte ihm ihre Hand entziehen, doch er ließ sie nicht los. Als er sie mit den Fingerspitzen weiter sacht streichelte, hatte sie Schmetterlinge im Bauch.

Anschließend wurde der musikalische Teil des Abends angekündigt, und die Gäste bewegten sich vom Salon in den Ballsaal, wo Stuhlreihen gegenüber den Musikern aufgestellt worden waren. Marcus legte ihre Hand auf seinen Unterarm und führte sie hinaus zur Eingangshalle, wo er sich absichtlich zurückfallen ließ.

»Der Mann ist entkommen«, sagte er, nur zu ihr gewandt.

Sie nickte, kaum überrascht.

Da blieb er stehen und drehte sich zu ihr um. »Es muss mehr zu deinem Schutz unternommen werden. Und ich werde diesen Auftrag an niemand anderen übergeben, also waren deine Bemühungen heute Nachmittag vergeblich.«

»Diese Verstrickungen sind für uns nur von Nachteil.«

Er wollte ihr Gesicht berühren, doch sie wich rasch zurück.

»Du vergisst dich«, tadelte sie. Dann spähte sie vorsichtig durch die Eingangshalle.

Mit einem einzigen drohenden Blick verscheuchte Marcus den Lakaien. Daraufhin wandte er ihr wieder seine ganze Aufmerksamkeit zu. »Und du vergisst die Regeln.«

»Welche Regeln?«

Als er die Augen zusammenkniff, wich sie noch einen Schritt zurück. »Ich kann dich immer noch schmecken, Elizabeth. Ich kann immer noch spüren, wie mein Schwanz ganz tief in dir war, und die Lust, die du mir geschenkt hast, erwärmt mir nach wie vor das Blut. Die Regeln haben sich seit heute Nachmittag nicht geändert. Ich kann dich haben, wie und wann ich es will.«

»Zum Teufel mit dir!« Mit rasendem Herzen und abgeschnürter Brust taumelte sie rückwärts, bis die Wand jede weitere Flucht verhinderte.

Er überwand die Distanz zwischen ihnen und hüllte sie in seinen satten, warmen Geruch. Als aus dem Ballsaal Musik ertönte, warf sie einen erschrockenen Blick dorthin. Dann sah sie wieder zu Marcus, der inzwischen direkt vor ihr stand.

»Warum willst du uns unbedingt in den Wahnsinn treiben?«, fragte er rau.

Sie fuhr sich mit der Hand an die Kehle und spielte nervös mit ihrer Perlenkette. »Was kann ich tun, um dein Verlangen zu befriedigen?«, fragte sie geradeheraus. »Ich muss doch irgendetwas tun oder sagen können, um deine Leidenschaft zu stillen.«

»Du weißt genau, was du tun kannst.«

Sie schluckte hart und starrte zu ihm hinauf. Er war so groß und breitschultrig, dass alles andere aus ihrem Sichtfeld verschwand. Aber nicht das jagte ihr Angst ein. Im Gegenteil: Nur in seiner Gegenwart fühlte sie sich wirklich sicher. Nein, ihre Angst kam aus dem Innern, von einem kalten, einsamen Ort, den sie am liebsten vergessen hätte. Und da stand Marcus, raubtierhaft und so verdammt selbstbewusst. Die Unsicherheit, die sie empfand, war ihm vollkommen fremd. Libertins wie er waren davor gefeit, schließlich wussten sie um ihren unwiderstehlichen Charme und sexuelle Anziehungskraft. Wenn sie das doch auch hätte!

Aber als sie blitzartig einen Ausweg aus ihrem Dilemma erkannte, verzog sie die Lippen zu einem Lächeln. Wie hatte sie das nur übersehen können? Wie hatte sie nur verwirrt und unsicher auf einen derart überwältigenden sinnlichen Angriff reagieren können, wo sie doch mit den besten Lehrern für derartige Situationen aufgewachsen war? Sie würde einfach das tun, was William, ihr Vater oder Marcus in einer solchen Lage tun würden.

»Nun gut. Dann treffen wir uns im Gästehaus von Chesterfield Hall, damit du es besorgt kriegst.« Der grobe Ausdruck kam ihr kaum über die Lippen, und sie hob das Kinn, um ihr Unbehagen zu verbergen.

Er blinzelte. »Wie bitte?«

Sie zog die Augenbrauen in die Höhe. »Das kann ich doch tun, nicht wahr? So lange die Beine breit machen, bis dein Verlangen gestillt ist. Dann bist du meiner überdrüssig und lässt mich in Ruhe.« Allein die Worte ließen ihren Körper wieder überall erglühen. Bilder vom Nachmittag erschienen vor ihrem inneren Auge, und als das Verlangen in ihr erwachte, biss sie sich auf die Unterlippe.

Plötzlich wirkten seine Züge nicht mehr raubtierhaft. »Himmel, wenn du es so darstellst –« Er zog reuig die Augenbrauen zusammen. »Ich muss dir manchmal wirklich wie ein Ungeheuer vorkommen. Ich weiß nicht, wann ich mich das letzte Mal so heruntergeputzt gefühlt habe.«

Ein kaum merkliches Lächeln spielte um ihre Lippen. Sie trat einen Schritt näher an ihn heran und presste ihre Hand gegen die aufwendig bestickte Seide seiner Weste, bevor sie mit ihr langsam seinen muskulösen Leib hinunterfuhr. Unter dem Stoff ihres Handschuhs kribbelte ihre Haut und erinnerte sie daran, wie instabil das Gleichgewicht der Mächte war.

Marcus umfasste ihre wandernden Fingerspitzen und zog sie

näher an sich heran. Er starrte in ihr Gesicht und schüttelte den Kopf. »Das soll wohl ein Scherz sein?«

»Ganz und gar nicht«, murmelte sie, strich mit ihren Fingern über seine Handfläche und sah, wie sein Blick sich verdunkelte. »Ich habe die Absicht, dir zu geben, was du dir wünschst. Darüber wirst du dich doch nicht beklagen?«

»Hm. Heute Nacht also?«

Sie riss die Augen auf. »Du meine Güte! Heute noch? Schon wieder?«

Lachend ließ er sie los. Ihr stockte der Atem. Die Veränderung war verblüffend. Als sein Mund sich zu einem Lächeln verzog, wich alle rücksichtslose Arroganz einer unwiderstehlichen Jungenhaftigkeit. »Also gut.« Er trat einen Schritt zurück und bot ihr seinen Arm. »Und du hast recht, ich werde mich sicher nicht beklagen.«

8. Kapitel

Marcus ging vor dem Kamin des Gästehauses von Chesterfield Hall unruhig hin und her und versuchte, sich an sein erstes Mal zu erinnern. Das lag schon lange zurück und war nicht gerade berauschend gewesen. Obwohl er sich nur noch undeutlich an jenen Nachmittag in den westfieldschen Stallungen erinnerte, war er sich sicher, dass er noch nie so aufgeregt gewesen war wie jetzt, in diesem Moment.

Nachdem er vor über einer Stunde Elizabeth vom Ball heimbegleitet hatte, war er nach Hause geeilt, hatte sich umgezogen und war wieder zurückgeritten. Seitdem wartete er.

Zweifel nagte an ihm, eine völlig neue Erfahrung. Würde Elizabeth wie versprochen zu ihm kommen? Oder würde er hier die ganze Nacht warten, verschlungen von seiner Sehnsucht, sie zu schmecken und unter seinen Händen zu spüren?

Er warf mehr Kohle ins Feuer, bevor er sich im wunderschön eingerichteten Gästehaus umsah. Zwar hätte er Elizabeth lieber wieder in seinem eigenen Bett gesehen, doch er würde nehmen, was er kriegen konnte, und zwar mit Freuden.

Der dicke Aubusson-Teppich streichelte seine nackten Füße, als er zum Sessel zurückging, der vor dem Kamin stand. Er hatte bis auf seine Hose alles ausgezogen, erstaunt und mehr als nur leicht verwirrt von seinem Drang, seine nackte Haut auf Elizabeths zu pressen.

Die Tür nach draußen ging auf und schloss sich wieder. Marcus erhob sich, ging zum Flur und lehnte sich an den Türrahmen, um lässig zu wirken und nicht so bedürftig, wie er sich tief im Innern fühlte. Als Elizabeth um die Ecke bog, stockte ihm der Atem. Unwillkürlich setzte er sich langsam in Bewegung. Sie verharrte und nagte an ihrer vollen Unterlippe. Sie trug schlichtes Musselin, hatte ihr Haar aus der raffinierten Abendfrisur befreit, Puder und Schminke von ihrem Gesicht geschrubbt und wirkte nun hinreißend jung und natürlich.

»Wo warst du?«, grollte er, als er mit beiden Händen nach ihr griff und sie hochhob.

»Ich –«

Er unterbrach ihre Antwort mit einem Kuss. Zuerst versteifte sie sich, aber dann gab sie sich ihm hin. Er stöhnte auf, als ihr sinnliches Aroma seinen Mund erfüllte. Ihre leidenschaftlichen und doch so süßen Küsse hatten ihm immer den Verstand geraubt.

Ein lauter, dumpfer Schlag lenkte ihn ab. Er löste sich von ihr, um zu sehen, was das war, und entdeckte auf dem Boden zwischen ihnen ein kleines, in rotes Leder gebundenes Buch.

»Du gibst Hawthornes Tagebuch zurück?«

»Ja«, sagte sie. Ihre heisere Stimme verriet ihre Erregung.

Als Marcus auf das Buch blickte, überraschte ihn ein Anflug von Eifersucht. Elizabeth trug den Namen eines anderen Mannes. Sie war früher körperlich mit jemand anderem verbunden gewesen. Zu seinem großen Bedauern schmerzte ihn dies immer noch. Dabei war er doch kein verliebter dummer Junge mehr, der nichts anderes im Sinn hatte als die Gunst seiner Angebeteten.

Aber genau so fühlte er sich.

Er verschränkte seine Finger mit ihren und zog sie ins Schlafzimmer.

»Ich bin so schnell gekommen, wie ich konnte«, sagte sie sanft.

»Lügnerin. Du wirst es dir noch mal überlegt haben, zumindest einen Moment lang.«

Als sie lächelte, spannte sich sein ganzer Körper an. »Vielleicht, einen Moment«, gab sie zu.

»Aber du bist trotzdem gekommen.« Er schlang seine Arme um sie und ließ sich aufs Bett fallen.

Sie lachte, und dieses Lachen veränderte ihre kühle, vorsichtige Miene vollkommen. »Nur weil ich wusste, du würdest mich sonst holen kommen.«

Er barg sein Gesicht in ihrer Halskuhle und stöhnte auflachend. Unter anderen Umständen hätte er seine Geliebte einfach auf den Rücken gerollt und sie bestiegen, so erregt war er. Doch hier war er entschlossen, einen Weg um Elizabeths Schutzwälle herum zu finden. Sexuelle Befriedigung war nicht sein einziges Ziel.

Nicht mehr.

»Du hast recht.« Er starrte zu ihr auf. »Ich hätte dich geholt.«

In einer seltenen zärtlichen Geste umfasste sie sein Gesicht. Jede ihrer Berührungen, jeder ihrer Blicke berührte und bewegte ihn.

»Du bist viel zu eingebildet. Aber das weißt du, nicht wahr?«

»Natürlich.« Er setzte sich auf und drückte sie in die Kissen. Dann griff er nach der Weinflasche, die er auf den Nachttisch gestellt hatte, und schenkte ihr ein Glas ein.

Elizabeth fuhr sich mit der Zunge über die Unterlippe und nahm mit gesenkten Lidern das Glas entgegen. »Du bist halb nackt. Das ist … ziemlich irritierend.«

»Vielleicht wäre es nicht so irritierend, wenn du dich auch ausziehen würdest«, schlug er vor.

»Marcus …«

»Oder trink etwas. Dann entspannst du dich.« Genau aus diesem Grund hatte er gleich zwei Flaschen mitgebracht. Er wusste noch von früher, wie albern und verspielt sie immer gewesen war, wenn sie Champagner trank. So wollte er sie unbedingt wiedersehen.

Als hätte Elizabeth dasselbe gedacht, hob sie das Glas an ihre Lippen und trank einen großen Schluck. Normalerweise hätte er die Missachtung eines so ausgezeichneten Jahrgangs missbilligt, doch jetzt freute er sich. Ein kleiner Tropfen blieb an ihrem Mundwinkel hängen. Er lehnte sich vor, leckte ihn ab und schloss vor lauter Zufriedenheit kurz die Augen. Als sie ihre Lippen fester gegen seine drückte, war er überrascht.

Mit aufgerissenen Augen zog sie sich zurück und leerte ihr Glas. Dann streckte sie es ihm entgegen. »Mehr, bitte.«

Marcus lächelte. »Dein Wunsch ist mir Befehl.« Er musterte sie verstohlen, während er den Wein einschenkte, und bemerkte, wie sie sich mit den Fingern nervös über die Oberschenkel strich. »Warum bist du so unruhig, Liebes?«

»Du bist an diese Art – Stelldichein gewöhnt. Aber für mich ist das Ganze hier mit dir, halb nackt und mit dem einzigen Ziel …«

»Miteinander zu schlafen?«

»Ja.« Sie öffnete den Mund, schloss ihn wieder und zuckte mit ihren schmalen Schultern. »Es macht mich nervös.«

»Aber das ist nicht unser einziges Ziel.«

Elizabeth runzelte die Stirn und trank noch einen großen Schluck. »Nicht?«

»Nein. Ich möchte auch mit dir reden.«

»Laufen diese Dinge normalerweise so ab?«

Er lachte reuig. »Dies hier ist ganz anders als all meine Erfahrungen.«

»Oh.« Ihre Schultern sackten ein kleines bisschen nach vorn.

Er nahm ihre freie Hand und verschränkte seine Finger mit ihren. Ihre Wangen waren bereits vom Wein gerötet. »Könntest du mir einen kleinen Gefallen tun?«, fragte er, obwohl er sich geschworen hatte, es nicht zu tun.

Sie wartete gespannt.

Er unterdrückte einen plötzlichen Anflug von Furcht und sagte hastig: »Könntest du mir vielleicht erzählen, was an dem Abend, als du mich verlassen hast, in dir vorgegangen ist?«

Sie senkte den Blick und starrte in ihr Glas. »Muss ich?«

»Wenn du so freundlich wärst, Liebes.«

»Das würde ich lieber nicht.«

»Ist es so schrecklich?«, hakte er sanft nach. »Es ist geschehen und kann nicht rückgängig gemacht werden. Ich bitte dich nur darum, um alle Unklarheiten loszuwerden.«

Elizabeth atmete tief aus. »Ich vermute, das schulde ich dir.«

Als sich das Schweigen zwischen ihnen ausdehnte, bat er sie: »Erzähl.«

»Es fing alles mit William an. Eines Nachts, etwa einen Monat vor meiner ersten Saison, konnte ich nicht schlafen. Nach dem Tod meiner Mutter hatte ich oft unter Schlaflosigkeit zu leiden. Wenn ich unruhig war, ging ich ins Arbeitszimmer meines Vaters und saß dort im Dunkeln. Dort roch es nach alten Büchern und dem Tabak meines Vaters – ich fand die Mischung beruhigend.

Kurz darauf kam William herein, sah mich aber nicht, weil ich auf dem Sofa lag. Da ich neugierig war, verhielt ich mich still. Es war sehr spät, und er hatte dunkle Kleider an. Sogar seine blonden Haare waren bedeckt. Ganz offensichtlich wollte er wohin, wo er nicht gesehen oder erkannt werden sollte. Er verhielt sich sehr seltsam, war voller unterdrückter Leidenschaft und Energie. Er ging und kam erst im Morgengrauen zurück. Da ahnte ich zum ersten Mal, dass er in etwas Gefährliches verwickelt war.«

Elizabeth verstummte und trank einen Schluck. »Ich fing an, ihn zu beobachten, wenn wir außer Haus waren. Ich prüfte, was er tat. Ich bemerkte, dass er regelmäßig Lord Hawthorne aufsuchte. Die beiden zogen sich dann von den anderen zurück und sprachen angeregt in einer dunklen Ecke miteinander, tauschten sogar Papiere und anderes aus.«

Marcus streckte sich auf dem Bett aus und stützte den Kopf auf die Hand. »Das ist mir nie aufgefallen. Eldridges Täuschungsmanöver erstaunen mich immer wieder. Ich hatte nie den Verdacht, dass William ein Agent ist.«

»Wie auch?«, fragte sie zurück. »Hätte ich ihn nicht so genau beobachtet, wäre mir auch nie etwas aufgefallen. Aber irgendwann wirkte William erschöpft und ausgezehrt. Ich machte mir Sorgen um ihn. Als ich ihn rundheraus fragte, was er tat, weigerte er sich zu antworten. Da wusste ich, dass ich Hilfe brauchte.« Sie sah ihn mit gequältem Blick an.

»Deshalb bist du in jener Nacht zu mir gekommen.« Ihm war die Ironie des Schicksals nicht entgangen. Er nahm ihr das Glas ab und spülte mit dem Wein den bitteren Geschmack aus seinem Mund. »Eldridge hält die Identität seiner Agenten strengstens geheim. Falls einer von uns gefangen oder erpresst wird, können wir nur wenige Informationen ausplaudern. Ich persönlich kannte nur sehr wenige Agenten.«

Ihre normalerweise so vollen Lippen wurden vor lauter Verachtung für die Organisation schmal. Er selbst hegte momentan auch nicht die freundlichsten Gefühle gegenüber Eldridge. Williams und seine Verpflichtung hatten für das tragische Ende seiner Verlobung gesorgt.

Elizabeth seufzte unglücklich. »Als ich von deinem Haus zurückkehrte, war ich zu aufgebracht zum Schlafen, daher ging ich ins Arbeitszimmer meines Vaters. Später besuchte Nigel William und wurde dorthin geführt, weil niemand wusste, dass ich da war. Ich ließ meine Wut an ihm aus, beschuldigte ihn, William in Gefahr zu bringen, und drohte damit, alles meinem Vater zu erzählen.«

Marcus lächelte, als er sich die Szene vorstellte. »Ich habe ziemlichen Respekt vor deinem Temperament bekommen, Süße. Wenn du zornig bist, wirst du zur Furie.«

Sie lächelte matt und freudlos. »Ich hatte angenommen, ihre Aktivitäten wären schändlich, war aber schockiert, als ich erfuhr, dass William und er Agenten der Krone waren.« Tränen schimmerten in ihren Augen. »Plötzlich war mir alles zu viel – das, was ich dir unterstellte, die Gefahr, in der William sich befand. In einem Augenblick der Schwäche erzählte ich Hawthorne von deiner Untreue. Er sagte, Leidenschaft in einer Ehe bedeute nur selten Glück oder Langlebigkeit. Irgendwann wäre ich ohnehin enttäuscht worden, behauptete er. Es wäre besser, dass ich jetzt schon deinen wahren Charakter gesehen hätte, als später, wenn nichts mehr hätte rückgängig gemacht werden können. Er war so freundlich und einfühlsam. Er bot mir einen Anker, als ich unglücklich und verloren war.«

Marcus drehte sich auf den Rücken und starrte auf den Betthimmel aus rotem Samt. Nach dem Tod ihrer Mutter und dem emotionalen Rückzug ihres Vaters waren Hawthornes Worte Elizabeth vermutlich wie Perlen der Weisheit erschienen. Er war angespannt und frustriert, weil er seinen Zorn nicht gegen einen

Toten richten konnte. Eigentlich hätte er ihr Anker sein müssen, nicht Hawthorne. »Verdammt«, sagte er heftig.

»Als ich aus Schottland zurückkehrte, zog ich Erkundigungen über dich ein.«

»Damals hatte ich schon das Land verlassen«, sagte er leise, weil seine Gedanken sich in der Vergangenheit verloren. »Am nächsten Morgen, nachdem ich die Witwe gut untergebracht hatte, sprach ich bei dir vor. Ich wollte alles erklären und die Dinge zwischen uns in Ordnung bringen. Doch William empfing mich an der Tür und warf mir deine Nachricht ins Gesicht. Er machte mich für deinen überstürzten Aufbruch verantwortlich. Ich warf ihm vor, dir nicht nachgefahren zu sein.«

»Du hättest mir nachfahren können.«

Marcus wandte den Kopf zu ihr und sah sie direkt an. »Ging es dir darum?«

Als Elizabeth zusammenzuckte, wusste er, dass sie ihm seinen Schmerz und seine Wut ansah.

»Ich ...« Sie brachte kein Wort heraus.

»Ein Teil von mir hoffte, du würdest nicht aufs Ganze gehen, aber irgendwie wusste ich es.« Er kniff die Augen zusammen. »Ich wusste, dass du durchgebrannt warst und jemand anderen geheiratet hattest. Und ich fragte mich unwillkürlich, wieso er für dich da war, obwohl die Ereignisse in dieser Nacht doch gar nicht abzusehen waren. Vielleicht lag es daran, dass er schon immer eine Option war, wie du sagtest. Jedenfalls konnte ich dann nicht mehr in England bleiben. Wäre mein Vater nicht gestorben, wäre ich noch länger fortgeblieben. Aber bei meiner Rückkehr erfuhr ich, dass du Witwe bist. Ich ließ dir mein Beileid ausrichten, damit du wusstest, dass ich wieder da war. Ich habe darauf gewartet, dass du zu mir kommst.«

»Ich hatte von deinen unzähligen Affären gehört.« Sie richtete sich auf und schwang ihre Beine über die Bettkante.

»Was zum Teufel machst du da?«, grollte er.

Er stellte das leere Glas auf den Nachttisch und riss sie ungestüm an seine Brust. Als er sie spürte, legte sich sofort seine Unruhe, die ihn ständig begleitete. Trotz allem war sie jetzt sein.

»Ich dachte, die Stimmung wäre ruiniert«, schmollte sie.

Er drückte seine Hüften an ihren Oberschenkel und ließ sie seine Erektion spüren. Ihr Blick verdunkelte sich, und ihr Atem ging plötzlich schneller.

»Denk nicht mehr dran«, sagte er grimmig. »Lass die Vergangenheit ruhen.«

»Wie denn?«

»Küss mich. Dann vergessen wir alles gemeinsam.«

Sie zögerte nur einen Augenblick, dann senkte sie den Kopf und drückte ihre feuchten Lippen auf seine. Erstarrt und mit einem ziehenden Schmerz in den Gliedern lag er unter ihr, während sich ihre Kurven sanft und doch brennend an seine Haut drückten und ihr Vanille-Rosen-Parfüm ihn berauschte. Er umfasste sie fester, damit sie nicht merkte, wie seine Hände zitterten. Er wusste nicht, warum sie eine solche Wirkung auf ihn hatte, obwohl er endlos darüber nachgedacht hatte.

Als sie den Kopf hob, stöhnte er protestierend.

»Es tut mir leid«, murmelte sie und wurde rot. »Ich bin nicht so gut in diesen Dingen.«

»Du machst das ganz wunderbar.«

»Du bewegst dich aber gar nicht«, klagte sie.

Er lachte reuig. »Weil ich mich nicht traue, Liebes. Ich begehre dich zu sehr.«

»Dann stecken wir in einer Sackgasse«, sagte sie mit einem warmen Lächeln. »Ich weiß nicht, was ich machen soll.«

Er nahm ihre Hand und legte sie sich auf die Brust. »Berühre mich.«

Sie setzte sich rittlings auf ihn. Ein paar Locken fielen ihr ins Gesicht. »Wo denn?«

Marcus bezweifelte, dass er das überleben würde, aber er würde als glücklicher Mann sterben. »Überall.«

Lächelnd fuhr sie ihm spielerisch mit den Fingern durch die Haare auf seiner Brust. Mit den Fingerspitzen umkreiste sie die Narbe an seiner linken Schulter und fuhr ihm dann über die Brustwarzen. Er erschauerte.

»Gefällt dir das?«

»Ja.«

Summend legte Elizabeth ihre Hände auf seinen Bauch, der sich sofort anspannte. »Faszinierend.«

Er lachte erstickt und sagte: »Ich hoffe, dein Interesse ist nicht nur bloße Neugier.«

Sie kicherte, offenbar war sie beschwipst. »Du bist wirklich der attraktivste Mann, den ich je gesehen habe.« Sie hob die Hände und fuhr ihm erst über die Schultern und anschließend die Arme hinab, um ihre Finger mit seinen zu verschränken. Es war ein schlichter und doch schmerzlich vielschichtiger Augenblick. Oberflächlich betrachtet waren sie zwei Menschen, die einander hoffnungslos verfallen waren, doch darunter gab es starke Strömungen des Misstrauens.

»Ich hatte gehofft, dass du das so siehst.«

»Wieso? Damit du mich leichter verführen kannst?«

Er führte ihre verschränkten Hände an seine Lippen und küsste ihre Fingerknöchel. »Die Verführung übernimmst doch du.«

Elizabeth schnaubte. »Ihnen ist nicht zu helfen, Lord Westfield. Sie sind ein Schuft, durch und durch. Wenn diese Affäre beendet ist –«

Da riss er sie zu sich und küsste sie, bis sie keine Luft mehr bekam. Er wollte weder über das Ende sprechen noch auch nur daran denken.

Er ließ ihre Hand los und fuhr ihr mit den Fingern über den Rücken, wo er die Verschnürung ihres Gewandes löste. Als er entdeckte, dass sie weder ein Korsett noch ein Hemdchen darunter trug, gab er murmelnd seinem Entzücken Ausdruck. Sosehr die Gefühle, die er in ihr hervorrief, sie auch erschreckten: Sie hatte sich vorbereitet. So, wie sie ihn jetzt liebkoste, schien es auch, dass sie begierig war, geradezu hektisch. Er streifte ihr das Kleid von den Schultern und entblößte ihre Brüste, die schwer und voll waren vor Erregung. Wie schön sie waren: bleich, mit rosigen Spitzen. Er hatte noch nicht das Vergnügen gehabt, sich ihnen zu widmen, eine Unterlassung, die er schnellstens nachzuholen gedachte.

Als sie die Hände hob, wehrte er sie ab. »Nein. Versteck dich nicht, Süße. Ich genieße es genauso, dich anzusehen, wie du es genießt, mich anzusehen.«

»Nach all den Frauen …«

»Schluss«, mahnte er. »Darüber reden wir nicht mehr.« Seufzend ließ er die Hände zu ihren Schenkeln sinken. »Ich kann nicht ändern, was geschehen ist.«

»Du kannst nicht ändern, was du bist.« Jetzt war alle Weichheit aus ihrer Miene gewichen. Nur Elizabeth brachte es fertig, barbusig vor einem Mann zu sitzen und reserviert zu wirken.

»Verdammt, es sind doch nicht meine sexuellen Abenteuer, die mich ausmachen. Und an deiner Stelle würde ich mich nicht beklagen, schließlich wäre ich ohne meine Erfahrungen nicht in der Lage, dir solches Vergnügen zu bereiten.«

»Ich soll dir wohl auch noch dankbar sein!«, fauchte sie. »Aber ich wäre dir weitaus dankbarer, wenn du eine andere mit deinen Aufmerksamkeiten bedacht hättest.«

Sie wollte sich ihm entziehen, doch er hielt sie zurück. Er schob die Hüften vor und drückte sein Glied zwischen ihre Beine. Als sie aufkeuchte, wiederholte er das und sah zu, wie sie sich seinem Schwanz entgegendrängte. Ihre instinktive Reaktion dämpfte seinen Zorn.

»Was bringt dich an meiner Vergangenheit so auf?«

Sie hob die Augenbrauen.

»Sag's mir«, beharrte er. »Ich will es wirklich wissen.« Wenn sie diese Barrieren zwischen ihnen aufrechterhielte, würde er nichts bewirken. Zwar mochte er ihren Körper bekommen, doch wollte er für die Dauer ihrer Affäre mehr.

Sie zog die Nase kraus. »Empfindest du wirklich gar nichts für die Frauen, denen du das Herz brichst?«

»Geht es darum?« Er unterdrückte seine Gereiztheit. »Elizabeth, die Frauen, die sich mit mir vergnügen, sind in dieser Hinsicht sehr erfahren.«

Ihr ungläubiger Blick sprach Bände.

Er fuhr ihr mit den Händen unter den Saum ihres Rocks und liebkoste ihre geschmeidigen Schenkel, bis er ihr weiches Schamhaar erreichte. Als ihm klar wurde, dass nur der Stoff seiner Hose ihn von süßer Erlösung fernhielt, wurde sein Schwanz noch härter.

»Frauen sind anfälliger für Hochgefühle, wenn sie im Bett befriedigt wurden«, gab er zu. »Doch ehrlich gesagt hat kaum je eine Frau übertriebene Zuneigung zu mir entwickelt, und wenn doch, war es sicher nicht Liebe.«

»Vielleicht hast du es einfach nur nicht bemerkt. Ich schwöre, William war immer verblüfft, wenn eine meiner Freundinnen mich nicht länger empfangen wollte, weil er ihre Gefühle nicht erwiderte.«

Marcus zuckte zusammen. »Das tut mir leid, Liebes.«

»Das sollte es auch. Männer wie William und du sind dafür verantwortlich, dass ich zu wenig weibliche Gesellschaft habe. Gott sei Dank hat er Margaret geheiratet.«

Als er mit seinen Daumenspitzen über ihre weichen, feuchten Schamlippen strich, drängten sich ihre Hüften in einer unmissverständlichen Einladung vor.

»Ich werde sein wie deine Liebhaberinnen«, sagte sie plötzlich.

Er spreizte ihre Schamlippen und streichelte ihre Klitoris, die sich verhärtete, als er sie mit den Fingerspitzen umkreiste. »Inwiefern? Ich sehe keinerlei Gemeinsamkeit zwischen dir und irgendeiner anderen Frau.«

»Ich werde dich fallen lassen.«

Sanft presste er seinen Daumen gegen ihre zunehmende Feuchtigkeit und glitt in sie hinein. Das hier gehörte ihm. Sie würde ihm diese Lust nicht versagen. »Vielleicht sollte ich dich überwältigen und dich zur Ekstase bringen, bis du dir nicht mehr vorstellen kannst, auch nur eine Nacht ohne meinen Schwanz tief in dir drinnen zu sein.«

Ihr leise klagendes Stöhnen raubte ihm den Verstand. Er griff nach dem Latz seiner Hose und riss ihn auf. Als er zu ihr hochschaute, sah er, wie Elizabeths Blick schmolz. Ihn fallen lassen? Sie würde ihre furchterregende eisige Kontrolle aufgeben, dafür würde er sorgen.

»Ich will dich auskosten, Elizabeth.«

Sie erstarrte, als er ihre Hüften packte und sie über seinem

Schwanz positionierte. »Was …«, begann sie, verstummte jedoch, als er ihre Scheide über sein Schwert zog.

Er stöhnte auf, weil ihre samtige Wärme ihn wie ein Handschuh umschloss. Vor Entzücken zog sich alles in seinen Lenden zusammen. Er spannte das Rückgrat an, biss die Zähne zusammen und wölbte sich hoch.

»Gott!«, keuchte er. Nur ein falscher Atemzug, und er würde kommen.

Elizabeth wand sich, um ihm eine bequemere Position zu ermöglichen. Mit schweißüberströmter Stirn löste er seinen Griff um ihre Taille und ließ sich in die Kissen zurücksinken.

Mit hinreißend errötenden Wangen und weit aufgerissenen, glühenden Augen starrte sie ihn fragend an.

»Ich gehöre ganz dir, Liebes«, ermutigte er sie, weil er sich danach sehnte, einfach stillzuliegen und bis zur Besinnungslosigkeit von der Frau befriedigt zu werden, die ihn vor so langer Zeit fallen gelassen hatte.

Sie biss sich auf die Unterlippe und erhob sich so weit von seinem Schwanz, bis nur noch die Spitze in ihr steckte. Als sie sich wieder absenkte, war ihre Bewegung zwar unbeholfen und zaghaft, raubte ihm aber dennoch den Verstand. Er ließ die Hände sinken und ballte sie zu Fäusten. Dann bewegte Elizabeth sich keuchend ein zweites Mal, woraufhin er aufstöhnte, denn die kühle Luft an seinem Schwanz wurde von der glühenden Hitze ihrer Scham ersetzt.

Sie hielt inne.

»Nicht aufhören«, flehte er.

»Ich kann nicht …«

»Schneller, Süße. Fester.«

Zu seinem Entzücken gehorchte sie und fing an, sich mit ihrer natürlichen Anmut zu bewegen. Der Anblick ihres halb nackten Körpers und ihrer wippenden Brüste war atemberaubend. Die Augenlider halb geschlossen vor berauschender Lust, beobachtete er sie und erinnerte sich, wie er sie im Ballsaal der Morelands gesehen hatte: als königliche, unnahbare Schönheit. Jetzt gehörte sie ihm, ganz und gar, und ihre wimmernden Schreie verrieten, wie sie es trotz allem genoss.

Als er es nicht länger aushielt und das Bedürfnis zu kommen so überwältigend war, dass er befürchtete, sie zu vernachlässigen, hielt er sie fest, stieß seine Hüften aufwärts und vögelte sie mit schnellen, ungeduldigen Stößen.

»Ja …« Sie legte ihre Hände auf seine, und dann ließ sie in bedingungsloser Kapitulation den Kopf nach hinten sinken. »Marcus!«

Er wusste, was dieser Schrei bedeutete. Nimm mich! Und das tat er, er rollte sie herum und stieß so hart in sie hinein, dass sie das Bett hinaufrutschte. Trotzdem kam er nicht tief genug. Er grollte, frustriert, dass dieser primitive Akt immer noch nicht reichte, um sein Verlangen zu befriedigen, das immer stärker wurde, je mehr er versuchte, es zu stillen.

Elizabeth wölbte den Kopf nach hinten, und ihre Brüste hoben sich, bis ihre Nippel sich in seinen Brustkorb bohrten. Mit einem scharfen Schrei zog sie sich um ihn herum zusammen, bevor sie sich in rhythmischen Wellenbewegungen auflöste, wie er sie noch nie zuvor erlebt hatte.

Er vögelte wie ein Wahnsinniger durch diese Wellen hindurch, zwang seinen Schwanz in die verschlingenden Tiefen, tauchte ein in die siedend heiße Flüssigkeit, die ihr Inneres benetzte. Er brüllte, als er kam, und verspritzte seinen Samen, bis er dachte, er würde daran sterben. Er senkte den Kopf und biss sie in die Schulter, bestrafte sie dafür, dass sie die Nemesis seines Daseins war, Quelle höchster Lust und tiefsten Schmerzes zugleich.

Leises Blätterrascheln weckte Elizabeth. Sie setzte sich auf, erschrocken und leicht verlegen, als sie sah, dass sie vollkommen nackt war und ihr Körper nicht mal von einem Laken bedeckt wurde. Marcus saß ebenfalls nackt am kleinen Schreibtisch und hatte Nigels Tagebuch vor sich aufgeschlagen. Sein Blick wurde von ihrem angezogen.

Da sie sich entblößt und viel zu verletzlich fühlte, zog sie ein Laken über ihren Körper. »Was machst du?«

Mit einem hinreißenden Lächeln stand er auf und kam zu ihr. »Ich wollte Hawthornes Code entschlüsseln, wurde aber ständig von deinem Anblick abgelenkt.«

Sie unterdrückte ein Lächeln. »Wüstling. Es sollte ein Gesetz dagegen geben, schlafende Frauen anzugaffen.«

»Ich bin sicher, es gibt eins.« Er sprang aufs Bett. »Aber das gilt nicht für Liebespaare.«

Es jagte ihr einen Schauer über den Rücken, wie er »Liebespaare« sagte. Ihr Blut geriet in Wallung, allein, weil er seine Leidenschaft, wenn auch nur kurz, mit diesen Worten ausdrückte. Doch sofort darauf gefror ihr das Blut zu Eis. Das alles war zu viel und ging zu schnell.

»Du sagst das so selbstgefällig.« Sie blickte kurz ins Feuer und nestelte nervös an der Lochstickerei der Bettwäsche. »Zweifellos gefällt es dir, mich so leicht erobert zu haben.«

»Leicht?«, sagte er spottend, warf die Arme auseinander und ließ sich auf die Kissen fallen. »Es war verdammt schwer.« Er wandte ihr den Kopf zu, runzelte die Stirn, rollte sich auf die

Seite und stützte den Kopf auf die Hand. Plötzlich ernst geworden, sagte er: »Erzähl mir von deiner Ehe.«

»Warum?«

»Warum nicht?«

Sie zuckte die Achseln und wünschte, sie wäre wieder so kontrolliert wie zu Anfang des Abends. »Da gibt es nichts Besonderes zu erzählen. Hawthorne war ein Mustergatte.«

Marcus spitzte die Lippen und starrte nachdenklich ins Feuer. Bevor sie sich zurückhalten konnte, streckte sie die Hand aus und strich ihm eine verirrte Locke aus der Stirn.

Er wandte den Kopf und drückte ihr einen Kuss auf die Handfläche. »Ihr habt also harmoniert?«

»Wir hatten ähnliche Interessen, und er ließ mir bereitwillig meinen Freiraum. Er war so mit der Organisation beschäftigt, dass ich ihn kaum zu Gesicht bekam, aber die Distanz kam uns beiden zupass.«

Offenbar tief in Gedanken versunken, nickte er. »Damals warst du also nicht so gegen die Organisation eingestellt?«

»Im Gegenteil: Ich hasste sie schon damals, war aber naiv und kam nicht auf die Idee, es könnte wirklich jemand zu Tode kommen.«

Als er nichts darauf antwortete, warf Elizabeth ihm durch ihre Wimpern hindurch einen verstohlenen Blick zu und fragte sich, was er wohl dachte. Und wieso sie blieb. Sie wollte doch eigentlich gehen.

Da sagte er: »Ich glaube, einiges von dem, was im Tagebuch steht, handelt von Christopher St. John, aber sicher weiß ich es nicht, bis ich die Gelegenheit hatte, alles genau unter die Lupe zu nehmen.«

»Oh.« Sie drehte einen Zipfel des Lakens um ihren Finger.

Hier war der Vorwand, um sich abzusetzen. »Tut mir leid, dass ich dich gestört habe.« Sie schwang die Beine vom Bett und wollte schon aufstehen, da hielt er sie am Ellbogen fest. Sie warf einen Blick über ihre Schulter.

Smaragdgrüne Augen bohrten sich glühend in ihre. »Störungen von dir sind mir immer willkommen«, murmelte er mit leiser, verheißungsvoller Stimme, die sie mittlerweile zu fürchten gelernt hatte.

Er zog sie zurück, stieg über sie, drückte sie auf die Matratze und küsste durch das Laken hindurch ihren Bauch. »Du hast keine Ahnung, was es mir bedeutet, mit dir zusammen zu sein und nur dann zu arbeiten, wenn du anderweitig beschäftigt bist.«

Sie keuchte auf, als sein Mund sich durch den Stoff hindurch um ihre Brustwarze schloss, und ließ ihre Hand über die warme Haut seines Arms driften, dessen Muskeln sich spannten, weil er sich aufstützte. Rhythmisch leckte er ihr mit der Zunge über die steife Knospe und wusste intuitiv, wie er sie um den Verstand brachte.

»Marcus …« Sie wehrte sich, weil sie wusste, sie sollte nicht schon wieder nachgeben, sondern die Kontrolle zurückgewinnen.

Mit einem dumpfen Grollen gab er sie frei und riss ihr das Laken weg. Er bedeckte ihren Körper mit seinem, ihren Mund mit seinem, und die Wärme und Härte seines Leibes ließ sie hilflos dahinschmelzen. Seine Hände streichelten sie zärtlich und geschickt; entzündeten ihre Sinne, ließen ihre Anspannung dahinschwinden, so gut kannten sie sie.

Bis sie sich in Ekstase auflöste und mit einem Schrei kapitulierte. Und noch während sie ins köstliche Nichts stürzte, wusste sie, dass der Aufstieg mit jedem Mal schwerer werden würde …

9. Kapitel

Elizabeth betrat durch die Terrassentür des Arbeitszimmers das Haupthaus. Obwohl es noch nicht dämmerte, würde das Küchenpersonal schon mit der Vorbereitung der Speisen beschäftigt sein, und sie wollte es nicht riskieren, jemandem zu begegnen. Nicht so zerzaust und erhitzt.

»Elizabeth.«

Erschrocken fuhr sie zusammen. Als sie William an der offenen Tür sah, verkrampfte sich ihr Magen.

»Ja, William?«

»Auf ein Wort, bitte.«

Seufzend wartete sie, bis er eingetreten war und die Tür hinter sich geschlossen hatte. Innerlich wappnete sie sich.

»Was zum Teufel machst du da mit Westfield? In unserem Gästehaus? Hat du den Verstand verloren?«

»Ja.« Leugnen war zwecklos.

»Wieso?«, fragte er, sichtlich verletzt und verwirrt.

»Ich weiß es nicht.«

»Ich bringe ihn um«, knurrte er. »Dich so zu behandeln, so kaltblütig auszunutzen. Ich hab dir doch gesagt, dass du dich von ihm fernhalten sollst. Er hat keine ehrenhaften Absichten.«

»Ich hab es versucht, wirklich.« Sie wandte sich ab und sank auf einen der Sessel.

Unterdrückt fluchend fing William an, vor ihr auf und ab zu gehen.

»Du hättest doch jeden haben können. Wenn du so gegen eine neue Ehe bist, hättest du dir einen passenderen Gefährten suchen können.«

»William, ich weiß deine Sorge um mich zu schätzen, aber ich bin eine erwachsene Frau und kann meine eigenen Entscheidungen treffen, vor allem, wenn es um so persönliche Dinge wie einen Liebhaber geht.«

»Guter Gott!«, stieß er hervor. »Dass ich mit dir über so etwas reden muss …«

»Das musst du nicht, und das weißt du auch«, sagte sie trocken.

»O doch, das muss ich.« Er kam um sie herum. »Nachdem ich mir wegen meines wüsten Betragens endlose Vorträge von dir anhören musste …«

»Ja, siehst du, du warst mir ein Vorbild.«

William erstarrte. »Du hast ja keine Ahnung. Ihm bist du nicht gewachsen.«

Elizabeth holte tief Luft. »Vielleicht. Vielleicht ist mir aber auch Westfield nicht gewachsen.« Wenn doch, würde sich das bald ändern.

Er schnaubte. »Elizabeth …«

»Das reicht, William. Ich bin müde.« Sie stand auf und strebte zum Flur. »Westfield kommt heute Abend vorbei, um mich zum Dinner bei den Fairchilds zu begleiten.« Sie war dagegen, aber Marcus bestand darauf, dass sie sonst nicht sicher wäre. Er war, auf seine charmante Art, unerbittlich gewesen und hatte gesagt, entweder sie ginge nicht hin oder er ginge mit.

»Schön«, zischte William. »Dann werde ich ihn mir vorknöpfen.«

Sie winkte ihm lässig über die Schulter hinweg zu. »Wie du willst. Schick ihn zu mir, wenn du fertig bist.«

»Das ist verabscheuungswürdig.«

»Ja, ich hab schon verstanden, dass du so denkst.«

»Ekelhaft.«

»Ja, ja.« Sie trat auf den Flur.

»Wenn er dir wehtut, werde ich ihn zerschmettern!«, rief William ihr nach.

Elizabeth blieb stehen und drehte sich zu ihm um. Zwar mischte er sich in ihre Angelegenheiten, doch er tat es aus Liebe, und sie empfand deswegen tiefe Zuneigung zu ihm. Mit einem zärtlichen Lächeln kehrte sie zu ihm zurück und umarmte ihn. Er drückte sie an sich.

»Du bist eine höchst nervtötende Schwester«, murmelte er, den Mund in ihr Haar gepresst. »Warum kannst du nicht sanfter und gehorsamer sein?«

»Weil du dann vor Langeweile wahnsinnig würdest.«

Er seufzte. »Ja, das stimmt wohl.« Er löste sich von ihr. »Aber bitte sei vorsichtig. Ich könnte es nicht ertragen, wenn man dir wieder wehtäte.«

Die offensichtliche Traurigkeit in seinen Augen war herzzerreißend und erinnerte sie daran, wie prekär ihre Lage war. Sich auf Marcus einzulassen war ein Spiel mit dem Feuer.

»Mach dir nicht so viele Sorgen, William.« Sie hakte sich bei ihm unter und zog ihn mit zur Treppe. »Ich kann schon ganz gut selbst auf mich aufpassen, vertrau mir.«

»Ich versuch's ja, aber es ist so verdammt schwer, wenn du immer Dummheiten begehst.«

Lachend ließ Elizabeth seinen Arm los und rannte die Treppe hinauf. »Wer als Erster am Ende der Galerie ist, hat gewonnen.«

Mühelos erreichte William die Vase als Erster und geleitete Elizabeth dann zu ihrem Zimmer. Als er in sein eigenes Schlafzimmer zurückkehrte, zog er sich in aller Eile um. Er ließ eine verwirrte Margaret im Bett zurück und raste ins Zentrum, zu Westfields Stadthaus. Dort rannte er, zwei Stufen auf einmal nehmend, die Treppe hinauf und betätigte den Türklopfer aus Messing.

Die Tür ging auf, und ein Butler musterte ihn kühl und von oben herab.

William gab ihm seine Karte und drängte sich an ihm vorbei in die Eingangshalle. »Sie können mich bei Lord Westfield melden«, sagte er knapp.

Der Butler blickte auf die Karte. »Lord Westfield ist nicht zugegen, Lord Barclay.«

»Lord Westfield ist im Bett«, zischte William. »Und Sie werden ihn wecken und zu mir bringen, sonst hole ich ihn selbst.«

Mit missbilligend hochgezogenen Augenbrauen führte der Butler ihn zum Arbeitszimmer und verschwand dann.

Kurz darauf ging die Tür wieder auf, und Marcus erschien. William stürzte sich wortlos auf seinen alten Freund.

»Verdammt!«, fluchte Marcus, als er auf dem Teppich landete. Und er fluchte noch ein zweites Mal, nachdem Williams Faust seine Rippen getroffen hatte.

Dann rollten sie über den Boden, während William auf ihn einhämmerte, stießen gegen eine Chaiselongue, kippten einen Stuhl um. Marcus versuchte, die Hiebe abzuwehren, schlug aber selbst kein einziges Mal zurück.

»Du verdammter Hurensohn«, knurrte William, rasend vor Zorn, weil ihm ein Kampf verwehrt wurde, »ich bring dich um.«

»Und das machst du ganz wunderbar«, stöhnte Marcus.

Plötzlich waren noch mehr Hände im Spiel, die sie auseinanderrissen. William wurde hochgezogen und wehrte sich gegen den unnachgiebigen Griff, der seine Hände auf dem Rücken zusammenhielt. »Zum Teufel mit Ihnen, Ashford. Lassen Sie mich los!«

Doch Paul Ashford hielt ihn fest. »Gleich, Mylord. Ich meine es nicht böse, aber Mutter ist daheim, und sie hält nicht viel von Schlägereien im Haus. Sie zwingt uns immer, vor die Tür zu gehen, verstehen Sie?«

Marcus blieb ein paar Meter vor ihm stehen und wehrte die Hilfe seines jüngsten Bruders, Robert Ashford, ab. Die Ähnlichkeit zwischen den beiden war schon unheimlich. Robert war nur schmaler und trug eine Brille. Im Gegensatz zu ihnen hatte Paul rabenschwarze Haare und dunkle Augen.

Als William sich nicht mehr wehrte, ließ Paul ihn los.

»Im Ernst, Gentlemen«, sagte Paul und richtete seine Weste und seine Perücke. »Sosehr ich einen guten Kampf am Morgen zu schätzen weiß, so sollten Sie doch dafür wenigstens entsprechend gekleidet sein.«

Marcus hielt sich mit einer Hand die Rippen, ignorierte seinen Bruder und sagte: »Ich kann also davon ausgehen, dass deine Laune jetzt besser ist, Barclay?«

»Geringfügig.« William starrte ihn finster an. »Es wäre sportlicher gewesen, wenn du mitgemacht hättest.«

»Bist du verrückt? Damit Elizabeth wütend wird?«

William schnaubte. »Als würdest du dich um ihre Gefühle scheren!«

»Daran besteht kein Zweifel.«

»Was soll das dann hier? Warum benutzt du sie so?«

Robert schob sich die Brille hoch und räusperte sich. »Ich glaube, wir haben hier nichts mehr zu tun.«

»Das hoffe ich«, brummte Paul. »So früh am Morgen kann ich auf derartige Gespräche gut verzichten. Jetzt benehmen Sie sich, Gentlemen. Beim nächsten Mal wird sich Mutter einmischen, und dann Gnade Ihnen Gott.«

Die Brüder zogen sich zurück und schlossen die Tür hinter sich.

Marcus fuhr sich mit der Hand durchs Haar. »Erinnerst du dich noch an die Kleine, mit der du in Oxford was hattest? Die Bäckerstochter?«

»Ja.« William erinnerte sich gut an sie. Es war ein junges, anziehendes Ding gewesen, hübsch, aufgeschlossen und sehr großzügig mit der Vergabe seiner Gunst. Celia wusste es mehr als andere zu schätzen, in allen möglichen Stellungen genommen zu werden, und er hatte es ihr gerne besorgt. Einmal hatten sie sogar drei Tage am Stück im Bett verbracht und nur zum Essen und Baden Pause gemacht. Sie war hinreißend und ohne Hemmungen gewesen.

Plötzlich begriff er, worauf Marcus hinauswollte.

»Willst du, dass ich dich umbringe?«, knurrte er. »Du redest von meiner Schwester, verdammt noch mal!«

»Die eine erwachsene Frau ist«, entgegnete Marcus. »Eine Witwe, kein unschuldiges Mädchen.«

»Du kannst Elizabeth doch nicht mit Celia vergleichen! Sie hat keinerlei Erfahrungen mit flüchtigen Affären. Ihr könnte wehgetan werden.«

»Ach ja? Sie schien aber keine Schwierigkeiten zu haben, mich abzuservieren, und zeigt auch keinerlei schlechtes Gewissen deswegen.«

»Wieso sollte sie auch? Du warst ein Wüstling, durch und durch.«

»Wir sind beide nicht ganz unschuldig.« Marcus ging zu einem der Ohrensessel am Kamin und ließ sich müde darauf fallen. »Wie auch immer, es sieht so aus, als habe sich alles zum Guten gewendet. Sie war nicht unglücklich mit Hawthorne.«

»Dann lass sie jetzt in Ruhe.«

»Das kann ich nicht. Zwischen uns ist noch etwas, und wir beide haben uns als vernünftige Erwachsene geeinigt, dem seinen Lauf zu lassen.«

William ging zu dem anderen Ohrensessel am Kamin. »Ich begreife immer noch nicht, dass Elizabeth so …«

»Nonchalant sein kann? Sich einfach ihrer Lust hingibt?«

»Ja, genau.« Er rieb sich über den Nacken. »Nach dem, was du getan hast, war sie am Boden zerstört, weißt du?«

»Ach ja: so am Boden zerstört, dass sie schnurstracks einen anderen heiratete.«

»Gab es eine bessere Fluchtmöglichkeit?«

Marcus sah ihn blinzelnd an.

»Meinst du etwa, ich kenne sie nicht?«, fragte William kopfschüttelnd. »Gehe vorsichtig mit ihren Gefühlen um«, warnte er, stand auf und ging zur Tür. Dort hielt er inne und sah sich um. »Wenn du ihr wehtust, Westfield, sehen wir uns im Morgengrauen auf einem Feld wieder.«

Marcus neigte bestätigend den Kopf.

»Aber komm heute Abend früher, dann können wir zusammen auf die Frauen warten. Wir haben immer noch einen schönen Brandyvorrat von Vater.«

»Die Einladung kann ich nicht ablehnen.«

Etwas besänftigt verschwand William. Allerdings nahm er sich vor, seine Pistolen zu reinigen.

Nur für alle Fälle.

Der Ball war ein riesiger Erfolg, wie man am überfüllten Tanzsaal und dem strahlenden Gesicht der Gastgeberin Lady Marks-Darby sah. Elizabeth bahnte sich einen Weg durch die Menge, um auf einen menschenleeren Balkon zu fliehen. Von dort aus sah sie, wie Pärchen durch das Heckenlabyrinth im Garten unter ihr schlenderten. Sie schloss die Augen und atmete die frische Nachtluft ein.

Die vergangene Woche war Himmel und Hölle zugleich gewesen. Sie hatte Marcus jede Nacht im Gästehaus aufgesucht. Zwar hatte er ihr nie etwas versprochen, doch das konnte ihre Erwartungen nicht dämpfen.

Als sie ihm eine Affäre vorschlug, hatte sie gedacht, er würde sich sofort nach ihrer Ankunft auf sie stürzen, sie zum Bett tragen und nach dem Beischlaf verschwinden. Stattdessen fing er Gespräche mit ihr an oder fütterte sie mit einem üppigen späten Abendessen, das er mitgebracht hatte. Er schnitt verschiedene Themen an und wirkte ernsthaft interessiert an ihrer Meinung. Er fragte sie nach ihren Lieblingsbüchern und besorgte sich diejenigen, die er noch nicht gelesen hatte. Das alles war höchst merkwürdig. Sie war solche Intimitäten nicht gewohnt, die ihr auch viel tiefergehend vorkamen als ihre körperlichen Vereinigungen. Nicht, dass Marcus Letzteres jemals vernachlässigt hätte.

Er hielt sie in einem Zustand ständiger körperlicher Erregung. Als meisterhafter Liebhaber verwandte Marcus all seine beträchtlichen Fähigkeiten darauf, dass sie ihn nicht eine Sekunde vergaß. Ständig fand er einen Vorwand, um ihre Schulter zu streifen oder ihr mit der Hand über den Rücken zu fahren. Er neigte sich viel zu nah zu ihr, wenn er sprach, und hauchte ihr derart sinnlich ins Ohr, dass sie vor Sehnsucht erschauerte.

Gelächter aus dem Irrgarten unter ihr lenkten sie glücklicherweise von ihren Gedanken ab. Zwei Frauen blieben direkt unter dem Balkon stehen, sodass sie ihre melodiösen Stimmen klar und deutlich hören konnte.

»In dieser Saison sind die heiratsfähigen Männer rar«, sagte die eine.

»Bedauerlich, aber wahr. Und es ist wirklich Pech, dass Lord Westfield so entschlossen ist, seine Wette zu gewinnen. Er klebt ja praktisch an Hawthornes Witwe.«

»Sie scheint sich aber nicht besonders für ihn zu interessieren.«

»Sie weiß eben nicht, was ihr entgeht. Er ist umwerfend. Sein ganzer Körper ist ein wahres Kunstwerk. Ich muss gestehen, ich bin vollkommen hin und weg.«

Als eine der beiden Frauen kicherte, umkrallte Elizabeth das Balkongeländer so heftig, dass ihre Knöchel weiß wurden.

»Wenn du ihn so schmerzlich vermisst, dann locke ihn doch wieder in dein Bett.«

»Oh, das werde ich auch«, ertönte es selbstgefällig. »Lady Hawthorne mag zwar schön sein, aber sie ist auch kalt. Bei ihr geht's ihm nur um den sportlichen Ehrgeiz. Sobald er die Wette gewonnen hat, wird er sich etwas mehr Feuer in seinem Bett wünschen. Und dann werde ich ihn erwarten.«

Plötzlich keuchten die Frauen erschrocken auf.

»Verzeihung, meine Damen«, ertönte eine männliche Stimme. Die beiden Frauen zogen sich weiter in den Irrgarten zurück, während Elizabeth auf dem Balkon schäumte.

Diese widerliche Schlampe! Sie knirschte mit den Zähnen, bis ihr der Kiefer wehtat. Die verdammte Wette! Wie konnte sie diese nur vergessen haben?

»Lady Hawthorne?«

Als sie die tiefe, angenehm raue Stimme hörte, die ihren Namen murmelte, drehte sie sich um. Sie musterte den Gentleman, der sich ihr näherte, und versuchte, sein Gesicht irgendwo einzuordnen. »Ja?«

Der Mann war groß und elegant gekleidet. Seine Haarfarbe konnte sie nicht erkennen, da er eine Perücke trug, die in einem Zopf endete. Seine Augenpartie war von einer Maske verdeckt, doch sie sah die leuchtend blauen Augen. Irgendetwas an ihm weckte ihre Aufmerksamkeit und kam ihr irgendwie vertraut vor, aber sie war sicher, ihn noch nie zuvor gesehen zu haben.

»Kennen wir uns?«, fragte sie.

Er schüttelte den Kopf, und als er aus dem Schatten des Hauses trat, richtete sie sich auf und musterte ihn genauer. Was sie von seinem Gesicht sah, passte sehr gut zu seinen schönen Augen. Offen gestanden war er überaus attraktiv.

Zwar waren seine Lippen schmal, verzogen sich allerdings höchst sinnlich, doch sein Blick … Sein Blick war kühl und abschätzend. Sie spürte, dass er auf nichts und niemanden vertraute. Aber nicht deswegen überlief sie ein Schauer. Ihr Unbehagen rührte eher von seiner Körpersprache. Sie fand es viel zu besitzergreifend, wie er sich ihr näherte.

Wieder ertönte seine raue Stimme. »Ich fürchte, ich muss Sie belästigen, Lady Hawthorne, aber wir haben etwas Dringendes miteinander zu besprechen.«

Elizabeth verschanzte sich hinter eisiger Höflichkeit. »Es kommt nur sehr selten vor, Sir, dass ich etwas Dringendes mit völlig Unbekannten bespreche.«

Er verneigte sich formvollendet vor ihr. »Verzeihen Sie mir«, sagte er bewusst leise und beschwichtigend. »Christopher St. John, Mylady.«

Elizabeth stockte der Atem. Mit hämmerndem Herzen trat sie

einen Schritt zurück. »Was genau möchten Sie mit mir besprechen, Mr. St. John?«

Er stellte sich neben sie, legte die Hände auf das schmiedeeiserne Geländer und überblickte den Irrgarten. Sein lässiges Auftreten war trügerisch. Ähnlich wie Marcus versuchte er, mit ausgesprochener Freundlichkeit seine Umgebung zu beruhigen und sie gleichzeitig subtil zu zwingen, den Blick zu senken. Doch diese Taktik hatte auf Elizabeth die gegenteilige Wirkung. Zwar verkrampfte sie sich innerlich, versuchte aber, es sich nicht anmerken zu lassen.

»Sie haben ein Tagebuch bekommen, das Ihrem verstorbenen Mann gehörte, nicht wahr?«, fragte er glatt.

Da wich ihr alles Blut aus dem Gesicht.

»Woher wissen Sie davon?« Mit weit aufgerissenen Augen sah sie ihn an. »Sind Sie derjenige, der mich im Park überfallen hat?« Er schien keinerlei Verletzung zu haben.

»Sie befinden sich in großer Gefahr, Lady Hawthorne, solange dieses Tagebuch in Ihrem Besitz ist. Wenn Sie es mir geben, sorge ich dafür, dass Sie niemand mehr belästigt.«

In ihrem Innern vermischten sich Furcht und Zorn. »Wollen Sie mir etwa drohen?« Sie hob ihr Kinn. »Dann muss ich Ihnen sagen, Sir, dass ich nicht schutzlos dastehe.«

»Ihr Geschick mit Schusswaffen ist mir nicht unbekannt, doch das schützt Sie noch nicht vor der Gefahr, in der Sie sich gegenwärtig befinden. Die Tatsache, dass Sie Lord Eldridge um Hilfe gebeten haben, macht alles nur noch komplizierter.« Als er sie ansah, erschütterte sie sein vollkommen ausdrucksloser Blick bis ins Mark. »Es ist in Ihrem ureigensten Interesse, mir das Tagebuch zu überlassen.«

In St. Johns leiser Stimme klang ein bedrohlicher Unterton,

und seine Augen hinter der Maske durchbohrten sie. Trotz seiner lässigen Pose kennzeichnete ihn die durchdringende Energie, die er verströmte, als gefährlichen Mann.

Sie konnte einen Schauder des Abscheus und Schreckens nicht unterdrücken. Er fluchte leise.

»Hier«, knurrte er und griff in eine kleine Tasche seiner seidenen weißen Weste. Er holte einen kleinen Gegenstand hervor und hielt ihn ihr hin. »Ich glaube, das gehört Ihnen.«

Ohne den Blick von seinem Gesicht abzuwenden, schloss sie ihre Finger um den Gegenstand.

»Sie müssen …« Er verstummte und wirbelte herum. Als sie seinem Blick folgte, sah sie zu ihrer großen Erleichterung Marcus im Türrahmen stehen.

Flammender Zorn strömte wie in Wellen von ihm aus. Die tiefen Furchen in seinem Gesicht verrieten Mordlust. »Weg von ihr«, befahl er. Seine Anspannung war spürbar, und sein Körper wirkte wie eine zusammengedrückte Feder, die bei der leisesten Provokation losschnellen würde.

Unbeeindruckt musterte St. John sie noch einmal und verneigte sich vor ihr. Doch damit konnte er niemanden täuschen. Plötzlich war die Atmosphäre durch Hass und Groll vergiftet. »Wir setzen unser Gespräch ein anderes Mal fort, Lady Hawthorne. In der Zwischenzeit bitte ich Sie dringend, über meine Bitte nachzudenken. Zu Ihrer eigenen Sicherheit.« Mit provozierendem Lächeln marschierte er an Marcus vorbei. »Westfield, wie immer ein Vergnügen.«

Marcus trat ihm in den Weg. »Wenn Sie sich ihr noch einmal nähern, bringe ich Sie um.«

St. John grinste. »Sie drohen mir schon seit Jahren mit dem Tod, Westfield.«

Marcus bleckte grimmig die Zähne. »Ich habe nur auf den passenden Vorwand gewartet. Jetzt ist er da. Schon bald habe ich alles beisammen, um Sie hängen zu lassen. Sie können nicht ewig der Gerechtigkeit entkommen.«

»Ach nicht? Na dann … Dann warte ich, bis es Ihnen passt.« St. John warf noch einen Blick auf Elizabeth, bevor er um Marcus herumtrat und in der Menge im Ballsaal verschwand.

Als Elizabeth auf den Gegenstand in ihrer Hand sah, erlitt sie einen solchen Schock, dass sie sich am Geländer festhalten musste. Sofort war Marcus bei ihr.

»Was ist denn?«

Sie hielt ihm ihre geöffnete Hand hin. »Das ist meine Kameenbrosche, die mir mein verstorbener Mann zur Hochzeit geschenkt hat. Der Verschluss war zerbrochen. Siehst du? Er ist es immer noch. Am Morgen seines Todes wollte Hawthorne ihn beim Juwelier reparieren lassen.«

Marcus nahm die Brosche und betrachtete sie. »St. John hat sie dir zurückgegeben? Was hat er gesagt? Erzähl mir alles.«

»Er will das Tagebuch.« Sie starrte in sein grimmiges Gesicht. »Und er wusste vom Überfall im Park.«

»Zur Hölle mit ihm«, knurrte Marcus leise und steckte die Brosche ein. »Ich wusste es.« Er nahm ihre Hand und führte sie vom Balkon.

Kurz darauf hatte er ihre Umhänge geholt, die Kutsche gerufen und half ihr hinein, kaum dass sie vorgefahren war. Er befahl den Leibwächtern, auf sie aufzupassen, dann kehrte er zielstrebig zum Herrenhaus zurück.

Elizabeth lehnte sich aus dem Fenster und rief ihm nach: »Wo willst du hin?«

»St. John suchen.«

»Nein, Marcus«, flehte sie und umklammerte mit rasendem Herzen den Fensterrahmen. »Du hast selbst gesagt, er sei gefährlich.«

»Keine Angst, Liebes«, rief er über die Schulter zurück. »Das bin ich auch.«

Elizabeth wartete endlos und zutiefst getroffen. Zum ersten Mal seit Beginn ihrer Affäre gestand sie sich ein, wie wenig Kontrolle sie über die Situation hatte. Marcus waren ihre Angst und ihr Kummer ganz gleichgültig. Obwohl er wusste, wie sie sich fühlen musste, hatte er sie allein gelassen und ging bewusst Gefahren ein. Und jetzt wartete sie. Er war schon so lange fort. Zu lange. Was ging da vor? Hatte er den Piraten gefunden? Hatten sie sich gestritten? Oder miteinander gekämpft? Vielleicht war Marcus verletzt ...

Blicklos starrte sie aus dem Fenster. Ihr Magen verkrampfte sich. In der Gewissheit, sich übergeben zu müssen, stieß Elizabeth den Kutschenschlag auf und taumelte hinaus. Die Leibwächter stürzten zu ihr, da erschien Marcus.

»Süße.« Er zog sie an sich. Die schwere Seide seines Umhangs war kühl von der Abendluft, doch in ihrem Innern hatte sich eine noch größere Kälte ausgebreitet. »Keine Angst, ich beschütze dich.«

Elizabeth stieß ein ersticktes, leicht hysterisches Lachen aus. Die größte Gefahr ging von Marcus selbst aus. Skrupellosigkeit war seine zweite Natur, und er genoss den Kitzel der Jagd. Er würde immer die Gefahr suchen, das lag in seiner Natur.

Die Organisation ... St. John ... Marcus ...

Sie musste weg von alldem.

Weit, weit weg.

10. Kapitel

Marcus blieb im Gästehaus stehen und musterte den Perserteppich unter seinen Füßen. Er suchte nach Anzeichen von Abnutzung, so lange war er schon unruhig hin und her gegangen.

Die ganze verdammte Affäre war mehr als frustrierend. Sein Verlangen nach Elizabeth war stark wie eh und je, und sein Körper verzehrte sich unablässig nach ihrer Berührung. Seine körperlichen Reaktionen allein waren schon entnervend, doch viel verstörender war, dass sich all seine Gedanken ständig um sie drehten.

Mit keiner seiner anderen Geliebten hatte er die ganze Nacht verbracht. Er hatte nie eine Frau zu sich nach Hause gebracht, nie sein Bett mit ihr geteilt, ihr nie mehr gewährt als ein kurzes körperliches Intermezzo. Er hatte nie den Wunsch danach verspürt.

Aber bei Elizabeth war alles vollkommen anders. Er musste sich von ihr losreißen, durfte nur bleiben, bis der verfluchte Tagesanbruch ihn zwang zu gehen. Wenn er dann mit ihrem Geruch auf seiner Haut heimkehrte und sich in das Bett legte, das sie einmal mit ihm geteilt hatte, dachte er immer wieder daran, wie sie nackt bettelnd unter ihm gelegen hatte. Das war eine köstliche Folter.

Sein Verlangen nach ihr trieb ihn allerdings nicht nur zum Wahnsinn, wenn er allein war. Als er auf den Balkon trat und erkannte, mit wem sie sprach, hatte sein Herz aufgehört zu schlagen. Nur um dann loszurasen, weil sein Beschützerinstinkt wieder erwacht war.

Er wollte ihr näher sein, verdammt noch mal! Elizabeth aber wollte Distanz. Sie war vollkommen damit zufrieden, ihre Affäre auf das Körperliche zwischen ihnen zu beschränken, ohne dass dabei Gefühle im Spiel wären. Bei früheren Affären hätte ihn das erfreut. Jetzt war das Gegenteil der Fall.

Elizabeth war nicht immun gegen ihn. Ihr Blick ruhte auf ihm, wenn sie meinte, er bemerkte es nicht, und wenn er sie in seinen Armen hielt, spürte er, wie ihr Herz raste. Im Schlaf schmiegte sie sich an ihn, und manchmal murmelte sie seinen Namen, was ihm verriet, dass sie ebenso von ihm träumte wie er von ihr.

Als nun die Tür aufging und Elizabeth eintrat, wirbelte Marcus herum. Sie bedachte ihn mit einem halbherzigen Lächeln und wandte die Augen ab.

Ausflüchte, Fassade, Schutzmaßnahmen – er verachtete all ihre Methoden, mit denen sie ihn auf Distanz hielt. Zorn wallte in ihm auf.

»Hallo, Liebes«, knurrte er.

Daraufhin runzelte sie die Stirn.

Er musterte sie von Kopf bis Fuß. Als sich ihre Blicke trafen, wurde sie rot.

Gut. Er war ihr nicht gleichgültig.

»Komm näher«, befahl er arrogant. Da waren ein paar Barrieren zwischen ihnen, die er entfernen konnte, ihre Kleider eingeschlossen.

»Nein«, sagte sie mit einem kühlen Unterton.

»Nein?« Er zog die Augenbrauen in die Höhe. Etwas war anders an ihr, eine gewisse Steifheit, bei der sich sein Magen verkrampfte.

Ihr Blick wurde sanfter. Marcus fragte sich, was sie wohl sah, und blickte über ihren Kopf in den Spiegel, der an der Wand hinter ihr hing. Als er die heftige Sehnsucht in seinem Gesicht sah, erschrak er und ballte die Hände zu Fäusten.

»Marcus, ich bleibe heute Nacht nicht. Ich bin nur gekommen, um dir zu sagen, dass unsere Affäre beendet ist.«

Auf einmal schien alle Luft aus dem Zimmer gesogen worden zu sein. Einfach so fallen gelassen zu werden … schon wieder.

»Warum?«, fragte er. Mehr brachte er nicht hervor.

»Es besteht keine Notwendigkeit mehr, uns weiterhin zu treffen.«

»Aber was ist mit unserer Leidenschaft füreinander?«

»Die wird vergehen«, antwortete sie achselzuckend.

»Dann bleib so lange meine Geliebte«, forderte er.

Elizabeth schüttelte den Kopf.

Sein Herz donnerte in einem verzweifelten Rhythmus, als er zu ihr ging, angezogen von ihrem Duft, getrieben von dem Bedürfnis, ihre Haut zu spüren. »Nenne mir einen überzeugenden Grund, warum wir unsere Affäre beenden sollten.«

Ihre amethystfarbenen Augen weiteten sich, ihr Blick schmolz, doch sie wich vor ihm zurück. »Ich will dich nicht mehr.«

Marcus ging weiter auf sie zu, bis eine Wand sie aufhielt, dann drängte er sie dagegen, umfasste ihren Nacken und presste einen Schenkel zwischen ihre. Er schmiegte sein Gesicht an ihren Hals und atmete ihren Duft ein, den einer warmen, erregten Frau.

Sie zitterte in seinen Armen. »Marcus …«

»Wenn du irgendetwas anderes gesagt hättest, hätte ich dir geglaubt. Aber dass du mich nicht mehr willst, ist so eine dreiste

Lüge, dass ich sie nicht berücksichtigen kann.« Er neigte den Kopf und drückte seine Lippen auf ihre.

»Nein«, sagte sie und drehte den Kopf weg. »Du weißt genau, dass eine körperliche Reaktion nichts bedeutet.«

Er strich ihr mit der Zunge über die Lippen und machte sich daran, sie zu verführen, versuchte, die Schutzwälle zu durchbrechen, die sie gegen ihn errichtet hatte. »Nichts?«, hauchte er.

Sie öffnete den Mund, um zu antworten, aber er stieß mit seiner Zunge langsam und tief hinein, um ihren Geschmack zu kosten. Sie stieß einen stöhnenden Laut aus. Und noch einen.

Als sie versuchte, sich ihm zu entziehen, hielt er ihren Kopf fest, umschlang mit der anderen Hand ihre Hüfte und drängte sie gegen seine Erektion. So schmerzhaft sehnte sich sein Körper nach ihr, dass auch er aufstöhnte, doch sein Magen krampfte sich zusammen, als ihre Hände schlaff an ihren Seiten hingen und ihn still zurückwiesen, während ihr gesamter Körper hilflos auf seine Berührung reagierte. Fluchend zog er sich zurück.

So wollte er sie nicht, gegen ihren Willen. Er wollte sie offen und willig, so scharf auf ihn, wie er auf sie war.

»Wie du willst, Elizabeth«, sagte er kalt und mit hartem Blick. Er griff nach seinem Umhang, der an einem Haken neben dem Spiegel hing. »Schon bald wirst du dich nach mir verzehren. Aber dann komm du zu mir. Vielleicht stehe ich dir dann noch zur Verfügung.«

Als sie zusammenzuckte und den Blick abwandte, verhärtete Marcus sein Inneres. Das Herz tat ihm weh, eine neue und höchst unwillkommene Wendung der Ereignisse.

Er knallte die Tür hinter sich zu, sprang auf sein Pferd und duckte sich tief über die Mähne, weil er so schnell wie möglich fortkommen wollte. Mit einer Handbewegung befahl er den Leibwächtern, weiter das Haus zu bewachen.

Doch obwohl er davonritt, verweilten seine Gedanken bei Elizabeth. Ihm waren die Knie weich geworden, als er sie zusammen mit St. John auf dem Balkon entdeckt hatte. Sie war so mutig gewesen, hatte stolz und hoch aufgerichtet dagestanden. Sie war keine Närrin; zwar hatte er sie vor der Gefahr gewarnt, aber sie war nicht davor zurückgewichen.

Zum Teufel mit ihr! Gab es denn keine Möglichkeit, sie zu erschüttern? Ihr ruhiges Auftreten war nur trügerische Fassade. Sie war ein Mensch mit Ecken und Kanten, die er nur zu gern erkundet hätte, aber jetzt war ihm jeder Zutritt verwehrt.

Er wusste, sie quälte sich, und doch musste er nun durch die Straßen von London, während sie sicher und geborgen in Chesterfield Hall schlief. Er litt, und das war ganz allein seine Schuld.

Wieso wandte sie sich immer ab, wenn sie sich, wie heute Abend, trösten lassen sollte? Noch wenige Stunden zuvor war sie warm und leidenschaftlich gewesen, hatte sich mit weit gespreizten Beinen ihm entgegengewölbt, um seinen vorwärtsstrebenden Schwanz willkommen zu heißen. Er hörte noch, wie sie seinen Namen gerufen und ihre Fingernägel in seinen Rücken gebohrt hatte. Er hätte schwören können, dass die Vertrautheit, die sie in dieser letzten Woche geteilt hatten, nicht einseitig war. Er weigerte sich, an einen Irrtum zu glauben.

Weil ihm die kühle Nachtluft bewusst wurde, zwang er sich, nicht mehr an Elizabeth zu denken, sondern sich zu orientieren. Da entdeckte er verstört die Front von Chesterfield Hall vor sich. Unbewusst war er zurückgeritten, getrieben von einem Teil in seinem Innern, der danach schrie, ernst genommen zu werden.

Er hatte es nicht bemerkt.

Jetzt hielt er vor dem inzwischen dunklen Gästehaus, sah sich um und entdeckte, dass die Pferde der Leibwächter in der Nähe angebunden waren. Entweder patrouillierten sie zu Fuß oder waren von ihr ins Herrenhaus gebeten worden. Er blickte zum Gästehaus und fragte sich, ob es abgeschlossen war und ob Elizabeths wundervolles Vanille-Rosen-Parfüm immer noch darin zu riechen war. Er stieg vom Pferd und griff nach dem Türknauf, der sich ohne Weiteres drehen ließ. Als er eintrat, schloss er die Augen, um sich auf seinen Geruchssinn zu konzentrieren, und atmete tief ein.

Ah, da war er – Elizabeths dezenter, verführerischer Duft. Langsam folgte er ihm mit geschlossenen brennenden Augen und ließ sich von seiner Erinnerung an den Raum durch die Dunkelheit führen.

Während er leise durch das Haus ging, verweilten seine Gedanken bei gemeinsamen Szenen, gestohlenen Momenten mit ihr. Er erinnerte sich an ihr Lachen, den heiseren Laut in ihrer Kehle, die seidige Berührung ihrer Haut …

Dann blieb er stehen und lauschte.

Nein, er hatte sich nicht verhört. Irgendwo ertönte unterdrücktes Weinen. Angespannt und vorsichtig ging er zum Schlafzimmer. Weil er die Augen mittlerweile geöffnet hatte, sah er durch einen Spalt unter der Tür das gedämpfte Licht vom Feuer im Kamin. Er drehte den Türknauf und trat ein. Da war Elizabeth, sie saß vor dem Kamin. Und war im selben Zustand wie er.

Sie hatte recht – es war Zeit, ihre Affäre zu beenden. Es war dumm von ihm gewesen, sie überhaupt erst dazu zu drängen.

Sie waren nicht dafür bestimmt, ein Liebespaar zu sein.

Er konnte nicht mehr klar denken, seine Arbeit und sein

Schlaf litten und er konnte nur noch funktionieren. So ging es einfach nicht weiter.

»Elizabeth«, rief er leise.

Sie riss die Augen auf und wischte sich heftig über ihre tränennassen Wangen.

Ihm ging das Herz auf. Nun war der Riss in ihrer Fassade so groß, dass er die Frau dahinter erkennen konnte: verletzlich und sehr allein. Wie gerne wäre er zu ihr gegangen und hätte ihr den Trost angeboten, den sie so offensichtlich brauchte, doch dazu kannte er sie zu gut. Sie musste zu ihm kommen. Wenn er den ersten Schritt machte, würde sie die Flucht ergreifen. Und das wollte er nicht. Im Gegenteil: Der Gedanke war ihm unerträglich. Er wollte sie halten und für sie sorgen. Er wollte das sein, was sie brauchte, und sei es nur ein einziges Mal.

Ohne ein weiteres Wort zog Marcus sich bewusst beiläufig aus. Er schlug die Tagesdecke zurück und schlüpfte ins Bett. Dann betrachtete er sie abwartend. Und so wie jede Nacht hob sie seine Kleider auf und faltete sie ordentlich. Sie ließ sich Zeit, um sich zu sammeln, und seine Brust zog sich zusammen, als er verstand.

Als sie zu ihm kam und ihm den Rücken zudrehte, sagte er immer noch nichts, sondern knöpfte als Reaktion auf ihre stille Bitte das Kleid auf. Sein Schwanz zuckte und wurde dann steif, als sie es abstreifte und ihm ihren Körper präsentierte, der darunter wie immer nackt war. Er rutschte beiseite und machte ihr Platz, damit sie ins Bett schlüpfen konnte, in seine Arme. Er drückte sie an die Brust und sah zu der goldgerahmten Landschaft, die über dem Kamin hing.

Zufriedenheit erfüllte ihn.

Elizabeth drückte ihr Gesicht an seine Brust und flüsterte: »Das muss ein Ende haben.«

Marcus strich ihr langsam und tröstend über den Rücken. »Ich weiß.«

Und damit war ihre Affäre beendet.

Kurz nach Mittag betrat Marcus Lord Eldridges Büro. Er ließ sich auf den alten Ledersessel vor dem Schreibtisch sinken und wartete darauf, dass der Leiter der Organisation ihn zur Kenntnis nahm.

»Westfield.«

Marcus kam direkt zur Sache. »St. John hat sich gestern auf dem Ball bei den Marks-Darbys Lady Hawthorne genähert.«

Graue Augen bohrten sich in seine. »Geht es ihr gut?«

Marcus zuckte die Achseln und fuhr mit den Fingerspitzen über die Messingverzierung der Armlehne. »Von außen betrachtet, ja.« Mehr konnte er nicht sagen, da er sie nicht dazu hatte bringen können, über das Thema zu sprechen. Trotz seiner höchst leidenschaftlichen Verführung hatte sie den ganzen Rest der Nacht kein einziges Wort mehr zu ihm gesagt. »Er wusste von dem Tagebuch und dem Treffen im Park.«

Eldridge schob sich von dem massiven Schreibtisch fort. »Am gleichen Tag wurde ein Mann, auf den St. Johns Beschreibung zutrifft, wegen einer Schusswunde an der Schulter behandelt.«

Marcus atmete geräuschvoll aus. »Also scheint Ihre Vermutung, dass St. John etwas mit dem Mord an Hawthorne zu tun hat, korrekt zu sein. Hat der Arzt noch irgendwelche verwertbaren Informationen beigesteuert?«

»Nein, nur die Beschreibung des Mannes.« Eldridge stand auf und starrte aus dem Fenster auf den Durchgang darunter. Umrahmt von dunkelgrünen Samtvorhängen und großen Fenstern, wirkte der Leiter der Organisation kleiner, menschlicher und weniger heldenhaft. »Ich mache mir Sorgen um Lady Hawthornes Sicherheit. Man kann es als Akt der Verzweiflung betrachten, sich ihr auf einem gut besuchten Ball zu nähern. Ich hätte nie gedacht, dass St. John so dreist sein würde.«

»Ich war auch überrascht«, gab Marcus zu. »Ich wollte sie jetzt aufsuchen. Offen gestanden möchte ich sie nicht mehr allein lassen. St. John hat eine Brosche von ihr, die Hawthorne offenbar in der Nacht seines Todes bei sich hatte.«

»So läuft das also, wie?«, seufzte Eldridge. »Na, dem Piraten hat es noch nie an Mut gefehlt.«

Marcus biss die Zähne zusammen, als er sich an seine zahllosen unangenehmen Begegnungen mit St. John erinnerte. »Warum dulden wir ihn überhaupt noch?«

»Eine berechtigte Frage. Ich habe oft über die Alternative nachgedacht. Aber er ist so populär, dass er glatt zum Märtyrer würde, wenn er einfach verschwände. Hawthornes Auftrag war ein Geheimnis. Wir können es nicht preisgeben, nicht einmal, um den Tod eines Verbrechers zu rechtfertigen.«

Fluchend stand Marcus auf.

»Ich weiß, Westfield, das schmerzt. Aber ein öffentlicher Prozess und seine anschließende Hinrichtung werden seinem Mythos sehr schaden.«

»Das hoffen Sie.« Marcus begann, unruhig hin und her zu laufen. »Ich habe mir täglich das Tagebuch vorgenommen. Der Code wechselt mit jedem Absatz, manchmal sogar mit jedem Satz. Ich finde einfach kein Muster und habe nichts Nennenswertes erfahren.«

»Dann bringen Sie es mir. Vielleicht kann ich helfen.«

»Ich würde lieber weiter daran arbeiten. Ich glaube, ich habe genug gelernt, um weiterzumachen.«

»Bewahren Sie einen kühlen Kopf«, warnte Eldridge und drehte sich um, als Marcus knurrte: »Das habe ich doch immer.«

»Nein, nicht wenn Lady Hawthorne betroffen ist. Vielleicht hat sie wichtige Informationen für uns. Haben Sie schon mal mit ihr über all das geredet?«

Marcus holte zischend Luft, weil er nicht zugeben wollte, dass es ihm widerstrebte, über ihre Ehe zu sprechen.

Eldridge seufzte. »Ich hatte gehofft, es würde nicht dazu kommen.«

»Ich bin der Beste, um sie zu schützen«, gab Marcus zurück.

»Nein, im Gegenteil, und ich kann Ihnen gar nicht sagen, wie leid mir das tut. Genau wie ich Sie gewarnt habe, wirken sich Ihre Gefühle nachteilig auf Ihre Mission aus.«

»Meine Gefühle sind ganz allein meine Sache.«

»Und die Organisation meine. Ich werde Sie ersetzen.«

Marcus blieb stehen und drehte sich so rasch um, dass seine Rockschöße um ihn herumwirbelten. »Meine Dienste sind unentbehrlich. Oder haben Sie das schon vergessen? Sie haben nur wenige adlige Agenten.«

Eldridge hatte die Hände hinter seinem Rücken verschränkt. Die schlichten dunklen Farben seiner Kleider entsprachen seinen grimmigen Gesichtszügen. »Ich gebe zu, als Sie hier zum ersten Mal auftauchten und erfuhren, worum es hier geht, war ich beeindruckt. Sie waren kühn, eigensinnig und überzeugt, Ihr Vater würde ewig leben, sodass Sie tun und lassen konnten, was Sie wollten. Ich dachte, Sie wären perfekt für die Ermittlungen gegen St. John. Sie wähnen sich immer noch unsterblich und gehen Risiken ein, vor denen andere zurückscheuen. Aber zweifeln Sie niemals daran, dass es noch andere gibt, die sind wie Sie.«

»Seien Sie versichert, dass ich nie auch nur eine Sekunde an meiner Austauschbarkeit gezweifelt habe.«

»Lord Talbot wird von jetzt an übernehmen.«

Marcus schüttelte den Kopf und stieß ein ironisches Lachen aus. »Talbot führt seine Befehle aus, aber er zeigt keinerlei Initiative.«

»Das braucht er auch nicht. Er muss nur in Ihre Fußstapfen treten. Und er arbeitet gut mit Avery James zusammen, ich habe die beiden oft zusammen eingeteilt.«

Fluchend wirbelte Marcus herum und ging zur Tür. »Sie können mich gern ersetzen, aber ich würde sie niemals der Obhut eines anderen überlassen.«

»Ich lasse Ihnen keine andere Wahl, Westfield«, rief Eldridge ihm nach.

Marcus knallte die Tür hinter sich zu. »Ich lasse Ihnen auch keine andere Wahl.«

Er stieg auf sein Pferd und ritt geradewegs nach Chesterfield Hall. Das hatte er ohnehin vorgehabt, aber nun trieb es ihn noch stärker dorthin. Elizabeth wollte sicher nichts mehr mit ihm zu tun haben. Doch er musste sie vom Gegenteil überzeugen, und zwar schnell. Ihre Affäre war vorbei, glücklicherweise. Jetzt war es Zeit, auch noch den Rest zu beenden.

Er wurde sofort ins Arbeitszimmer geführt, wo er sich zwang, Platz zu nehmen, um nicht aufgeregt hin und her zu laufen. Als die Tür hinter ihm aufging, drehte er sich mit einem charmanten Lächeln um, doch als er nicht Elizabeth, sondern William erblickte, runzelte er die Stirn.

»Westfield«, grüßte dieser knapp.

»Barclay.«

»Was willst du?«

Marcus blinzelte und atmete dann frustriert aus. Zwei Schritte vor, ein Schritt zurück. »Dasselbe wie immer, wenn ich hier auftauche: Ich will mit Elizabeth sprechen.«

»Aber sie nicht mit dir. Im Gegenteil: Sie hat ausdrücklich Anweisung gegeben, dass du hier nicht mehr willkommen bist.«

»Wenn sie mir nur einen Moment ihrer Zeit gewährt, ist schon alles gut.«

William schnaubte. »Elizabeth ist nicht da.«

»Dann warte ich, bis sie zurückkommt. Falls du nichts dagegen hast.« Wenn es sein musste, würde er auch auf der Straße warten. Er musste sie vor Eldridge abpassen.

»Nein, du hast mich missverstanden. Sie hat die Stadt verlassen.«

»Wie bitte?«

»Sie ist weg. Fort. Abgereist. Sie ist zur Vernunft gekommen und hat erkannt, welch ein Kretin du bist.«

»Hat sie das so gesagt?«

»Nun«, sagte William ausweichend, »ich habe zwar nicht mit ihr gesprochen, aber Elizabeth äußerte heute Morgen gegenüber ihrer Zofe den Wunsch, London zu verlassen. Allerdings ist sie jetzt ohne das Mädchen abgereist. Was auch gut ist angesichts des Chaos, das sie hinterlassen hat.«

Bei Marcus schrillten die Alarmglocken. Wenn er eines in seiner kurzen Zeit mit Elizabeth gelernt hatte, dann, dass sie überaus ordentlich war. Er stand auf und marschierte zur Tür. »Hat sie gesagt, wohin sie gereist ist?«

»Sie hat nur erwähnt, sie bräuchte Abstand von dir. Wenn sie sich erst mal beruhigt und eine Nachricht geschickt hat, reise ich ihr nach – sollte sie nicht von selbst zurückkommen. Das ist ja nicht das erste Mal, dass du sie zu einem überstürzten Aufbruch gezwungen hast.«

»Zeig mir ihre Zimmer.«

»Jetzt hör mir mal zu, Westfield«, begann William. »Ich lüge dich nicht an. Sie ist wirklich weg. Ich werde mich um sie kümmern, wie immer.«

»Wenn es sein muss, mach ich mich selbst auf die Suche nach ihrem Boudoir«, kündigte Marcus warnend an.

Daraufhin brachte William ihn grollend, fluchend und klagend hinauf zu Elizabeths Räumlichkeiten. Marcus' Blick hob sich von dem verschobenen, mit zerdrückten Blumen übersäten Teppich zu den Schranktüren, die weit offen standen und ein wildes Durcheinander präsentierten. Schubladen waren herausgezogen, und das Bett war samt Bettzeug wie in einem Albtraum umgekippt.

»Sieht so aus, als wäre sie wütend gewesen«, bemerkte William verlegen.

»Ja, so sieht es aus.« Marcus bemühte sich, unbeeindruckt zu wirken, doch in seinem Innern verkrampfte sich alles. Er wandte sich an die Zofe. »Wie viele von ihren Kleidern hat sie mitgenommen?«

Das Mädchen knickste rasch und antwortete: »Soweit ich sehe, nichts, Mylord. Aber ich bin noch nicht fertig mit Aufräumen.«

Darauf wollte Marcus nicht warten. »Hat sie irgendetwas Wichtiges zu Ihnen gesagt?«

»Du musst das arme Ding nicht so anbrüllen«, zischte William.

Marcus hob gebieterisch die Hand und sah die Zofe durchdringend an.

»Nur dass sie unruhig wäre, Mylord, und unbedingt verreisen

wollte. Sie schickte mich für eine Besorgung in die Stadt, und als ich zurückkam, war sie fort.«

»Ist sie schon oft ohne Sie gereist?«

Das Mädchen schüttelte ruckartig den Kopf. »Dies ist das erste Mal, Mylord.«

»So eilig hatte sie es, vor dir zu fliehen?«, fragte William grimmig.

Aber Marcus achtete nicht auf ihn. Das Zimmer war nicht in einem Wutanfall verwüstet worden. Sondern durchsucht.

Und Elizabeth war verschwunden.

11. Kapitel

»Setzen Sie sich, Westfield«, befahl Eldridge knapp. »Wenn Sie hier weiter herumtigern, werde ich wahnsinnig.«

Mit finsterem Blick gehorchte Marcus. »Ich werde wahnsinnig. Ich muss in Erfahrung bringen, wo Elizabeth ist. Nur Gott weiß, welch eine Qual …« Seine Stimme erstarb, weil es ihm die Kehle zuschnürte.

Eldridges sonst so strenge Züge wurden weicher. »Sie haben gesagt, ihre Leibwächter seien auch verschwunden. Das ist doch ein gutes Zeichen. Vielleicht konnten sie ihr folgen und geben uns Bescheid über ihren Verbleib, sobald sich die Gelegenheit bietet.«

»Oder sie sind tot«, gab Marcus zurück. Er stand auf und fing wieder an, hin und her zu laufen.

Eldridge lehnte sich auf seinem Stuhl zurück und presste die Fingerspitzen aneinander. »Ich habe Agenten losgeschickt, die jede Straße von Chesterfield Hall aus überprüfen und jeden in der Nähe befragen. Wir werden schon bald Informationen bekommen.«

»Aber wir haben keine Zeit«, knurrte Marcus.

»Gehen Sie nach Hause. Warten Sie dort auf Nachricht.«

»Ich werde hier warten.«

»Ihre Leibwächter könnten versuchen, mit Ihnen Kontakt aufzunehmen. Vielleicht haben sie es schon versucht. Sie sollten wirklich heimgehen und versuchen, sich zu beschäftigen. Packen Sie, und bereiten Sie alles für Ihren Aufbruch vor.«

Die Vorstellung, dass zu Hause eine Nachricht auf ihn wartete, überzeugte Marcus. »Nun gut, aber wenn Sie irgendetwas hören –«

»Irgendetwas, ja, dann sage ich Ihnen sofort Bescheid.«

Den allzu kurzen Ritt nach Hause fühlte sich Marcus zielstrebig und zuversichtlich, doch kaum war er dort angekommen und erfuhr, dass es nichts Neues gab, befiel ihn wieder unbezähmbare Unruhe. Da seine Familie anwesend war, konnte er ihr nicht freien Lauf lassen, sondern war stattdessen gezwungen, sich vor ihren neugierigen Blicken zurückzuziehen.

In Hemdsärmeln lief er die Galerien ab, bis er nass geschwitzt war und sein Puls raste, als wäre er gerannt. Vom ständigen Reiben seines Nackens war seine Haut schon wund, aber er konnte nichts dagegen machen. Die Bilder in seinem Kopf ... Quälende Gedanken an Elizabeth, die ihn brauchte, die litt, Angst hatte ...

In reinster Qual ließ er stöhnend den Kopf zurücksinken. Er hielt es einfach nicht mehr aus. Am liebsten hätte er geschrien, gebrüllt oder etwas kaputt gemacht.

Eine Stunde verging. Und noch eine. Schließlich ertrug er das Warten nicht mehr. Er kehrte in sein Zimmer zurück, warf seinen Umhang über und ging mit der Absicht zur Treppe, nach St. John zu fahnden. Der Druck seines im Stiefel versteckten Messers stachelte seinen Rachedurst an. Wenn Elizabeth in irgendeiner Weise zu Schaden gekommen wäre, würde es keine Gnade geben.

Auf der Treppe sah er den Butler die Haustür öffnen und einen der Leibwächter eintreten. Vollkommen staubig von einem schnellen Ritt wartete der Mann in der Halle und verneigte sich, als Marcus unten angekommen war.

»Wo ist sie?«

»Auf dem Weg nach Essex, Mylord.«

Marcus erstarrte. Ravensend Manor. Wohnsitz ihres verstorbenen Paten, des Duke of Ravensend.

Also war sie weggelaufen. Zum Teufel mit ihr!

Er griff nach seinem gepackten Koffer und sagte zu Paul, der in der Tür des Arbeitszimmers erschien: »Ich bin in Essex.«

»Ist alles in Ordnung?«, fragte Paul.

»Das wird es bald sein.«

Kurz darauf war Marcus schon unterwegs.

Die Räder der westfieldschen Reisekutsche knirschten über die Kieszufahrt von Ravensend Manor, bevor sie den runden gepflasterten Vorhof erreichten. Der Mond stand hoch und warf sein silbriges Licht auf das große Herrenhaus und das dahinter stehende kleine Cottage.

Müde stieg Marcus aus und schickte seine Männer in den Stall. Dann wandte er sich vom Haupthaus ab und ging mit raschen, großen Schritten zur Klippe, wo das Gästehaus und Elizabeth warteten. Er würde sich am nächsten Morgen beim neuen Duke anmelden.

Das kleine Haus war unbeleuchtet, als er durch die Küche eintrat. Leise drückte er die Tür zu und schloss damit das Rauschen des Meeres aus, das nur ein paar Meter entfernt gegen die Klippe brandete. Im Dunkeln bahnte sich Marcus einen Weg durch das Haus und sah in jedem Zimmer nach, bis er Elizabeth fand.

Er stellte seinen Koffer bei der Tür ab, zog sich wortlos aus und kroch zu ihr ins Bett. Als sie seine kühle Haut spürte, rührte sie sich im Schlaf.

»Marcus«, murmelte sie. Immer noch schlafend schmiegte sie sich an seine Brust und gab ihm ihre Wärme ab.

Obwohl er wütend und frustriert war, legte er seine Arme um sie. Es sagte einiges aus, dass sie ihm im Schlaf vertraute. Während ihrer kurzen Affäre hatte sie sich daran gewöhnt, die Nächte mit ihm zu verbringen.

Er war immer noch wütend, weil sie fortgelaufen war, doch die Erleichterung, sie außer Gefahr und wohlauf gefunden zu haben, überwog. Nie mehr würde er eine solche Qual durchstehen. Sie gehörte ihm, daran gab es nichts zu rütteln. Weder Eldridge noch sie konnten etwas dagegen sagen.

Erschöpft vor Angst barg er sein Gesicht in ihrer süß duftenden Halsbeuge und schlief ein.

Elizabeth wachte auf und vergrub sich tiefer in die Wärme ihres Betts. Während sie sich langsam streckte, streiften ihre Beine über Marcus' behaartes Schienbein.

Als ihr das plötzlich bewusst wurde, setzte sie sich auf und warf einen verstörten Blick auf das Kissen neben ihr. Da lag Marcus, schlief friedlich auf dem Bauch und zeigte seinen muskulösen Rücken, weil Laken und Decke ihm nur bis zur Hüfte reichten.

Sie sprang aus dem Bett, als stünde es in Flammen.

Verschlafen öffnete er die Augen, lächelte träge und schlief wieder ein, weil er ihre Verblüffung und Wut offenbar nicht als Gefahr verbuchte.

Elizabeth schnappte sich ihre Kleider, flüchtete sich in das Nebenzimmer und fragte sich, wieso er sie so schnell aufgespürt hatte. Sie hatte bewusst die Anwesen ihrer Familie gemieden, um ihm die Suche schwer, wenn nicht gar unmöglich zu machen. Aber er hatte sie nach nicht mal einem Tag gefunden.

Wütend und aufgebracht, ihn in ihrem Bett zu finden, verließ Elizabeth das Haus und wandte sich zu dem nur mit einem Tau gesicherten Pfad an der Klippe, der zum darunter liegenden Strand führte.

Vorsichtig stieg sie den steilen felsigen Weg hinab. Die Klippe erhob sich hoch über dem Ufer, doch Elizabeth hatte jetzt keinen Blick für die atemberaubende Aussicht, sondern achtete nur auf den Boden zu ihren Füßen. Sie hatte nichts dagegen, sich konzentrieren zu müssen, sondern wusste die vorübergehende Ablenkung von ihrer Verwirrung zu schätzen.

Als sie schließlich den Strand erreicht hatte, ließ sie sich in den feuchten Sand sinken und zog die Knie an die Brust. Sie hoffte nur, das Rauschen der Wellen würde sie beruhigen.

Sie erinnerte sich noch lebhaft an den Moment, als sie Marcus Ashford zum ersten Mal gesehen hatte. Sie wusste noch, wie ihr der Atem gestockt hatte und das Blut ihr in die Wangen geschossen war, wie ihr Puls zu rasen angefangen hatte und sie so schnell atmen musste, dass sie in Ohnmacht zu fallen meinte. Diese Reaktion war nicht einmalig gewesen. Seitdem hatte sie sie immer wieder erlebt, zuletzt an diesem Morgen, als er sie in all seiner männlichen Pracht – wenn auch verschlafen und zerzaust – angelächelt hatte.

Sie konnte nicht so weiterleben, wusste nicht, wie irgendjemand so leben konnte, verzehrt von einer Lust, die unstillbar schien. In ihrer Unerfahrenheit hätte sie nie geahnt, dass ein Körper sich nach der Berührung eines anderen so sehnen konnte, als wäre es Luft oder Nahrung. Nun verstand sie endlich den Hunger, den ihr Vater ständig verspürt haben musste. Ohne ihre

Mutter würde seine Gier immer unstillbar sein, er würde immer nach etwas suchen, das die Leere nach ihrem Verlust füllen konnte.

Sie neigte den Kopf, schloss die Augen und legte ihre Wange auf die Knie.

Warum konnte Marcus nicht einfach verschwinden?

Marcus blieb auf der kleinen Veranda stehen und blickte sich um. Er schmeckte die bittere salzige Morgenluft und fragte sich, ob Elizabeth einen Umhang mitgenommen hatte, bevor sie hinausging. Zu sagen, dass sie entsetzt gewesen war, als sie ihn sah, wäre noch untertrieben gewesen. Da er sie kannte, nahm er an, dass sie einfach so, ohne nachzudenken, hinausgerannt war.

Wohin zum Teufel war sie gegangen?

»Sie ist hinunter zum Strand, Westfield«, bemerkte jemand links von ihm trocken. Marcus wandte den Kopf und sah den Duke of Ravensend.

»Euer Gnaden.« Er neigte den Kopf. »Ich wollte noch heute Morgen bei Ihnen vorsprechen und meine Anwesenheit erklären. Ich hoffe, Sie empfinden meinen Besuch nicht als unverschämt.«

Der Duke führte einen schwarzen Hengst am Zügel und blieb direkt vor ihm stehen. Sie waren im gleichen Alter, denn der Duke hatte noch vier ältere Schwestern, aber Marcus war fast einen Kopf größer als er. »Selbstverständlich nicht. Wir haben uns schon viel zu lange nicht mehr gesehen. Gehen Sie ein Stück mit mir?«

Marcus konnte sich kaum weigern, und so verließ er widerstrebend die Veranda des Gästehauses.

»Passen Sie auf das Pferd auf«, warnte der Duke ihn. »Es beißt gerne.«

Daraufhin wechselte Marcus auf die andere Seite. »Wie geht es Lady Ravensend?«, fragte er, während er Schritt hielt. Er warf einen sehnsüchtigen Blick auf den Pfad, der zum Strand führte.

»Besser als Ihnen. Ich hielt Sie für klüger, räume jedoch ein, dass die Verlockung, sich noch mal einen Korb einzufangen, groß ist. Lady Hawthorne ist immer noch eine der schönsten Frauen, die ich das Glück hatte kennenzulernen. Ich hatte auch eine Schwäche für sie. Wie die meisten unseresgleichen.«

Marcus nickte grimmig und kickte ein Steinchen aus dem Weg.

»Ich frage mich, mit wem sie sich zusammentun wird, wenn sie erst mal mit Ihnen fertig ist. Mit Hodgeham vielleicht? Oder wieder mit Stanton? Auf jeden Fall mit einem jungen Mann. Sie ist so temperamentvoll wie dieses Tier.« Der Duke wies auf sein Pferd.

Marcus biss die Zähne zusammen. »Stanton ist nur ein guter Freund, und Hodgeham …« Er schnaubte verächtlich. »Hodgeham würde nicht mit ihr fertig.«

»Aber Sie schon?«

»Besser als jeder andere.«

»Dann sollten Sie sie heiraten. Vielleicht haben Sie das ja auch vor. Entweder Sie oder irgendein anderer bedauernswerter Kerl. Sie sind ihr ja schon einmal in die Falle gegangen.«

»Sie will nicht wieder heiraten.«

»Doch, das will sie«, beschied Ravensend mit entschiedenem Nicken. »Sie hat noch keine Kinder. Wenn ihr das klar wird, wird sie sich irgendeinen nehmen.«

Marcus blieb abrupt stehen. Eldridge, William und jetzt auch noch Ravensend. Er würde verdammt sein, wenn sich noch einer in seine Angelegenheiten mischen würde. »Verzeihen Sie, Euer Gnaden.«

Er machte auf dem Absatz kehrt und ging mit großen Schritten auf den Pfad zu. Er würde all diesen Einmischungen ein Ende machen, ein für alle Mal.

Elizabeth wanderte unruhig am Ufer entlang und sammelte dabei Muscheln und Kieselsteine. Letztere versuchte sie über die Wasseroberfläche springen zu lassen, versagte aber kläglich. William hatte mal einen ganzen Nachmittag versucht, ihr das beizubringen. Obwohl sie es nie gelernt hatte, beruhigte sie die Bewegung. Die Geräuschkulisse der englischen Küste – das Rauschen der Wellen und Kreischen der Möwen – war Balsam für ihre fiebrigen Gedanken.

»Dazu muss das Wasser glatt sein, Liebes«, ertönte eine tiefe Stimme hinter ihr.

Sie straffte die Schultern und wandte sich zu ihrem Peiniger um.

Nie hatte Marcus männlicher ausgesehen als jetzt, wie er in altem Pullover und lässiger Hose vor ihr stand, seine Ecken und Kanten von keinerlei gesellschaftlicher Fassade kaschiert. Er hatte die Haare zu einem Zopf gebunden, doch durch die salzige Brise hatten sich einzelne seidige Strähnen gelöst, die ihm nun über das markante Gesicht wehten.

Ihn nur anzusehen brach ihr schon das Herz.

»Du hättest nicht kommen sollen«, sagte sie.

»Ich konnte nicht anders.«

»Doch, konntest du. Wenn du nur einen Hauch von Vernunft hättest, würdest du diese …«, sie fegte mit einer Hand durch die Luft, »… Sache zwischen uns würdevoll enden lassen, anstatt ihr unvermeidliches schmerzliches Ende in die Länge zu ziehen.«

»Zum Teufel mit dir.« Ein Muskel an seinem Kiefer zuckte, als er einen Schritt auf sie zutrat. »Zum Teufel mit dir, weil du das, was zwischen uns ist, einfach wegwirfst, als bedeutete es gar nichts. Du hast dein Leben aufs Spiel gesetzt!«

Sie hörte die Qual in seiner Stimme, woraufhin sie die Fäuste ballte. »Ich hab die Leibwächter mitgenommen.«

»Das Vernünftigste von dir, das ich je gesehen habe.«

»Du bist ein Tyrann! Das warst du von Anfang an. Verführerisch, berechnend und manipulativ! Gehen Sie zurück nach London, Lord Westfield, und suchen Sie sich eine andere, die Sie manipulieren und ruinieren können.«

Sie wandte sich von ihm ab und ging auf die Klippe zu. Als sie an ihm vorbeikam, packte er sie am Arm und hielt sie auf. Mit einem erschrockenen Aufschrei versuchte sie sich zu wehren, beunruhigt über den Besitzanspruch in seinem Blick.

»Ich war zufrieden, bevor du meinen Weg gekreuzt hast. Mein Leben war einfach und überschaubar. Das will ich zurück. Dich will ich nicht.«

Er stieß sie so heftig von sich, dass sie stolperte. »Trotzdem hast du mich.«

Sie eilte zum Pfad. »Wie du willst. Dann gehe ich eben.«

»Feigling«, rief er ihr nach.

Mit weit aufgerissenen Augen drehte sich Elizabeth zu ihm um. Wie beim Ball der Morelands, als er sie zum Tanzen aufgefordert hatte, blitzte etwas Provozierendes in seinen smaragdgrünen Augen. Aber dieses Mal würde sie sich nicht zu irgendwelchen Dummheiten hinreißen lassen.

»Mag sein«, gab sie zu und hob das Kinn. »Du machst mir Angst. Mit deiner Entschlossenheit, deiner Rücksichtslosigkeit, deiner Leidenschaft. Alles an dir jagt mir Todesangst ein. So will ich nicht leben.«

Er atmete so tief ein, dass sich das Hemd über seiner Brust spannte. Hinter ihm schlugen die Wellen unablässig ans Ufer, doch jetzt klang ihr rhythmisches Rauschen nicht mehr beruhigend, sondern drängte sie zu fliehen. Lauf. Lauf weit weg. Sie wich einen Schritt zurück.

»Gib mir zwei Wochen«, sagte er rasch. »Du und ich, nur wir zwei, hier in diesem Gästehaus. Lebe mit mir, als meine Gefährtin.«

»Warum?«, fragte sie verstört.

Er verschränkte die Arme über der Brust. »Weil ich dich heiraten will.«

»Was?« Schwindel überkam Elizabeth. Sie fuhr sich mit einer Hand an die Kehle und taumelte zurück. Als sie auf ihren Rocksaum trat, fiel sie hin. »Du bist ja wahnsinnig geworden«, rief sie.

Seine Lippen verzogen sich zu einem bitteren Lächeln. »Ja, so sieht es aus.«

Keuchend lehnte Elizabeth sich vor und vergrub ihre Finger in dem feuchten Sand. Sie sah ihn nicht an. Sie konnte es nicht. »Wie bist du denn auf solch eine lächerliche Idee gekommen? Weder du noch ich wollen heiraten.«

»Das stimmt nicht. Ich muss heiraten. Und wir beide passen zusammen.«

Sie schluckte hart und spürte, wie ihr Magen sich verkrampfte. »Körperlich vielleicht. Aber körperliche Anziehung verschwindet. Schon bald wirst du meiner überdrüssig sein und dein Vergnügen woanders suchen.«

»Es wird dich nicht stören, wenn ich dich dann auch langweile.«

Rasend vor Zorn grub sie ihre Hände in den Sand und bewarf ihn damit. »Geh doch zum Teufel!«

Er lachte nur und schüttelte mit hassenswerter Gelassenheit

seinen Pullover aus. »Eifersucht hat etwas mit Besitzansprüchen zu tun, Liebes. Wenn du das Recht dazu haben willst, musst du mich heiraten.«

Elizabeth sah ihn forschend an, suchte nach Anzeichen von Betrug, fand allerdings nur gelassene Gleichgültigkeit. Sein atemberaubendes Gesicht verriet nichts von seinen Gedanken. Aber der entschiedene Zug um seinen Mund war ihr nur allzu vertraut. »Ich will nicht wieder heiraten.«

»Denk doch mal an die Vorteile.« Marcus streckte die Hand aus und zählte sie an den Fingern ab. »Hoher Status. Großer Reichtum. Ich lasse dir die gleiche Freiheit, die du auch bei Hawthorne hattest. Und du hast mich im Bett, eine Aussicht, die du höchst verlockend finden dürftest.«

»Eingebildeter Kerl. Dann lass uns doch auch mal über die Nachteile sprechen. Du liebst die Gefahr. Du hast Todessehnsucht. Und du bist verdammt arrogant.«

Grinsend half er ihr aufzustehen. »Ich bitte nur um vierzehn Tage, um dich zu überzeugen. Wenn mir das nicht gelingt, lass ich dich in Ruhe und werde dich nie wieder belästigen. Ich trete von meinem Auftrag zurück und lass dich von einem anderen Agenten schützen.«

Sie schüttelte den Kopf. »Hier ist doch alles ganz anders, als unser Leben unter normalen Umständen sein würde. Zum Beispiel lauert hier nur wenig Gefahr.«

»Das stimmt«, räumte er ein. »Aber vielleicht kann ich dir dein restliches Leben so angenehm machen, dass meine Arbeit bei Eldridge dich nicht mehr so stört.«

»Unmöglich!«

»Vierzehn Tage«, drängte er. »Mehr verlange ich nicht. Das zumindest schuldest du mir.«

»Nein.« Das Funkeln in seinen Augen war unmissverständlich. »Ich weiß, was du willst.«

Marcus sah sie direkt an. »Ich werde dich nicht anrühren, das schwöre ich.«

»Du lügst doch.«

Er zog die Augenbrauen in die Höhe. »Du zweifelst an meiner Selbstbeherrschung? Letzte Nacht habe ich in deinem Bett geschlafen und dich nicht angerührt. Ich versichere dir, dass ich die Kontrolle über meine niederen Instinkte habe.«

Elizabeth biss sich auf die Unterlippe und wog die verschiedenen Möglichkeiten ab. Wenn sie ihn dann für immer los wäre …

»Suchst du dir ein anderes Zimmer?«, fragte sie.

»Ja.«

»Versprichst du, keine Annäherungsversuche zu unternehmen?«

»Ich verspreche es.« Er lächelte spitzbübisch. »Wenn du mich willst, wirst du darum bitten müssen.«

Seine Arroganz brachte sie in Rage. »Was erhoffst du dir davon?«

Er kam zu ihr und sagte mit sanfter Stimme: »Wir wissen bereits, dass du es genießt, mit mir ins Bett zu gehen. Ich will dir beweisen, dass du es genauso genießen wirst, mich für den Rest deines Lebens bei dir zu haben. Ich bin nicht immer so anstrengend. Im Gegenteil: Manche halten mich für ziemlich angenehm.«

»Wieso ich?«, fragte sie klagend und drückte ihre Hand auf ihr rasendes Herz. »Und warum gleich heiraten?«

Marcus zuckte die Achseln. »Die einfachste Antwort wäre wohl, dass die Zeit reif ist. Und ich genieße deine Gesellschaft, obwohl du oft stur und widerborstig bist.«

Als sie den Kopf schüttelte, runzelte er die Stirn. »Du hast doch schon einmal Ja gesagt.«

»Da wusste ich noch nicht von der Organisation.«

Jetzt wurde seine Stimme tiefer und einschmeichelnder. »Verspürst du nicht den Wunsch, wieder deinen eigenen Haushalt zu leiten? Möchtest du keine Kinder haben? Eine Familie gründen? Du willst doch sicher nicht für immer allein bleiben.«

Erschrocken starrte sie ihn an. Marcus Ashford sprach über Kinder? Die Sehnsucht, die sie unvermutet überkam, erschreckte sie zu Tode.

»Du willst einen Erben.« Sie sah zu Boden, um diese Reaktion zu verbergen.

»Ich will dich. Der Erbe und weitere Nachkommen wären zusätzliche Freuden.«

Ihr Blick wanderte unwillkürlich zu ihm. Verwirrt durch seine Nähe und Entschlossenheit wandte sie sich zum Klippenpfad.

»Haben wir ein Abkommen?«, rief er ihr nach, ohne sich zu rühren.

»Ja«, antwortete sie über ihre Schulter hinweg, und ihre Stimme wurde vom Wind getragen. »Zwei Wochen, dann verschwindest du aus meinem Leben.«

Sein Triumph war so spürbar, dass sie davor davonrannte.

Als sie oben auf der Klippe angekommen war, sank sie auf die Knie. Heiraten. Das Wort blieb ihr in der Kehle stecken. Ihr war schwindelig, sie rang nach Luft wie ein Schwimmer, der zu lange unter Wasser geblieben ist. Marcus' Wille war eine nicht zu unterschätzende Macht. Was zum Teufel sollte sie nur tun, nun, da er sie schon wieder heiraten wollte?

Sie hob den Kopf und blickte sehnsüchtig zu den Stallungen.

Es wäre eine solche Erleichterung, einfach all das Chaos hinter sich zu lassen.

Doch diese Idee verwarf sie. Marcus würde ihr folgen, er würde sie aufspüren, solange sie ihn noch wollte. Und sie konnte nicht verbergen, wie stark sie von ihm angezogen war, so sehr sie sich auch bemühte.

Daher konnte sie ihn nur loswerden, wenn sie auf seinen Handel einging. Marcus würde aus eigenem Antrieb seine Verfolgung einstellen müssen. Anders war diesem Sturkopf nicht beizukommen.

Halb entschlossen stand Elizabeth auf und ging zum Gästehaus. Sie würde vorsichtig sein müssen, er kannte sie viel zu gut. Beim leisesten Anzeichen, dass sie sich unwohl fühlte, würde er sich auf sie stürzen und es mit seiner üblichen Rücksichtslosigkeit zu seinem Vorteil nutzen. Sie würde entspannt und gleichgültig sein müssen. Das war die einzige Lösung.

Zufrieden, dass sie einen Erfolg versprechenden Aktionsplan hatte, ging sie schneller.

Marcus hingegen blieb am Strand und fragte sich, ob er den Verstand verloren hatte. Mochte Gott ihm helfen, er wollte sie immer noch. Mehr als je zuvor. Einst hatte er gehofft, sie endlich los zu sein, sobald sein Verlangen nach ihr gestillt wäre. Jetzt betete er, das würde niemals der Fall sein, denn er genoss es viel zu sehr.

Wenn er nur gewusst hätte, was ihn in ihren Armen erwartete. Doch er hatte es nicht wissen können, bei all seiner Erfahrung hätte er sich niemals das ekstatische Feuer in Elizabeths Bett vorstellen können, oder das immer noch wachsende Bedürfnis, sie zu zähmen und unter sich festzunageln. So verloren war er in seinem Verlangen.

Er nahm einen Kiesel von denen, die Elizabeth zurückgelassen hatte, und warf ihn ins Wasser. Er hatte sich selbst vor eine große Herausforderung gestellt. Ihr einziger Schwachpunkt war schon immer ihr Verlangen nach einander gewesen. Nackt und befriedigt war Elizabeth versöhnlich gestimmt und für alles offen. Aber jetzt durfte er sie nicht verführen, um sein Ziel zu erreichen. Er würde sie wie ein Gentleman umwerben müssen, doch das hatte er noch nicht mal beim ersten Mal geschafft.

Aber sollte er Erfolg haben, würde er Eldridges Plan, ihn zu ersetzen, durchkreuzen und allen beweisen, dass Elizabeth sein war. Dann würde keinerlei Zweifel mehr herrschen.

Heiraten. Er erschauerte. Jetzt war es so weit. Die Frau hatte ihn in den Wahnsinn getrieben.

»Ich will sehen, wohin du mich bringst.«

»Nein«, flüsterte Marcus ihr ins Ohr und führte sie mit den Händen auf ihren Schultern. »Dann wäre es keine Überraschung mehr.«

»Ich mag keine Überraschungen«, sagte Elizabeth klagend.

»Tja, dann wirst du dich daran gewöhnen müssen, Süße, denn ich stecke voller Überraschungen.«

Sie schnaubte, woraufhin er lachte, weil ihm so leicht ums Herz war. »Ach, Liebes. Du betest mich an, so sehr du dich auch dagegen wehrst.«

Ihre vollen Lippen verzogen sich zu einem Lächeln, das bis zu dem Tuch reichte, mit dem er ihr die Augen verbunden hatte. »Deine Arroganz ist grenzenlos.«

Sie schrie auf, als er sie hochhob und dann auf die Knie sank. Er setzte sie auf die Decke, die er vorher ausgebreitet hatte, nahm ihr die Augenbinde ab und sah sie erwartungsvoll an, als sie im hellen Sonnenlicht blinzelte.

Mit Hilfe des Personals hatte er ein Picknick auf einer Wiese auf einem Hügel hinter dem Haupthaus arrangiert. Seit ihrem morgendlichen Gespräch am Strand war sie ungewöhnlich angespannt gewesen, und er hatte gewusst, dass er sie überraschen musste, wenn er Fortschritte machen wollte.

»Wie schön!«, rief sie aus und riss erfreut die Augen auf. Da sie keine Zofe hatte und sich von ihm nicht helfen lassen wollte, war sie gezwungen gewesen, ein entzückend schlichtes Kleid anzuziehen. Ihr Haar war ebenfalls nur aus dem Gesicht gekämmt und zeigte dadurch umso deutlicher die einzigartige Schönheit ihrer Züge.

Marcus sonnte sich in seinem Erfolg und gab ihr im Stillen recht. Elizabeth war atemberaubend, ihr fein geschnittenes Gesicht wurde sehr kleidsam vom breiten Rand ihres Strohhuts überschattet.

Lächelnd griff er in den Picknickkorb und holte eine Flasche Wein hervor. Er schenkte ihr ein Glas ein, und als er es ihr reichte, sandte die Berührung ihrer Finger ihm einen Schauer über den Rücken.

»Schön, dass es dir gefällt«, murmelte er. »Dies ist erst mein zweiter Versuch einer förmlichen Werbung.« Er blickte zu ihr auf. »Ehrlich gesagt bin ich leicht nervös.«

»Du?« Sie zog die Augenbrauen in die Höhe.

»Ja, Liebes.« Er legte sich auf den Rücken und sah hinauf in den Sommerhimmel. »Die Vorstellung, zurückgewiesen zu werden, beunruhigt mich. Beim ersten Mal war ich zuversichtlicher.«

Elizabeth lachte; es war ein so sanftes, fröhliches Lachen, dass er unwillkürlich lächelte. »Du wirst schon eine andere, passendere Kandidatin finden. Eine junge Frau, die dein bemerkenswertes

Aussehen und deinen Charme anbeten und sehr viel fügsamer sein wird.«

»So eine Frau würde ich niemals heiraten. Ich ziehe leidenschaftliche, temperamentvolle Verführerinnen wie dich vor.«

»Ich bin keine Verführerin!«, protestierte sie, worauf er belustigt auflachte.

»Neulich Abend schon! Als du die Augenbrauen hochgezogen und dir auf die Unterlippe gebissen hast, bevor du mich im Bett um den Verstand gebracht hast. Ich schwöre, etwas Verführerischeres habe ich noch nie gesehen. Und dein Blick, wenn du –«

»Erzähl mir von deiner Familie«, unterbrach sie ihn mit hochroten Wangen. »Wie geht es Paul und Robert?«

Er musterte sie aus den Augenwinkeln und genoss den Anblick: sie vor dem malerischen Hintergrund, befreit von den Zwängen der Gesellschaft. Das hohe Gras um sie herum wiegte sich wie Wellen in der sanften Brise und erfüllte die Luft mit einem Duft nach sonnenbeschienener Erde und salzigem Meer. »Es geht ihnen gut. Sie haben nach dir gefragt, genau wie meine Mutter.«

»Wirklich? Das überrascht mich, aber schön, dass sie mir nicht mehr grollen. Sie sollten öfter ausgehen. Schließlich sind sie schon zwei Wochen da und haben sich bislang auf keinem Empfang blicken lassen.«

»Robert interessiert sich überhaupt nicht für so etwas, und Paul geht lieber in seinen Club. Die meiste Zeit verbringt er dort. Und meine Mutter muss jede Saison neue Kleider haben und geht erst unter Leute, wenn sie fertig sind.« Er grinste liebevoll. »Gott bewahre, dass sie in einem Kleid vom letzten Jahr gesehen werden könnte!«

Elizabeth lächelte. »Sieht Robert dir immer noch so ähnlich?«

»Jedenfalls behauptet man das.«

»Findest du das nicht?«

»Nein. Es besteht zwar eine gewisse Ähnlichkeit, aber doch nicht mehr, als zu erwarten wäre. Und Paul sieht mir so wenig ähnlich wie William dir.« Er griff nach ihrer Hand und verschränkte seine Finger mit ihren, weil er sich nach ihrer Berührung sehnte. Sie wollte sie zurückziehen, doch er hielt sie fest. »Aber das wirst du ja alles schon bald selbst sehen.«

Sie krauste die Nase. »Du scheinst recht zuversichtlich zu sein, mein Jawort zu bekommen.«

»An etwas anderes mag ich gar nicht denken. Aber jetzt erzähl, ob du Barclay geschrieben hast, wo du bist.«

»Ja, natürlich. Sonst wäre er in Panik geraten und für Margaret eine unerträgliche Belastung geworden.«

Daraufhin schwiegen sie und Marcus genoss ihr seltenes Einvernehmen. Er freute sich auch, ausnahmsweise tagsüber mit ihr zusammen zu sein.

»Woran denkst du?«, fragte er nach einer Weile.

»An meine Mutter.« Sie seufzte. »William sagt, sie liebte das Meer. Früher besuchten wir sie oft hier und spielten im Sand. Er hat erzählt, sie hätte die Röcke gerafft und mit Vater am Strand getanzt.«

»Weißt du das nicht mehr?«

Ganz kurz drückte sie seine Finger, dann hob sie ihr Glas und trank einen großen Schluck Wein. Ihr Blick wanderte zu den fernen Klippen, und als sie endlich antwortete, klang ihre Stimme leise und distanziert. »Manchmal meine ich, mich an ihren Duft oder ihre Stimme zu erinnern. Aber ich bin mir nicht sicher.«

»Das tut mir leid«, sagte er tröstend und streichelte mit seinem Daumen ihren Handrücken.

Sie seufzte. »Vielleicht ist es das Beste, dass ich nur noch verschwommene Erinnerungen an sie habe. Wenn William an sie denkt, wird er immer traurig. Ich glaube, deshalb will er mich auch immer beschützen. Ihre Krankheit verschlimmerte sich so schnell, dass es uns alle unerwartet traf. Vor allem meinen Vater.«

Elizabeths Stimme hatte eine gewisse Schärfe, als sie von ihrem Vater sprach. Marcus rollte sich auf die Seite, stützte den Kopf auf die Hand und achtete darauf, gleichmütig zu wirken, während er sie forschend ansah. »Dein Vater hat nie wieder geheiratet.«

Als sie seinen Blick erwiderte, bemerkte er eine kleine Furche zwischen ihren Augenbrauen. »Er hat meine Mutter zu sehr geliebt. Er liebt sie immer noch.«

Marcus dachte an den skandalösen Ruf des Earls of Langston. Das brachte ihn dazu, über seine eigene Abneigung gegen romantische Beziehungen nachzudenken.

»Erzähl mir mehr von ihm«, drängte er, plötzlich neugierig geworden. »Ich habe mich zwar schon oft mit ihm unterhalten, weiß aber so gut wie nichts über ihn.«

»Du kennst ihn wahrscheinlich besser als ich. Ich sehe meiner Mutter so ähnlich, dass mein Anblick ihm wehtut. Deshalb meidet er mich. Ich denke oft, er hätte sich vielleicht am besten niemals verliebt. Die Liebe hatte ihm weiß Gott nur wenig Glück gebracht, dafür aber ein ganzes Leben voller Schmerz.«

Die Traurigkeit in ihren Augen und der entschiedene Zug um ihren Mund verrieten ihren Kummer. Er wollte sie in die Arme nehmen und trösten, also setzte er sich auf und zog sie an seine Brust. Dann warf er ihren lästigen Hut weg, drückte ihr einen Kuss auf den Hals und atmete ihren Duft ein. Gemeinsam blickten sie aufs Meer.

»Als mein Vater starb, habe ich mir auch Sorgen um meine Mutter gemacht«, murmelte Marcus und streichelte ihr über den Arm. »Ich wusste nicht, ob sie ohne ihn leben könnte. Meine Eltern haben genau wie deine aus Liebe geheiratet. Aber Mutter ist eine starke Frau und hat sich wieder gefasst. Wahrscheinlich wird sie nicht noch einmal heiraten, aber sie ist auch ohne Ehemann zufrieden.«

»Genau wie ich«, sagte Elizabeth leise.

Das war seiner Sache nun gar nicht dienlich. Er musste sie für sich gewinnen, bevor sie von Eldridges Entscheidung erfuhr. Widerstrebend löste er sich von ihr, nahm ihr das Glas ab und füllte es wieder. »Hast du Hunger?«

Offensichtlich erleichtert nickte Elizabeth. Dann schenkte sie ihm ein so strahlendes Lächeln, dass ihm der Atem stockte und sein Blut in Wallung geriet.

Da wusste er es. Sie war sein, und er würde sie beschützen. Koste es, was es wolle.

Ein kaltes Kribbeln jagte ihm über den Rücken, als ihm ihr verwüstetes Zimmer wieder einfiel. Was wäre geschehen, wenn sie zu Hause gewesen wäre? Er biss die Zähne zusammen und schwor sich zu verhindern, dass sich so ein Szenario wiederholen könnte.

Die Ehe war ein geringes Opfer für ihre Sicherheit.

12. Kapitel

»Die Diener haben Abendessen vom Haupthaus gebracht.«

Als Elizabeth von Hawthornes Tagebuch aufblickte, sah sie Marcus im Türrahmen. Seufzend schlug sie das Buch zu und schob die Decke beiseite, die sie um ihre Beine gewickelt hatte. Sie nahm die Hand, die er ihr bot, und stand auf. Nachdem sie in dem kleinen formellen Speisezimmer Platz genommen hatten, stürzte er sich, gierig wie immer, auf sein Fleisch.

Sie beobachtete ihn leise lächelnd. Immer wieder musste sie über Marcus' Lebenshunger staunen. Er machte nichts halbherzig.

»Ich nehme an, die Leibwächter haben dir gesagt, wo ich bin«, bemerkte sie trocken.

»Auch deshalb sollten wir heiraten«, antwortete er kauend. »Du bist eine gefährdete Frau, die man immer im Auge behalten muss.«

»Ich bin vollkommen in der Lage, auf mich selbst aufzupassen.«

Er runzelte die Stirn und sah sie durchdringend an. »Nach deiner Abreise ist dein Zimmer durchsucht worden, Elizabeth.«

»Wie bitte?« Ihr wich das Blut aus dem Gesicht.

Er lächelte grimmig. »Du siehst genauso aus, wie ich mich fühlte, als ich es sah. Ich dachte, du wärst entführt worden.« Er hob sein Messer und fuchtelte damit herum. »Jag mir nie wieder solche Angst ein.«

Elizabeth hörte kaum, was er sagte. Ihr Zimmer. Durchsucht. »Wurde irgendetwas gestohlen?«, flüsterte sie.

»Das weiß ich nicht.« Marcus legte sein Besteck nieder. »Wenn etwas fehlt, ersetze ich es dir.«

Zwar sträubte sich alles in ihr gegen seinen Vorschlag, der ihr viel zu aufdringlich erschien, doch plötzlich kam ihr ein schrecklicher Gedanke. »Und William? Margaret?«

»Es geht allen gut«, beruhigte er sie, und seine Miene wurde wieder weicher.

»Also muss William von dem Tagebuch erfahren?«

»Dein Bruder nahm an, du wärst es gewesen. Ich hätte dich in Rage gebracht. Mehr weiß er nicht.«

Elizabeth drückte sich die Hand an die Brust und versuchte sich die Szene vorzustellen. »All meine Sachen sind durchwühlt worden?« Sie erschauerte. »Warum hast du mir das nicht früher erzählt?«

»Weil du schon bedrückt genug warst, Liebes.«

»Natürlich bin ich bedrückt, das Ganze ist einfach zu schrecklich.«

»Du hast alles Recht der Welt, verletzt zu sein. Ich danke nur Gott, dass du zu dem Zeitpunkt nicht zu Hause warst. Obwohl das nicht heißen soll, dass du jedes Mal wegrennen kannst, wenn dich der Drang überkommt.«

»Manchmal ist ein Rückzug notwendig«, erwiderte sie. Vor lauter Sorge und Unruhe waren ihre Handflächen feucht.

»Das weiß ich selbst nur zu gut«, murmelte er, was sie daran erinnerte, wie er nach ihrer Heirat aus England geflohen war. »Aber ich muss wissen, wo du bist, und zwar rund um die Uhr.«

Aufgebracht und voller Schuldgefühle fauchte sie: »Aber du bist es doch, vor dem ich mich zurückziehe!«

Eindeutig frustriert atmete Marcus aus. »Iss!«, befahl er.

Sie streckte ihm die Zunge heraus und stürzte ihren Wein herunter, um die Kälte zu vertreiben, die sich in ihr ausgebreitet hatte.

Den Rest der Mahlzeit verbrachten sie schweigend und in Gedanken versunken. Danach gingen sie in den Salon. Elizabeth widmete sich wieder dem Tagebuch, während Marcus seine Stiefel auszog und sie anfing zu putzen.

Mit der Lektüre als Schutzschirm beobachtete sie, wie er sich im goldenen Licht des Kaminfeuers seiner Aufgabe hingab. Wie die ausgeprägten Muskeln an seinen Schultern sich bewegten. Sie spürte, wie ein mittlerweile vertrautes Verlangen in ihr aufwallte. Unwillkürlich dachte sie daran, wie sein muskulöser Körper sich über und in ihr bewegt und ihren Willen in unendlicher Ekstase aufgelöst hatte. Nach Jahren des Gleichmuts überrollten sie jetzt unkontrollierbare Empfindungen.

Mit großer Mühe wandte sie ihre Aufmerksamkeit wieder dem Tagebuch zu, doch sie konnte sich auf die endlosen codierten Seiten nicht richtig konzentrieren.

Marcus rutschte unruhig auf seinem Stuhl hin und her, weil ihm nur allzu bewusst war, dass Elizabeth ihn eindringlich musterte. Am liebsten hätte er den Kopf gehoben und ihren Blick erwidert, aber dann hätte sie sich geschämt, beim Anstarren ertappt worden zu sein, und ihr einvernehmliches Schweigen wäre gestört worden. Also rieb er heftig über das abgenutzte Leder seiner Stiefel und sah nur hin und wieder verstohlen zu ihr hinüber.

In einem schlichten Kleid lag sie auf der Chaiselongue und hatte eine Decke über ihre angezogenen Beine gebreitet. Wie schon den ganzen Tag trug sie ihr Haar offen. Er liebte ihr Haar.

Wie gerne fasste er es an und schlang es sich um die Hand! Elizabeth wirkte so weich und zwanglos, dass es ihn schon erregte, wie sie atmete.

Unwillkürlich lächelte er. Wie immer fühlte er sich durch ihre Anwesenheit zugleich getröstet und erregt. Und wenn die Welt unterginge, ihm wäre es egal, wenn sie nur zusammen wären!

In getrennten Betten.

Herrgott. Er war unzurechnungsfähig.

Elizabeth schlug das Tagebuch mit einem leisen Knall zu. Er hob den Kopf und sah sie erwartungsvoll an. Sehnsucht durchströmte ihn, als er ihre dunklen, verhangenen Augen sah. Hoffnung kam in ihm auf. Sie wollte ihn.

»Ich glaube, ich ziehe mich zurück«, sagte sie mit leicht heiserer Stimme.

Er holte tief Luft, um seine schmerzliche Enttäuschung zu überspielen. »So früh schon?«

»Ich bin müde.«

»Dann gute Nacht«, sagte er bemüht beiläufig und widmete sich wieder seinen Stiefeln.

Elizabeth verharrte auf der Türschwelle, warf einen kurzen Blick auf Marcus und wünschte, er würde sein Wort brechen und sie einfach nehmen. Aber er ignorierte sie. Seine gesamte Aufmerksamkeit galt der Aufgabe, der er sich schon seit einer Stunde widmete. So als wäre sie nicht da. »Gute Nacht«, sagte sie schließlich und ging den Gang hinunter in ihr Zimmer.

Dort schloss sie die Tür mit einem scharfen Klicken und presste ihren Rücken dagegen. Sie zog sich ihr Nachthemd an und kroch ins Bett. Sie schloss die Augen und wollte sich zwingen einzuschlafen.

Aber der Schlaf, und mit ihm das Vergessen, wollte sich einfach nicht einstellen. Ein verruchter Gedanke führte zum nächsten, erinnerte sie daran, wie rau Marcus' schwielige Hände waren, als er ihre Haut streichelte, wie sich sein mächtiger Körper über ihrem angefühlt hatte, und wie er aufschrie, wenn er in ihr kam. Es machte sie wahnsinnig, dass sie ihn haben konnte, ihn aber fragen musste.

Stöhnend vergrub sie den Kopf in ihrem Kissen und wünschte sich verzweifelt, ihr Verlangen würde sich legen, aber sie musste immer wieder an Marcus denken, der in seiner ganzen männlichen Pracht am Kamin saß. Ihre Haut wurde zu heiß, zu gespannt… Ihre Brüste waren schwer und geschwollen, ihre Nippel wurden hart und schmerzten.

Er war jede Nacht zu ihr gekommen und hatte ihr Verlangen so lange gestillt, dass sie die kurzen Stunden überstand, bis sie ihn wieder haben konnte. Zwei Tage war es schon her, und jetzt lechzte sie geradezu nach der Berührung seiner Hände, nach der Liebkosung seines Mundes. Sie warf sich hin und her, doch dadurch wurde ihr nur noch heißer. Schweißgebadet warf sie die Decke zurück und presste die Schenkel zusammen, um die Leere in ihrem Innern nicht mehr zu spüren.

Heiraten. Der Mann war wahnsinnig! Wenn er ihrer überdrüssig war, würde er fremdgehen, und sie würde wie nun allein zu Hause liegen und sich nach ihm verzehren.

Verflucht sollte er sein! Sie kam auch ohne ihn aus, sie brauchte ihn nicht. Als sie ihre Brüste umfasste und zudrückte, entfuhr ihr ein Stöhnen, weil Hitze zwischen ihren Beinen aufflammte. Zutiefst beschämt und in dem Wissen, dass es falsch war, rollte sie ihre Brustwarzen zwischen den Fingerspitzen und stellte sich vor, es wäre Marcus. Gegen ihren Willen wölbte sich ihr Rücken und ihre Schenkel fielen auseinander, weil ihr Körper sich verzweifelt nach der nächtlichen Heimsuchung sehnte, nach der er süchtig geworden war.

Der Verzweiflung nahe fuhr sie mit der Hand ihren Oberkörper hinunter und glitt zwischen ihre Beine. Als sie den Ursprung ihrer Qual fand, wurden ihre Finger von ihrem eigenen Saft benetzt. Sie ließ den Kopf zurücksinken und schrie leise auf, entschlossen, sich Erleichterung zu verschaffen.

Da sprang die Tür so heftig auf, dass sie gegen die Wand knallte. Vor Schreck schrie sie auf und fuhr hoch.

Marcus stand im Türrahmen, in stummem Zorn, mit einer einzelnen Kerze in der Hand. »Du stures, widerborstiges, entnervendes Ding! Ich kann dich hören«, knurrte er und marschierte ins Zimmer, als hätte er jedes Recht dazu. »Du würdest uns lieber beide bestrafen, als die Wahrheit zuzugeben.«

»Raus!«, brüllte sie, zu Tode beschämt, ertappt worden zu sein.

Er stellte die Kerze auf den Nachttisch, packte ihre Hand und roch daran. Als er den Duft ihrer Scham einsog, schloss er die Augen. Dann öffnete er den Mund und saugte an ihren Fingerspitzen.

Mit großen Augen wimmerte Elizabeth, als seine heiße samtweiche Zunge um ihre Finger fuhr, um ihren Saft aufzulecken. Vor lauter Erleichterung erschlaffte sie. Gott sei Dank war er gekommen. Keine einzige Sekunde mehr hätte sie ohne seine Berührung, ohne seinen Geruch ausgehalten …

»Hier.« Er schob ihr die nassen Finger grob zwischen die Beine.

»Wa… Was soll das?«, fragte sie atemlos, riss ihre Hand hoch und umklammerte ihr Nachthemd.

Da Marcus nur vom Licht der Kerze und des Kaminfeuers hinter ihm beleuchtet wurde, wirkte er wie Mephistopheles höchstpersönlich, streng und von spürbar dunkler Macht erfüllt.

Nichts Weiches, Verführerisches sah sie mehr an ihm, nur noch einen stummen Befehl, dem nicht zu widersprechen war. »Die Erleichterung suchen, die du mir verwehrt hast.«

Er riss sich die Hosenknöpfe auf und zerrte seinen Schwanz heraus. Elizabeth lief das Wasser im Mund zusammen. Er war hart und dick, und die deutlich sichtbaren Adern darauf pochten. Einladend spreizte sie ihre Schenkel noch weiter.

Marcus neigte arrogant den Kopf zur Seite. »Du wirst mich schon bitten müssen, wenn du den hier haben willst.« Er packte seinen Schwanz an der Wurzel und strich über die Spitze.

Gequält stöhnte sie auf. Er war gnadenlos. Warum nahm er sich nicht einfach, was er wollte?

»Du willst, dass ich dich nehme«, sagte er heiser und hielt ihr sein Glied wie ein Geschenk entgegen. »Du willst, dass ich dir die Entscheidung abnehme, damit du kein schlechtes Gewissen haben musst. Tja, aber das werde ich nicht, Liebes. Du hast die Regeln festgelegt, und ich habe dir mein Wort gegeben.«

»Bastard!«

»Hexe!«, erwiderte er. »Du führst mich in Versuchung, bietest mir mit der einen Hand, was du mir mit der anderen wieder nimmst.« Er rieb seinen Schwanz, worauf ein Lusttropfen hervortrat.

»Muss es immer nach deinem Willen gehen?«, flüsterte sie und versuchte zu begreifen, wie sie ihn gleich heftig begehren und hassen konnte.

»Musst du mich immer abweisen?«, gab er mit leiser, tiefer Stimme zurück, und sein Atem strich so weich wie Seide über ihre Haut.

Da rollte sie sich zusammen und wandte sich von ihm ab … wurde eine Sekunde später jedoch wieder auf den Rücken geworfen und gegen ihren erbitterten Widerstand zum Rand der Matratze geschleift. »Du brutaler Kerl!«

Er beugte sich über sie und stützte sich zu beiden Seiten ihres Kopfs auf. Sein erigiertes Glied drückte er in ihren Schenkel. Er hatte seine smaragdgrünen Augen zu Schlitzen verengt und sah sie glühend an. »Du wirst hier mit gespreizten Beinen liegen, während ich mich vergnüge.« Er fuhr ihr mit dem Schwanz über den Schenkel, reizte sie mit dem, was sie begehrte, und hinterließ eine feuchte Spur. »Wenn du dich rührst oder versuchst, mir auszuweichen, fessele ich dich.«

Rasend vor Zorn hob Elizabeth ihre Hüften und hätte ihn fast erwischt. Eine Sekunde glitt er in sie, nur mit der Eichel, worauf sie erleichtert aufkeuchte.

Fluchend zog er sich zurück. »Wenn mir mein Ziel nicht so wichtig wäre, würde ich dich jetzt anständig durchficken. Du brauchst es weiß Gott!«

»Ich hasse dich!« Ihr traten Tränen in die Augen und rannen ihr über die Schläfen, doch immer noch lechzte ihr ganzer Körper nach ihm. Am liebsten hätte sie gebettelt, aber das verbot ihr Stolz.

»Ich bin sicher, du wünschst dir, mich zu hassen.«

Ziemlich grob legte er sie auf einem Stapel Kissen zurecht. Elizabeth merkte, dass ihre Hüften am Bettrand positioniert waren und ihre Beine weit gespreizt zu beiden Seiten hinunterhingen. Vom Bauch abwärts war sie völlig entblößt, und ihre Scham glänzte im Kerzenlicht. Wie immer hielt Marcus alle Macht in seiner Hand und hatte ihr nichts gelassen.

Ihr Blick hob sich zu seinem Gesicht und wanderte dann seinen Körper entlang, um das Muskelspiel seines Oberkörpers zu beobachten. Er umfasste mit seinen langen Fingern sein Glied und fuhr sich mit fließenden Bewegungen immer wieder den Schaft hinauf und hinunter, trotz seiner offensichtlichen Erregung. Sein schwerer Hodensack war zusammengezogen und hart, sein Blick starr zwischen ihre Schenkel gerichtet.

Reglos und wie gefesselt von seinem Anblick lag sie da. Noch nie in ihrem Leben hatte sie etwas derart Erregendes gesehen, nicht mal in ihrer Fantasie. Zwar hätte man meinen können, dass man in einer solchen Position verletzlich hätte wirken können, doch Marcus stand stolz und breitbeinig vor ihr, während er sich befriedigte. Um ihn besser zu sehen, versuchte sie sich aufzusetzen, aber da hielt er inne.

»Bleib, wo du bist«, befahl er knapp und quetschte die Eichel in seiner Faust. »Drück deine Fersen in die Matratze.«

Als Elizabeth sich mit der Zunge über die Lippen fuhr, stöhnte er auf. Wie verlangt hob sie die Beine und sah, wie seine Wangenknochen dunkelrot wurden. Seine Pupillen weiteten sich, bis seine Augen fast ganz schwarz waren und nur noch einen smaragdgrünen Rand hatten.

Da erkannte sie, dass die Macht auf ihrer Seite war. Sie vergaß immer wieder, wie sehr er sich nach ihr verzehrte, schon immer verzehrt hatte, und nahm seine harten Worte für bare Münze, während seine Handlungen diese Lügen straften. Mit neuer Zuversicht spreizte sie ihre Schenkel noch weiter. Zischend stieß er Luft aus. Sie zupfte an ihren Brustwarzen, was ihn erneut aufstöhnen ließ. Dabei sah sie ihm zu, wie er mit einer schmerzlich wirkenden Anspannung an seinem Schwanz rieb, obwohl er doch so offensichtlich Lust empfand. Ihre Hände fuhren hinunter zu ihrer Scham, worauf seine Bewegungen schneller und drängender wurden.

Sie spürte die Nässe zwischen ihren Beinen und tauchte ihre

Finger hinein. Marcus grollte. Elizabeth fragte sich, ob er wusste, dass sie fast so weit war, oder ob sie einfach nur einen erregenden Anblick bot.

»Elizabeth!«

Gequält stieß er ihren Namen hervor, als er abspritzte und sein heißer Samen durch ihre Finger schoss und sich mit ihrem eigenen Saft vermischte. Geschockt durch die ungeheure Intimität erschauerte sie und kam. Keuchend bog sie den Kopf zurück in die Kissen.

In einer Mischung aus verbotener Lust und einem anderen warmen Gefühl, das sie nicht benennen konnte, weil sie es noch nie empfunden hatte, steckte sie sich die Finger in den Mund und schluckte seinen Samen.

Einen Moment lang stand Marcus da und sah sie so glühend an, dass sie errötete. Dann ging er hinter den Paravent, und sie hörte, wie er Wasser aus dem Krug goss und sich die Hände wusch. Als er zu ihr zurückkam, hatte er die Hose wieder angezogen und wusch ihr seinen Samen von Bauch und Schenkeln. Sie stöhnte auf und drängte sich seinen Händen entgegen. Anschließend drückte er ihr rasch einen festen Kuss auf die Stirn.

»Wenn du mich brauchst, ich bin gleich nebenan.«

Daraufhin verschwand er ohne ein weiteres Wort oder einen Blick zurück.

Mit offenem Mund starrte sie auf die geschlossene Tür und wartete. Er würde doch wohl zurückkehren? Er konnte noch nicht fertig sein. Der Mann war unersättlich.

Aber er kam nicht zurück, und sie weigerte sich, um seine Aufmerksamkeit zu buhlen.

Da sie unter der Decke schwitzte, ohne sie allerdings fror, gab sie ein paar Stunden vor Tagesanbruch auf und verließ das Bett.

Sie warf sich einen Umhang über und kehrte ins Wohnzimmer zurück.

Marcus hatte das Feuer im Kamin abgedeckt, doch es war immer noch warm im Zimmer. Sie wickelte sich die Decke der Chaiselongue um ihre Füße und nahm sich eine Zeitschrift in der Hoffnung, beim Lesen einzuschlafen.

Die Sonne ging gerade auf, als Marcus Elizabeth auf der Chaiselongue entdeckte. Sie schlief fest und hatte Hawthornes Tagebuch aufgeschlagen auf dem Schoß. Kopfschüttelnd verzog er das Gesicht.

Eine schlaflose Nacht war vorbei, aber er musste noch dreizehn überleben.

Verwirrt über seine tiefinnerste Unruhe zog er sich die Stiefel an und verließ das kleine Haus. Er überquerte den runden Vorplatz, der sowohl ans Haupthaus als auch an das Cottage grenzte, und wandte sich zu den Stallungen dahinter. Unter der Klippe hörte er die Wellen rhythmisch ans Ufer rauschen. Der feuchte Seewind wehte über die Klippe und drang durch seinen Pullover. Nachdem er im warmen Stall angekommen war, sog er den Geruch nach Pferden und süßem Heu ein, der einen starken Kontrast zur salzigen Schärfe der Luft draußen bildete.

Er zäumte eines seiner Kutschpferde und führte es aus dem Stall. Entschlossen, sich so zu verausgaben, dass er nachts schlafen konnte, machte er sich daran, seine Pferde zu striegeln. Da er zu schwitzen anfing, zog er den Pullover aus. In Gedanken an die Nacht zuvor, in der sich Elizabeth ihm so erotisch im Kerzenlicht dargeboten hatte, erschrak er, als jemand hinter ihm aufkeuchte.

Er schnellte herum und sah das hübsche Mädchen, das ihnen

die Mahlzeiten brachte. »Mylord«, sagte es und deutete einen Knicks an.

Mit einem Blick auf die Unterkunft der Stallburschen hinter ihr wusste er sofort, was die Kleine beunruhigte. »Keine Sorge«, beruhigte er sie. »Ich kann schweigen.«

Die Dienerin musterte ihn mit offensichtlicher Neugier und nickte anerkennend, als sie seinen nackten Oberkörper sah. Überrascht, dass ihn das verwirrte, drehte Marcus sich um, um seinen Pullover wieder anzuziehen. Als er ihn von der nächstgelegenen Stalltür nehmen wollte, wagte das temperamentvolle Pferd dahinter, ihn zu beißen.

Fluchend riss Marcus die Hand zurück und starrte den Hengst des Duke finster an.

»Er ist ein bisschen reizbar«, sagte das Mädchen mitfühlend. Es reichte ihm einen Lappen, den Marcus rasch ergriff und um die Hand wickelte, um das Blut zu stoppen.

Die Kleine war ein hübsches Ding mit weichen braunen Locken und von der Leidenschaft erröteten Wangen. Ihr verrutschtes Kleid zeugte von ihren Aktivitäten, doch ihr Lächeln war aufrichtig und voller Humor. Marcus wollte gerade ihr Lächeln erwidern, als die Stalltür so heftig aufgestoßen wurde, dass sein Pferd aufgeschreckt einen Satz zur Seite machte und Marcus gegen die Dienerin schubste, worauf beide zu Boden fielen.

»Du geiler Bock!«

Marcus hob den Kopf von der Schulter des Mädchens und wurde von einem so erbitterten Blick getroffen, dass ihm einen Moment der Atem stockte. In der Stalltür stand Elizabeth, die Hände in die Hüften gestemmt und rasend vor Zorn.

»Nicht um alles in der Welt würde ich dich heiraten«, schrie sie, dann wirbelte sie herum und rannte davon.

»Du meine Güte!« Marcus sprang auf und riss das Mädchen hoch. Ohne ein weiteres Wort setzte er Elizabeth nach, rannte vorbei an dem verschlafenen Stallburschen, der ihn mit offenem Mund anstarrte, hinaus in den schnell hell werdenden Tag.

Da Elizabeth körperliche Ertüchtigungen nicht fremd waren, befand sie sich schon mehrere Meter vor ihm. Also schritt er schneller aus.

»Elizabeth!«

»Zur Hölle mit dir!«, rief sie zurück.

Sie stürzte weiter und geriet zu Marcus' Sorge viel zu dicht an die Klippe. Mit wild rasendem Herzen in der Brust stürzte er sich auf sie, riss sie herunter und drehte sich schnell, sodass er auf seinem nackten Rücken zu landen kam. Steinchen und struppiges Gras schnitten in seine Haut, als er ein Stück über den Morgentau glitt und Elizabeths sich windenden Körper fest an sich drückte.

»Lass das«, knurrte er, rollte sich auf sie und hielt ihre Hände fest.

»Du kannst einfach nicht treu sein, du Mistkerl!« Ihr herzzerreißend schönes Gesicht war rot und tränenüberströmt.

»Es ist ganz anders, als du denkst.«

»Du hast halb nackt auf einer Frau gelegen!«

»Ein Missgeschick, mehr nicht.« Er hielt ihre Hände über ihrem Kopf fest, damit sie ihn nicht mehr verletzen konnte. Trotz der Kühle des Morgens, der Schmerzen an Hand und Rücken und seiner Empörung war er sich überaus der Frau unter ihm bewusst, die nach ihm schlug.

»Ein Missgeschick ist nur, dass du erwischt wurdest.« Elizabeth drehte ihren Kopf zu seinem Arm und biss ihn. Marcus brüllte auf, schob sein Knie zwischen ihre Beine und sank tief zwischen sie.

»Wenn du mich noch mal beißt, lege ich dich übers Knie.«

»Wenn du mich noch mal schlägst, erschieße ich dich«, gab sie zurück.

Ohne zu wissen, was er tat, senkte er den Kopf und umschloss mit seinem Mund ihre Lippen. Seine Zunge glitt kurz zwischen ihre Lippen, bevor er den Kopf zurückriss, weil sie zuschnappte.

Er zischte: »Wenn es dir so wichtig ist, dass ich dir treu bin, solltest du auch was dafür tun.«

Ihr klappte der Mund auf. »So arrogant kann doch keiner sein!«

»Du selbstsüchtiges Stück. Du willst mich nicht, aber eine andere darf mich auch nicht haben!«

»Aber ja doch, gerne. Sie tut mir jetzt schon leid!«

Er drückte seine Stirn gegen ihre und murmelte: »Die Kleine hat was mit einem der Stallburschen. Du hast mein Pferd erschreckt, und das hat uns umgestoßen.«

»Das glaube ich nicht. Wieso stand sie so nah bei dir?«

»Ich war verletzt.« Marcus hielt mit einer Hand ihre Handgelenke fest und zeigte seinen provisorischen Verband. »Sie hat versucht, mir zu helfen.«

Mit gerunzelter Stirn, aber sichtlich in Zweifel geratend, fragte Elizabeth: »Wieso bist du halb nackt?«

»Mir war heiß, Liebes.« Er schüttelte den Kopf, als sie ungläubig schnaubte. »Ich zeig dir die beiden, dann können sie es bestätigen.«

Eine Träne glitt ihr über die Wange. »Ich werde dir nie vertrauen«, flüsterte sie.

Er fuhr ihr mit den Lippen über ihren Mund. »Ein Grund mehr, mich zu heiraten. Ich schwöre, eine Ehe mit dir würde jeden Mann so erschöpfen, dass er keinen Blick mehr für andere übrighat.«

»Das war gemein.« Sie schniefte.

»Ich bin frustriert, Elizabeth«, gab er grimmig zu und spürte, wie der sanfte Druck ihrer Kurven unter ihm ihn nur noch mehr frustrierte. »Was muss ich tun, um dich für mich zu gewinnen? Könntest du mir einen Hinweis geben, wie weit der Weg zu deinem Herzen noch ist?«

Sie sah ihn aus geröteten Augen an. »Wieso gibst du nicht einfach auf und suchst dir eine andere?«

Marcus seufzte, weil ihm die erbärmliche Wahrheit bewusst war. »Ich kann nicht.«

Da schluchzte sie auf, und ihr angespannter Körper erschlaffte.

Er drückte sie fester an sich. Sie sah genauso aus wie er: müde und unglücklich. Keiner von ihnen hatte viel geschlafen, sondern sich vor lauter Sehnsucht im Bett hin- und hergewälzt. Körperlich standen sie sich so nahe, nur sie zwei, von der Welt abgeschirmt – und doch schien die Distanz zwischen ihnen unendlich.

Zum ersten Mal, seit sie sich kennengelernt hatten, gestand Marcus sich ein, dass sie vielleicht nicht füreinander bestimmt waren.

»Hast du … hast du eine Geliebte?«, fragte sie plötzlich.

Verblüfft über den abrupten Themenwechsel stieß er hervor: »Ja.«

Ihr Mund zitterte. »Ich werde dich nicht teilen.«

»Das würde ich auch nicht von dir verlangen«, versprach er.

»Du musst sie loswerden.«

Er zog sich zurück. »Ich habe die Absicht, sie zu heiraten.«

Elizabeth sah ihn an.

»Du nervtötendes Weib!« Er rieb seine Nase an ihrer. »Ich habe kaum genug Energie, um dir den Hof zu machen. Glaubst du, da könnte ich noch anderen Röcken nachjagen?«

»Ich brauche Zeit zum Nachdenken, Marcus.«

»Die bekommst du«, versprach er rasch. Seine fast erloschene Hoffnung flammte wieder in ihm auf.

Sie presste ihre Lippen an seine Kehle und seufzte zittrig.

»Na gut. Dann werde ich über deinen Antrag nachdenken.«

13. Kapitel

Elizabeth ging neben ihrem Bett auf und ab. Die Vorhänge vor ihrem Fenster waren aufgezogen, wie seit der dritten Nacht ihres Aufenthalts hier, und das perlmuttfarbene Mondlicht zeichnete ihr einen Pfad. Es hatte keinen Sinn, die Vorhänge zuzuziehen, denn sie schlief höchstens ein, zwei Stunden pro Nacht.

Jetzt barg sie ihr Gesicht in den Händen. Sie würde noch wahnsinnig, wenn sie von ihrem verzweifelten Verlangen nach Marcus nicht wenigstens vorübergehend erlöst würde.

In den letzten zehn Tagen hatte sie zahllose Bilder von ihm in ihrem Kopf gesammelt – wie er auf einer Decke am Strand saß, wie er in Hemdsärmeln auf dem Sofa lag und etwas vorlas, wie er vor dem Kamin hockte und das Feuer schürte.

Sie hatte sich sein Lächeln eingeprägt, ebenso wie die Art und Weise, wie er sich den Nacken rieb, wenn er angespannt war. Sie wusste, dass morgens sein Gesicht dunkel vom Bartschatten war, wie seine Augen schimmerten, wenn er sie provozierte, und wie sie sich verdunkelten, wenn er sie begehrte.

Und er begehrte sie wirklich.

Täglich zeigten ihr sein Blick und ein gewisser Ton in seiner Stimme, wie sehr er sich wünschte, sie in den Arm zu nehmen, sie zu berühren, sie zu lieben. Doch er hielt sein Versprechen und startete keine offenkundigen Versuche, sie zu verführen.

Seufzend starrte sie auf ihre verschränkten Hände. Die Wahrheit war, dass er nichts tun musste, um ihr Verlangen zu wecken. Es war instinktiv und unkontrollierbar.

Warum also war sie hier und lief fiebrig hin und her, während ihre Erlösung im Nebenzimmer wartete?

Weil er falsch für sie war, das wusste sie. Er war das Gegenteil all dessen, was sie sich für sich gewünscht hatte. Ein berüchtigter Lüstling, erst neulich in den Stallungen hatte er wieder einmal bewiesen, dass man ihm nicht trauen konnte. Am liebsten hätte sie ihn eingesperrt, um ihn ganz für sich zu haben und mit niemandem teilen zu müssen. Erst dann würde sie so etwas wie Frieden finden. Erst dann würde sie wieder ruhig atmen können und ihre nagende Angst loswerden, ihn irgendwann zu verlieren.

Eifersucht hat etwas mit Besitzansprüchen zu tun, Liebes, hatte er an ihrem ersten Tag am Strand zu ihr gesagt. *Wenn du das Recht dazu haben willst, musst du mich heiraten.*

Das Recht. Das Recht, ihn für sich zu haben, ihren Anspruch auf ihn zu behaupten. Das wollte sie. Trotz der Qual, die es sicher bedeuten würde.

Es würde nicht angenehm sein, sich an einen Mann wie Marcus zu binden, dessen Lebens- und Abenteuerlust so groß war, dass er nicht zu zähmen war. Es würde Herzschmerz und endlose Enttäuschungen bedeuten. Und Sehnsucht. Eine Sehnsucht, die nie vergehen würde.

Sie blieb stehen, starrte auf das Bett und erinnerte sich daran, wie tief dieses Gefühl gegangen war.

Waren sein Name, sein Ring und das Recht auf seinen Körper nicht besser als gar nichts?

Bevor sie noch weiter darüber nachdenken konnte, verließ sie ihr Zimmer und marschierte ohne anzuklopfen in das von Marcus.

Sie ging geradewegs zum Bett, hielt jedoch inne, als sie sah, dass es leer war und die Decke verwickelt und zurückgeworfen. Verwirrt sah sie sich um und entdeckte Marcus am Fenster.

Nackt, in Mondlicht getaucht, stand er reglos da und starrte sie an, ohne zu blinzeln.

»Marcus?«

»Was willst du, Elizabeth?«, fragte er schroff.

Sie umklammerte mit ihren feuchten Händen ihr Hemdchen. »Ich kann seit über einer Woche nicht schlafen.«

»In diesem Zimmer wirst du keinen Schlaf finden.«

Unruhig trat sie von einem Fuß auf den anderen. Jetzt, da sie vor ihm stand und er nackt war, merkte sie, dass ihr Mut verflog. »Ich hatte gehofft, du würdest das sagen«, gab sie mit gesenktem Kopf zu.

»Dann sag mir, was du willst.«

Da sie es nicht aussprechen konnte, zog sie sich ihr Nachthemd über den Kopf und ließ es zu Boden fallen.

Mit zwei großen Schritten war Marcus bei ihr. Grollend schlang er die Arme um ihre Taille und presste ihren nackten Körper fest an seinen. Mit atemberaubender Gier stürzte er sich auf ihren Mund und stieß mit seiner Zunge hinein – ein Vorgeschmack auf das, was folgen sollte.

Mit einem Arm hielt er sie fest, mit der anderen Hand hob er ihr Bein und legte es sich über den Arm, ehe seine erfahrenen Finger über ihre Pobacken strichen, in den Spalt und dann in ihr feuchtes Schamhaar tauchten. Stöhnend vor Lust und Erleichterung klammerte sich Elizabeth an seine breiten Schultern und presste ihren Busen fest an seine behaarte Brust, während er ihre feuchte Scham entlangfuhr.

Sein hartes, heißes Glied brannte sich in ihren Bauch. Sie griff danach, umfasste es mit ihren zitternden Fingern und schlang den anderen Arm um seinen Leib, um sich abzustützen. Er pochte in ihrer Hand, stöhnte in ihrem Mund, und sein ganzer muskulöser Körper drängte sich zitternd an sie.

Elizabeth konnte kaum noch atmen, geschweige denn sich bewegen, als seine Finger sie mit der Raffinesse eines Mannes liebkosten, der seine Geliebte kennt. Hart und schnell besorgte er es ihr, bis sie fast verrückt vor Verlangen wurde. Sie vergrub ihr Gesicht in seiner Haut, sog keuchend seinen Geruch ein und bedeckte sich damit.

»Bitte«, bettelte sie.

»Was, bitte?«

Aufstöhnend drängte sie sich mit ihrem Becken seinen Fingern entgegen.

»Was, bitte?«, wiederholte er und entfernte seine Finger.

Aufschluchzend, weil er plötzlich aufhörte, drückte sie verzweifelte Küsse auf seine Haut. »Bitte, nimm mich. Ich will dich.«

»Wie lange, Elizabeth? Eine Stunde? Eine Nacht?«

Als ihre Zunge seine flache Brustwarze umfuhr, stieß er zischend Luft aus.

»Jede Nacht«, hauchte sie.

Da hob Marcus sie hoch, brachte sie mit zwei Schritten zum Bett und sank mit ihr auf die zerwühlten Laken. Mit schockierender Gier spreizte Elizabeth die Beine.

»Elizabeth …«

»Beeil dich«, bettelte sie.

Da legte er sich zwischen ihre Beine und stieß mit vollendetem Schwung in sie hinein. Er war härter und dicker als je zuvor und dehnte sie bis zum Äußersten. Sie riss den Mund auf und schrie, denn sie kam sofort, so erregt war sie durch seine geschickten Berührungen und die tagelange Sehnsucht nach ihm.

Marcus vergrub sein Gesicht in ihrer Halsbeuge und stöhnte heiser, als er sich immer schneller bewegte. Gegen seinen Willen kam auch er. Es war zu viel und zu schnell. Die Empfindungen waren so schmerzlich intensiv, dass sich seine Zehen krümmten und sein Rücken durchbog. Einen atemlosen Augenblick wusste er nicht mehr, wer er war und wo er war, und umklammerte fast verzweifelt ihren Leib.

Es kam ihm vor wie eine Ewigkeit, bis er sich von ihr herunterrollen konnte. Er zog ihren Körper über seine Brust und ihre Beine über seine Hüfte, sodass sie noch immer vereint waren. Welche Zweifel er gegen ihre Ehe gehabt haben mochte: Sie waren geschmolzen in der Hitze ihrer nach wie vor glühenden, zitternden Körper.

»Guter Gott!« Er presste sie an seine Brust. Ihre Vereinigung hatte ganze zwei Minuten gedauert. Es waren nur wenige Stöße, doch in seinem ganzen Leben hatte er noch nie eine so mächtige und erfüllende Erfahrung gemacht. Elizabeth hatte sich ihm hingegeben und seinen Anspruch anerkannt. Jetzt gab es kein Zurück.

Ihre Finger strichen ihm fast tröstlich durch sein Brusthaar. »Ich möchte, dass du bei der Organisation kündigst«, flüsterte sie sanft.

Er erstarrte und atmete geräuschvoll aus. »Ach, Liebes, du verlangst wahrlich nicht viel, wie?«

Elizabeth seufzte, und ihr Atem strich ihm warm über die Haut. »Wie kannst du mich angesichts der Gefahren, die du eingehst, bitten, dich zu heiraten?«

»Wie nicht?«, gab er zurück. »Ich werde niemals genug haben

von dir und dem hier.« Er drückte sich leicht an sie und zeigte mit einer neuen Erektion, wie stark sein Interesse an ihr war.

»Wollust«, tadelte sie.

»Mit Wollust kenne ich mich aus, Elizabeth. Aber das trifft es nicht ansatzweise.«

Sie stöhnte, als er sich tiefer in sie hineinschraubte. »Wie würdest du es dann nennen?«

»Anziehung, Liebes. Wir passen im Bett einfach sehr gut zusammen.«

Elizabeth setzte sich über ihm auf und schob ihn tiefer in sich, bis ihre nassen Schamlippen die Wurzel seines Glieds umschlossen. Ihre zu Schlitzen verengten Augen verrieten ihm, dass Ärger drohte. Dann spannte sie ihre inneren Muskeln an und umschlang seinen Schwanz in der intimsten aller Umarmungen.

Er umkrallte die Laken und biss die Zähne zusammen. Nur Minuten zuvor hatte er das Gefühl gehabt zu sterben. Und schon wollte er dieses Gefühl unbedingt wieder haben.

Sie erhob sich von ihm, sodass sein Glied aus ihrem nassen, geschwollenen Fleisch glitt. »Versprich mir, dass du über eine Kündigung nachdenkst.« Langsam glitt sie auf ihn zurück.

Schweiß rann ihm über die Stirn. »Elizabeth …«

Wieder hob und senkte sie sich und liebkoste seinen Schwanz mit ihrer seidigen Scham. »Versprich mir, dass du vorsichtig bist, während du darüber nachdenkst.«

Seine Augen schlossen sich unwillkürlich, und er stöhnte. »Verdammte Hexe.«

Elizabeth erhob sich und zog sich von ihm zurück.

Sein ganzer Körper war angespannt und wartete auf ihre exquisite Umarmung. Als sie zögerte, sah er sie an. Sie hatte die

Augenbrauen herausfordernd hochgezogen und wartete. Er wusste, sie würde warten, bis er nachgab.

Da ihm nichts anderes übrig blieb, kapitulierte er. »Ich verspreche es.«

Und seine Belohnung war wahrlich süß.

»Du meine Güte!«

Als Elizabeth diesen vertrauten, wenn auch entsetzten Ruf hörte, fuhr sie auf. Marcus' ausgestreckter Arm hielt sie auf. Sie keuchte, als sie das scharfe Messer in seiner Hand sah. Dann schaute sie zur Tür und riss beim Anblick der geliebten Gestalt dort den Mund auf. »William?«

Ihr Bruder hatte sich eine Hand über die Augen gelegt. »Ich warte« – er hüstelte – »auf euch beide im Wohnzimmer. Bitte – zieht euch an.«

Orientierungslos vor Schläfrigkeit glitt Elizabeth aus dem Bett und erschauerte, als ihre nackten Füße den kalten Fußboden berührten. »Ich sage oft zu mir, dass Williams Verhalten nicht noch empörender werden kann, doch er überrascht mich immer wieder.«

»Elizabeth.«

Sie ignorierte die unterschwellige Anklage in Marcus' Tonfall und ging rasch zu ihrem Nachthemd, das am Fuß des Bettes lag. Einen peinlichen Moment lang erinnerte sie sich an die Intimität der vorangegangenen Nacht und die Schamlosigkeit, mit der sie ihm sein Versprechen entlockt hatte. Es war ernüchternd, aufzuwachen und ein Messer in seiner Hand zu sehen. Sie hatte eingewilligt, diesen Mann zu heiraten, und zwar ausschließlich wegen sexueller Anziehung und fehlgeleiteter Besitzansprüche. Sie war eine Närrin.

»Du kannst liegen bleiben, Liebes«, murmelte er. »Ich kann allein mit deinem Bruder reden.«

Elizabeth richtete sich mit dem Nachthemd in der Hand auf und sah, wie er sich die Hose anzog. Ihr Blick ruhte wie gebannt auf seinen Muskeln.

Er schaute zu ihr hoch, sah, dass sie ihn anstarrte, und lächelte. »Du bist ein sehr schöner Anblick, so verschlafen, zerzaust und befriedigt.«

»Ich sehe bestimmt schrecklich aus«, erwiderte sie.

»Das geht gar nicht. Du siehst immer hinreißend aus.«

Er kam um das Bett herum, nahm ihr das Nachthemd ab und streifte es ihr über den Kopf. Dann gab er ihr einen Kuss auf die Nasenspitze. »Ich hatte nicht damit gerechnet, heute Morgen so aufgescheucht zu werden.« Kopfschüttelnd ging er zur Kommode und zog sich fertig an. »Halte das Bett für mich warm.«

»Du lernst am besten gleich, dass ich mich nicht herumkommandieren lasse. William ist mein Bruder. Ich werde mit ihm reden.«

Mit einem stillen Seufzer wegen ihrer Sturheit sagte Marcus zu sich, dass er sich wohl daran gewöhnen würde, und ging zur Tür. »Wie du willst, Liebes.«

Er bedachte ihren leicht bekleideten Körper mit einem liebevollen Blick, schloss dann die Tür hinter sich und durchquerte die Halle. Eigentlich hätte er nicht überrascht sein dürfen, dass sie ertappt worden waren, doch das war er und enttäuscht dazu. Ihre Übereinkommen war zu neu, ihre Bindung zu zart, noch konnte er nicht ruhig sein.

Bei seinem ersten Antrag hatte er im Arbeitszimmer von Chesterfield Hall die nackten Fakten ihrer Eheschließung mit ihrem Vater besprochen. Das Aufgebot war bestellt, die Verträge aufgesetzt worden. Teegesellschaften und Abendessen wurden veranstaltet. Er hätte nicht damit rechnen können, dass sie davonrannte. Er hätte nicht ahnen können, dass sie einen anderen heiraten würde. Und jetzt hatte er viel weniger in der Hand als damals. Jetzt hatte er nur ihr Versprechen, und sie hatte bereits bewiesen, dass ihr nicht zu trauen war.

Alter Groll und Zorn stiegen bitter in ihm auf. Er würde keinen Frieden finden, bis sie nicht vollständig wiedergutgemacht hatte, was sie ihm angetan hatte.

Er betrat den Salon. »Barclay, dein Timing lässt sehr zu wünschen übrig. Du bist – bedauerlicherweise – *de trop.*«

William schritt mit auf dem Rücken verschränkten Händen vor dem Kamin auf und ab. »Der Anblick wird mir mein ganzes Leben nicht mehr aus dem Kopf gehen«, murmelte er.

»Du hättest anklopfen sollen.«

»Die Tür stand offen.«

»Trotzdem war dein Verhalten fragwürdig; du hättest nicht kommen sollen.«

»Elizabeth war davongerannt.« William hielt inne und starrte ihn finster an. »Nach dem Wutanfall in ihrem Zimmer musste ich sie finden und mich vergewissern, dass es ihr gut geht.«

Marcus fuhr sich mit der Hand durch die wirren Locken. Er konnte dem Mann wohl kaum seine Fürsorge vorwerfen. »Sie hat dir eine Nachricht geschickt. Das hätte ich wohl auch tun sollen.«

»Das wäre das Mindeste gewesen. Es wäre auch schön gewesen, wenn du die Schwester eines anderen verführt hättest.«

»Ich verführe sie nicht. Ich werde sie heiraten.«

William riss den Mund auf. »Schon wieder?«

»Wenn du dich entsinnst, sind wir beim letzten Mal nicht zum Abschluss gekommen.«

»Zum Teufel mit dir, Westfield.« William ballte die Fäuste, bis seine Knöchel weiß hervortraten. »Wenn das irgendwas mit der idiotischen Wette zu tun hat, fordere ich dich zum Duell.«

Marcus umrundete das Sofa, setzte sich darauf und verkniff sich eine entsprechende Antwort, die ihm auf der Zunge brannte. »Deine Einschätzung meines Charakters ist sehr aufbauend.«

»Warum zum Teufel willst du Elizabeth noch heiraten? Nach all dem, was geschehen ist?«

»Wir fühlen uns stark zueinander hingezogen«, antwortete Elizabeth von der Tür aus und betrachtete die beiden Männer, die einen so wichtigen Platz in ihrem Leben einnahmen – und beide sehr unruhig waren. »Zumindest behauptet er das.«

»Ihr fühlt euch stark zueinander hingezogen?« William durchbohrte sie mit seinem Blick. »Was zum Teufel hat das mit einer Ehe zu tun?«

Einen Moment später wurde er blass und hob beide Hände. »Wenn ich genauer darüber nachdenke, will ich es gar nicht wissen.«

Sie rührte sich nicht, sondern blieb im Türrahmen stehen und versuchte zu entscheiden, ob sie eintreten sollte. Die Atmosphäre im Raum war zum Schneiden. »Wo ist Margaret?«

»Zu Hause. Eine Reise wäre jetzt nicht gut für sie gewesen. Ihr wird leicht übel.«

»Dann solltest du bei ihr sein«, mahnte sie.

»Ich habe mir Sorgen um dich gemacht«, verteidigte er sich. »Vor allem, als Westfield kurz nach dir verschwand. In deiner Nachricht stand nichts davon, wo du bist oder was du vorhast. Ihr könnt beide verdammt von Glück sagen, dass Lady Westfield mir einen Hinweis gab.« Er durchquerte den Raum und packte sie am Ellbogen. »Komm mit mir raus.«

»Da ist es zu kalt«, protestierte sie.

William streifte seinen Umhang ab und warf ihn ihr über die Schultern. Dann zerrte er sie hinaus.

»Bist du wahnsinnig geworden?«, knurrte er, kaum dass sie allein waren. Sein Tonfall war so eisig wie die morgendliche Seeluft.

»Früher dachte ich das«, antwortete sie trocken.

»Ich verstehe. Du hattest die Neigung zu« – er hustete – »fleischlichen Freuden und hast sie dir früher versagt. Für Frauen kann das schwer und unangemessen beeinflussend sein.«

»William ...«

»Leugnen ist zwecklos. Ein Mann sieht so was. Frauen sehen anders aus, wenn sie mit ihren Liebhabern zufrieden sind. Bei Hawthorne sahst du nicht so aus.«

»Mir ist dieses Gespräch sehr unangenehm«, murmelte sie.

»Ich finde es auch so schön wie Zähne ziehen. Aber ich muss dich bitten, noch einmal über diese Verlobung nachzudenken. Es gab einen Grund, warum du beim letzten Mal abgesprungen bist.«

Elizabeth blickte zum Himmel und sah hellblaue Flecken zwischen den schweren Wolken. Sie fragte sich, ob sie es lernen konnte, nur die heiteren Momente in einer sicherlich wolkenreichen Ehe zu sehen.

»Du könntest dich weigern«, schlug er vor, und seine Stimme wurde sanfter.

»So grausam bin nicht mal ich.« Sie seufzte und lehnte sich an ihn, um sich wie immer von seiner Stärke trösten zu lassen.

»Man heiratet doch nicht, um eine Schuld zu bezahlen. Und ich bin nicht so sicher, dass seine Absichten ehrenhaft sind. Er hat zu viel gegen dich in der Hand. Wenn du ihn heiratest, könnte ich nur wenig machen, sollte es sich zum Schlechten wenden.«

»Gerade du solltest Westfield nichts unterstellen. Dazu kennst du ihn zu gut.« Jetzt sah sie ihn ebenfalls finster an. »Ehrlich gesagt gibt es einiges, was ich ihm vorwerfen könnte. Er ist unglaublich arrogant, stur, streitsüchtig.«

»Ja, er hat seine Fehler, die ich alle gut kenne.«

»Wenn er durch die Heirat mit mir etwas von seiner verlorenen Würde wiedergewinnt, werde ich es ihm nicht vorhalten. Und wenn er das Interesse an mir verliert, wird er mich schlimmstenfalls mit dem perfekten, aber distanzierten Charme bedenken, für den er berühmt ist. Er würde mich niemals körperlich verletzen.«

William atmete frustriert aus und blickte hinauf zum Himmel. »Das tröstet mich nicht. Ich wollte, dass du dich ein zweites Mal verliebst. Du kannst wählen, wen du willst. Warum sich festlegen, nur weil man sich stark zueinander hingezogen fühlt, wenn du wahres Glück finden könntest?«

»Du wirst langsam so romantisch wie Margaret.« Lachend schüttelte Elizabeth den Kopf. »Manchmal ist Westfields Gesellschaft richtig angenehm.«

»Dann genießt eine Affäre«, schlug William vor. »Das ist viel weniger folgenschwer.«

Ihr Lächeln war bittersüß. Tatsache war, dass Marcus einer der wenigen Männer war, die William etwas entgegenzusetzen hatten. Sie musste ihrem Bruder zeigen, dass Marcus stark genug war, um ihr Sicherheit zu garantieren, damit er Vertrauen entwickelte und sich weniger Sorgen um sie machte. Margaret brauchte ihn jetzt, und ihr Kind würde ihn ebenfalls brauchen. Wenn sie noch Zweifel über ihre Heirat gehegt hatte, waren sie durch den Besuch ihres Bruders verflogen. Er konnte nicht länger seine Frau im Stich lassen, um sich um seine Schwester zu kümmern.

»Ich will ihn heiraten, William. Ich glaube nicht, dass ich unglücklich werde.«

»Du versteckst dich hinter ihm. Wenn du einen Mann nimmst, der dich nicht mag, brauchst du dir keine Sorgen zu machen, dass die Beziehung zu eng wird. Unser Vater hat dir das mit seiner Trauer angetan. Du hast immer noch Angst.«

Sie hob ihr Kinn. »Ich verstehe, dass du meine Wahl nicht billigst, aber deswegen darfst du mir noch lange nichts unterstellen.«

»Ich sage die Wahrheit, und das hätte ich wahrscheinlich schon vor langer Zeit tun sollen.«

»Kein Mensch weiß, was die Zukunft bringt«, widersprach sie. »Aber Westfield und ich haben eine ähnliche Herkunft und Stellung. Er ist reich und bemüht, meine Bedürfnisse zu erfüllen. Das ist eine solide Grundlage, wenn diese Anziehung schwindet. Genau wie bei jeder anderen Ehe.«

William kniff die Augen zusammen. »Du bist also entschlossen.«

»Ja.« Jetzt war sie froh, dass er ihr nachgereist war. Nun, da sie wusste, dass sie jemand anderem etwas Gutes tat, war sie ruhiger als noch beim Aufwachen. Ob William es nun zugab oder nicht, es würde auch gut für ihn sein.

»Keine weitere Flucht«, warnte er sie, und trotz seiner finsteren Miene war er schneidig wie eh und je.

»Nein, keine Flucht mehr«, stimmte sie zu.

»Darf ich auch etwas dazu sagen?«, fragte Marcus, der sich ihnen näherte.

»Ich glaube, du hast schon genug gesagt«, gab William zurück. »Und ich sterbe vor Hunger. Bei meiner Ankunft habe ich mit dem Duke gesprochen, und dieser meinte, ich sollte euch beide ins Haupthaus schleifen. Er hat euch kaum zu Gesicht bekommen.«

»Das war Absicht«, erwiderte Marcus trocken. Er streckte seine Hand nach Elizabeth aus, eine Geste der Zuneigung, die er ihr noch nie in der Öffentlichkeit erwiesen hatte. Da er keine Handschuhe trug, war sie unleugbar intim. Sein Blick forderte sie heraus, ihn zurückzuweisen.

Er forderte sie immer heraus, ihn zurückzuweisen.

Und genau wie immer nahm sie die Herausforderung an und legte ihre Hand in seine.

14. Kapitel

Ihr Verlobungsball war ein voller Erfolg. Der Ballsaal von Chesterfield Hall platzte aus allen Nähten, genauso wie das Karten- und Billardzimmer. Überwältigt und überhitzt ließ Elizabeth sich dankbar von Marcus in den Garten führen, um die kühle Nachtluft zu genießen.

Zu diesem festlichen Anlass hatte sie sich für ein burgunderfarbenes Seidenkleid entschieden. Ihr Rock hatte Einsätze und war vorne geteilt, um einen Unterrock aus weißer Spitze zu zeigen. Passend dazu waren ihre Ärmel vom Ellbogen abwärts und auch ihr tiefer Ausschnitt aus Spitze. Das Kleid half ihr, Haltung zu bewahren, doch ihre Nerven waren zum Zerreißen gespannt.

Normalerweise brillierte sie bei gesellschaftlichen Empfängen, aber heute war alles anders als sonst. Mit den Männern kam sie gut zurecht. Allerdings hatten ihr die Frauen und deren oft gehässige Art zugesetzt. Nach einer Stunde hatte sie nur noch gelächelt und es Marcus überlassen, auf all die neugierigen Fragen und spöttischen Bemerkungen zu reagieren, die sich hinter Glückwünschen versteckten. Es brachte sie in Rage, wie mühelos er die Frauen bezirzte, und ihr Kiefer schmerzte, weil sie gute Miene zum bösen Spiel machen musste. Nicht zum ersten Mal beklagte sie den Verlust ihres Refugiums am Meer.

Nachdem William aufgebrochen war, hatte Marcus darauf bestanden, noch drei Tage mit ihr im Gästehaus zu bleiben. Diese

Tage hatten sie in tiefer Vertrautheit verbracht. Er hatte ihr beim Baden geholfen und sie um den gleichen Dienst gebeten. Er hatte ihr beim Anziehen geholfen und ihr gezeigt, wie sie ihn auszog, wo die Knöpfe waren und wie man sie am besten öffnete, bis sie so geschickt war wie ein Kammerdiener. Dies hatte er bei jeder Gelegenheit mit ihr geübt: am Strand, im Garten und in fast jedem Zimmer des Gästehauses. Mit jeder Berührung, jedem Blick, jedem Moment hatte Marcus ihre Entschlossenheit geschwächt, bis sie rückhaltlos akzeptierte, dass sie nicht mehr frei von ihm sein wollte.

Angesichts ihrer gemeinsamen Zukunft hatte sie sich bemüht, mehr über das zu erfahren, was ihm wichtig war. Sie hatte ihn nach seinen politischen Ansichten gefragt und war insgeheim erleichtert, als er mit ihr darüber sprach, denn wichtige Themen mit Frauen zu besprechen, war höchst unüblich. Andererseits war Marcus kein Mann, der nach den Konventionen lebte.

Erfreut über ihr Interesse hatte er über verschiedene Themen mit ihr diskutiert, sie herausgefordert und gedrängt, alle Aspekte zu betrachten, und dann stolz gelächelt, wenn sie zu einer Schlussfolgerung kam – auch wenn sie sich nicht mit seiner deckte.

Elizabeth seufzte. Es war schlicht und einfach Tatsache, dass sie seine Gesellschaft genoss. Und wenn er im Geschäft oder im Parlament zu tun hatte, vermisste sie ihn.

»Das war aber ein melancholischer Seufzer«, murmelte er.

Sie hob den Blick und sah ihm in die Augen, die im Kontrast zu seiner weißen Perücke noch mehr strahlten. Mit seinen hellgoldenen Kleidern stellte Marcus jeden anderen Gentleman in den Schatten.

»Du siehst umwerfend aus«, sagte sie.

Er zog einen Mundwinkel in die Höhe. »Ich glaube, das sollte ich doch eher zu dir sagen.« Sein glühender Blick ließ keinen Zweifel darüber aufkommen, woran er dachte.

William hatte weitere Treffen im Gästehaus unterbunden. Sie vermutete, dass Marcus so bereitwillig zugestimmt hatte, um sich ihrer Kooperation zu versichern. Ihr Körper verzehrte sich voller Unruhe und Bedürftigkeit nach seinem, und die ständige Erinnerung daran verhinderte, dass sie bezüglich der bevorstehenden Hochzeit ihre Meinung änderte.

»Du bist rot«, sagte er. »Aber nicht aus dem Grund, der mir am liebsten ist.«

»Ich habe Durst«, gab sie zu.

»Dann müssen wir dir etwas zu trinken holen.« Er legte seine Hand über ihre, die auf seinem Ärmel ruhte, und wandte sich zurück zum Haus.

Sie sträubte sich. »Ich würde lieber hier auf dich warten.« Ihr war die Vorstellung zuwider, so kurz nach ihrer Flucht zur Schar ihrer Gäste zurückzukehren.

Marcus wollte schon protestieren, doch da sah er William und Margaret die Treppe hinuntersteigen und führte sie zu ihnen. »Ich überlasse dich den beiden«, sagte er und drückte einen Kuss auf ihre Hand. Dann stieg er mit einer Eleganz die Treppen hinauf, dass sie kaum den Blick von ihm wenden konnte.

Margaret hakte sich bei ihr unter und sagte: »Wie erwartet ist der Ball ein voller Erfolg. Es ist viel unterhaltsamer, über euch zu tratschen als über etwas anderes.«

William blickte über sie hinweg. »Wohin will Westfield denn?«

Angesichts seiner knappen Frage musste Elizabeth ein Lächeln unterdrücken. »Er will etwas zu trinken holen.«

Er runzelte die Stirn. »Ich wünschte, er hätte vorher etwas gesagt. Ich könnte selbst etwas zu trinken brauchen. Wenn ihr mich entschuldigt, dann folge ich ihm.«

Als William ging, wies Margaret zum Garten, worauf sie einen kleinen Spaziergang machten.

»Du siehst gut aus«, bemerkte Elizabeth.

»Trotzdem wird dies mein letzter gesellschaftlicher Empfang in dieser Saison sein, da mein Bauch nicht mehr zu verstecken ist.« Margaret lächelte. »Lord Westfield scheint ziemlich von dir eingenommen zu sein. Mit etwas Glück wirst du bald selbst Kinder haben.« Sie neigte sich näher zu ihr und fragte: »Ist er wirklich ein so guter Liebhaber, wie man sagt?«

Elizabeth wurde rot.

»Schön für dich«, lachte Margaret, doch dann zuckte sie zusammen. »Mein Rücken!«

»Du warst auch den ganzen Tag auf den Beinen«, schalt Elizabeth.

»Ein Rückzug in den Ruheraum ist lange überfällig«, bestätigte Margaret.

»Dann müssen wir uns beeilen.«

Sie wandten sich vom Garten ab.

Als sie sich dem Haus näherten, sahen sie, dass weitere Gäste die kühle Nachtluft genießen wollten. Elizabeth holte tief Luft und betete, wie schon seit dem Morgen dieses Tages, um Geduld.

»Ist dir klar, dass eure Ehe nicht leicht werden wird?«

Marcus blickte zu William, als sie mit Gläsern in der Hand die Terrassentreppe hinunterstiegen. »Ach, wirklich?«, meinte er. »Und ich hatte geglaubt, eine Ehe wäre ein Spaziergang durch den Garten.«

William schnaubte. »Elizabeth ist von Natur aus ziemlich reizbar und geradezu streitsüchtig, aber in deiner Gegenwart ist sie nicht mehr sie selbst. Sie ist fast schon verschlossen. Nur Gott weiß, wie du sie dazu gebracht hast, deinen Antrag anzunehmen, mir ist allerdings ihre außerordentliche Zurückhaltung dir gegenüber aufgefallen.«

»Wie entgegenkommend von dir, das zu bemerken.« Marcus biss die Zähne zusammen. Er war ein stolzer Mann, und es passte ihm nicht, dass Elizabeth so gar nicht begeistert über ihre Hochzeit zu sein schien.

Da näherte sich ihnen Margaret mit schmerzverzerrtem Gesicht.

William stürzte zu ihr. »Was tut dir weh?«, fragte er schroff.

Sie wehrte seine Sorge mit einer Handbewegung ab. »Mein Rücken und meine Füße, mehr nicht. Nichts, worüber du dir Sorgen machen müsstest.«

»Wo ist Lady Hawthorne?«, fragte Marcus und blickte auf den gewundenen Pfad hinter ihr.

»Lady Grayton hatte ein unangenehmes Missgeschick mit einer bösartigen Kletterrose und brauchte mehr Hilfe als ich.« Sie zog die Nase kraus. »Offen gestanden glaube ich, Elizabeth mochte einfach noch nicht ins Haus zurückkehren.«

Marcus wollte schon etwas sagen, doch da stoppte ihn der Schrei einer Frau in der Ferne.

William runzelte die Stirn. Marcus hingegen war wie gelähmt vor Angst, und sein ganzer Körper spannte sich schmerzhaft an.

»Elizabeth«, flüsterte er zischend, denn seine geschärften Sinne verrieten ihm, dass die Gefahr im Garten zu suchen war. Er ließ die Gläser fallen und scherte sich nicht darum, dass sie auf dem Steinpfad zersprangen. Mit William auf den Fersen rannte Marcus in die Richtung, wo er den Schrei gehört hatte. Vor Angst war ihm fast übel.

Er hatte sie bei ihrer Familie gelassen, dabei hätte er sie überhaupt nicht allein lassen dürfen. Er kannte seine Aufgabe, kannte die Regeln, wusste, dass sie nach der Durchsuchung ihres Zimmers nirgendwo sicher war, und hatte all das ignoriert, nur weil sie ihn darum gebeten hatte. Er war ein Narr gewesen und konnte nur hoffen, dies nur mit der Angst bezahlen zu müssen, die aus seiner übergroßen Fantasie resultierte.

Vielleicht war es nicht Elizabeth. Vielleicht war es nur ein unwichtiger Zwischenfall, eine Frau mit einer Schwäche für dramatische Schreie, der ein Kuss geraubt worden war …

Gerade als die Panik ihn zu überwältigen drohte, sah er sie vor sich, lang hingestreckt auf einem Pfad neben dem Rosengarten, in einer Flut von Stoff und Rüschen.

Er ließ sich neben ihr auf die Knie fallen und verdammte sich dafür, seine Wachsamkeit schleifen gelassen zu haben. Er hob den Kopf und hielt nach ihrem Angreifer Ausschau, aber er hörte nichts außer ihren mühsamen Atemzügen.

William hockte sich auf ihre andere Seite. »Du meine Güte!« Mit zitternden Händen berührte er sie.

Da es so dunkel war, dass Marcus kaum etwas sehen konnte, tastete er ihren Oberkörper nach Verletzungen ab. Elizabeth stöhnte, als seine Finger leicht über ihre Rippen fuhren und einen Gegenstand fanden, der aus ihrer Hüfte herausragte. Er schob behutsam ihren Arm beiseite und sah, dass es ein kleiner Dolch war.

»Man hat auf sie eingestochen«, sagte Marcus gepresst.

Als Elizabeth seine Stimme hörte, schlug sie die Augen auf. Unter ihrem Puder wirkte sie unnatürlich bleich und das Rouge fast grellrot. »Marcus«, keuchte sie leise, während sich ihre Finger schwach über der Hand schlossen, die den Dolch berührt hatte. Er umfasste sie fest, weil er ihr etwas von seiner Lebenskraft abgeben wollte, weil er sie zwingen wollte, stark zu sein.

Dies war seine Schuld. Und Elizabeth hatte den Preis bezahlen müssen. Sein Versagen war niederschmetternd und riss ihn brutal aus der Zufriedenheit, die er eben noch empfunden hatte.

William stand auf. Angespannt überblickte er, wie Marcus kurz zuvor, die Umgebung. »Wir müssen sie ins Haus tragen.«

Marcus hob sie auf seine Arme und achtete darauf, nicht den hervorragenden Dolch zu berühren. Sie schrie auf und verlor dann das Bewusstsein. Ihr Atem wurde schneller, aber regelmäßig. »Wo soll ich hin?«, fragte er fast verzweifelt. Denn der Ballsaal kam offensichtlich nicht infrage.

»Folge mir.«

Wie Schatten bewegten sie sich durch den Garten, bis sie in die betriebsame Küche traten. Dort nahmen sie die enge Dienstbotentreppe und wagten sich an den anstrengenden Aufstieg, der durch Elizabeths Reifröcke noch erschwert wurde.

Kaum waren sie sicher in ihrem Zimmer angekommen, streifte Marcus seinen Umhang ab, griff in eine Innentasche und holte einen kleinen Dolch hervor, ganz ähnlich dem, der in Elizabeths Hüfte steckte. »Ruf einen Arzt«, befahl er. »Und ich brauche Handtücher und heißes Wasser.«

»Ich sage einem Diener Bescheid, wenn ich aufbreche. Es wird schneller gehen, wenn ich selbst den Arzt hole.« Mit beruhigender Eile verschwand William.

Vorsichtig und behutsam schnitt Marcus mit seinem Dolch durch die endlosen Stofflagen ihres Kleides und ihrer Unterröcke. Es war die reinste Folter, die Klinge so nah an ihrer kostbaren elfenbeinfarbenen Haut zu sehen, und schon bevor die Wunde freigelegt worden war, schwitzte er heftig.

Ein Blutrinnsal strömte unablässig aus der Wunde.

Sie war immer noch bewusstlos, doch er flüsterte ihr die ganze Zeit etwas zu – zu ihrer wie auch zu seiner Beruhigung.

Als die Tür hinter ihm aufging, entdeckte er nach einem kurzen Blick über die Schulter, dass Lord Langston und Lady Barclay eintraten. Direkt hinter ihnen kam ein Dienstmädchen mit heißem Wasser und Handtüchern.

Kaum hatte der Earl einen Blick auf seine Tochter geworfen, da erschauerte er. »O Gott«, hauchte er. Er schwankte, sein Gesicht glich einer starren Maske. »Das halte ich nicht noch mal aus.«

Marcus spürte, wie sich sein Magen krampfhaft zusammenzog. Der Schmerz, den er jetzt auf dem Gesicht ihres Vaters sah, war genau das, was Elizabeth so quälte. Dieser Schmerz hatte Elizabeth abgewiesen – und jede andere Frau, die das Unglück hatte, Gefühle für den gut aussehenden, aber ewig trauernden Witwer zu entwickeln.

»Kommen Sie. Suchen wir uns irgendwo ein stilles Plätzchen, wo wir warten können, Mylord«, sagte Margaret sanft.

Langston zögerte nicht lange, sondern floh aus dem Zimmer, als wären ihm tausend Höllenhunde auf den Fersen. Marcus fluchte leise und kämpfte gegen den Drang an, ihm nachzujagen und ihm etwas Verstand einzuprügeln, damit er sich endlich um seine Tochter kümmerte.

Eine Viertelstunde später kam Lady Barclay zurück. »Ich muss mich für Lord Langston entschuldigen.«

»Nicht nötig, Lady Barclay. Es ist längst überfällig, dass er für seine Handlungen selber geradesteht.« Er stieß geräuschvoll die Luft aus, die er angehalten hatte, und rieb sich über den Nacken.

»Sagen Sie mir, was ich tun soll«, sagte sie sanft.

Ruhig und tüchtig half Margaret ihm, Elizabeths Haut um die Wunde herum zu reinigen. Als sie gerade fertig wurden, kam William mit dem Arzt zurück. Dieser entfernte den Dolch, untersuchte die Wunde und erklärte, die Streben ihres Korsetts hätten den Dolch von wichtigen Organen abgelenkt. Nähen und anschließende Bettruhe würden genügen.

Es war Marcus fast schwindelig vor Erleichterung, als er sich gegen den Bettpfosten lehnte und die Perücke abnahm. Hätte Elizabeth kein Korsett getragen, wäre die Wunde vielleicht tödlich gewesen und damit sein Ende besiegelt.

Er blickte zu William und seiner Frau. »Ich werde hierbleiben, aber ihr solltet zu den Gästen zurückkehren. Es ist schon schlimm genug, dass Elizabeth und ich unserer eigenen Verlobungsfeier fernbleiben. Eure Abwesenheit wird alles nur noch schlimmer machen.«

»Sie sollten hinuntergehen, Lord Westfield«, entgegnete Margaret sanft. »Es wäre weniger aufsehenerregend, wenn wenigstens einer von Ihnen da wäre.«

»Nein. Sollen sie doch denken, was sie wollen. Ich werde Elizabeth nicht allein lassen.«

Margaret nickte, obwohl ihr Blick immer noch verstört war. »Was soll ich Ihrer Familie sagen?«

Wieder rieb er sich über den Nacken und sagte: »Alles außer der Wahrheit.«

William wandte sich zum Dienstmädchen. »Kein Wort, wenn du hier weiterarbeiten willst.«

»Und bereite das andere Schlafzimmer dieser Suite für Lord Westfield vor«, fügte Margaret hinzu und ignorierte den finsteren Blick ihres Mannes. Die Zofe verschwand eilends.

Margaret wies William zur Tür. »Komm, mein Lieber. Lord Westfield hat alles im Griff. Ich bin sicher, er ruft uns, falls nötig.«

Immer noch bleich und sichtlich erschüttert nickte William und folgte Margaret hinaus.

Kurz darauf wachte Elizabeth auf und schlug um sich, als der Arzt mit dem Nähen anfing. Marcus legte sich über sie und hielt sie fest.

»Marcus!«, keuchte sie und riss die Augen auf. »Das tut weh!« Sie fing an zu weinen.

Mit einem schmerzhaften Kloß im Hals beugte er sich zu ihr und drückte ihr einen Kuss auf die Stirn.

»Ich weiß, Liebes. Aber wenn du stark genug bist, dich nicht zu bewegen, wird alles schneller vorbei sein.«

Voller Stolz und Bewunderung sah er dann, wie Elizabeth alles daran gab, ganz still zu liegen, während ihre Wunde geschlossen wurde. Zwar wand sie sich hier und da, doch sie schrie nicht mehr. Schmerzhaft krallte sie sich an ihn, und dabei rannen ihr Schweißperlen über das Gesicht und vermischten sich mit ihren stillen Tränen. Er war dankbar, als sie wieder das Bewusstsein verlor.

Nachdem der Arzt fertig war, säuberte er gründlich seine Instrumente und packte sie ein. »Behalten Sie die Wunde im Auge, Mylord. Wenn sie sich entzündet, rufen Sie mich.« Damit verschwand er so schnell, wie er gekommen war.

Unruhig lief Marcus im Zimmer umher, hielt den Blick jedoch stets auf Elizabeth gerichtet. Ein überwältigender Drang, sie zu beschützen, kam in ihm auf. Jemand hatte versucht, sie ihm wegzunehmen. Und er, Marcus, hatte es ihm zu leicht gemacht.

Hier war viel mehr als bloße Anziehung im Spiel. Denn dieses doch eher schlichte Gefühl konnte nicht der Grund dafür sein, dass er meinte, den Verstand zu verlieren. Sie so bleich und verwundet zu sehen, daran zu denken, was hätte passieren können … Er barg den Kopf in seinen Händen.

Den Rest der Nacht wachte er über sie. Wenn sie sich bewegte, ging er zu ihr und sprach leise murmelnd auf sie ein, bis sie sich wieder beruhigte. Regelmäßig schürte er das Feuer im Kamin und prüfte ihre Verbände. Er konnte nicht still sitzen, er konnte nicht schlafen, er fühlte sich so ohnmächtig, dass er am liebsten aufgeheult und etwas zerrissen hätte.

Die Morgendämmerung nahte, als der Earl of Langston wiederkam. Er warf einen kurzen Blick auf Elizabeth und richtete seine geröteten Augen dann auf Marcus. Er stank nach Hochprozentigem und einem blumigen Parfüm, wirkte aufgelöst und wankte mit schief sitzender Perücke leicht hin und her.

»Warum ziehen Sie sich nicht zurück, Lord Langston?«, fragte Marcus mit angewidertem Kopfschütteln. »Sie sehen fast so schlimm aus wie Elizabeth.«

Langston lehnte sich schwer gegen ein Beistelltischchen. »Und Sie wirken viel zu gefasst für einen Mann, der fast seine Braut verloren hätte.«

»Ich ziehe es vor, bei klarem Verstand zu bleiben«, entgegnete Marcus trocken, »anstatt mich sinnlos zu betrinken.«

»Wissen Sie, dass Elizabeth ihrer Mutter wie aus dem Gesicht geschnitten ist? Sie sind beide seltene Schönheiten.«

Marcus atmete erschöpft aus und betete um Geduld. »Ja, das weiß ich, Mylord, und es gibt einiges, das ich Ihnen gerne sagen würde, doch dazu ist jetzt nicht der rechte Zeitpunkt. Wenn Sie nichts dagegen haben: Ich habe über vieles nachzudenken, und das würde ich lieber ungestört tun.«

Der Earl blickte trübe zum Bett und zuckte bei Elizabeths Anblick zusammen. Sie war so blass, dass das herzförmige Schönheitspflästerchen auf ihrer Wange grell hervorstach.

»Lady Langston hat Ihnen eine Familie geschenkt«, sagte Marcus unwillkürlich. »Sie ehren nicht ihr Andenken, indem Sie sie vernachlässigen.«

»Sie haben nichts für mich übrig, Westfield, das ist mir schon klar. Andererseits können Sie auch nicht wissen, wie ich mich fühle. Schließlich lieben Sie meine Tochter nicht so, wie ich meine Frau geliebt habe.«

»Meinen Sie nicht, Elizabeth wäre mir nicht wichtig!« Marcus' stählerne Stimme durchschnitt die angespannte Atmosphäre wie eine Peitsche.

»Wieso nicht? Sie denken doch das Gleiche von mir.«

Damit überließ der Earl Marcus der Ungestörtheit, die er sich gewünscht hatte, einer Stille, in der unerbittliche Selbstvorwürfe ohrenbetäubend auf ihn einstürmten.

Warum war er nicht für sie da gewesen?

Wie hatte er so leichtsinnig sein können?

Und würde der Anflug von Vertrauen, den er so mühsam geschaffen hatte, nun verpuffen, weil er sein Versprechen gebrochen hatte, sie zu beschützen?

Er ließ den Kopf zurücksinken, schloss die Augen und stöhnte gequält auf.

Er hatte sich niemals den Gedanken gestattet, sie noch einmal zu verlieren. Und jetzt, als er damit konfrontiert wurde, merkte er, was ihm vorher entgangen war.

Er brauchte sie. Er brauchte sie viel zu sehr.

15. Kapitel

Mit einem erstickten Keuchen schrak Elizabeth auf. Ihr Herz raste, und sie brauchte einen Moment, bevor sie den vertrauten Betthimmel über sich erkannte, und dann noch einen, ehe ihr ein schwerer Blumenduft in die Nase stieg. Sie wandte den Kopf und ließ ihre müden Augen durchs Zimmer wandern, wo jede Oberfläche mit unzähligen Treibhausrosen bedeckt war. Zwischen den Blumen schlummerte Marcus mit lässiger Anmut auf einem Sessel an ihrem Bett. Er trug ein offenes Leinenhemd und eine hellbraune Hose, und sein dichtes sandfarbenes Haar war zu einem Zopf gebunden. Seine Füße waren nackt und lagen auf einem Hocker. Er wirkte, als fühlte er sich zu Hause.

Als Elizabeth ihn beobachtete, verspürte sie einen Besitzerstolz, der sie gleichzeitig beunruhigte und erfreute. Doch das Gefühl war so intensiv, dass sie sofort getröstet war; die Panik, die sie beim Aufwachen empfunden hatte, verflog durch seine Nähe.

Sie hob die Hand, um sich die Augen zu reiben, dann versuchte sie sich aufzusetzen. Als sie aufschrie, weil ein brennender Schmerz an ihrer Hüfte sie durchzuckte, war Marcus sofort bei ihr.

»Warte.« Er zog sie vorsichtig hoch und packte mehrere Kissen hinter ihren Rücken. Als sie bequem saß, setzte er sich zu ihr aufs Bett und schenkte ihr ein Glas Wasser ein. Mit einem dankbaren Lächeln nippte sie daran, um ihre ausgedörrte Kehle zu befeuchten.

»Wie geht es dir?«, fragte er.

Sie verzog das Gesicht. »Meine Hüfte pocht schrecklich.«

»Das war zu erwarten.« Er wandte den Blick ab.

Verwirrt über seine finstere Stimmung, berührte sie seine Hand. »Danke für die Blumen.«

Er verzog den Mund zu einem zärtlichen Lächeln, doch er wirkte so verschlossen wie schon seit Wochen nicht mehr. Fast so wie damals auf dem Ball der Morelands: wachsam und distanziert.

»Es tut mir leid, dich gestört zu haben«, sagte sie sanft. »Du hast ausgesehen, als würdest du dich sehr wohlfühlen.«

»In deiner Nähe immer.« Aber sein Ton klang routiniert, wie zu glatt, um echt zu sein, und er zog sachte seine Hand unter ihrer hervor.

Als sie nervös ihr Gewicht verlagerte, schoss ihr ein stechender Schmerz durch die Seite.

»Lass das«, befahl er und drückte tadelnd ihr Schienbein.

Sie kniff die Augen zusammen und schoss ihm, bestürzt über die neue Barriere zwischen ihnen, einen finsteren Blick zu.

Ein leises Klopfen unterbrach sie. Marcus rief »Herein«, worauf Margaret mit William im Schlepptau eintrat.

»Du bist wach!«, rief sie Elizabeth mit einem erleichterten Lächeln zu. »Wie fühlst du dich?«

»Schrecklich!«, gestand Elizabeth.

»Erinnerst du dich noch an irgendetwas von jenem Abend?«

Jetzt starrten sie alle erwartungsvoll an.

»Von jenem Abend?« Sie riss die Augen auf. »Wie lange habe ich denn geschlafen?«

»Zwei Tage, und das hattest du auch nötig.«

»Ach du meine Güte.« Elizabeth schüttelte den Kopf. »Ich weiß nicht mehr viel. Es geschah alles so schnell. Lady Grayton stolzierte in einem Wutanfall davon und schimpfte auf unsere nachlässigen Gärtner, weil sie die Kletterrose hatten wuchern lassen. Dann griff mich jemand von hinten an und schleppte mich fort.«

»Wie schrecklich!« Margaret schlug sich die Hand vor den Mund.

»Das war es. Aber es hätte noch viel schlimmer enden können.«

»Man hat auf dich eingestochen«, knurrte William. »Schlimmer geht es gar nicht.«

Sie sah ihn direkt an. »Ich glaube, es sollte gar nicht so weit kommen. Aber der andere Mann …«

Als Marcus das hörte, erstarrte er. Mehr als einer. Eigentlich hätte er damit rechnen müssen, dennoch traf ihn die Erkenntnis wie ein Schlag. »Welcher andere Mann?«

Elizabeth ließ sich in die Kissen zurücksinken und runzelte wegen seines scharfen Tonfalls die Stirn. »Ich könnte mich irren, aber ich glaube, der Mann, der mich angriff, wurde von jemand anderem in die Flucht geschlagen.«

»Höchstwahrscheinlich von Westfield und Barclay«, schlug Margaret vor.

»Nein, von jemand anderem. Ich hörte einen Schrei, eine männliche Stimme, und dann kam – der Rest.«

Margaret kam um das Bett herum und setzte sich auf die Kante. William jedoch schritt zielstrebig zur offenen Tür zum Wohnzimmer. »Auf ein Wort, Westfield.«

Da Marcus mehr von Elizabeth erfahren wollte, schüttelte er den Kopf. »Ich will hier noch …«

»Bitte«, beharrte William.

Mit einem knappen Nicken stand Marcus auf und folgte William, der die Tür hinter sich zudrückte.

Als William auf den nächststehenden Sessel wies, erkannte Marcus, dass es keine kurze Unterredung werden würde.

»Der Angriff auf Elizabeth ist meine Schuld.«

Marcus erstarrte. »Was zum Teufel redest du da?«

Wieder wies William auf den Sessel, dann nahm er selbst Platz. »Hawthorne starb nicht bei einem Raubüberfall, wie man alle hat glauben machen.«

Marcus gab sich überrascht, ließ sich auf den Sessel sinken und wartete.

William zögerte einen Augenblick und starrte ihn beunruhigend durchdringend an. »Es tut mir leid, aber viel mehr darf ich nicht sagen. Doch da Elizabeth bald bei dir wohnen wird, meine ich, dass du wissen solltest, was als Ehemann auf dich zukommt.« Er holte tief Luft und sagte dann: »Hawthorne wurde ermordet, weil er in den Besitz sensibler Informationen gekommen war. Es war kein Unfall.«

Marcus verzog keine Miene. »Was für Informationen?«

»Das kann ich dir nicht sagen. Nur, dass meine Frau und ich seit vier Jahren mit umfassenden Vorkehrungen beschützt werden müssen, und nach deiner Heirat wird es dir und Elizabeth ebenso ergehen. Sie und ich sind die Einzigen, die Hawthorne so gut kannten, dass wir eine Gefahr für seine Mörder werden könnten.«

»Das sehe ich. Trotzdem verstehe ich nicht, inwiefern der Angriff auf Elizabeth deine Schuld sein sollte.«

»Ich wusste um die Gefahr und hätte vorsichtiger sein müssen.«

Marcus seufzte, weil er nur zu genau wusste, wie der andere sich fühlte. Aber William wusste weder vom Tagebuch noch vom Überfall im Park. Da konnte es ihm verziehen werden, dass er einen weiteren Angriff nicht vorhergesehen hatte. Aber Marcus konnte es nicht verziehen werden. »Du wurdest bei deinen Schutzmaßnahmen behindert. Mehr hättest du nicht tun können.«

»Ich glaube nicht, dass Elizabeth das Chaos in ihrem Zimmer angerichtet hat«, fuhr William fort. »Obwohl sie es behauptet.«

Diesmal war Marcus ehrlich geschockt, weil William Bescheid wusste. »Nicht?«

»Nein. Ich glaube, ihr Zimmer wurde durchsucht. Deshalb bin ich ihr nach Essex gefolgt. Ich hatte Angst um sie.« William legte den Kopf zurück und schloss die Augen. Vor dem burgunderfarbenen Leder des Ohrensessels sah man noch deutlicher, wie erschöpft er war. »Die letzten zehn Tage waren die schlimmsten in meinem ganzen Leben. Als ich das mit euch beiden herausfand, hätte ich euch am liebsten verprügelt, weil mir deswegen wahrscheinlich frühzeitig graue Haare wachsen.«

»Barclay …«, seufzte Marcus, da die Schuldgefühle ihn niederdrückten, »es tut mir leid.«

William öffnete wieder die Augen und verzog das Gesicht. »Ich habe keine Ahnung, wie du sie vor mir finden konntest. Ich habe Verbindungen –«

»Ich hab's zufällig erraten«, sagte Marcus rasch.

»Ja, nun, ich habe keine Ahnung, was sich Kostbares in ihrem Besitz befindet, aber Elizabeth weiß es offensichtlich schon. Ich weiß auch nicht, ob man sie irgendwie bedroht hat oder ob sie mich einfach schützen will. Seit Hawthornes Tod ist sie ziemlich nervös.«

»Ich bin sicher, es ist schwer, seinen Mann zu verlieren.«

»Natürlich. Das will ich nicht abstreiten.« Er senkte die Stimme. »Obwohl Hawthorne ein seltsamer Zeitgenosse war, war er doch ein guter Mann.«

Marcus neigte sich vor und stützte die Unterarme auf die Knie. »Ein seltsamer Zeitgenosse?«

»Hawthorne war ziemlich reizbar. Im einen Moment war er noch so ruhig wie du und ich jetzt, und im nächsten lief er schon vor sich hin murmelnd im Zimmer herum. Ziemlich unangenehm, das kann ich dir sagen. Manchmal auch entnervend.«

»Ich kenne ein paar Gentlemen, die auch so sind«, bemerkte Marcus trocken. »Der König zum Beispiel.«

»Wie auch immer«, William verengte seine Augen zu Schlitzen, »du nimmst es ziemlich gut auf, dass jemand deiner Zukünftigen schaden will.«

»Das ist mir schon vor ein paar Tagen klar geworden. Seitdem hatte ich Zeit, darüber nachzudenken. Natürlich darf das nicht so weitergehen. Niemand kann unter ständiger Bedrohung leben. Dem muss entgegengetreten werden.«

»Ich hätte es dir früher sagen sollen«, bekannte William und verzog das Gesicht. »Aber ich dachte, ich fände eine Möglichkeit, es dir schonend beizubringen. Was sagt man in einer solchen Situation? Es gibt einfach zu viele Fragen und zu wenige Antworten. Aber die Ereignisse haben sich überschlagen, und ihr beide seid so verdammt beliebt. Ihr seid immer von einer Menschenmenge umringt. Ich dachte, bei so vielen Zeugen wäre sie in Sicherheit, aber jetzt ist sie nirgendwo mehr geschützt. Man bedenke: auf einem Ball! Man könnte doch meinen, nur ein Verrückter würde versuchen, auf so einem gut besuchten Empfang mit dem Ehrengast zu verschwinden. Und das Messer!«

Marcus erstarrte. »Was ist damit?«

William wurde rot. »Nichts Wichtiges, nur …«

Marcus stand auf, ging zu seinem Schlafzimmer und holte das Messer. Er drehte und wendete es in seinen Händen und betrachtete es im Licht, das von den Fenstern hereindrang. Das hatte er eigentlich schon früher tun wollen, aber er hatte es nicht über sich gebracht, Elizabeth allein zu lassen. Das Messer konnte warten, es würde später immer noch da sein.

Jetzt untersuchte er es sorgfältig. Es war ein gut gemachtes, kostbares Stück. Der goldene Griff war mit Blättern und Weinreben verziert, damit man es besser greifen konnte. Ganz unten sah er die Initialen NTM. Nigel Terrance Moore, der verstorbene Viscount Hawthorne.

Als William in sein Zimmer kam, blickte Marcus auf. »Wo war das?«

»Ich nehme an, Hawthornes Mörder hat all seine Wertsachen mitgenommen. Den Dolch hatte er immer dabei, auch in der Nacht, als er ermordet wurde.«

Gedankenverloren versuchte Marcus, die Puzzleteile zusammenzusetzen, doch es ging nicht – ganz gleich, wie unterschiedlich er sie anordnete.

Christopher St. John hatte Elizabeth ihre Brosche zurückgegeben, die Brosche, die Hawthorne in der Nacht seines Todes dabeihatte. Nun war ein anderer Gegenstand aus dieser Nacht aufgetaucht.

Die Hinweise deuteten auf St. John, aber die Angriffe auf Elizabeth passten nicht dazu. St. John war wegen seiner Schlauheit und peniblen Sorgfalt erfolgreich. Doch beide Überfälle auf Elizabeth waren fehlgeschlagen, was der Pirat nicht ein einziges Mal zugelassen hätte, geschweige denn zweimal. Zwar war es durchaus möglich, dass St. John der Schuldige war, Marcus konnte sich allerdings nicht des Gefühls erwehren, dass ihm etwas entging.

Warum das Risiko auf sich nehmen, Elizabeth während eines Balls anzugreifen, wo Hunderte von Zeugen anwesend waren?

Zu so einem Empfang würde sie auch nicht das Tagebuch mitnehmen.

Aber wenn St. John unschuldig war – eine Möglichkeit, die Marcus rasend vor Zorn machte –, dann gab es noch jemanden, der von dem Tagebuch wusste und bereit war, dafür zu töten. Zwar musste er sich eingestehen, dass seine Bemühungen nicht ausreichend gewesen waren, doch konnte er William bedauerlicherweise nicht einweihen, weil Elizabeth es nicht wünschte. Andererseits war ihre Sicherheit das Wichtigste, und er würde alle Hilfe annehmen, die er dafür brauchte.

Beide schraken zusammen, als sie Elizabeth aufkeuchen hörten. Sie stand in Nachthemd und Morgenmantel auf der Türschwelle und starrte schockiert und mit bleichem Gesicht auf den Dolch. Mit ihren zerzausten Haaren und den zittrigen Fingern wirkte sie wie ein kleines Kind.

Etwas zog sich in Marcus' Brust zusammen, doch er schob es beiseite. Wie es sich gezeigt hatte, sorgten seine wachsenden Gefühle für sie nur für weitere Probleme. Er ließ den Dolch wieder in die Schublade fallen und eilte zu ihr. »Du solltest noch nicht herumlaufen.«

»Wo hast du diesen gefunden?«, flüsterte sie kaum hörbar.

»Das war der Dolch, mit dem man auf dich eingestochen hat.«

Da gaben ihre Knie nach, und Marcus stützte sie, wobei er darauf achtete, nicht ihre verletzte Hüfte zu berühren. Er brachte sie zurück in ihr Zimmer, und William folgte ihnen.

»Das war Hawthornes Dolch«, flüsterte sie, als er sie wieder ins Bett legte.

»Ich weiß.«

William kam ebenfalls zum Bett. »Ich werde diesem Vorfall nachgehen, Elizabeth. Hab keine Angst, ich …«

»Du wirst gar nichts tun!«, rief sie.

Er straffte seine Schultern. »Ich werde das tun, was das Beste für dich ist.«

»Nein, William. Es ist nicht länger deine Pflicht, mich zu beschützen. Du musst dich um deine Frau kümmern. Wie könnte ich Margaret je wieder ins Gesicht blicken, wenn dir meinetwegen etwas zustieße?«

»Was kann Westfield schon tun?«, sagte er tadelnd. »Ich bin in einer viel besseren Position, um die nötigen Informationen zu bekommen.«

»Lord Westfield ist ein mächtiger und einflussreicher Mann«, entgegnete sie. »Ich bin sicher, auch er hat wichtige Verbindungen. Überlass die Angelegenheit ihm. Ich will nicht, dass du noch länger damit zu tun hast.«

»Das ist doch lächerlich«, brummte er, die Hände in die Hüften gestemmt.

»Halte dich da raus, William.«

William wandte sich vom Bett ab und ging zur Tür. »Ich muss etwas tun, sonst werde ich noch verrückt. Du würdest dasselbe für mich tun.« Damit knallte er sie hinter sich zu.

Mit offenem Mund starrte Elizabeth zur Tür. Als sie die Augen hob, sah Marcus, dass sie weinte. »Du musst ihn aufhalten.«

»Ich versuche mein Bestes, Liebes.« Grimmig starrte er zur Tür und versuchte zu verdrängen, wie ihre Tränen ihm zusetzten. »Aber dein Bruder ist genauso stur wie du.«

Nach einer leichten Mahlzeit mit Elizabeth nahm Marcus seine Kutsche und holte Avery James ab. Danach fuhren sie durch die Stadt, um sich mit Lord Eldridge zu treffen.

Marcus starrte gedankenverloren aus dem Kutschfenster, nahm

jedoch kaum das Treiben auf den Straßen oder die Händler wahr, die ihre Waren anpriesen. Zu vieles gab es, worüber er nachdenken musste, zu vieles passte nicht zusammen. Er sagte kein Wort, bis sie Lord Eldridges Büro erreicht hatten, und erst dann lieferte er lückenlos die Informationen, die er nicht per Post hatte überbringen können.

»Zunächst einmal, Westfield«, sagte Eldridge, kaum dass er geendet hatte, »muss ich Ihnen den Auftrag entziehen. Wegen Ihrer bevorstehenden Hochzeit ist auch die letzte Hoffnung auf Objektivität zunichtegemacht.«

Marcus trommelte mit den Fingern auf der geschnitzten Lehne seines Stuhls. »Ich behaupte immer noch, dass ich in der besten Position bin, sie zu beschützen.«

»Wir wissen bis jetzt einfach zu wenig über die Bedrohung. Der beste Schutz wäre, sie einfach irgendwo einzusperren. Aber ihre Sicherheit ist nicht unser einziges Ziel. Und bevor Sie protestieren, überlegen Sie, welche Alternativen wir haben. Wie können wir den Schuldigen finden, ohne ihn herauszulocken?«

»Sie wollen sie als Köder benutzen.« Das war keine Frage.

»Wenn es sein muss.« Eldridge sah Avery an. »Was sagen Sie zu dem Angriff auf Lady Hawthorne, James?«

»Mir sind die Gründe unklar«, gab dieser zu. »Wieso sollte man sie überfallen, wenn sie das Tagebuch nicht dabeihat? Welchen Zweck hätte das?«

Marcus hörte auf, mit den Fingern zu trommeln, um den anderen seine Überlegungen mitzuteilen.

»Erpressung. Lady Hawthorne gegen das Tagebuch. Sie wissen, dass die Organisation ihre Hände mit im Spiel hat. Brosche und Dolch weisen darauf hin, dass sie dabei waren, als Hawthorne ermordet wurde, also wissen sie auch, dass Barclay ebenfalls involviert ist. Der Angriff auf sie war zwar übereilt, aber es war auch das einziges Mal seit dem Auftauchen von Hawthornes Tagebuch, dass sie ohne Begleitung war.«

»Nach dem Vorfall mit der Brosche bin ich überzeugt, dass St. John dahintersteckt«, erklärte Eldridge, stand auf und blickte auf die Durchfahrtsstraße. »Die Männer, die ihn beschatten sollen, haben ihn am Abend des Verlobungsballs aus den Augen verloren, und zwar lange genug, dass er Lady Hawthorne hätte überfallen können. Obwohl das auch andere für ihn getan haben könnten, meine ich doch, so etwas Heikles würde er selbst übernehmen. Er ist ein Mann der Tat.«

»Dem stimme ich zu«, bestätigte Marcus grimmig. St. John war sich nicht zu fein, selbst die Drecksarbeit zu erledigen. Im Gegenteil: Es schien ihm sogar lieber zu sein.

»Es gibt nur einen Einzigen, der uns helfen kann«, mischte Avery sich ein. »Der Mann, der Lady Hawthornes Angreifer verscheucht hat.«

Marcus schüttelte den Kopf. »Auf dem Ball hat sich niemand gemeldet, und ich kann auf keinen Fall jeden auf der Gästeliste befragen, ohne die wahren Gründe für meine Fragen zu nennen.«

Eldridge verschränkte die Hände hinter dem Rücken und wippte auf den Fußballen vor und zurück. »Das alles ist höchst beunruhigend. Ich wünschte, wir könnten das Tagebuch decodieren. Der Schlüssel zu dieser ganzen Angelegenheit ist dort versteckt.« Er verstummte kurz und bemerkte dann beiläufig: »Lord Barclay kam heute Morgen hierher.«

Marcus unterdrückte ein Aufstöhnen. »Ich kann nicht sagen, dass mich das überrascht.«

»Er wollte mit James sprechen.«

Avery nickte. »Wenn er zu mir kommt, werde ich mit ihm reden. Hoffentlich tritt er die Nachforschungen in dieser Angelegenheit an mich ab.«

»Ha!«, lachte Marcus. »Die Chesterfields sind eine sture Sippe. Ich würde nicht darauf zählen, dass er sich so leicht geschlagen gibt.«

»Er war ein guter Agent«, sagte Eldridge sinnierend. »Als er heiratete, verlor ich ihn. Wenn er jetzt wieder zurückkäme –« Er warf einen vielsagenden Blick über die Schulter.

»Sie haben mir einmal gesagt, junge, gefährlich abenteuerlustige Agenten seien leicht zu finden«, erinnerte ihn Marcus.

»Ja, aber es geht doch nichts über Erfahrung.« Mit einem kaum merklichen Lächeln kehrte Eldridge zu seinem Stuhl zurück. »Wie dem auch sei: Wenn man gefühlsmäßig betroffen ist, kann man den Auftrag nicht an erste Stelle setzen. Damit scheidet Barclay aus. Genau wie Sie, Westfield, nehme ich an. Es ist durchaus möglich, dass Ihre Beziehung zu Lady Hawthorne ihr Leben gefährdet.«

Avery rutschte nervös auf seinem Stuhl hin und her.

Marcus lächelte grimmig. »Das hat es bereits. Aber es wird nicht wieder geschehen.«

Eldridge sah ihn ohne zu blinzeln an. »Da sind Sie sich ganz sicher, nicht wahr?«

»Ja.« Er hatte für ein paar kurze Wochen vergessen, wie sehr sie ihm wehtun konnte. Er hatte gedacht, er wäre darüber hinweg. Aber jetzt wusste er es besser. Es war das Beste für sie beide, wenn er Distanz wahrte. Er weigerte sich anzuerkennen, dass er sie brauchte. Sie hatte bereits gezeigt, dass sie ihn nicht brauchte. Zuerst mit ihren Ausflüchten und dann, als sie leichthin ihre Affäre beendete. Zweifellos war er für sie entbehrlich.

»Am Ende kapitulieren alle Männer, Westfield«, bemerkte Eldridge trocken. »Sie befinden sich in guter Gesellschaft.«

Marcus erhob sich und beendete damit das Gespräch. »Ich sollte am Tagebuch weiterarbeiten. Die Hochzeit ist bereits in zwei Wochen, und dann wird Elizabeth bei mir zu Hause sein, wo ich sie weitaus besser schützen kann.«

Avery stand ebenfalls auf. »Ich spreche mit Lord Barclay und sehe, ob ich seine Sorgen zerstreuen kann.«

»Halten Sie mich auf dem Laufenden«, befahl Eldridge. »Wie es aussieht, können wir nur warten, bis wir mehr über das Tagebuch wissen oder Lady Hawthorne den Angreifer aus seiner Deckung lockt. Schon bald müssen wir uns für eine Strategie entscheiden.«

Das Sonnenlicht glitzerte in den Pfützen, die der Nieselregen am Morgen hinterlassen hatte. Heute war ein bedeutsamer Tag, sein Hochzeitstag. Marcus wandte sich vom Fenster ab, um sich fertig anzuziehen. Er hatte sich eine Jacke und eine Hose in Perlgrau bestellt, mit einer silbernen Weste, die mit Silberfäden bestickt war. Sein Kammerdiener gab sich alle Mühe, dass Marcus von seiner Perücke bis zu den diamantbesetzten Absätzen perfekt aussah, und brauchte dazu über eine Stunde.

Als Marcus fertig war, ging er durch das angrenzende Wohnzimmer in das Schlafzimmer der Lady. Das meiste von Elizabeths persönlichen Sachen war schon eingetroffen, und er hatte sie ausgepackt und im Zimmer verteilt, damit sie sich willkommen und heimisch fühlte. Er hatte den Dienstboten nicht erlaubt, diese Dinge zu berühren, so intim war es ihm vorgekommen. Zwar würde er wie die letzten vierzehn Tage die Distanz wahren, doch nach all dem, was er ihretwegen durchgemacht hatte, durfte er sich verdammt noch mal auch kleine Freuden erlauben.

Er sah sich ein letztes Mal im Zimmer um, um sich zu vergewissern, dass alles so war, wie es sein sollte. Als sein Blick zum Schreibtisch wanderte, blieb er auf einer Miniatur von Lord Hawthorne hängen. Er nahm sie in die Hand. Wie immer ärgerte sie ihn – nicht weil er eifersüchtig oder übertrieben besitzergreifend war. Nein, weil er bei ihrem Anblick ständig das Gefühl hatte, etwas übersehen zu haben.

Wie so oft in den letzten Tagen verlor er sich in Gedanken. Wie anders hätte seine Zukunft doch ausgesehen, wenn der gut aussehende Viscount noch lebte. Als Elizabeth heiratete, hatte Marcus gedacht, sie wäre für immer für ihn verloren. Zwar hatte er erwogen, sie zu verführen, denn obwohl sie Hawthornes Namen und Titel trug, war sie in seiner Vorstellung immer die Seine gewesen, aber als er nach England zurückkehrte, war sie bereits verwitwet. Also verwarf er den Gedanken.

Er stellte die Miniatur auf den Schreibtisch, zurück zu den anderen von William, Margaret und Randall Chesterfield. Vorbei war vorbei und wurde am besten vergessen. Heute würde ein großes Unrecht an ihm wiedergutgemacht, und dann würde sein Leben wieder in die gewohnten Bahnen zurückkehren, wie früher, bevor er Elizabeth kennengelernt hatte.

Er ging nach unten, nahm Hut und Handschuhe und stieg in die Kutsche. Als einer der Ersten erreichte er die Kirche und atmete erleichtert auf, als er hörte, dass Elizabeth sich bereits in einem Nebenraum auf die Zeremonie vorbereitete. Offen gestanden hatte er schon halb befürchtet, sie würde nicht erscheinen. Bis sie ihr Gelübde gesprochen hatte, konnte er sich nicht erlauben, seinen Triumph zu genießen.

Lächelnd unterhielt er sich mit den eintreffenden Gästen – Verwandten, Freunden und wichtigen Mitgliedern der Gesellschaft. Unter den Gästen befanden sich auch getarnte Agenten. Abgesehen von Talbot und James, die zusammensaßen, kannte er die anderen nicht, wusste nur, dass sie da waren.

Neugierig musterte er die Sitzreihen mit den Menschen und fragte sich, wer von ihnen wie er das Leben eines Agenten führte. Er bemerkte auch die Distanz zwischen den Adligen und ihren Frauen und wünschte, er könnte gegenüber Elizabeth eine ähnliche Gleichgültigkeit empfinden.

Wären sie genauso wahnsinnig vor Angst gewesen, wenn ihre Frau bedroht worden wäre? Galt jeder ihrer Gedanken der Sicherheit ihrer Frau? Er bezweifelte es. Diese unglaubliche Anziehung war unnatürlich. Ohne diesen Fluch hätte er nie darin versagt, Elizabeth zu schützen, ohne ihn würde er sich nicht so fühlen wie ein gefangenes Tier.

Um Frieden zu finden, fiel ihm seltsamerweise nichts anderes ein, als sich an diejenige, die ihn quälte, zu binden. Vier Jahre war der Verlust dieser Frau wie ein Stachel in seinem Fleisch gewesen. Jetzt konnte er ihn herausziehen. Jetzt würde er den Schmerz, der ihn ständig plagte, loswerden. Von nun an konnten sein Auftrag und sein seelisches Wohlbefinden wieder die oberste Priorität einnehmen. Elizabeth würde ihm gehören, und die ganze Welt würde es erfahren. Auch diejenigen, die ihr schaden wollten. Und sie würde es ebenfalls wissen.

Schluss mit dem Durchbrennen, Schluss mit den Verfolgungsjagden, Schluss mit der ewigen Frustration. Er wollte, dass das aufhörte.

Und heute würde es so weit sein.

16. Kapitel

»Du zitterst«, bemerkte Margaret leise.

»Es ist kalt.«

»Schwitzt du deshalb?«

Als Elizabeth finster ihre Schwägerin im Spiegel ansah, bemerkte sie deren mitfühlenden Blick.

Dann lächelte Margaret unbeeindruckt. »Du siehst hinreißend aus.«

Elizabeth senkte die Augen und betrachtete sich im Spiegel. Sie hatte sich für ein hellblaues Seidentaftkleid mit ellbogenlangen Ärmeln und einem geteilten Rock entschieden. Damit wirkte sie heiter, aber kühl – was sie momentan nur zu gerne gewesen wäre.

Sie holte zittrig Luft und verzog das Gesicht. Da sie sich geschworen hatte, dass dieser Tag niemals kommen würde, traf er sie jetzt gänzlich unvorbereitet.

»Wenn du erst mal neben ihm stehst, geht es dir besser«, versprach Margaret.

»Oder noch schlechter«, murmelte sie.

Aber als Elizabeth eine Viertelstunde später am Arm ihres Vaters den Gang hinunterschritt, fesselte und belebte sie sein Anblick genau, wie Margaret vorausgesagt hatte. Er sah so gut aus und sah sie so glühend an, dass sie selbst aus der Ferne das strahlende Grün seiner Augen erkennen konnte.

Zwischen ihnen herrschte mehr als nur körperliche Anziehung. Marcus' Ruf und seine Arbeit bei Eldridge waren große Barrieren zwischen ihnen, und Elizabeth fragte sich, ob sie sie überwinden konnten. Zwar hatte er angedeutet, er würde treu sein und darüber nachdenken, die Organisation zu verlassen, aber versprochen hatte er nichts. Wenn er nichts von beidem tat, konnte es gut möglich sein, dass sie ihn verachtete. Und wenn er sie nur aus Rache heiratete, waren sie schon von Anfang an zum Scheitern verurteilt. Sie konnte nicht anders: Sie machte sich Sorgen und hatte große Angst um ihre Zukunft.

»Bist du sicher, dass du das wirklich willst?«, fragte ihr Vater sie leise.

Erschreckt riss Elizabeth die Augen auf und schaute ihn an. Ihr Vater blickte starr geradeaus und wirkte so distanziert wie immer – und wie Marcus in den letzten Wochen. »Wieso?«, stieß sie leise hervor.

Er spitzte die Lippen und sah zum Altar und dem Mann, der dort wartete. »Ich hatte gehofft, du würdest vielleicht heiraten, um glücklich zu werden.«

Wenn nicht so viele Zuschauer sie beobachtet hätten, wäre ihr der Mund nach unten geklappt. »So eine Feststellung hätte ich von dir nicht erwartet.«

Er seufzte und musterte sie aus den Augenwinkeln. »Ich würde mit Freuden Höllenqualen erleiden, nur weil ich deine Mutter eine Zeit lang für mich haben konnte.«

Mitleid überkam sie, als sie die Leere in seinen Augen sah. »Vater –«

»Wir können noch umkehren, Elizabeth«, knurrte er. »Ich habe meine Zweifel an Westfields Absichten.«

Jetzt meldeten sich auch ihre Zweifel wieder. Sie wandte den

Blick zu ihrem Bräutigam. Da verzog Marcus seinen Mund zu einem charmanten, ermutigenden Lächeln, und ihr ging das Herz auf.

»Aber der Skandal!«, wisperte sie.

Er ging langsamer. »Mir liegt nur dein Wohl am Herzen.«

Nun stockte ihr der Atem, und sie verharrte. Wie lange hatte sie auf ein Zeichen gewartet, dass ihr Vater sie liebte? Lange genug, um es für eine Illusion zu halten. Das unerwartete Angebot, ihr beim Rückzug zu helfen, kam nicht nur überraschend, sondern war auch sehr verlockend. Sie musterte ihn und die Gäste, dann sah sie wieder zu Marcus hinüber. Merkte, wie er einen winzigen Schritt vortrat und die Fäuste ballte – kaum merkliche Anzeichen, dass er ihr nachsetzen würde, sollte sie fliehen.

Diese unterschwellige Drohung hätte ihr mehr Angst einjagen müssen. Stattdessen dachte sie daran, wie seine Stimme im Garten sie mit Erleichterung erfüllt hatte. Sie erinnerte sich daran, wie er sie nach dem Angriff im Arm gehalten hatte, wie seine Arme gezittert hatten und seine Stimme vom Ausmaß seiner Angst zeugte. Anschließend dachte sie an die Nächte in seinen Armen, daran, wie sehr sie sich nach ihm verzehrte. Ihr Herz fing an zu rasen, doch als sie sich in Bewegung setzte, trieb sie nicht der Drang zu fliehen.

Sie hob das Kinn. »Danke, Vater. Aber ich bin mir sicher.«

Marcus blickte zu seinem jüngeren Bruder, der neben ihm am Altar stand. Paul grinste ihn mit hochgezogenen Augenbrauen an. Zweifel?, sagte sein Blick.

Marcus öffnete schon den Mund, um etwas zu flüstern, da weckte ein Raunen, das durch die Kirche ging, seine Aufmerksamkeit. Elizabeth trat mit ihrem Vater ein, und ihr Anblick raubte ihm den Atem. Pauls leiser Pfiff direkt vor dem Einsetzen der Musik beantwortete die unausgesprochene Frage.

Noch nie hatte Marcus eine schönere Braut gesehen.

Seine Braut.

Unterdrücktes Weinen lenkte seine Aufmerksamkeit zu seiner Mutter, die gerührt in der vordersten Kirchenbank saß. Sein jüngster Bruder Robert hielt behutsam ihre schmale Hand und sah Marcus durch seine goldgeränderte Brille mit einem zuversichtlichen Lächeln an.

Die verwitwete Countess of Westfield war außer sich vor Freude. Sie war vom ersten Moment an von Elizabeth entzückt gewesen, als sie ihr vor Jahren vorgestellt wurde, und behauptete jetzt, dass die Frau, die ihren ältesten Sohn zu einer Heirat bewegen konnte, wahrhaft bemerkenswert sein musste. Marcus hatte sie nie davon überzeugen können, dass eigentlich er es war, der sie vor den Altar zerrte, und nicht umgekehrt.

Gerade als er das dachte, verharrte Elizabeth und blickte sich in der Kirche um wie ein verschrecktes Reh. Er trat einen Schritt vor. Sie würde nicht fliehen. Nicht noch einmal. Wie in Panik fing sein Herz an zu rasen. Dann sah sie ihn direkt an, hob ihr Kinn und kam weiter auf ihn zu.

Die Zeremonie begann. Und war zu lang. Viel zu lang.

Um das Ganze zu beschleunigen, wiederholte er sein Ehegelübde mit Nachdruck und Überzeugung, und seine tiefe Stimme drang bis in den letzten Winkel der voll besetzten Kirche. Elizabeth sprach ihr Gelübde langsam und vorsichtig, so als hätte sie Angst, sich zu verhaspeln. Er sah, wie sie zitterte, spürte, wie kalt ihre Hand in seiner war, und wusste, dass sie Angst hatte. Sachte drückte er ihre Hand – beruhigend, aber auch unmissverständlich besitzergreifend.

Und dann war es endlich vollbracht.

Er zog sie an sich, küsste sie und war überrascht, mit welcher Inbrunst sie seinen Kuss erwiderte. Er konnte sie schmecken, und das berauschte ihn so, dass er fast verrückt wurde vor Verlangen. Die aufgezwungene Enthaltsamkeit lastete schwer zwischen seinen Beinen und verlangte ihr Recht, das von nun an nur noch ihm gebührte.

Es war skandalös.

Doch das kümmerte ihn nicht.

Als Marcus seine Frau ansah, spürte er, wie sich ein entfesseltes, fast beängstigendes Gefühl in ihm rührte. Es war fast zu viel für ihn.

Also erstickte er es im Keim und wandte den Blick ab.

Elizabeth versuchte, nicht zu viel nachzudenken, während sie sich auf ihre Hochzeitsnacht vorbereitete. Sie nahm sich Zeit mit dem Zurechtmachen, sah sich im Zimmer um und freute sich, in einem fremden Haus von ihren eigenen Sachen umgeben zu sein. Das Zimmer war wunderschön und geräumig, die Wände mit hellrosa Damast bespannt. Nur zwei Türen trennten sie von dem Zimmer, in dem sie sich zum ersten Mal mit Marcus geliebt hatte. Bei der Erinnerung fing ihre Haut an zu glühen, und ihr Magen verkrampfte sich. Es war so lange her, seit er sie genommen hatte, weshalb schon allein der Gedanke an die kommende Nacht sie vor Erwartung erschauern ließ.

Trotz ihres ewigen Verlangens, an das sie sich mittlerweile gewöhnt hatte, war es immer noch Furcht einflößend, einen Mann geheiratet zu haben, der willensstärker war als sie. Einen Mann, der so entschlossen war, seine Ziele zu erreichen, dass er alles, was sich ihm in den Weg stellte, entschlossen beseitigte. Konnte sie einen solchen Mann überhaupt beeinflussen? Ihn überzeugen, sich zu ändern? Vielleicht konnte er sich gar nicht ändern, und sie hing trügerischen Hoffnungen nach.

Als sie mit dem Baden fertig war, befahl sie Meg, ihre Frisur zu lösen, dann entließ sie die Zofe. Elizabeth ging zum Bett, wo Nachthemd und Morgenmantel schon auf sie warteten. Beides war eigens für die Aussteuer angefertigt worden. Bewundernd strich sie mit den Fingerspitzen über den hauchdünnen Stoff und die kostbare Spitze.

Als ihr Ehering im Kerzenschein aufblitzte, hielt sie inne. Er war so ganz anders als der schlichte Ring von Hawthorne. Marcus hatte ihr einen wuchtigen Diamantring geschenkt, dessen großer Stein von vielen kleinen Rubinen gesäumt wurde. Er war nicht zu übersehen, zeigte mehr als deutlich, zu wem sie gehörte, und als wäre das noch nicht genug, war das Wappen der Westfields in den Reif geprägt.

Als es kurz an ihrer Tür klopfte, wollte Elizabeth schon das Nachthemd ergreifen, überlegte es sich dann allerdings anders. Ihr Mann war für seinen sexuellen Appetit bekannt, hatte in letzter Zeit jedoch kaum Interesse an ihr gezeigt. Wenn sie ihn bei der Stange halten wollte, musste sie aufregender sein. Zwar hatte sie nicht die Erfahrung seiner zahlreichen Geliebten, aber sie war voller Enthusiasmus. Blieb nur zu hoffen, dass das ausreichte.

Daher ließ sie Nachthemd und Morgenmantel liegen und rief ihn herein. Um sich Mut zu machen, holte sie tief Luft, dann drehte sie sich um. Marcus öffnete die Tür, hielt jedoch sofort abrupt inne. Er trug einen Morgenmantel aus dickem schwarzem Satin, und sein ganzer Körper spannte sich sichtlich an, als er sie erblickte. Wie erstarrt stand er auf der Türschwelle und sah sie mit seinen grünen Augen glühend an. Ein Prickeln überlief ihre

Haut. Sie unterdrückte den Impuls, sich mit den Händen zu bedecken, und hob ihr Kinn, um Mut vorzutäuschen, den sie nicht empfand.

Als sie seine leise, heisere Stimme hörte, bekam sie eine Gänsehaut. »Nackt bis auf meinen Ring bist du hinreißend.«

Täuschend lässig trat er ein und schloss die Tür. Aber sie ließ sich nicht täuschen, sondern spürte seine subtile Anspannung. Fasziniert beobachtete sie, wie sein Morgenmantel vorn zuckte und sich dann eine Beule bildete. Ihr lief das Wasser im Mund zusammen, und sie grub sich die Nägel in die Handfläche, während sie darauf wartete, dass sich die Seiten seines Morgenmantels teilten und das von ihm enthüllten, was sie am meisten begehrte.

»Du starrst mich an, Liebes.«

Sein Morgenmantel schwang sanft um seine Beine, als er sich ihr näherte, bis er so dicht vor ihr stand, dass sie die Wärme spürte, die von ihm ausging. Ihre Brustwarzen richteten sich auf und sandten Signale an ihre Scham, als sie seinen Geruch nach Sandelholz und Zitrone wahrnahm. Sie zwang sich, nicht aufzustöhnen. Ihr Verlangen nach ihm hatte sich im Zölibat des letzten Monats aufgestaut und war den ganzen Tag über gestiegen.

Wann war sie eine solche Kokotte geworden?

»Ich … Ich habe dich vermisst«, hauchte sie und sehnte sich verzweifelt nach seiner Berührung.

»Wirklich?« Wie gebannt starrte er sie an, und als auch sie ihm fest in die Augen sah, bemerkte sie den entschlossenen Zug an seinem Kiefer, der seinen glühenden Blick Lügen strafte. Er war so distanziert geworden, ein charmanter Fremder. Dann schob er seine Hand zwischen ihre Beine, steckte seinen langen Mittelfinger zwischen ihre Schamlippen und spürte, wie feucht sie war. »Ja, das sehe ich.«

Er zog sich wieder zurück, was sie zum Wimmern brachte. Murmelnd beruhigte er sie.

Langsam fuhr er mit den Händen zu seinem Gürtel. Er löste den Knoten, teilte den Morgenmantel und präsentierte seinen muskulösen Bauch und den steifen, pulsierenden Schwanz. Sein schlanker Körper vor dem ebenholzschwarzen Satin war einfach atemberaubend.

Elizabeth riss sich von dem Anblick los und sah ihm in die Augen. Sie sagte, was sie ihn jetzt wissen lassen wollte, was er unbedingt verstehen musste. »Du gehörst zu mir.«

Um seine plötzlich kühle Miene zu verändern, hob sie die Hand und fuhr ihm mit den Fingerspitzen über die Kehle und dann seine Brust hinunter. Er holte tief Luft, und seine Haut erglühte unter ihrer Berührung.

Sie lächelte, weil sie die Macht genoss, die sie über ihn hatte. Sie hatte nie gewusst, dass es so sein konnte, hatte es auch nie wirklich gewollt, aber nun gehörte er ihr. Diese Tatsache änderte alles.

Marcus fasste sie um die Taille und trug sie mit einem Schritt zum Bett. »Lady Westfield«, grollte er, setzte sie auf der Kante ab und drang mit einem einzigen, heftigen Stoß in sie ein.

Elizabeth schrie auf und zuckte wegen dieses unerwarteten und schmerzhaften Eindringens zurück, doch er hielt sie fest. Er drückte sich auf sie, presste sie aufs Bett, und sein Morgenmantel umgab sie wie ein seidener Käfig. Sein Mund umschloss ihren mit einem gierigen Kuss, und er stieß so heftig seine Zunge in ihren Mund, dass sie fast den Verstand verlor.

Das war keine langsame und behutsame Verführung wie sonst, sondern pure Inbesitznahme, was sie einen Augenblick lang überraschte und verwirrte. Sie erkannte seine Berührung, ihre

Sinne reagierten auf seinen Geruch und das Gefühl seines Körpers, aber der Mann selbst war ein Fremder für sie. So zielstrebig und brutal besitzergreifend, so hart, heiß und pochend in ihr.

Als sich seine große Hand über ihre Brust legte und grob zudrückte, erwachte sie aus ihrer Erstarrung. Während er etwas tiefer in sie eindrang, pressten seine Schenkel gegen ihre. Sie wand sich unter ihm und drehte den Kopf zur Seite, um Luft zu bekommen. Seine Lippen nahmen sie weiter in Besitz, fuhren ihre Wange hinunter, und seine Zähne nagten scharf an ihrem Ohrläppchen.

»Du gehörst zu mir«, sagte er schroff.

Das war eine Drohung. Als sie das erkannte, erstarrte sie.

Er wollte ihre Unterwerfung. Der Ring, sein Name, ihr Verlangen – all das reichte nicht, um ihn zu besänftigen.

»Warum willst du dir rauben, was ich dir schenken würde?«, flüsterte sie und fragte sich, ob er sie vielleicht nur so haben konnte, ob sie sich nur so hingeben konnte. Sie versuchte, sich an eine Zeit zu erinnern, da sie sich ohne Zwang verschenkt hatte.

Er stöhnte und vergrub sein Gesicht in ihrer Halsbeuge. »Du hast mir nie etwas freiwillig gegeben. Alles, was ich von dir habe, musste ich mit meinem Blut bezahlen!«

Elizabeth fuhr mit ihrer Hand unter seinen Morgenmantel und strich ihm über den muskulösen Rücken. Als er das spürte, wölbte er sich auf, fing vor Verlangen an zu schwitzen und bohrte seine Hüften verzweifelt gegen ihre, bis sie besänftigend sagte: »Ich will dir schenken, was du dir wünschst.«

Marcus presste Elizabeth schmerzhaft an sich und biss ihr in die Schulter, als ihre Scham sich zuckend und provozierend um seinen Schwanz schloss. »Hexe«, flüsterte er und leckte über die Abdrücke, die seine Zähne in ihrem Fleisch hinterlassen hatten.

Er war nur mit einem Ziel in ihr Zimmer gekommen: um ihren Durst nach einander zu löschen und endlich, endlich die Ehe zu vollziehen. Es sollte ein Tanz werden, bei dem er alle Schritte kannte, ein sorgfältig geplantes Zusammentreffen ohne unerwünschte Intimitäten. Aber sie war ihm nackt entgegengetreten, schimmernd im Feuerschein, mit gelösten Haaren und stolz erhobenem Kinn. Sie hatte dagestanden und gesagt, dass er zu ihr gehörte. All die Jahre war er ihr gleichgültig gewesen, und jetzt, jetzt, nach allem, was er durchgemacht hatte, proklamierte sie ihren Sieg über ihn.

Und sie hatte gewonnen. Er war gefangen und gefesselt von ihren geschmeidigen Gliedmaßen, ihrem cremigen Inneren, von ihren streichelnden und knetenden Fingern.

Er verlor sich in ihrer Umarmung, wölbte sich auf und suchte sich küssend einen Weg von ihrer Kehle zu ihrem Busen. Er genoss den Geschmack ihrer wohlriechenden Haut, umfasste ihre Brüste und wog sie in seinen Händen, als sie schwer und prall wurden. Ihre aufragenden Brustwarzen waren eine unwiderstehliche Versuchung, und er gab ihr nach, als er sanft in eine hineinbiss und kurz daran knabberte, bevor er langsam mit der Zungenspitze darüberfuhr und sie markierte. So wie er sie überall markieren würde.

Erst als sie darum bettelte, nahm er sie vollkommen in den Mund. Langsam und rhythmisch sog er mit Zunge und Lippen daran und erschauerte, als daraufhin ihre Scham seinen Schwanz krampfartig zu umschließen begann. So konnte er kommen, nur durch diese immer schneller werdenden Bewegungen. Angetrieben von dieser Vorstellung, saugte er heftiger. Seine Lider wurden schwer, und ein Schauer durchfuhr ihn, als seine Hoden sich zusammenzogen. Mit kreisenden Hüften massierte er ihr Geschlecht und stöhnte auf, als sie kam. Sofort darauf ergoss er sich brennend heiß in ihr.

Keuchend, aber nicht ganz befriedigt ließ er ihre Brust los, legte seinen Kopf darauf und fragte sich, ob er je genug von ihr haben würde.

Sie strich ihm durchs Haar. »Marcus …«

Da erhob er sich über ihr, stützte sich mit beiden Armen ab, sodass Elizabeth zu ihrem Mann aufblicken und versuchen konnte, seine seltsame Stimmung einzuschätzen. Sein markantes Gesicht wirkte so streng, und seine Augen suchten ihre. Ein Schauer, fast wie Angst, durchfuhr sie. Mit den zu Schlitzen verengten smaragdgrünen Augen und den zusammengepressten Lippen wirkte er zornig. Dann zog er sich zurück, die Wärme seines Körpers wich aus ihrem, und sie fühlte sich beraubt. Wie konnte er gleichzeitig so intensiv und distanziert sein?

Marcus verharrte über seiner Frau und sah, wie sie hochrot und mit gespreizten Beinen vor ihm lag und alles preisgab, was er begehrte. Seine von ihrem Saft getränkte Erektion wurde kalt, erschlaffte aber nicht. Gebannt sah er, wie sein Samen an ihren Beinen hinunterrann. Er fuhr mit der Fingerspitze hindurch, verschmierte es auf ihren Schamlippen und massierte die Klitoris, die aus ihrem Versteck hervorlugte.

Meins, meins, meins … Alles mein …

Halb von Sinnen vor Erleichterung, Lust und Begierde verteilte er seinen Samen um ihre Scham und sah selbstgefällig, wie sie sich unter ihm wand und nach mehr flehte.

Jeder Zentimeter dieser samtweichen Haut gehörte ihm, jedes Haar auf ihrem Kopf, jeder Atemzug von ihr. Den Rest ihres Lebens konnte er sie so berühren, so besitzen.

Alles mein …

Von dem Gedanken wurde er steif, geschwollen und schwer, obwohl er sich gerade erst in ihr ergossen hatte. Er trat wieder zu ihr, nahm seinen Schwanz in die Hand und massierte sie mit der Spitze. »Nimm mich in dir auf.«

Er rechnete schon mit Widerstand, doch als sie sofort das Becken hob und seine empfindliche Eichel umschloss und in flüssige, brennende Hitze tauchte, stöhnte er auf. Er stieß die Hüften vor und füllte sie ganz aus. Der sengende Griff um seinen kühlen Schaft war himmlisch. Wenn er nur für immer so bleiben könnte! Aber das konnte er nicht. Obwohl es sich richtig anfühlte, war es doch falsch.

Er packte sie an den Schultern, um sie festzunageln, drückte sein Gesicht an ihren Hals, und dann vögelte er sie, mit gierig treibenden Stößen. Haut klatschte an Haut, bis sie ihre Beine um seine Hüften schlang und sich ihm mit gleicher Gier entgegendrängte. Sie hielt nichts zurück und schrie jedes Mal schamlos auf, wenn er noch tiefer in sie eindrang. Er peinigte sie mit seiner Lust, und sie nahm es an, gewährte es, wie sie es versprochen hatte.

»Ja«, schrie sie und bohrte ihre Nägel in sein Fleisch. »Marcus ... Ja!«

Es war, als würde er ertrinken, in einen Strudel gesogen. Er biss die Zähne zusammen und kämpfte dagegen an. Er riss sich aus ihrer Umklammerung, richtete sich auf und setzte seine Füße fest auf den Boden. Mit einer Hand packte er den Bettpfosten, und dann zog er sich so weit aus ihr zurück, dass nur noch seine Eichel in ihr blieb. Sein ganzer Körper wehrte sich dagegen.

Elizabeth brannte. Alles an ihr brannte: ihre Haut, ihre Scham, ihre Haarwurzeln. Vor lauter Frustration rannen ihr Tränen aus den Augenwinkeln. »Weise mich nicht zurück.«

»Ich sollte es«, stieß er hervor. »Denn du hast mich jahrelang zurückgewiesen.«

Sie stützte sich auf die Ellbogen und starrte auf die Stelle, an der sie verbunden waren, an der sie am heftigsten brannte. Sie hatte keinerlei Macht in diesem Spiel, nicht die geringste. Und wenn es sein musste, würde sie es auch zugeben. »Du fühlst dich so gut an«, sagte sie mit erstickter Stimme. »Ich tue alles …«

»Alles?« Er belohnte sie mit einem winzigen Stückchen mehr von ihm.

»Ja. Um Himmels willen, Marcus!«

Da stieß er einmal tief in sie hinein und zog sich wieder zurück. Kreiste die Hüften und tauchte in sie ein, nur kurz, dann war er wieder fort. Er reizte sie. Und sie schaute zu, sah die Bewegung seiner Bauchmuskeln, als er sie so raffiniert nahm, die Anspannung seiner Oberschenkel, als er seinen dicken, prächtigen Schwanz nutzte, um sie in den Wahnsinn zu treiben.

Am liebsten hätte sie geschrien. Ihre Haut war schweißnass, ihre Lippen zitterten, ihre Scham wurde immer feuchter. »Was willst du von mir?«

Ohne den Blick von ihr zu lösen, variierte er weiterhin Geschwindigkeit und Tiefe seiner Stöße. »Alles.«

»Aber das hast du doch! Mir ist nichts mehr geblieben.«

Da nahm er sie wie ein hungriges Tier, umkrallte die Bettpfosten, bis seine Fingerknöchel weiß wurden, und stieß so heftig zu, dass sie das Bett hinaufrutschte. Er folgte ihr und drang hart und tief in sie hinein, ohne sich darum zu kümmern, ob er ihr wehtat.

Nicht willens und in der Lage, ihn zurückzuweisen, gab sich Elizabeth vollkommen der heftigen Leidenschaft ihres Mannes hin, und als er sie zum Höhepunkt brachte, begrüßte sie diesen mit einem Schrei der Erleichterung.

Marcus stützte sich über sie, sah ihre Erlösung, nahm ihr Zittern in sich auf, spürte, wie sich ihr Inneres exquisit um ihn zusammenzog, und vögelte sie weiter.

Er konnte sich nicht erinnern, je so vollkommen im sexuellen Akt aufgegangen zu sein. Sein ganzer Körper war schweißgebadet, seine Hüften pumpten unablässig, um ihre Erlösung zu verlängern und seiner eigenen entgegenzuarbeiten. Er grollte, so animalisch war die Lust, seine Frau zu begatten, die mit heftiger Leidenschaft sein Verlangen genoss und mit ihrer vergalt.

Empfindungen, Gefühle, Emotionen – sie alle arbeiteten gemeinsam darauf hin, um ihn in nie gekannte Dimensionen zu bringen. Es zerriss ihm das Herz, und er keuchte ihren Namen, als er sich endlich in ihr ergoss und nur noch verzweifelt hoffte, es würde genug sein. Doch er wusste, es würde niemals genug sein. Es war entsetzlich, wie grenzenlos sein Verlangen war. Selbst jetzt, als er in ihr abspritzte, sie verzweifelt umklammerte, die Zähne zusammenbiss, sodass ihn der Kiefer schmerzte, wollte er immer noch mehr.

Er würde immer mehr wollen, selbst wenn es nichts mehr gab.

Er rollte sich von ihr herunter, als würde sie brennen. Seine Brust hob und senkte sich schwer, als er zum Betthimmel starrte und darauf wartete, wieder klar sehen zu können, wartete, dass der Raum sich nicht mehr um ihn drehte. Kaum war es so weit, verließ er das Bett seiner Frau.

Mit ihrem Duft auf seiner Haut und ihren leisen Protestlauten im Ohr zog Marcus den Morgenmantel an und ging.

Ohne einen Blick zurück.

17. Kapitel

Ein Sonnenstrahl, der sich durch den winzigen Schlitz zwischen den Vorhängen gestohlen hatte und quer über ihr Gesicht fiel, weckte Elizabeth. Als sie sich streckte, merkte sie, wie wund sie zwischen den Beinen war, und dachte unwillkürlich an den schroffen Liebesakt mit ihrem Mann und seinen noch schrofferen Abgang.

Langsam glitt sie aus dem Bett und stand einen Moment da, um über das nachzudenken, was sich jetzt als wahr erwiesen hatte. Ihr Mann hatte aus Rache geheiratet, und seine Rache hatte er zehnfach bekommen, denn in der Zeit zwischen dem entsetzlichen Abend im Garten von Chesterfield Hall und gestern hatte sie ihn lieb gewonnen. Was ein dummer und schmerzhafter Fehler war.

Sie kapitulierte vor dem Schicksal, in das sie sehenden Auges geschritten war, und rief nach ihrer Zofe und zwei Lakaien, die ihr heißes Wasser für ein Bad bringen sollten. Sie war entschlossen, sich den Geruch ihres Mannes von der Haut zu schrubben.

Sie hatte das erste und letzte Mal wegen Marcus Ashford Tränen vergossen. Beim hellen Tageslicht begriff sie nicht mehr, wieso sie gedacht hatte, ihre Heirat würde eine tiefere Verbindung zwischen ihnen schaffen. Wahrscheinlich hatte sie so oft gevögelt, dass sie nicht mehr klar denken konnte. Gerechterweise musste man zugeben, dass sein Überdruss schon seit Wochen deutlich sichtbar gewesen war. Marcus hatte sich auch keine Mühe gegeben, dies zu verbergen. Andererseits hatte er ihr bis zur vergangenen Nacht eifrig und aufmerksam den Hof gemacht. Sie ging davon aus, dass sich dies auch nach dem Vollzug seiner Rache nicht ändern würde. Die gleiche Höflichkeit würde sie ihm gegenüber walten lassen. Also würde ihre zweite Ehe ähnlich wie ihre erste werden: Zwei Menschen, die nichts füreinander empfanden, teilten sich Bett und Tisch. Das war nichts Ungewöhnliches.

Doch trotz aller Versuche, sich selbst zu beschwichtigen, fühlte sie sich krank und weinerlich, und ein ziehender Schmerz war in ihrer Brust zu spüren. Beim Gedanken, Marcus gegenübertreten zu müssen, wurde ihr flau im Magen. Als sie ihre Morgentoilette beendet hatte und in den Spiegel blickte, sah sie zu ihrem Kummer die Schatten unter ihren Augen, die davon zeugten, dass sie die letzte Nacht schlaflos und weinend dagelegen hatte. Es war das Beste, wenn sie eine Weile das Haus verließe. Es war noch immer nicht ihr Zuhause, sondern wirkte wie Marcus' Bastion, und sie hatte keinerlei angenehme Erinnerungen daran. Sie holte tief Luft und ging hinunter in die Eingangshalle.

Als sie beim Durchqueren einen Blick auf die Uhr warf, sah sie, dass es noch früh war. Deshalb überraschte es sie, Marcus' Familie schon beim Frühstück vorzufinden. Ihre hochgewachsenen Schwager standen bei ihrem Erscheinen auf, worauf sie sich sehr klein vorkam. Die Ashfords waren angenehme Zeitgenossen, aber jetzt wollte sie einfach nur allein sein und ihre Wunden lecken.

»Guten Morgen, Elizabeth«, grüßte sie Marcus' Mutter liebenswürdig.

»Guten Morgen«, erwiderte sie und bemühte sich, so strahlend wie möglich zu lächeln.

Elaine Ashford, die verwitwete Countess of Westfield, war eine schöne und anmutige Frau mit goldblonden Haaren und smaragdgrünen Augen, die hell schimmerten, wenn sie lächelte. »Du bist aber heute früh auf.«

Paul grinste. »Ist Marcus noch im Bett?« Als Elizabeth nickte, warf er lachend den Kopf zurück. »Wenn ich mich nicht irre, muss er sich oben von den Strapazen erholen, während du bereits ausgehbereit erscheinst.«

Elizabeth wurde rot und strich sich über ihren Rock.

Mit einem Lächeln voller Zuneigung sagte Paul: »Jetzt sehen wir, wie unsere wunderschöne neue Schwägerin unseren eingefleischten Junggesellen zum Altar geführt hat. Zweimal.«

Robert verschluckte sich fast an seinem Frühstücksei.

»Paul«, mahnte Elaine, doch ihre Augen funkelten vor unterdrücktem Vergnügen, »du bringst Elizabeth in Verlegenheit.«

Elizabeth schüttelte den Kopf, konnte sich ein Lächeln aber nicht verkneifen. Wegen ihrer Verletzung und in dem Bemühen, sie zu verbergen, hatte sie nur sehr wenig Zeit gehabt, die Bekanntschaft mit Marcus' Familie wieder aufzufrischen. Sie wusste allerdings noch von früher, dass sie fröhlich und munter waren, mit viel Sinn für schwarzen Humor, was vor allem auf Pauls Schwäche für gutmütige Provokationen zurückzuführen war. Wenn er sie jetzt so aufzog, zeigte er nur, dass er sie als Teil der Familie betrachtete – was sie so erleichterte, dass ein wenig Anspannung aus ihren schmerzenden Schultern wich.

Zwar war Paul genauso groß und breitschultrig wie Marcus, doch er hatte schwarze Haare und freundliche schokoladenbraune Augen. Er war drei Jahre jünger als Marcus und genauso gut aussehend. Wenn er gewollt hätte, hätte er die Gesellschaft und alle eifrigen Debütantinnen im Sturm erobern können. Aber er wollte nicht, er blieb lieber in Westfield. Elizabeth hatte noch nicht herausgefunden, warum er sich auf dem Land verkroch, sie beabsichtigte allerdings, dieses Rätsel zu lösen.

Robert, der jüngste Bruder, war Marcus fast wie aus dem Gesicht geschnitten. Er hatte dichtes sandfarbenes Haar und smaragdgrüne Augen, die eine Brille charmant betonte. Er war sehr still und gebildet, körperlich fast so groß wie seine Brüder, aber viel schmaler und weniger muskulös, weil er sich nur für Bücher, Wissenschaft und Mechanik interessierte. Er konnte sich endlos über alle möglichen langweiligen Themen ergehen, doch alle Ashfords hörten ihm geduldig zu, wenn er von einem seiner Bücher aufsah und sich herabließ, mit ihnen zu sprechen. Im Moment hatte er seine Nase in der Zeitung vergraben.

Paul stand auf. »Wenn Sie mich entschuldigen wollen, meine Damen, ich habe gleich eine Verabredung mit meinem Schneider. Da ich nur selten in die Stadt komme, nutze ich die Gelegenheit, mich modisch auf den neuesten Stand zu bringen.« Er warf einen Blick auf den in seine Lektüre vertieften Bruder. »Robert, komm doch mit. Du brauchst noch dringender als ich neue Kleider.«

Robert sah blinzelnd auf. »Wofür sollte ich nach der neuesten Mode gekleidet sein?«

Kopfschüttelnd murmelte Paul: »Ich hab nie einen hübscheren Burschen gesehen, der sich weniger um sein Aussehen gekümmert hat.« Er ging zu Roberts Stuhl und schob ihn ohne Mühe zurück. »Du kommst mit, Bruder, ob du willst oder nicht.«

Mit einem tiefen Seufzer und einem bedauernden Blick auf seine Zeitung folgte Robert ihm aus dem Haus.

Elizabeth beobachtete amüsiert und voller Zuneigung den

Schlagabtausch der Brüder, schließlich hatte sie beide sehr ins Herz geschlossen.

Elaine hob ihre Teetasse und zog die Augenbrauen in die Höhe: »Nimm dir seine Schroffheit nicht zu sehr zu Herzen.«

»Pauls?«

»Nein, Marcus'. An die Ehe muss man sich erst mal gewöhnen. Ich wünschte immer noch, ihr würdet irgend woandershin gehen. Euch die Möglichkeit geben, zur Ruhe zu kommen, ohne die Anforderungen und Erwartungen, die hier in der Stadt an euch gestellt werden.«

»Wenn das parlamentarische Sitzungsjahr abgeschlossen ist, haben wir das auch vor.« Diese Ausrede hatte Marcus vorgeschlagen. Wegen der Tagebuch-Affäre konnten sie London nicht verlassen. Mit dem Vorwand, das Ende des Sitzungsjahrs abzuwarten, würden sie am wenigsten Verdacht erregen.

»Aber du bist unglücklich mit dieser Entscheidung, nicht wahr?«

»Wie kommst du darauf?«

Elaine lächelte traurig und sagte: »Du hast geweint.«

Erschrocken, dass man ihr den Schmerz ansah, wich Elizabeth einen Schritt zurück. »Nein, ich bin nur müde, aber eine Ausfahrt an der frischen Luft wird mir sicher guttun.«

»Eine gute Idee. Ich begleite dich.« Elaine erhob sich.

Da jede Ausflucht unhöflich gewesen wäre, holte Elizabeth tief Luft und nickte. Dann brachen sie beide auf, mit der strikten Anweisung gegenüber dem Personal, den Herrn des Hauses nicht zu stören.

Als sich die Kutsche in Bewegung setzte, bemerkte Elaine: »Du hast ziemlich viele Leibwächter. Ich glaube, du bist besser bewacht als der König.«

»Westfield übertreibt es ein wenig mit seinem Beschützerinstinkt.«

»Es sieht ihm sehr ähnlich, sich solche Sorgen um dich zu machen.«

Elizabeth ergriff die Gelegenheit, mehr über ihren Mann zu erfahren. »Ich habe mich gefragt, ob Marcus seinem Vater ähnelt.«

»Nein. Paul kommt ihm vom Aussehen und Charakter her am nächsten. Robert ist ein bisschen das schwarze Schaf, Gott segne ihn. Und Marcus ist bei Weitem der charmanteste, aber auch zurückhaltendste der drei. Es war schon immer schwer, seine Absichten zu erahnen, bis er erreicht hatte, was er wollte. Er verbirgt seine Gedanken sehr gut hinter seiner glatten Fassade. Bis jetzt habe ich noch nie gesehen, wie seine Gefühle mit ihm durchgingen, aber ich bin mir sicher, er hat Gefühle. Schließlich ist er der Sohn seines Vaters, und Westfield war ein sehr leidenschaftlicher Mensch.«

Elizabeth seufzte im Stillen, weil Elaine ihren Sohn so treffend charakterisierte. Trotz aller körperlichen Nähe kannte sie den Mann, den sie geheiratet hatte, kaum. Er war ein prächtiges, bezauberndes Wesen, das nur selten sein wahres Gesicht zeigte. Nur wenn sie allein waren, sah sie seine Leidenschaft – seine Wut und sein Verlangen. In gewisser Weise fühlte sie sich geehrt, diese Seiten von ihm gesehen zu haben, die nicht mal seine Familie kannte.

Elaine neigte sich zu ihr und nahm Elizabeths Hand. »Als ich dich das erste Mal sah, wusste ich, dass du die Richtige für ihn bist. Noch nie war Marcus so engagiert.«

Elizabeth wurde rot. »Ich hätte nicht gedacht, dass du mich so herzlich aufnehmen würdest – nach dem, was vor vier Jahren passiert ist.«

»Ich lebe ganz nach dem Motto: Alles hat seinen Grund. Marcus ist im Leben alles viel zu leicht zugefallen. Ich bin der Meinung, dass euer … Aufschub sehr zur Entwicklung seines Charakters beigetragen hat.«

»Das ist sehr freundlich von dir.«

»Der Ansicht wärst du nicht, wenn du wüsstest, was ich vor vier Jahren über dich gesagt habe. Als Marcus das Land verließ, war ich am Boden zerstört.«

Schuldbewusst drückte Elizabeth Elaines Hand und war gerührt, als diese ihren Druck erwiderte.

»Jetzt hast du ihn doch noch geheiratet, und er hat sich seit seinem ersten Antrag stark weiterentwickelt. Ich hege dir gegenüber keinerlei Groll, Elizabeth.«

Ich wünschte, Marcus würde auch so empfinden, dachte Elizabeth tieftraurig.

Die Kutsche blieb langsam stehen. Noch bevor sie aussteigen konnten, reihten sich die Angestellten der Läden schon vor dem Gefährt auf, um sie zu begrüßen. Da sie das Wappen auf der Tür gesehen hatten, waren sie begierig, der neuen Countess von Westfield zu helfen und dafür von ihrem Mann reich entlohnt zu werden.

Der Morgen verging rasch. Elizabeth vergaß eine Weile ihre Melancholie und genoss die Gesellschaft von Elaine, die ihr mit Rat und Tat zur Seite stand. Sie genoss ihre Mütterlichkeit, auf die sie ihr ganzes Leben hatte verzichten müssen.

Vor dem Schaufenster einer Modistin blieb Elaine stehen und seufzte verzückt wegen einer wunderschönen Hutkreation.

»Du solltest es mal anprobieren«, drängte Elizabeth.

Elaine wurde rot und gestand: »Ich habe eine Schwäche für Hüte.«

Elizabeth schob ihre Schwiegermutter in den Hutmacherladen und schlenderte dann in die benachbarte Parfümerie. Ihre beiden Leibwächter ließ sie an der Tür.

Im Laden blieb sie vor einem Regal mit Badeölen stehen und entfernte den Korken von einer Flasche, um daran zu riechen. Da ihr der Duft nicht gefiel, stellte sie den Flakon ab und ergriff eine neue.

»Ich habe gehört, man kann Ihnen gratulieren, Lady Westfield«, ertönte eine leicht heisere Männerstimme hinter ihr.

Vor lauter Schreck hätte sie fast den Flakon fallen lassen. Ihr Magen verkrampfte sich, als sie die Stimme erkannte. Mit hämmerndem Herzen und weit aufgerissenen Augen wirbelte sie zu Christopher St. John herum.

Bei Tageslicht und ohne Maske oder Perücke wirkte er mit seinen blonden Haaren und den strahlend blauen Augen wie ein prächtiger Racheengel.

Zuerst war sie wie gebannt von seiner Erscheinung, doch sie fasste sich rasch und korrigierte ihren Eindruck. *Gefallener Engel* traf es besser. Man sah ihm an, dass er ein hartes Leben gehabt hatte. Seine Augen waren umschattet und verrieten, dass er kaum Zeit für Schlaf und Erholung hatte.

Sein Mund zuckte spöttisch. »Hat Ihnen noch niemand gesagt, wie unhöflich es ist, jemanden anzustarren?«

»Wollen Sie mich wieder erdolchen?«, fragte sie trocken, trat einen Schritt zurück und stieß gegen eine Vitrine. »Wenn ja, dann bringen wir es hinter uns!«

St. John warf den Kopf zurück und lachte. Damit zog er die Aufmerksamkeit der Angestellten auf sich, die ihn mit unverhohlener Bewunderung anstarrten. »Sie sind leicht erregbar, wie? Ich verstehe, warum Nigel Sie so mochte.«

Sie riss die Augen auf, als er sich so vertraulich auf ihren ersten Mann bezog. »Und woher wollen Sie wissen, was mein Mann empfand?«

»Ich weiß eine ganze Menge«, gab er herablassend zurück.

»Ach ja, das habe ich vergessen.« Sie war frustriert, wie selbstbewusst er angesichts ihrer Angst auftrat. »Sie haben von Hawthornes Tagebuch erfahren und bedrohen mich seitdem.« Elizabeth umklammerte den Flakon mit dem Badeöl so fest, dass ihr die Hände wehtaten.

St. John warf einen Blick darauf. »Stellen Sie die Flasche weg, Sie verletzen sich sonst noch.«

»Machen Sie sich um mich keine Sorgen. Sie könnten dadurch verletzt werden!« Sie hob warnend den Flakon, bevor sie ihn nachlässig auf das Regal stellte und zu ignorieren versuchte, dass sich ihr Magen krampfhaft zusammenzog. »Was wollen Sie?«

St. John starrte sie an. Auf seiner Miene zeigten sich gleich mehrere Gefühle. »Ich hab den ganzen Morgen gebraucht, um Westfields Lakaien abzuhängen.«

Elizabeth sah durchs Schaufenster, dass ihre beiden Leibwächter dort Wache standen. »Wie sind Sie denn hier hereingekommen?«

»Durch den Hintereingang. Es war äußerst gefährlich, sich Ihnen zu nähern, weil Sie ständig Ihre verdammten Leibwächter dabeihaben und Westfield Sie nicht aus den Augen lässt.«

»Genau das war auch beabsichtigt.«

Er runzelte die Stirn. »Bei unserem ersten Treffen hatte ich nicht genug Zeit, alles zu erklären.«

»Dann tun Sie es jetzt.«

»Zunächst einmal müssen Sie wissen, dass ich Ihnen niemals wehtun würde.« Sie bemerkte den entschlossenen Zug um seinen Kiefer. »Ich versuche, Ihnen zu helfen.«

»Wieso sollten Sie das tun?«, spottete sie. »Ich bin mit einem Mann verheiratet, der Sie am liebsten hängen sehen würde.«

»Sie sind die Witwe meines Bruders«, sagte er leise. »Alles andere zählt nicht.«

»Was?« Diese Enthüllung warf sie buchstäblich um. Sie griff hinter sich, um sich irgendwo aufzustützen, stieß dabei aber mehrere Flaschen um, die zu Boden krachten und zersprangen, worauf sich der Laden mit süßlichem Duft nach Blumen und Moschus füllte.

»Sie lügen!« Doch noch als sie dies aussprach, erkannte sie, dass es die Wahrheit war.

Bei näherer Betrachtung war die Ähnlichkeit unleugbar. Nigels Haare hatten dasselbe dunkle Weizenblond und seine Augen das gleiche Blau wie St. Johns, obwohl sie nicht so gestrahlt hatten. Die Nase war die gleiche, genau wie die Form von Kiefer und Kinn.

»Wieso sollte ich?«, entgegnete er nur.

Sie musterte ihn genauer. Sein Mund war anders. Nigels war nicht so breit gewesen, seine Lippen waren dünner, und die Haut war weicher, schlaffer gewesen. Er hatte einen Schnurrbart und Koteletten gehabt. Christopher war rasiert. Doch das waren nur belanglose Details. Hätte sie genauer hingesehen, wäre ihr die Ähnlichkeit schon viel früher aufgefallen.

Brüder.

Alle Farbe wich ihr aus dem Gesicht.

Ihre Lungen verlangten nach Luft, aber ihr eng geschnürtes Korsett behinderte sie beim Atmen. Ihr wurde schwindelig, und die Beine sackten unter ihr weg, doch bevor sie fallen konnte, fing St. John sie auf. Er neigte sie über seinem stählernen Arm nach hinten und kippte ihren Kopf zurück, damit sie besser Luft bekam. »Langsam einatmen«, sagte er mit seiner kratzigen Stimme, »und ausatmen. Und noch einmal.«

»Sie verdammter Schurke«, keuchte sie. »Haben Sie denn gar keinen Anstand? Ist Ihnen denn gar nicht in den Sinn gekommen, mich vorzuwarnen?«

»Ah, hier zeigt sich wieder Ihr ganzer Charme«, erwiderte er lächelnd und sah einen Augenblick genauso aus wie Nigel. »Atmen Sie weiter, so tief Sie können. Ich weiß nicht, wieso ihr Frauen euch so mit den Korsetts quält.«

Über ihnen klingelte fröhlich die Ladenglocke.

»Die Countess ist da«, murmelte er warnend.

»Elizabeth!«, rief Elaine und eilte herbei. »Lassen Sie sie sofort los, Sir!«

»Verzeihen Sie mir, Mylady«, entgegnete St. John mit einem charmanten Lächeln, so weit Elizabeth das aus ihrer Lage beurteilen konnte. »Aber ich sehe mich außerstande, Ihnen zu gehorchen. Wenn ich Lady Westfield loslasse, wird sie unfehlbar zu Boden fallen.«

»Oh«, sagte ein Ladenmädchen, das zu ihnen eilte. »Christopher St. John.«

»St. John?«, murmelte Elaine und versuchte, den Namen einzuordnen.

»Er ist berühmt«, erklärte das Mädchen.

»Sie meinen ›berüchtigt‹«, murmelte Elizabeth, als sie sich mühsam aufzurichten versuchte.

Christopher lachte.

Elaine runzelte die Stirn. Da sie nicht wusste, wie sie sich in dieser Situation verhalten sollte, suchte sie Zuflucht bei ihren Manieren. »Vielen Dank für Ihre Hilfe, Mr. St. John. Ich bin sicher, der Earl wird es zu schätzen wissen.«

Seine vollen Lippen verzogen sich zu einem ironischen Lächeln. »Das wage ich zu bezweifeln, Mylady.«

Elizabeth stemmte sich gegen seine muskulöse Brust. »Lassen Sie mich los«, zischte sie.

Glucksend richtete er sie auf und achtete darauf, dass sie fest auf ihren Füßen stand, bevor er sie losließ. Dann wandte er sich zu dem verblüfften Ladenmädchen und zahlte für die zerbrochenen Flakons.

»Elizabeth, geht es dir nicht gut?«, fragte Elaine offensichtlich besorgt. »Vielleicht hättest du nicht so bald nach deiner Krankheit ausgehen sollen.«

»Ich hätte heute Morgen etwas essen sollen. Mir wurde einen Moment schwindelig, aber das ist nun vorbei.«

St. John wandte sich wieder zu ihnen, verneigte sich und wollte gehen.

»Warten Sie!« Elizabeth eilte ihm nach. »Sie können nach einer solchen Enthüllung doch nicht einfach so verschwinden!«

Christopher senkte die Stimme und blickte über ihren Kopf hinweg zur Countess. »Weiß Ihre Schwiegermutter über die Angelegenheit Bescheid?«

»Selbstverständlich nicht.«

»Dann wäre es nicht klug, jetzt darüber zu sprechen.« Er nahm seinen Hut von einem Mülleimer neben dem Hinterausgang, wo er ihn deponiert hatte. »Ich werde Sie in Kürze aufsuchen. Doch in der Zwischenzeit seien Sie vorsichtig, und vertrauen Sie niemandem. Ich würde es mir nie verzeihen, wenn Ihnen etwas zustoßen sollte.«

Es war kurz vor dem Mittagessen, als Elizabeth und Elaine wieder zu Hause eintrafen. Sie trennten sich auf dem Treppenabsatz zum ersten Stock, weil beide sich auf ihrem Zimmer umziehen wollten. Elizabeth war erschöpft, hungrig und verstört über St. Johns Enthüllung – eine Kombination, die ihr stechende Kopfschmerzen verursachte.

Was sollte sie jetzt tun?

Sie konnte nichts von St. Johns angeblichen Verwandtschaftsverhältnissen erzählen, bis sie sie überprüft hatte. Und wenn es tatsächlich wahr war, würde ihre Ehe ein Desaster werden. Marcus hasste St. John aus tiefster Seele und hatte sie aus Gründen geheiratet, über die man am besten nicht nachdachte. Was würde er tun, wenn er davon erführe? Obwohl sie alles andere hoffte, war sie überzeugt, dass es gravierende Konsequenzen für ihn haben würde. Ganz sicher würde es ihm etwas ausmachen, und Eldridge ebenso, dass der Mann, den sie so rachsüchtig verfolgten, mit ihr persönlich verbunden war. Und William. All die Jahre hatte er St. John dafür verantwortlich gemacht, dass er fast gestorben wäre. Doch entsprach das auch der Wahrheit? War der Pirat wirklich so kalt und abgebrüht, wie man sie hatte glauben machen? Und Nigel … Guter Gott, Nigel. Er hatte für Eldridge gearbeitet und seinen eigenen Bruder gejagt. Oder er hatte St. John bei seinen Umtrieben geholfen, was ihn zum Verräter machte.

Sie brauchte Zeit, um über die Konsequenzen dessen nachzudenken, was sie heute erfahren hatte. Aber momentan konnte sie kaum noch laufen, sie schleppte sich nur noch dahin, und vor lauter Hunger knurrte ihr der Magen. Später, wenn sie wiederhergestellt wäre, würde sie für sich klären, ob sie die Neuigkeiten ihrem Mann mitteilen würde.

Sie trat in ihr Zimmer und schloss die Tür. Dann wollte sie sich auf einen breiten Ohrensessel am Kamin fallen lassen, schrak allerdings zusammen, als sie Marcus dort sitzen sah.

»Meine Güte, Marcus! Du hast mich erschreckt!«

Er stand auf, und Elizabeth fragte sich, ob es an ihrem Schlafmangel lag, dass er plötzlich größer und bedrohlicher erschien.

»Dein Schreck war sicher nicht so groß wie meiner, als ich erfuhr, dass du das Haus verlassen hast«, sagte er gedehnt.

Ihr Herz machte einen Satz, doch sie reckte das Kinn. Er hatte seine Reitkluft angezogen, mit der er unglaublich attraktiv aussah. Zu ihrem großen Widerstreben entdeckte sie, dass sie ihn immer noch begehrte, trotz ihrer durchweinten Nacht. »Hast du dich so um mein Wohl gesorgt? Davon habe ich letzte Nacht aber nichts bemerkt.«

Als sie an ihm vorbeigehen wollte, packte er sie am Arm und zog sie zu sich. »Du hast dich nicht beklagt«, knurrte er.

»Das hätte ich vielleicht, wenn du noch geblieben wärst.«

»Wenn ich noch geblieben wäre, hätte es gar keinen Grund zur Klage gegeben.«

Mit bebendem Kinn entriss sie sich ihm, weil seine Worte verrieten, dass er ganz genau wusste, wie sehr er ihr wehgetan hatte. »Verschwinde, du arroganter Kerl. Ich muss mich zum Essen umziehen.«

»Trotz deiner Bitte werde ich wohl bleiben«, sagte er sanft, sah sie aber herausfordernd an.

»Ich will dich nicht hierhaben.« Durch seine Anwesenheit spürte sie wieder, wie unglücklich sie war. Das hatte sie den ganzen Morgen zu verdrängen versucht.

»Und ich will nicht, dass du noch mal ohne mich ausgehst. Manchmal bekommt man eben nicht, was man sich wünscht.«

»Das weiß ich nur zu gut«, murmelte sie und läutete nach ihrer Zofe.

Frustriert stieß er die Luft aus, die er angehalten hatte. »Warum begibst du dich immer wieder in Gefahr?«

»Ich habe die Leibwächter mitgenommen, und wie du siehst, bin ich gesund und munter heimgekehrt. Früher hat es dich auch nicht gestört, wenn ich ausgegangen bin. Bin ich jetzt, da wir verheiratet sind, deine Gefangene?«

»Seit dem Angriff auf dich warst du nicht mehr aus. Die Gefahr ist jetzt größer, das weißt du ganz genau.«

Elizabeth ließ sich auf ihren vergoldeten Stuhl vor der Frisierkommode sinken und starrte auf ihr zorniges Gesicht im Spiegel.

Marcus betrachtete sie prüfend, bevor er ihr seine großen Hände auf die Schultern legte und so fest zudrückte, dass sie zusammenzuckte. Als er gerade etwas sagen wollte, klopfte es an der Tür.

Die nächste halbe Stunde sah er zu, wie ihr Dienstmädchen ihr beim Ankleiden half. Zwar sagte er kein Wort, aber seine stumme Anwesenheit bewirkte, dass sowohl ihr als auch der Zofe sehr unbehaglich zumute war. Nachdem sie endlich fertig waren, glaubte Elizabeth, vor lauter Hunger und Anspannung ohnmächtig zu werden. Sie war ungeheuer erleichtert, als sie nach unten zum Essen zu den anderen gingen. Sie setzte sich und aß so manierlich, wie es ihr angesichts ihres Riesenhungers möglich war.

»Ich sehe mit Erleichterung, dass es dir wieder besser geht, Elizabeth«, sagte Elaine. »Gott sei Dank wurdest du von diesem St. John gestützt, bevor du dich ernstlich verletztest, obwohl er mir doch …«

»Könntest du das noch einmal sagen, Mutter?«, fragte Marcus gefährlich sanft.

Elizabeth zuckte zusammen und aß noch hastiger.

»Deine Frau hat dir doch sicher erzählt, dass sie heute Vormittag fast ohnmächtig geworden ist?« Elaine warf ihr einen fragenden Blick zu.

»Nein, das hat sie nicht.« Marcus legte Messer und Gabel unnatürlich langsam nieder, lächelte grimmig und fragte: »Sagtest du St. John?«

Verwirrt blinzelte Elaine ihn an.

Vor lauter Angst zog sich Elizabeths Magen zusammen. Sie wusste, sie sollte etwas sagen, doch sie brachte einfach kein Wort heraus.

Als Marcus plötzlich mit der Faust auf den Tisch hieb, schraken alle zusammen. Nur das Klappern der Teller unterbrach die abrupt einsetzende Stille. Marcus schob den Stuhl zurück, stand auf und legte die Hände flach auf den Tisch. Als Elizabeth seine unheilschwangere Miene sah, erzitterte sie. Sie hielt den Atem an.

»Wann genau wolltest du mir das erzählen?«, brüllte er.

Alle Ashfords sperrten den Mund auf, und ihr Essbesteck verharrte schwebend in der Luft.

Getrieben durch das Entsetzen ihrer neuen Familie stieß Elizabeth den Stuhl zurück und stand auf. Paul und Robert sprangen sofort auf.

»Mylord«, begann sie, »wenn Sie bitte ...«

»Versuchen Sie jetzt nicht, mir mit gespielter Unterwürfigkeit auszuweichen, Lady Westfield.« Er umrundete den Tisch. »Was wollte er? Bei Gott, ich bringe ihn um!«

Sie versuchte es noch einmal. »Dürfte ich vorschlagen, dass wir ins Arbeitszimmer gehen?«

Paul stellte sich ihm in den Weg. Marcus starrte ihn finster an, dann ging er zur Anrichte und schenkte sich einen großen Brandy ein.

»Ich habe es nicht direkt erwähnt, weil ich wusste, es würde dich aufregen.«

Marcus starrte sie an, als wären ihr zwei Köpfe gewachsen, dann kippte er seinen Drink hinunter und verließ mit steinerner Miene das Zimmer. Sie hörte, wie die Haustür hinter ihm zuknallte.

Paul pfiff leise durch die Zähne.

»Ach, du liebe Güte!«, keuchte Elaine und ließ sich gegen ihre Stuhllehne fallen. »War der zornig!«

Robert schüttelte den Kopf. »Wenn ich es nicht mit eigenen Augen gesehen hätte, würde ich es nicht glauben. Ich glaub's ja jetzt kaum.«

Alle wandten voller Ehrfurcht den Blick zu Elizabeth, die zitternd dastand. Sie holte bebend Luft. »Ich bitte um Verzeihung. Mir ist klar, dass ihr ihn noch nie so gesehen habt. Ich bedaure, dass ihr das heute mit ansehen musstet.«

Robert runzelte die Stirn. »St. John. Der Name kommt mir irgendwie bekannt vor.«

»Ich sollte das erklären«, seufzte sie. »Marcus hat St. John in Verdacht, Schiffe von Ashford Shipping zu kapern, doch dafür gibt es keinerlei Beweise.«

»War es einfach Pech, dass er heute in deiner Nähe war?«, fragte Elaine. »Ich fand es seltsam, ihn in einem Laden für Seife und Badeöl zu sehen.«

Elizabeth suchte nach einer Erklärung. »Er war ein enger Freund von Hawthorne. Wenn wir uns begegnen, zollt er mir seinen Respekt.«

Robert nahm seine Brille ab und fing an, sie zu putzen. »Weiß St. John, dass Marcus ihn im Verdacht hat?«

»Ja.«

»Dann sollte er sich von dir fernhalten und seinen Respekt für sich behalten«, grollte Paul.

Elaine klopfte mit den Fingern an ihr Wasserglas. »Es sah nicht so aus, als würdest du ihn sonderlich schätzen, Elizabeth.«

»Er ist praktisch ein Fremder für mich.«

»Und dass Marcus wegen der Sache einen solchen Wutanfall bekommt«, sinnierte Elaine weiter, »nun, so habe ich ihn noch nie gesehen.«

»Er war sehr zornig«, bestätigte Elizabeth niedergeschlagen. Sie hatte ihn noch nie so rasend vor Wut gesehen. Ihr wurde übel bei dem Gedanken, dass seine Tobsucht ihn aus dem Haus getrieben hatte. Zwar war sie auch wütend auf ihn, doch jetzt tat sich ein Abgrund zwischen ihnen auf, der so breit war wie der bei ihrer Hochzeit mit Hawthorne. Sie trat vom Tisch zurück. »Wenn ihr mich bitte entschuldigen würdet.«

Zutiefst bedrückt ging Elizabeth die Treppe hinauf und ließ die Ereignisse des Tages Revue passieren. Marcus war ihr wichtig. Sie hatte das gewusst, als sie beschlossen hatte, ihn zu heiraten. Angesichts seiner Kälte hatte sie versucht, es zu missachten, doch vergeblich. Nun, da ihre Bindung, so zart sie auch sein mochte, gefährdet war, begriff sie das Ausmaß ihrer Gefühle.

Am Morgen noch lag ihre Distanz ganz allein in Marcus' Verantwortung. Aber jetzt hatte auch sie zu ihrer Entfremdung beigetragen. Wenn ihm etwas an ihr lag, würden sie sich vielleicht in der Mitte treffen, doch jegliche Zuneigung zu ihr hatte sie vor vier Jahren zunichtegemacht.

Nun endlich begriff sie, wie viel sie verloren hatte.

18. Kapitel

Elizabeth kam zu sich, weil feuchte Haut sich an ihren Rücken drängte und eine Hand ihr durchs Haar fuhr und die andere über ihre Schenkel. Ihre Zehen waren gekrümmt, ihre Brustwarzen steif, ihr ganzer Körper erwacht, auch als ihr Geist noch schlief.

Sie wimmerte. Marcus war stundenlang weg gewesen, den ganzen Nachmittag und einen Großteil des Abends. Sie hatte sich wieder in den Schlaf geweint, trotz ihrer Schwüre, und es war gleichzeitig Erlösung und Qual für sie, ihn zu spüren und zu riechen. Sein Schwanz schmiegte sich hart und heiß in die Mulde zwischen ihren Pobacken und verhieß ihr seine Absichten.

»Schsch«, sagte Marcus leise, an ihre Kehle gepresst, und sein nasses Haar kühlte ihre plötzlich heiße Haut. Er ergriff ihren Oberschenkel und legte sich ihr Bein über seines, dann strichen seine Finger sanft und lockend über ihr Schamhaar. Jetzt war er wieder der Liebhaber, nach dem sie sich verzehrte, nicht der besitzergreifende Ehemann, der in der Nacht zuvor seinen Anspruch auf sie erhoben hatte.

Geschickt und routiniert teilte Marcus ehrfürchtig ihre Schamlippen und umkreiste mit seinen Fingern ihre Klitoris und die Öffnung in ihr Inneres. Die Schwielen an seinen Fingern steigerten ihren Genuss fast ins Unerträgliche. Vor lauter Sehnsucht drängte sie sich hilflos an seinen harten Körper. »Bitte …«

»Meine Frau«, hauchte er, liebkoste mit seiner Zunge ihre

Ohrmuschel, und sein Atem fuhr heiß über ihre mittlerweile ebenfalls schweißfeuchte Haut. »Immer schnell entbrannt. Liegt nackt in ihrem Bett und wartet auf meine Zuwendungen.«

Er strich ihr durch die feuchten Schamlippen und drang dann in sie ein. Stieß mit entnervender Langsamkeit gegen die Wände ihres Inneren. Hinein. Hinaus. Nur mit einem Finger, nicht annähernd genug, um sie zu befriedigen, aber ausreichend, um sie nach mehr betteln zu lassen.

»Marcus!« Sie wollte sich umdrehen, sich bewegen, sich nehmen, wonach es sie verlangte, doch er hielt sie mit eisernem Griff fest.

»Entspann dich, dann lasse ich dich kommen.«

Elizabeth unterdrückte den Schauder, der sie durchfuhr, als er einen zweiten Finger tief in sie steckte und wieder herauszog. Das schmatzende Geräusch war trotz ihres Keuchens zu hören. Sie schob ihr Bein höher, um sich weiter zu öffnen, worauf er ihre Haare packte und ihren Kopf zurückzog.

Als sie sich zu ihm wandte, küsste sie seinen gierigen Mund, stieß ihre Zunge rasend vor Lust gegen seine. Er genoss ihr Drängen und lockerte seine eiserne Kontrolle. Die Veränderung war deutlich spürbar: Sein ganzer Körper spannte sich hinter ihr an, sein Schwanz wurde noch steifer, und seine Hüften drängten sich gegen sie.

Sie keuchte auf, als er mit dem Daumen über ihre Klitoris rieb; der kaum merkliche Druck bewirkte, dass sie ihn noch leidenschaftlicher küsste. Sie spürte an ihrem Rücken, wie seine Brust sich schnell hob und senkte, und ihr Mund nahm seinen stoßartigen Atem auf. Ein dünner Schweißfilm überzog ihre ganze Haut, und sie drängte sich immer heftiger gegen seine vorstoßenden Finger.

»Bitte!«, schrie sie in ihrer Sehnsucht zu kommen und krampfte sich um seine Finger. »Ich brauche dich.«

Marcus verlagerte sich, zog seine Finger heraus und griff nach seinem Schwanz und drang mit ihm in sie ein. Seine von ihrem Saft getränkte Hand umfasste ihre Brust und massierte ihre Brustwarze, während er immer tiefer in sie hineinglitt.

»Ja«, zischte sie und mühte sich, ihm entgegenzukommen, ihn zur Eile zu treiben, alles von ihm in sich aufzunehmen. Als sie sein Stöhnen an ihrem Ohr hörte, loderte sie auf. Es war berauschend, dass sie ihm solche Lust bereiten konnte und sie sich gleichzeitig in ihrer eigenen verlor.

Und immer noch drängte er sich weiter in sie.

Aber das war nicht genug. Ihre Pobacken verhinderten, dass sie ihn noch tiefer in sich aufnahm, dabei wollte sie ihn, alles von ihm, nicht nur den Schwanz und die Hand an ihrer Brust, sondern seinen Körper auf ihrem, seinen Blick mit ihrem verschmolzen. Es war eine Kluft zwischen ihnen, die durch seine stundenlange Abwesenheit noch größer geworden war, aber hier und jetzt waren sie nicht getrennt. Hierbei konnten sie eins sein.

»Du bist nicht tief genug«, klagte sie und drückte ihren Po gegen sein Schambein.

»Gierige Hexe«, knurrte er.

»Du bringst mich dazu.« Sie legte ihre Hand über seine, knetete ihre Brust durch seine Hand und schob sich mit den Hüften seinem aufragenden Schwanz entgegen. »Roll mich herum«, befahl sie mit heiserer Stimme. »Ich will dich tief in mir spüren. Ich will dich halten.«

Das gab den Ausschlag. Fluchend riss er sich von ihr los und warf sie auf den Rücken, sodass er sich über sie stützen konnte.

Elizabeth hieß ihn mit weit gespreizten Beinen willkommen und stöhnte laut auf, als er so tief es ging in sie eindrang.

Dann verharrte er und schaute sie im gedämpften Licht vom Kamin an. Sein Gesicht war in tiefen Schatten getaucht, aber sie sah seine Augen in unmissverständlicher Begierde funkeln.

Vor lauter Sehnsucht zog sich ihr Herz zusammen. Marcus Ashford gehörte ihr, und doch würde er nie ganz ihr Mann sein.

Zumindest hatte sie sein Verlangen, seine Leidenschaft. Das würde reichen müssen, denn das war alles, was er ihr geben würde: das Gefühl, wie er mit seinem Schwanz tief ihr Inneres liebkoste, die Anspannung seines harten, muskulösen Pos, während er sich in sie hineinschraubte, den Geruch seiner Haut, heiß und schweißnass, den gutturalen Laut seiner Lustschreie.

Sie schlang ihre Arme um ihn und hielt ihn so fest, als wollte sie ihn nie wieder loslassen. Sie nahm alles in sich auf, was sie von ihm bekommen konnte, bis sie schließlich, mit Tränen in den Augen, gemeinsam mit ihm erlöst wurde.

Marcus lag flach auf dem Rücken und starrte durch die Dunkelheit zum Betthimmel. Elizabeth hatte sich an ihn geschmiegt, ein Bein und einen Arm über ihn gelegt. Ihre warme, weiche Haut fühlte sich himmlisch an nach seiner einsamen Hochzeitsnacht. Bis zum Morgengrauen hatte er keinen Schlaf finden können, war stundenlang hin und her gelaufen und hatte gegen den Drang angekämpft, zu ihr zurückzugehen und sie im Arm zu halten wie in den Nächten ihrer Affäre. Er hatte gedacht, körperliche Distanz würde ihm dabei helfen, objektiv zu sein, doch wenn er aufwachte und sie nicht da war, erkannte er, wie hoffnungslos sein Unterfangen war.

Ihr Streit, die Kluft, für die er verantwortlich war, hatten ihm gezeigt, wie wahnsinnig es war, sie von sich zu weisen. Verdammt, sie war schließlich seine Frau! All die Jahre hatte er darauf gewartet, nur um sich dann von ihr abzuwenden?

Elizabeth rührte sich und setzte sich dann auf. Unbefangen trotz ihrer Nacktheit setzte sie sich auf die Fersen. Sie war ein so hinreißender Anblick, dass Marcus fast zu atmen vergaß. Weil er sie in all ihrer Pracht sehen wollte, glitt er aus dem Bett, um den Kerzenleuchter anzuzünden.

»Wenn du jetzt durch diese Tür gehst, brauchst du nicht mehr wiederzukommen«, sagte sie kühl.

Er erstarrte und unterdrückte den Drang, zurückzuschlagen. Zwar würde er niemals zulassen, dass sie ihn des Bettes verwies – niemals –, aber er begriff, dass sein Verhalten sie dazu brachte, ihm nun den Fehdehandschuh hinzuwerfen.

»Ich wollte nur etwas Licht machen.«

Zwar reagierte sie nicht darauf, aber er spürte ihre Erleichterung und schloss die Augen. Er hatte jedes Recht der Welt, sie zu beschützen, und sein Ziel war jede Mühe wert, doch er hatte es furchtbar falsch angefangen. Wie viel Schaden hatte er schon angerichtet? Sie hatte ihm nicht von St. John erzählt ... Sie vertraute ihm nicht ...

»Bist du immer noch wütend?«, fragte sie zögernd.

Er seufzte laut. »Das weiß ich noch nicht. Was ist heute passiert? Erzähl mir alles.«

Als sie nervös ihr Gewicht verlagerte, stieg schon wieder Zorn in ihm auf. »St. John hat sich mir genähert. Er – er behauptet, er wollte mir helfen. Ich glaube, er ...«

»Inwiefern will er dir denn helfen?«

»Das hat er nicht gesagt, weil deine Mutter zu uns kam. Er konnte nicht zu Ende sprechen.«

»Guter Gott«, rief er aus, weil ihn die Vorstellung entsetzte, dass St. John seiner Frau und seiner Mutter so nah gewesen war.

»Er weiß, wer an Hawthornes Tagebuch interessiert ist.«

»Natürlich weiß er das«, knirschte Marcus. Am liebsten hätte er den Piraten umgebracht.

Er wandte sich vom Bett ab, schürte das Feuer und zündete den Kerzenleuchter wieder an. Dann kehrte er zu Elizabeth zurück und musterte sie misstrauisch. »Du bist doch eigentlich nicht der Typ Frau, der in Ohnmacht fällt. Du vergisst wohl, dass ich gesehen habe, wie du kaltblütig einen Mann erschossen hast. Du verbirgst doch etwas vor mir.« Er hob schweigend die Augenbrauen.

Sie sah ihn direkt an.

»Warum hast du mir das nicht früher erzählt, Elizabeth?«

»Ich war verärgert.«

Marcus kniff die Augen zusammen. Er wusste, sie konnte vor Zorn trotzig werden, aber sie war doch nicht dumm. Nur aus Zorn würde sie doch nicht ihren Selbstschutz vergessen. Irgendwas stimmte da nicht, er spürte es. Sie versuchte, etwas vor ihm geheim zu halten. Er zog alle Möglichkeiten in Erwägung. Vielleicht hatte der Pirat sie irgendwie bedroht. Wenn ja, dann würde er den Grund erfahren und direkt etwas dagegen unternehmen. Noch mehr, als er schon unternommen hatte.

»Wo warst du?«, fragte sie, als sich das Schweigen zwischen ihnen ausdehnte.

»Ich wollte natürlich St. John aufspüren.«

Sie riss die Augen auf und betrachtete dann seinen Oberkörper. Anschließend rief sie: »Sieh dich nur an! Du bist ja verletzt!«

»Er hat mir noch weniger mitgeteilt als du, mein geliebtes Weib. Aber ich bin sicher, jetzt ist ihm klar, wie dumm es wäre, wenn er sich dir noch mal nähern würde.«

»Was hast du getan?«

Mit erfreulicher Sorge strich sie über den großen Bluterguss, der sich über seinen Rippen ausbreitete.

Gänzlich unbeeindruckt trotz ihres entsetzten Blicks zuckte er die Achseln. »St. John und ich haben uns mal eingehend unterhalten.«

Als sie brutal in die Schwellung stach, zuckte er zusammen. »Das kommt doch nicht vom Unterhalten«, entgegnete sie. »Und sieh doch, deine Hand!« Sie untersuchte seine geschwollenen Fingerknöchel und sah ihn strafend an.

Marcus grinste. »Du solltest dir mal St. Johns Gesicht ansehen.«

»Das ist doch albern! Ich wünsche, dass du dich von ihm fernhältst, Marcus.«

»Das werde ich«, versprach er. »Wenn er sich von dir fernhält.«

»Willst du denn gar nicht wissen, wie seine Hilfe aussehen soll?«

Marcus knurrte. »Mir hat er keine Hilfe angeboten. Er will dich täuschen, Liebes. Versuchen, dein Vertrauen zu gewinnen, damit du ihm das Tagebuch gibst.«

Elizabeth öffnete schon den Mund, um ihm zu widersprechen, doch dann überlegte sie es sich anders. Es war am besten, wenn Marcus nicht allzu viel mit Christopher St. John zu tun hatte. Es war schon ein Wunder, dass bei ihrer Auseinandersetzung nichts Schlimmeres passiert war. Sie staunte über Marcus' Selbstbeherrschung. Es machte ihn rasend, dass der Pirat unbeeindruckt weiter seinen Aktivitäten nachging, aber er zwang sich zu warten. Worauf, das wusste sie nicht. Irgendetwas musste Eldridge mit ihm vorhaben, sonst hätten sie ihn schon vor langer Zeit zur Strecke gebracht.

Sie erschrak, als Marcus nach ihrer Hand griff und sie mit dem

Gesicht nach unten auf die Matratze drückte. Erst als er sich auf sie rollte, bemerkte sie seine Erektion, die sich gegen ihren Hintern presste.

»Du bist meine Frau«, sagte er ihr leise grollend ins Ohr. »Ich erwarte, dass du mir alles aus deinem Leben erzählst, dass du alles mit mir teilst, und sei es noch so unbedeutend. Doch vor allem, wenn es so gefährlich ist. Ich werde nicht dulden, dass du mich anlügst oder mir etwas vorenthältst. Ist das klar?«

Sie schürzte die Lippen. Jetzt war er wieder der Brutale.

Er stieß seine Hüften vor und schob seinen Schwanz durch den Spalt ihrer Pobacken. Ein Lusttropfen ließ ihn müheloser hindurchgleiten. »Ich lasse nicht zu, dass du dein Leben aufs Spiel setzt. Du solltest niemals das Haus ohne mich verlassen. Begreifst du eigentlich, welche Sorgen ich mir gemacht habe? Als ich mich fragen musste, ob du in Gefahr bist – ob du mich brauchst.«

»Du bist erregt«, erwiderte sie verblüfft.

»Du bist nackt«, bemerkte er nur, als reichte das als Erklärung. »Du musst lernen, mir zu vertrauen, Elizabeth.« Seine Lippen strichen über ihre Schulter, als er sich an ihrem ausgestreckten Körper rieb. »Ich will versuchen, es wert zu sein.«

Elizabeth klammerte sich ins Laken und verbarg ihre plötzlich aufsteigenden Tränen vor ihm. »Es tut mir leid, dass ich dich wütend gemacht habe.«

Marcus schmiegte sich an ihre Kehle. »Ich bitte auch um Entschuldigung.«

»Ich nehme die Entschuldigung an, aber nur, wenn du bei mir schläfst.« Elizabeth stöhnte auf, als er wieder zustieß, langsam und bewusst. Er hinterließ eine feuchte Spur, und plötzlich fing sie an zu glühen. Seufzend schloss sie die Augen. Sie hätte ihm die Wahrheit sagen sollen, als die Gelegenheit war. Nun würde er sich immer fragen, warum sie sie ihm vorenthalten hatte.

»Mein Bett ist größer«, sagte er, leicht außer Atem.

Vor lauter Zärtlichkeit ging ihr das Herz auf. Der Drang, ihm St. Johns Geheimnis zu verraten, war fast überwältigend. Aber jetzt war nicht der rechte Zeitpunkt.

Ungeduldig wölbte sie ihm ihre Hüften entgegen. »Wenn wir die Zimmer tauschten, würdest du dich dann beeilen?«

Daraufhin zog er sie an der Hüfte hoch und drang mit einem einzigen machtvollen Stoß von hinten in sie ein.

»Süße Elizabeth«, stöhnte er, die Wange an ihren Rücken gepresst, »wir können morgen die Zimmer tauschen.«

Elizabeth wartete im hinteren Teil des Gartens. Ungeduldig lief sie hin und her, doch als sie Schritte hörte, wirbelte sie herum.

»Mr. James! Gott sei Dank sind Sie gekommen.«

Avery blieb mit gerunzelter Stirn vor ihr stehen. »Warum haben Sie nach mir gerufen?« Er sah sich um. »Wo ist Lord Westfield?«

Sie nahm seinen Arm und zerrte ihn hinter einen Baum. »Ich brauche Ihre Hilfe, ohne dass Westfield davon erfährt.«

»Wie bitte? Ihr Mann soll Sie doch beschützen.«

Sie packte seinen Arm fester, um ihrem Anliegen Nachdruck zu verleihen. »Christopher St. John ist gestern an mich herangetreten. Er behauptet, der Bruder von Hawthorne zu sein. Ich muss wissen, ob das wahr ist.«

Avery war sprachlos.

Sie blickte über seine Schulter hinweg auf den Gartenpfad. »Westfield war fuchsteufelswild, als er von der Begegnung erfuhr. Er hat das Haus verlassen, um St. John zu suchen.« Sie senkte die Stimme. »Sie haben sich geprügelt.«

Averys Mund verzog sich zu einem seltenen Lächeln. »Na, dann ist doch alles gut.«

»Wie können Sie das sagen?«, rief sie aus.

»Lord Westfield hat nur seine Absichten deutlich gemacht. Und dabei etwas Dampf abgelassen.«

»Wie können Sie ein solches Verhalten billigen?«

»Ich billige es nicht, Lady Westfield, verstehe aber, warum er es tut. Ihr Ehemann ist ein ausgezeichneter Agent. Ich bin sicher, er hat sich nicht ohne sorgfältige Planung auf dieses Treffen eingelassen. Er würde nie zulassen, dass Gefühle ihn beeinflussen.«

Elizabeth schnaubte. »Ich kann Ihnen versichern, dass er höchst aufgebracht war, als er ging.«

Avery versuchte, sie zu beruhigen. »Ich glaube, Lord Westfield ist durchaus in der Lage, mit der Situation umzugehen, wenn Sie ihm einfach nur vertrauen würden.«

»Ich kann doch nicht mit reinen Vermutungen zu ihm gehen.« Sie rang flehend die Hände.

»Was wollen Sie denn von mir, was Sie von Ihrem Mann nicht erbitten können?«

»St. Johns Geschichte muss untersucht werden. Wenn das, was er behauptet, der Wahrheit entspricht, dann kann man nur staunen, dass zwei Brüder in entgegengesetzten Lagern gearbeitet haben. Hawthorne wurde umgebracht und mein Bruder verletzt, als sie St. John zu fassen versuchten. Das kann doch kein Zufall sein!« Sie umklammerte seine Hand. »Und Lord Eldridge darf von alldem nichts erfahren.«

»Wieso nicht?«

»Weil er es ganz sicher Westfield erzählen würde. Ich weiß nicht, wie mein Mann das aufnehmen würde. Ich brauche etwas Zeit zum Nachdenken.«

»Sie klingen, als würden Sie St. John glauben.«

Elizabeth nickte unglücklich. »Ich habe keinen Grund, ihm nicht zu glauben. Die Ähnlichkeit zwischen Hawthorne und ihm ist verblüffend, und die Geschichte ist einfach zu fantastisch, um nicht wahr zu sein.«

»Ich fürchte, ich würde Seiner Lordschaft einen schlechten Dienst erweisen.«

»Ein bisschen mehr Zeit«, bettelte sie. »Mehr verlange ich nicht. Ich verspreche, ihm alles zu erzählen, was Sie herausfinden.«

Er stieß einen lang gezogenen Seufzer aus. »Nun gut. Ich werde dem nachgehen und einstweilen Stillschweigen bewahren.«

Vor lauter Dankbarkeit und Erleichterung wurde Elizabeth ganz übermütig. »Danke, Mr. James. Sie waren mir immer ein guter Freund.«

Avery wurde leicht rot und sagte: »Danken Sie mir noch nicht. Am Ende könnten wir beide bedauern, dass ich mich darauf eingelassen habe.«

Im Laufe der nächsten Wochen gewöhnte sich Elizabeth an das Eheleben mit Marcus. Er hatte darauf bestanden, dass die Ashfords weiterhin bei ihnen wohnten, weil er ruhiger war, wenn seine Frau nicht allein blieb und sie ihre Gesellschaft genoss, während er sich um Geschäftliches kümmerte.

Auf Eldridges Drängen hin besuchten sie hin und wieder gesellschaftliche Empfänge, vor allem die, bei denen St. John auftauchen konnte. Der Pirat hatte die Agenten, die ihn beschatteten, abgeschüttelt und war seit dem Nachmittag, als er mit ihr gesprochen hatte, nicht mehr in London gesehen worden. Sein plötzliches Verschwinden war ein Rätsel, das sie alle nervös machte.

Marcus' Gedanken kreisten ständig um die Gefahr für Elizabeth. Überall im Haus und auf dem Grundstück waren Wachen postiert, und zwar in der Livree der Westfields, um bei den anderen Familienangehörigen keinen Verdacht zu erwecken. Durch das endlose Warten wurde Marcus so unruhig wie ein eingesperrtes Tier. Sie hatte von ihrem ersten Tanz an gewusst, dass er ein Mensch war, der seine Gefühle strikt unter Kontrolle hielt. Bei ihr lebte er sie aus.

Er hielt nichts zurück. Wenn er wütend war, brüllte er. Wenn er amüsiert war, lachte er. Wenn er erregt war, liebte er sie, ganz gleich wann und wo. Zweimal verließ er das Oberhaus, um mit ihr ins Bett zu gehen. Sie hatte sich noch nie so wichtig gefühlt, so gebraucht. Er zeigte seinen Besitzanspruch offen und zögerte nicht, jeden Mann anzufahren, der sich ihr gegenüber zu vertraulich benahm.

Elizabeth ihrerseits entdeckte, dass sich ihre Eifersucht trotz ihres neuen Status nicht gelegt hatte. In einer Gesellschaft, wo Tändeleien nicht nur weitverbreitet waren, sondern erwartet wurden, war Eifersucht eine hassenswerte Charakterschwäche. Marcus' Wirkung auf andere Frauen hatte mit seiner Eheschließung nur noch zugenommen. Seine intensive Energie war nun zur trägen Eleganz eines Mannes gedämpft, der von einer leidenschaftlichen Frau gut und oft befriedigt wurde. Das machte ihn unwiderstehlich.

Eines Abends während eines Maskenballs wurde Elizabeth von ihrer Eifersucht überwältigt. Als Marcus zum Tisch mit den Erfrischungen ging, bemerkte sie, dass mehrere Damen just in diesem Moment ihre Gläser auffüllen wollten. Als sie angewidert das Gesicht abwandte, sah sie die verwitwete Duchess of Ravensend auf sich zukommen.

»Haben Sie gesehen, wie diese Frauen meinem Mann nachlaufen?«, beklagte sie sich nach einem kurzen Knicks.

Die Duchess zuckte die Achseln. »Maskenbälle bieten die Gelegenheit, gesellschaftliche Einschränkungen zu lockern. Sehen Sie, wie die Palme in der Ecke da hinten schwankt? Lady Grenville und Lord Sackton haben ihre Ehepartner verlassen, um sich ein bisschen im Freien zu betätigen. Und Claire Milton ist mit Zweigen im Haar aus dem Garten gekommen. Sie sollten nicht überrascht sein, dass sie wie läufige Hündinnen hinter Westfield herhecheln.«

»Das bin ich auch nicht«, erwiderte Elizabeth knapp. »Aber ich werde es nicht dulden. Wenn Sie mich entschuldigen, Euer Gnaden.« Schnell ging sie ins Nebenzimmer, um ihren Mann zu suchen.

Sie entdeckte ihn in der Nähe des Buffets, wo er, ein Glas in jeder Hand, von Frauen umringt war. Als er sie sah, zuckte er unschuldig mit den Schultern und lächelte unter seiner Maske verschmitzt. Elizabeth drängte sich durch das Grüppchen, nahm eines der Gläser für sich und hakte sich dann bei ihm unter. Hoch aufgerichtet führte sie Marcus in den Ballsaal zurück, aber all ihre Freude über den Abend war verflogen.

Die Duchess warf nur einen Blick auf ihr Gesicht und entschuldigte sich lächelnd.

Marcus lachte leise. »Danke, Lady Westfield. Soweit ich mich erinnere, wurde ich soeben zum ersten Mal gerettet.«

»Du wolltest nie gerettet werden«, zischte sie, aufgebracht, dass er trotz ihres Zorns so ruhig bleiben konnte.

Er hob die Hand und strich ihr über eine gepuderte Locke. »Du bist eifersüchtig«, frohlockte er.

Sie wandte sich ab und fragte sich nicht zum ersten Mal, wie viele Frauen in diesem Saal mit ihm ins Bett gegangen waren.

Marcus trat um sie herum. »Was ist denn, Liebes?«

»Das geht dich nichts an.«

Ohne auf ihre Umgebung zu achten, fuhr Marcus ihr mit dem Daumen über ihre Unterlippe. »Sag mir, was los ist, sonst kann ich nichts dagegen ausrichten.«

»Ich hasse jede, die dich vor mir kannte!« Sie wurde rot, senkte den Kopf und wartete darauf, dass er lachte.

Stattdessen sagte er mit warmer Stimme, die sie tröstend umfing: »Erinnerst du dich, dass ich einmal sagte, körperliche Nähe erfordere nicht unbedingt Intimität?« Er senkte den Kopf und streifte mit den Lippen ihr Ohr, als er flüsterte: »Du bist die einzige Frau, mit der ich intim war.«

Eine Träne quoll ihr aus dem Augenwinkel. Marcus wischte sie fort.

»Ich will dich jetzt nach Hause bringen«, murmelte er und sah sie durch seine Maske glühend an. »Und mit dir intim sein.«

Sie ging mit ihm, weil sie ihn unbedingt für sich allein haben wollte. In dieser Nacht war er ungeheuer zärtlich, huldigte ihrem Körper und gab ihr alles, was sie wollte. Seine sanfte Leidenschaft rührte sie zu Tränen, und danach hielt er sie im Arm, als wäre sie das Kostbarste auf der Welt.

Mit jedem Tag kam sie ihm näher. Allmählich brauchte sie ihn, nicht nur, weil sie sich körperlich nach ihm verzehrte, sondern auch aus vielerlei anderen Gründen. Es war eine Leidenschaft, die ein ganzes Leben brauchte, um gestillt zu werden.

Sie konnte nur beten, dass sie die Chance dazu bekam.

19. Kapitel

»Sie hätten nicht zu mir kommen sollen.«

Christopher St. John schwang sich in die wappenlose Stadtkutsche der Westfields. Die überwältigende Präsenz des Piraten war so dominant, dass Elizabeth sich unwillkürlich in eine Ecke drängte. Als sie aus dem Fenster blickte, staunte sie noch einmal über die Eleganz des kleinen Stadthauses, in dem er wohnte. In diesem verrufenen Viertel stach es ins Auge. Doch die beiden massigen Handlanger, die sich am Eingang herumdrückten, zeugten von den anrüchigen Vorgängen im Haus.

Er nahm ihr gegenüber Platz. »Dies ist keine passende Umgebung für eine Dame, und Ihre prächtige Kutsche zieht Gefahr auf sich, die Sie doch vermeiden wollten.«

»Sie wissen, dass ich keine andere Wahl hatte. Sobald ich Ihre Adresse hatte, musste ich kommen. Sonst konnte ich Sie ja nicht erreichen.« Sie zog die Augenbrauen in die Höhe. »Sie, Mr. St. John, sind mir Antworten schuldig.«

Sein Mund verzog sich zu einem ironischen Lächeln, als er sich zurücklehnte und seine Jacke richtete. »Sie müssen nicht so förmlich sein. Schließlich sind wir verwandt.«

»Als hätte ich das vergessen können.«

»Also glauben Sie mir.«

»Ich bin der Sache nachgegangen.«

St. John blickte sich in der luxuriös mit Ledersitzen ausgestatteten Kutsche um. »Eine Schande, dass Sie Westfield geheiratet haben. Es sieht so aus, als sitze dem Mann der Geldbeutel locker.«

»Ich lege Ihnen dringend nahe, sich ein anderes Steckenpferd zu suchen, wenn Sie mich nicht gegen sich aufbringen wollen. Wenn ich zornig bin, kann ich sehr unangenehm werden.«

St. John blinzelte, dann warf er lachend den Kopf zurück. »Bei Gott, ich mag Sie wirklich. Außerdem versichere ich Ihnen, dass ich Familienmitgliedern gegenüber loyal bin. Und Westfield gehört doch jetzt zur Familie, oder nicht?«

Elizabeth kniff sich in die Nasenwurzel, im vergeblichen Versuch, ihre Kopfschmerzen loszuwerden, dann murmelte sie: »Westfield weiß nichts davon, und so soll es auch bleiben.«

St. John streckte die Hand aus und öffnete ein kleines Fach an seinem Sitz. Er nahm ein Glas heraus, schenkte etwas Brandy ein und reichte es ihr. Als sie ablehnte, stellte er die Flasche weg. »Als er mich aufsuchte, war mir klar, dass Sie ihm nichts erzählt hatten. Aber ich dachte, das hätten Sie nachgeholt.«

Sie betrachtete ihn genauer und bemerkte einen verblassenden Bluterguss an seinem linken Auge und eine kleine Schürfwunde an seiner Lippe. »Sind die Verletzungen von Westfield?«

»Ein anderer Mann hätte das nicht gewagt.«

Sie zuckte zusammen. »Verzeihung. Ich wollte ihm nichts von unserem Treffen erzählen, habe aber vergessen, meine Schwiegermutter um Stillschweigen zu bitten.«

St. John winkte verächtlich ab. »Es sind ja keine bleibenden Schäden. Im Gegenteil: Ich fand es sehr anregend. Da wir uns seit Jahren mit Schlagabtäuschen begnügen, war es Zeit, endlich zur Sache zu kommen. Ich war froh, dass er mich aufgespürt hat.

Mich interessierte auch, wie er zu Ihnen steht. Der Mann hat in seinem ganzen Leben noch keine einzige Schwäche gehabt. Ich bedauere sehr, dass ich diese nicht ausnutzen kann.«

»Was haben Sie gegen Westfield?«

»Der Mann ist zu arrogant, zu angesehen, zu reich, zu gut aussehend – einfach zu sehr von allem! Er ist so reich wie Krösus und beklagt sich doch ungeheuer, wenn ich ihn ein wenig um sein Geld erleichtere.«

Sie schnaubte. »Als würden Sie sich anders verhalten, sollte jemand Sie bestehlen.«

Er verschluckte sich an seinem Brandy.

»Ich muss alles über Hawthorne erfahren«, sagte sie und neigte sich vor. »Ich werde noch wahnsinnig, weil ich nicht weiß, wer er war.«

St. John nahm seinen Hut ab und fuhr sich durch die blonden Locken. »Nigel war Ihr Mann. Mir ist es lieber, Sie erinnern sich an ihn als den Mann, mit dem Sie ein Jahr Ihres Lebens verbracht haben.«

»Aber das begreife ich nicht. Wenn Sie sich so nahestanden, wie konnte er mit Eldridge arbeiten, ohne Ihnen zu schaden oder … Oder …«

»Ein Verräter zu sein?«, fragte er sanft. »Elizabeth, ich bitte Sie inständig, nicht länger darüber nachzudenken. Er war Ihnen doch ein guter Ehemann, nicht wahr?«

»Also soll ich mich nur an das halten, was ich von ihm wusste, und alles andere außer Acht lassen?«

Er seufzte und legte den Hut auf den Sitz neben sich. »Haben Ihre Nachforschungen auch etwas über unseren Vater zutage gebracht?«

Elizabeth lehnte sich zurück und biss sich auf die Lippen.

»Ah, anscheinend ja. Gestört, nennt man das. Ein bisschen neben der Spur, halb verrückt.«

»Ich verstehe.«

»Wirklich?« Er blickte zu Boden und starrte äußerst konzentriert auf seine reich verzierten Schuhe. »Haben Sie auch von den Gewaltausbrüchen erfahren? Dem irren Gerede? Nein? Umso besser. Es genügt zu sagen, dass kein Verwalter für ihn arbeiten wollte und er zu verrückt war, um sich um seine Finanzen zu kümmern. Als er starb, entdeckte Nigel, dass die Familie völlig bankrott war.«

»Wieso? Uns fehlte es an nichts.«

»Wir lernten uns kennen, als ich zehn war. Meine Mutter war im Ort aufgewachsen, und als ihr Zustand offensichtlich wurde, wurde sie als Küchenmagd gekündigt und kehrte in Schande zu ihrer Familie zurück. Nigel war zwei Jahre jünger als ich, doch wir kannten uns schon als Kinder. Wir sahen uns zu ähnlich, und viele unserer Verhaltensweisen waren gleich. Nigel fand immer einen Weg, sich mit mir zu treffen. Es war sicher schwierig, ohne unseren Vater zu leben. Er brauchte einen Freund, einen Bruder.

Als ich von seinen finanziellen Schwierigkeiten erfuhr, ging ich nach London und lernte, was nötig war. Ich freundete mich mit den richtigen Leuten an, tat, worum sie mich baten, und ging dorthin, wohin sie mich schickten. Ich tat alles, um Geld zu verdienen.«

Dies erzählte er ohne jeden Stolz. Tatsächlich war seine Stimme bar jeden Gefühls.

»Nigel fragte mich, wie ich in der Lage wäre, seine Schulden abzubezahlen, die exorbitant waren, das versichere ich Ihnen. Als er von meinen Aktivitäten erfuhr, wurde er fuchsteufelswild. Er sagte, er könne nicht einfach zusehen und Reichtum und Sicherheit genießen, während ich mich in Gefahr brächte. Als ich später erfuhr, dass gegen mich ermittelt wurde, ging Nigel zu Lord Eldridge und –«

»– wurde Agent«, führte sie den Satz zu Ende, während ihr das Herz schwer wurde, weil ihre schlimmsten Befürchtungen sich bestätigten. »Mein Bruder sollte Sie zur Strecke bringen. Hawthorne hat mich benutzt, um an Barclay heranzukommen.«

St. John neigte sich vor, doch als sie zurückwich, zog er sich ebenfalls zurück. »Es stimmt, dass ich durch die Informationen, die er mir verschaffte, Westfield entkommen konnte, aber Nigel empfand wirklich etwas für Sie. Er hätte Ihnen auch einen Antrag gemacht, wenn Ihr Bruder nicht in der Organisation gewesen wäre. Er bewunderte und respektierte Sie. Er sprach oft von Ihnen und bestand darauf, dass ich mich um Sie kümmern sollte, wenn ihm etwas zustieße.«

»Ironie des Schicksals«, murmelte sie. »Westfield möchte nicht, dass ich auf meine Witwenrente zurückgreife, dabei gehört ein Teil davon von Rechts wegen ihm, nicht wahr?«

»In gewisser Weise«, gestand St. John. »Den Erlös aus dem Verkauf von Ashford Shipping haben wir zur Bezahlung von Hawthornes Schulden genutzt.«

Elizabeth spürte, wie ihr alles Blut aus dem Gesicht wich. Das Ganze war noch schlimmer als ihre schlimmsten Albträume. »Trotzdem verstehe ich so vieles nicht. Wie sind Sie an meine Brosche gekommen?«

»Als Barclay und Hawthorne angegriffen wurden, war ich in der Nähe«, sagte er traurig. »Ich habe nach Hilfe für Ihren Bruder geschickt. Ich nahm die Brosche, weil ich niemanden wusste, dem ich sie anvertrauen konnte, damit er sie zurückgibt.«

»Warum waren Sie denn in der Nähe? Ist er Ihretwegen gestorben?«

Er zuckte zusammen. »Möglich. Am Ende müssen wir alle für unsere Sünden bezahlen.«

»Was ist an dem Tagebuch so wichtig? Wer will es unbedingt haben?«

»Das kann ich nicht sagen, Elizabeth, und zwar aus Gründen, die ich nicht erklären kann.«

»Wieso?«, rief sie. »Ich verdiene es, die Wahrheit zu erfahren.«

»Es tut mir leid, aber es dient nur Ihrem Schutz, Sie im Unklaren zu belassen.«

»Der Angreifer hat versucht, mich zu töten.«

»Geben Sie mir das Tagebuch«, sagte er drängend. »Nur so sind Sie geschützt.«

Sie schüttelte den Kopf. »Westfield hat es weggesperrt. Ich habe keinen Zugang dazu. Es enthält Karten von verschiedenen Wasserstraßen und verschlüsselte Einträge. Westfield denkt, es könnten detaillierte Informationen über Nigels Aufträge sein. Wenn ich das Tagebuch einem bekannten Piraten zukommen ließe, würde das als Hochverrat betrachtet. Er würde mich befragen, unsere Verwandtschaft entdecken, Eldridge würde davon erfahren –«

»Westfield würde Sie schützen. Und um Eldridge würde ich mich kümmern.«

Sie schluckte hart. Sie konnte Marcus nicht verlieren. Nicht jetzt. »Nach dem, was vor vier Jahren passiert ist, traut mir mein Mann nicht mehr. Er würde mir niemals verzeihen, wenn ich ihn nun so verriete.«

St. John fluchte leise. »Ohne Nigel ist das Tagebuch wertlos. Niemand wird es je entschlüsseln können. Wenn ich es Ihnen abnehme, können Sie verreisen und irgendwo Flitterwochen machen. Dann locke ich den Angreifer aus seinem Versteck und beende alles.«

»Sie wissen doch mehr über das Buch, als Sie zugeben«, warf sie ihm vor. »Wenn es wertlos wäre, schwebte ich nicht in Lebensgefahr.«

»Der Mann ist wahnsinnig«, grollte St. John. »Wahnsinnig, das versichere ich Ihnen. Warum sonst hätte er Sie an Ihrem Verlobungsball angreifen sollen? Tut so etwas jemand, der noch bei Sinnen ist?«

Sie schürzte die Lippen. »Woher wissen Sie, dass ich niedergestochen wurde?«

»Ich habe Sie unauffällig bewachen lassen. Einer der Leibwächter war auf dem Ball.«

»Ich wusste es!« Es war tatsächlich jemand im Garten gewesen, der den Angreifer verjagt hatte.

»Ich gebe mein Bestes, um Ihnen zu helfen ...«

»Sind aber seit Wochen untergetaucht«, spöttelte sie.

»Ihretwegen«, stellte er klar. »Ich habe nach ihm gesucht.«

»Finden Sie ihn! Und lassen Sie mich aus all diesem heraus!«

Er stellte sein Glas ins Türfach. »Ich habe ganz England durchkämmt, und währenddessen sind Sie zweimal angegriffen worden. Er kennt mich zu gut. Er plant seine Angriffe, wenn ich nicht in der Stadt bin.« St. John nahm ihre Hände und hielt sie fest. »Besorgen Sie mir irgendwie das Tagebuch, dann ist schon bald alles vorbei.«

Kopfschüttelnd entzog Elizabeth ihm ihre Hände. »Sagen Sie mir ganz ehrlich: Hat das Tagebuch irgendetwas mit Nigels Tod zu tun?«

St. John blieb vornübergebeugt, stützte sich mit den Unterarmen auf die Knie und starrte sie mit seinen klaren Augen an. »In gewisser Hinsicht.«

»Was heißt das?«

»Elizabeth, Sie wissen bereits zu viel.«

Vor lauter Frustration kamen ihr die Tränen. Sie konnte einfach nicht entscheiden, ob St. John aufrichtig oder nur sehr schlau war. Aber sie hegte den starken Verdacht, dass das Tagebuch Informationen über ihn enthielt. Wenn Sie richtiglag, wollte ihr Ehemann diese Informationen dazu nutzen, den Piraten vor Gericht zu bringen. Für Marcus war das Tagebuch die Möglichkeit, nach all den Jahren Gerechtigkeit zu bekommen.

»Ich muss darüber nachdenken. Das alles ist zu viel für mich«, seufzte sie müde. »Ich hatte so wenig Glück im Leben. Mein Mann ist meine einzige wahre Freude. Und die Aktivitäten von Ihnen und Ihrem Bruder könnten das gefährden.«

»Das tut mir aufrichtig leid, Elizabeth«, sagte er mit bedauerndem Blick. »Ich habe in meinem Leben schon sehr vielen Menschen geschadet, aber Sie leiden zu sehen, widerstrebt mir sehr.«

St. John öffnete die Kutschtür und wollte schon aussteigen, da drehte er sich plötzlich um. Er zog den Kopf ein, tauchte noch einmal in den Landauer zurück und drückte ihr mit seinen warmen Lippen einen sanften Kuss auf die Wange. Dann sprang er aus der Kutsche und griff nach ihrer Hand. »Da Sie jetzt meine Adresse kennen, können Sie jederzeit zu mir kommen, wenn Sie etwas brauchen. Was es auch sei. Und trauen Sie niemandem außer Westfield. Versprechen Sie mir das.«

Als sie stockend nickte, zog er sich zurück.

Der Lakai wartete geduldig. Er war zu gut erzogen, um sich irgendetwas anmerken zu lassen.

»Zurück nach Hause«, befahl sie. Ihr Herz pochte schmerzlich, und vor Angst zog sich ihr Magen zusammen.

Sie konnte sich einfach nicht des Gefühls erwehren, dass St. John das Ende ihres Glücks bedeutete.

Marcus betrachtete Elizabeth von der Tür seines Schlafzimmers. Sie schlief, und ihr wunderschönes Gesicht wirkte unschuldig. Trotz ihres Betrugs ging ihm das Herz auf, als er sie in ihre Kissen geschmiegt sah. Neben ihr auf dem Nachttisch standen zwei offene Päckchen Kopfschmerzpulver und ein halb leeres Glas.

Langsam bewegte sie sich, weil sie seine Anwesenheit und seinen durchdringenden Blick selbst im Schlaf spürte. Sie schlug die Augen auf und sah ihn an, doch die ursprüngliche Zärtlichkeit ihres Blicks wurde schnell durch schuldbewusst gesenkte Lider verborgen. Da wusste er, dass die Berichte stimmten. Reine Selbstbeherrschung hielt ihn aufrecht, obwohl er am liebsten zu ihr gekrochen wäre, um seinen Schmerz in ihren Armen zu vergessen.

»Marcus«, rief sie mit ihrer leisen, kehligen Stimme, die ihn unfehlbar erregte. Trotz seiner Wut und Qual spürte er, wie sein Schwanz sich regte. »Komm ins Bett, Schatz. Ich will in deinen Armen liegen.«

Seine verräterischen Füße setzten sich sofort in Bewegung. Als er bei ihr ankam, hatte er bereits Jacke und Weste abgestreift. Vor ihrem Bett blieb er stehen. »Wie war dein Tag?«, fragte er bewusst neutral.

Sie streckte sich, und ihr Laken spannte sich über ihrem nur mit einem Hemdchen bekleideten Körper. Nun wurde er steif, und er hasste sich dafür, weil er an das dachte, was sie vor ihm verbarg. Nichts konnte verhindern, dass er auf sie reagierte. Selbst jetzt drängte ihn sein Herz, ihr zu verzeihen.

Sie zog die Nase kraus und sagte: »Ganz ehrlich? Es war einer der schrecklichsten Tage meines Lebens.« Dann verzog sie den Mund zu einem verführerischen Lächeln. »Aber du kannst das ändern.«

»Was ist denn passiert?«

Sie schüttelte den Kopf. »Ich will nicht darüber reden. Erzähl mir lieber von deinem Tag. Der war sicher besser als meiner.« Sie schlug das Laken zurück und lud ihn damit in ihr Bett. »Könnten wir heute Abend hier oben essen? Ich möchte mich nicht mehr anziehen.«

Verständlich! Wie oft wollte sie sich denn an einem Tag an- und ausziehen? Vielleicht hatte sie sich ja nicht mal ausgezogen. Vielleicht hatte ihr St. John einfach die Röcke hochgeschoben, und dann …

Marcus biss die Zähne zusammen und verdrängte mühsam die Vorstellung.

Er setzte sich aufs Bett und riss sich die Schuhe von den Füßen. Dann wandte er sich zu ihr. »Hast du deinen Ausflug in die Stadt genossen?«, fragte er beiläufig, konnte sie damit aber nicht täuschen.

Elizabeth kannte ihn zu gut.

Umständlich setzte sie sich auf und bauschte ihre Kissen zu einer bequemen Stütze auf. »Warum sagst du nicht einfach, was du zu sagen hast?«

Er zog sich das Hemd über den Kopf und streifte seine Hose herunter. »Hat es dir dein Geliebter nicht ordentlich besorgt, Liebling? Soll ich zu Ende bringen, was er begonnen hat?« Er glitt zu ihr ins Bett, doch da war sie bereits hinausgesprungen.

Die Hände in die Hüften gestützt, starrte sie ihn an. »Wovon sprichst du eigentlich?«

Marcus lehnte sich gegen die Kissen, die sie arrangiert hatte. »Mir wurde berichtet, dass du heute Zeit mit Christopher St. John verbracht hast. Und zwar in meiner Kutsche, bei geschlossenen Vorhängen. Er hat sich mit einem Kuss von dir verabschiedet und dir seine Hilfe angeboten, was es auch sei.«

Ihre amethystfarbenen Augen funkelten gefährlich. Wie immer war sie umwerfend in ihrem Zorn. Bei ihrem Anblick bekam er kaum noch Luft.

»Aha«, murmelte sie und presste ihre vollen Lippen zusammen. »Natürlich, trotz deines unersättlichen Appetits, durch den ich oft erschöpft und wund bin, brauche ich immer noch mehr Sex. Vielleicht solltest du mich einweisen lassen?«

Dann drehte sie sich um und ging.

Marcus starrte ihr mit offenem Mund nach. Er wartete, ob sie wiederauftauchen würde, doch als das nicht geschah, zog er sich seinen Morgenmantel über und folgte ihr in ihr Zimmer.

Sie stand im Negligé an der Tür zum Flur und befahl einem Dienstmädchen, Abendessen und Kopfschmerzpulver zu bringen. Nachdem sie das Mädchen weggeschickt hatte, schlüpfte sie ohne einen Blick zu ihm ins Bett.

»Leugne es«, grollte er.

»Ich sehe keine Notwendigkeit. Du hast dich bereits entschieden.«

Er ging zu ihr, packte sie an den Schultern und schüttelte sie heftig. »Sag mir, was passiert ist! Sag mir, dass es nicht wahr ist!«

»Aber es ist wahr!«, sagte sie mit hochgezogenen Augenbrauen und so ruhig und gefasst, dass er am liebsten geschrien hätte. »Deine Männer haben alles korrekt berichtet.«

Schockiert starrte er sie an, und seine Hände, die noch immer ihre Schultern umklammerten, begannen zu zittern. Da er Angst hatte, ihr Gewalt anzutun, ließ Marcus sie los und verschränkte die Hände auf dem Rücken. »Du hast dich mit St. John getroffen und willst mir nicht sagen, warum. Welchen Grund könntest du haben, ihn zu treffen?« Seine Stimme wurde hart und erbarmungslos. »Damit er dich küssen kann?«

Elizabeth antwortete nicht. Stattdessen fragte sie: »Wirst du mir verzeihen, Marcus?«

»Was denn!«, brüllte er. »Sag mir, was du getan hast! Hast du eine Schwäche für ihn entwickelt? Hat er dich verführt, ihm zu vertrauen?«

»Und wenn?«, fragte sie leise. »Wenn ich fremdgegangen wäre, aber zu dir zurückwollte, würdest du mich nehmen?«

Bei der Vorstellung, dass sie in den Armen eines anderen gelegen hatte, bäumte sich einen Moment lang sein Stolz so heftig auf, dass ihm übel wurde. Er wandte sich ab und ballte krampfhaft die Fäuste. »Was genau willst du damit sagen?«

»Du weißt sehr gut, was ich damit sagen will. Wirst du mich wegschicken, nun, da du weißt, wie verlogen ich bin? Vielleicht hast du genug von mir. Jetzt willst du mich doch nicht mehr.«

»Ich will dich nicht mehr? Ich habe nie aufgehört, dich zu wollen. Jeden verdammten Augenblick, ob ich schlafe oder wache.« Er wirbelte herum. »Und du willst mich auch.«

Sie sagte nichts, und ihr schönes Gesicht war eine Maske der Gleichgültigkeit.

Er konnte sie zu seiner Familie aufs Land schicken. Sich von ihr distanzieren …

Aber allein der Gedanke daran machte ihn verrückt. Seine Sehnsucht nach ihr war wie ein körperlicher Schmerz. Die Bedürfnisse seines Herzens ließen seinen Stolz zerbröckeln.

»Du wirst bei mir bleiben.«

»Warum? Um dir das Bett zu wärmen? Das kann auch jede andere für dich tun.«

Sie war zum Greifen nahe, doch ihre eisige Distanz schuf eine tiefe Kluft zwischen ihnen.

»Du bist meine Ehefrau und hast mir zu dienen.«

»Das bin ich also für dich? Eine Dienerin? Mehr nicht?«

»Ich wünschte, du wärst nichts für mich«, sagte er schroff. »Bei Gott, wie ich mir wünschte, du wärst nichts.«

Zu seinem Erstaunen verzog sie schmerzlich ihr Gesicht. Sie schlüpfte aus dem Bett und sank zu Boden. »Marcus«, schluchzte sie und senkte den Kopf.

Wie erstarrt stand er da.

Sie schlang ihre Arme um seine Beine und legte den Kopf auf seine Füße, sodass er ihre Tränen auf seinen Zehen spüren konnte. »Ich war heute mit St. John zusammen, habe dich aber nicht betrogen. Das könnte ich nie.«

Vor lauter Verwirrung schwirrte ihm der Kopf. Langsam ging er in die Hocke und nahm sie in die Arme. »Herrgott … Elizabeth …«

»Ich brauche dich. Ich brauche dich zum Atmen, zum Denken – nur, um zu sein.« Mit tränenüberströmtem Gesicht sah sie ihn an. Ihre Hand berührte seine Wange, und er schmiegte sich in ihre Handfläche und atmete ihren Geruch ein.

»Was ist bloß los?«, fragte er heiser, weil ihm ein Kloß im Hals steckte. »Ich begreife das nicht.«

Sie presste ihre Fingerspitzen an seinen Mund. »Ich werde dir alles erklären.«

Und das tat sie, wenn auch mit stockender und immer wieder ersterbender Stimme. Als sie geendet hatte, saß Marcus wie vom Donner gerührt da.

»Warum hast du mir das nicht früher erzählt?«

»Ich habe erst heute Nachmittag die ganze Wahrheit erfahren. Und dann wusste ich nicht, wie du reagieren würdest. Ich hatte Angst.«

»Du und ich, wir sind unauflöslich miteinander verbunden.« Er nahm ihre Hand und drückte sie an sein Herz. »Ob wir es wollen oder nicht, wir bleiben zusammen – in unserer Ehe, in unserem Leben. Ich bin dein, obwohl du mich vielleicht nicht wolltest.«

Es klopfte an der Tür. Marcus fluchte, stand auf und zog sie mit sich. Er öffnete die Tür und nahm das Tablett mit dem Essen entgegen. »Geben Sie Anweisungen zum Packen.«

Der Diener verneigte sich und ging.

Elizabeth sah ihn stirnrunzelnd an. Ihre Porzellanhaut war vom Weinen gerötet. »Was hast du vor?«

Er stellte das Tablett beiseite, nahm ihre Hand und zog sie durchs Wohnzimmer bis in sein Schlafzimmer. »Wir ziehen uns mit der Familie aufs Land zurück. Ich will dich aus London haben, in einem sicheren Versteck, bis ich in diesem ganzen Durcheinander klarer sehe.« Er schloss die Tür hinter ihnen. »Bislang haben wir uns auf St. John konzentriert. Als er noch die einzige Bedrohung darstellte, hielt ich es für sicher, in der Stadt zu bleiben. Aber jetzt weiß ich nicht, wer oder was dir noch droht. Du bist hier nicht sicher. Es könnte jeder sein. Jemand, den wir zu unserem Verlobungsball eingeladen hatten. Ein Bekannter, der vorbeikommt.« Er rieb sich den Nacken.

»Und das Parlament?«, fragte sie.

Er warf ihr einen ungläubigen Blick zu, während er seinen Morgenmantel abstreifte. »Glaubst du etwa, das Parlament ist mir wichtiger als du?«

»Ich weiß aber, dass es dir wichtig ist.«

»Du allein bist mir wichtig.« Er trat zu ihr, löste den Gürtel ihres Negligés, streifte es ab und zog ihr dann ihr Hemdchen aus.

»Ich habe Hunger«, protestierte sie.

»Ich auch«, murmelte er, hob sie auf seine Arme und trug sie zum Bett.

»Ich bin auch der Meinung, dass es klug wäre, London zu verlassen«, sagte Eldridge, der mit auf dem Rücken verschränkten Händen vor dem Fenster auf und ab ging. Er klang geistesabwesend.

»Das war nicht vorherzusehen«, sagte Marcus sanft, weil er begriff, wie belastend die Erkenntnis sein musste, einen Verräter in ihrer Mitte zu haben.

»Ich hätte die Zeichen erkennen müssen. St. John hätte sich nicht all die Jahre der Gerechtigkeit entziehen können, wenn er keine Hilfe gehabt hätte. Ich wollte es einfach nicht glauben. Mein Stolz ließ es nicht zu. Und nun gibt es noch einen Verräter unter uns, vielleicht sogar mehrere.«

»Ich meine, jetzt sei der Zeitpunkt gekommen, uns noch intensiver um St. John zu kümmern. Bislang ist er der Einzige, der etwas über Hawthorne oder das verdammte Tagebuch zu wissen scheint.«

Eldridge nickte. »Talbot und James können das übernehmen. Und Sie kümmern sich um Lady Westfield.«

»Rufen Sie mich, wenn Sie mich brauchen.«

»Das werde ich wahrscheinlich.« Seufzend ließ sich Eldridge auf seinen Sessel sinken. »Augenblicklich sind Sie einer der wenigen, denen ich noch trauen kann.«

Für Marcus gab es nur noch einen Einzigen, dem er vertrauen

konnte, dass Elizabeth vor allem anderen kam. Daher ging er, nachdem er Eldridge verlassen hatte, schnurstracks zu ihm und berichtete ihm alles.

William starrte auf Hawthornes Tagebuch in seinen Händen und schüttelte den Kopf. »Davon habe ich nie gewusst. Mir war nicht mal bewusst, dass Hawthorne Tagebuch führte. Und du …«, er hob den Blick, »arbeitest für Eldridge. Wie ähnlich wir uns sind.«

»Deshalb waren wir wohl früher gute Freunde«, sagte Marcus neutral. Er sah sich im Arbeitszimmer um und dachte daran, wie er genau hier in diesem Raum gesessen und den Heiratsvertrag besprochen hatte. So lange war das schon her. Er stand auf und wollte gehen. »Danke, dass du das Tagebuch in Verwahrung nimmst.«

»Westfield, warte noch.«

»Ja?« Er blieb stehen und drehte sich um.

»Ich schulde dir eine Entschuldigung.«

Da spannte sich jeder Muskel in Marcus an.

»Ich hätte mir deine Version der Ereignisse anhören müssen, bevor ich ein Urteil fällte.« William legte das Tagebuch beiseite und stand auf. »Erklärungen sind mittlerweile vielleicht wertlos, am Ende gibt es nur Entschuldigungen dafür, warum ich als Freund versagte.«

Marcus' Zorn und Groll saßen tief, doch ein winziger Anflug von Hoffnung brachte ihn dazu zu sagen: »Ich würde sie trotzdem gerne hören.«

William zupfte an seinem Halstuch. »Ich wusste nicht genau, was ich empfinden sollte, als Elizabeth Interesse an dir bekundete. Du warst mein Freund, und ich wusste, du warst ein guter Mann, aber auch ein Frauenheld. Da ich die Ängste meiner

Schwester kannte, dachte ich, ihr beide würdet schlecht zusammenpassen.« Er zuckte die Achseln, nicht aus Gleichgültigkeit, sondern aus Verlegenheit. »Du weißt ja nicht, wie es ist, eine Schwester zu haben. Man macht sich ständig Sorgen und will sie beschützen. Und Elizabeth ist zerbrechlicher als die meisten.«

»Ich weiß.« Marcus sah zu, wie sein alter Freund unruhig hin und her lief. Aus Erfahrung wusste er, wenn William sich so rastlos verhielt, war es ihm todernst.

»Sie war verrückt nach dir, weißt du?«

»Wirklich?«

William schnaubte und sagte: »Zum Teufel noch mal, ja! Sie hat nur noch von dir geredet. Von deinen Augen, deinem verdammten Lächeln und von tausend anderen Dingen, die ich lieber nicht gehört hätte. Deshalb glaubte ich ihr auch, als sie mir diesen tränenverschmierten Brief über deine Untreue hinterließ. Eine liebende Frau glaubt alles, was der Geliebte ihr sagt. Als sie einfach fortlief, nahm ich an, dass dein Vergehen nicht mehr wiedergutzumachen war.« Er verstummte und sah ihn an. »Es tut mir leid, dass ich das angenommen habe. Es tut mir leid, dass ich ihr nicht nachgefahren bin und sie zur Vernunft gebracht habe. Es tut mir leid, dass ich später, als ich erfuhr, dass ich dir unrecht getan hatte, nicht zu dir kam, um mich zu entschuldigen. Ich habe mich von meinem Stolz lenken lassen und dich verloren, den einzigen Bruder, den ich je hatte. Das tut mir am meisten leid.«

Marcus seufzte im Stillen und ging zum Fenster. Blicklos starrte er hinaus und wünschte nur, er könnte mit einer Floskel die Spannung vertreiben. Stattdessen widmete er dem Moment die Aufmerksamkeit, die er gebot.

»Dich trifft keine Schuld, Barclay. Und Elizabeth auch nicht. Wenn ich ihr von der Organisation erzählt hätte, wäre all das nicht geschehen. Obwohl ich wusste, wie sehr sie sich nach Sicherheit sehnte, hielt ich es vor ihr geheim. Ich wollte eben alles haben. Mir wurde erst viel zu spät klar, dass das, was ich wollte, und das, was ich brauchte, zweierlei Dinge waren.«

»Ich weiß, du bist nur aus Zuneigung zu Elizabeth hier, Westfield, aber du sollst wissen, dass meine Zuneigung zu dir genauso groß ist. Solltest du jemals einen Sekundanten brauchen, werde ich dich nicht noch mal enttäuschen.«

Marcus drehte sich nickend um und nutzte die Gelegenheit, die sich ihm hier bot. »Nun gut«, sagte er langsam, »dann können wir ja sagen, wir sind quitt, falls du mir verzeihst, dass ich dir Lady Patricia weggeschnappt habe. Obwohl wir uns wohl beide einig sind, dass dein Verstoß gegen die Freundschaft größer war.«

»Du hast mir auch Janice Fleming ausgespannt«, klagte William. Dann lächelte er. »Obwohl ich dir dafür eine ordentliche Tracht Prügel verpasst habe.«

»Deine Erinnerung ist lückenhaft, alter Knabe. Schließlich bist du am Ende im Trog gelandet.«

»Ach Gott, das hatte ich ganz vergessen!«

Marcus wirbelte sein Monokel an der Schnur herum. »Du hast auch mal ein Bad im See genommen.«

»Aber du bist zuerst hineingefallen. Ich wollte dir raushelfen, aber du hast mich reingezogen!«

»Du wolltest mich doch wohl nicht allein im kalten Wasser lassen? Wozu sind Freunde denn da, wenn nicht, um sein Leid zu teilen?«

William lachte. Dann grinsten sie sich an und einigten sich wortlos auf einen Waffenstillstand. »Das stimmt. Wozu sind Freunde sonst da?«

20. Kapitel

Am Nachmittag des zweiten Tages erreichten sie endlich den Familiensitz der Ashfords. Das beeindruckende Gebäude, das eher einer Burg ähnelte, gab ein stummes Zeugnis von Marcus' langer Ahnenreihe. In verschiedenen Höhen ragten Türmchen und Zinnen über dem Gemäuer empor, das sich zu beiden Seiten des Haupteingangs in weitläufige Nebengebäude erstreckte.

Die drei Kutschen und der Gepäckwagen hielten langsam. Sofort flog das Haupttor auf, und eine Dienstbotenschar in westfieldscher Livree strömte die Treppe hinunter.

Als Elizabeth aus der Kutsche stieg, erstarrte sie vor Ehrfurcht. Marcus legte den Arm um ihre Taille und stellte sich neben sie. »Willkommen zu Hause«, flüsterte er ihr ins Ohr.

Dann gab er ihr einen Kuss auf die empfindsame Stelle an ihrer Halsbeuge. »Warte erst mal ab, bis wir im Haus sind«, sagte er mit offensichtlichem Stolz.

Als sie die Eingangshalle betraten, holte Elizabeth keuchend Luft. Die Decke wölbte sich in schwindelerregender Höhe über ihnen. Ein riesiger Kristallleuchter hing an einer unglaublich langen Kette herab. An beiden Seitenwänden hingen Leuchter, die sanftes Licht auf in die Wand eingelassene Alkoven warfen, und der Steinboden war mit mehreren riesigen Aubusson-Teppichen bedeckt.

Elizabeth löste sich von der Gruppe, schritt langsam durch die

Halle und hatte Mühe, ihre Umgebung zu erfassen. Ihre Schritte hallten gedämpft durch den riesigen Raum. Vor ihnen, am anderen Ende der Halle, befanden sich gläserne Flügeltüren. Dahinter erstreckte sich eine riesige Rasenfläche.

Aber dominiert wurde die Halle von der riesigen geteilten Treppe, die sich zu beiden Seiten elegant zu einem imposanten Treppenabsatz hochschwang, der sich zu Galerien nach links und rechts verzweigte, welche in den Ost- und Westflügel führten.

Paul sah sie stolz lächelnd an. »Ziemlich beeindruckend, wie?«

Elizabeth nickte mit weit aufgerissenen Augen. »Das trifft es nicht mal ansatzweise.«

Sie stiegen auf der linken Seite die Treppe hinauf, während die Diener rechts das Gepäck hochhievten. Marcus blieb vor einer offenen Tür stehen und streckte die Hand aus, um Elizabeth hineinzuführen. Paul und Robert entschuldigten sich und versprachen, zum Abendessen wieder zu erscheinen.

Der Raum, den Elizabeth und Marcus betraten, war mit wunderschönen massiven Möbeln eingerichtet und in hellem Taupe und Blaugrau gehalten. Gestreifte Seidenvorhänge umrahmten breite Fenster, die einen Blick auf die kreisförmige Auffahrt gewährten. An jeder Seite des Raumes gab es eine Tür. Da diese geöffnet waren, konnte Elizabeth links ein Wohnzimmer erkennen und dahinter ein sehr maskulin wirkendes Schlafzimmer und rechts ein Kinderzimmer.

Marcus stand direkt hinter ihr. »Gefällt es dir?«

»Es ist perfekt«, antwortete sie.

Mit einem liebevollen Lächeln und einem frechen Zwinkern ging er durchs Wohnzimmer und steuerte sein Schlafzimmer an.

Als Elizabeth allein war, nahm sie ihr Zimmer genauer in

Augenschein und bemerkte einige kleine Details. Das kleine Buchregal unter dem Fenstersitz enthielt ihre Lieblingsbücher. In der Frisierkommode befanden sich die Toilettenartikel, die sie normalerweise benutzte.

Marcus hatte fast an alles gedacht, genau wie in den Nächten, die sie zusammen im Gästehaus verbracht hatten.

Sie zog sich Hut und Handschuhe aus und machte sich auf die Suche nach ihrem Mann. Als sie durch die offene Doppeltür trat, die zu seinem Zimmer führte, entdeckte sie ihn am Schreibtisch. Er hatte Jacke und Weste ausgezogen. Lächelnd trat sie zu ihm.

»Marcus«, sagte sie sanft, »musst du mich jeden Tag bezirzen?«

Er kam um den Schreibtisch herum, nahm sie fest in seine Arme und drückte ihr einen Kuss auf die Stirn. »Selbstverständlich.«

Sie klammerte sich fast verzweifelt an ihn, so dankbar, dass sie es ihm einfach sagen musste.

»Ich bin erleichtert, dass dir das Haus gefällt«, brummte er, den Mund an ihre Haut gepresst. »Vor dem Abendessen führe ich dich herum, und morgen früh wird dir das gesamte Personal vorgestellt.«

»Es ist nicht so sehr das Haus, das mir gefällt, sondern deine Aufmerksamkeit und Fürsorge.« Elizabeth küsste seine scharf geschnittene Kieferpartie.

Er drückte sie fast brutal an sich und schob sie dann von sich. Daraufhin kehrte er zu seinem Schreibtisch zurück und vertiefte sich in die Unterlagen, die er aus einer Schublade geholt hatte.

Seufzend, weil sie seine warme Umarmung vermisste, ließ sie sich in einen Sessel vor dem Kamin sinken. »Was machst du da?«

Ohne den Blick vom Schreibtisch zu heben, antwortete er: »Ich prüfe die Bücher und benachrichtige meinen Verwalter, dass ich da bin. Normalerweise kümmere ich mich nach dem Sitzungsjahr um die Ausgaben, aber da ich schon hier bin, kann ich auch gleich damit beginnen.«

»Willst du nicht das Tagebuch entschlüsseln?«

Jetzt sah er auf, zögerte aber, bevor er antwortete: »Es wäre zu riskant, dich und das Tagebuch an einem Ort zu beschützen.«

Überrascht erstarrte sie. »Wo ist es denn? Bei Eldridge?«

»Nein.« Er holte tief Luft. »Ich habe es Barclays Obhut überlassen.«

»Was?«, sagte sie und sprang auf. »Warum?«

»Weil er außer St. John der Einzige ist, der so eng mit Hawthorne zusammengearbeitet hat. Und momentan ist er einer der wenigen, denen ich noch trauen kann.«

»Was ist mit Mr. James?«

»Avery wäre mir tatsächlich lieber gewesen, aber Eldridge hatte etwas anderes mit ihm vor.«

Elizabeth zog sich der Magen zusammen. »Er hat ihn auf St. John angesetzt.«

Marcus verengte seine Augen zu Schlitzen. »Ja. Wir müssen alles in Erfahrung bringen, was er weiß.«

»Und was ist mit Margaret? Und dem Säugling? Die Geburt rückt immer näher. William kann sich jetzt nicht mit etwas anderem befassen.« Sie presste die Hand auf ihr wild klopfendes Herz. »Was, wenn sie angegriffen werden, so wie ich? Wie konntest du nur? Obwohl ich dich angefleht hatte, dies nicht zu tun?«

»Auf etwaige Angriffe ist Barclay seit Hawthornes Tod vorbereitet.« Er kam um den Schreibtisch herum.

»Und weshalb wurde dann mein Zimmer durchsucht?«, fauchte sie.

»Elizabeth …«

»Verdammt. Ich habe dir vertraut.«

Jetzt wurde seine Stimme leise und zornig. »Du hast mich mit deiner Sicherheit betraut, und genau darum kümmere ich mich.«

»Ach, ich bin dir doch gleichgültig«, widersprach sie. »Sonst hättest du nicht etwas getan, was mich so verletzt. William und Margaret sind doch alles, was ich habe. Sie so in Gefahr zu bringen …«

»Sie sind nicht alles, was du hast! Du hast doch mich.«

Sie schüttelte heftig den Kopf. »Nein. Du gehörst der Organisation. Du tust doch alles für sie.«

»Das stimmt nicht, und das weißt du auch.«

»Ich weiß, dass ich mich in dir geirrt habe, dass es falsch war, dir zu vertrauen.« Sie wischte sich eine Träne weg. »Du hast es mir bewusst verschwiegen.«

»Weil ich wusste, dass es dich aufregen würde. Ich wusste, du würdest es nicht sofort verstehen.«

»Du lügst. Du hast es mir nicht erzählt, weil du wusstest, dass es falsch ist. Und ich werde es nie verstehen. Niemals.«

Sie fegte zur Tür.

»Ich bin noch nicht fertig, Madam.«

»Dann fahren Sie nur fort, Mylord«, warf sie über die Schulter zurück und rannte nun fast zu ihrem Zimmer, um ihm nicht ihre Tränen zu zeigen. »Aber ich will nichts mehr hören.«

William lief unruhig durchs Wohnzimmer.

Margaret drückte sich seufzend tiefer in die Kissen ihrer Chaiselongue, um ihren schmerzenden Rücken zu entlasten. »Und du weißt nichts über das Tagebuch?«

»Nein«, sagte er stirnrunzelnd. »Aber Hawthorne war ein seltsamer Vogel. Es überrascht mich nicht, dass sein Vater verrückt war. Ich bin sicher, Hawthorne hatte etwas von ihm geerbt.«

»Was hat das mit dem Tagebuch zu tun?«

»Irgendwas ist faul an der ganzen Sache. Ich habe mir Westfields Notizen angesehen. Er hat schon viel Zeit auf die Lektüre des Tagebuchs verwandt, und jetzt wissen wir, dass dort stichwortartige Beschreibungen versteckter Plätze stehen, ohne weitere Erklärungen. Ich begreife nicht, was das soll.«

Margaret legte die Hände auf ihren vorgewölbten Bauch und lächelte, als das Kind auf ihre Berührung reagierte. »Dann lassen wir den Inhalt des Tagebuchs einen Augenblick beiseite und konzentrieren uns auf Hawthorne. Wie ist er dein Partner geworden?«

»Eldridge hat ihn mir zugewiesen.«

»Hat Hawthorne dich ausdrücklich verlangt?«

»Ich glaube kaum. Wenn ich mich recht entsinne, erzählte er irgendwas über einen alten Groll gegen St. John.«

»Dann hätte er also genauso gut Westfield zugeteilt werden können. Dieser ermittelte doch auch gegen St. John.«

William fuhr sich mit beiden Händen durch die Haare. »Vielleicht, aber Westfield arbeitete oft mit Mr. James zusammen. Ich hatte noch keine besondere Beziehung zu anderen Agenten aufgebaut.«

»Und Westfield und du wusstet nicht, dass ihr beide in der Organisation wart? Obwohl ihr Freunde wart?«

»Eldridge hält solche Informationen …«

»Geheim, falls man gefangen genommen oder gefoltert wird.« Margaret erschauerte. »Gott sei Dank hast du damit aufgehört. Ich weiß nicht, wie Elizabeth das aushält. Aber sie ist auch viel stärker als ich. Wäre es denkbar, dass Hawthorne Elizabeth nur geheiratet hat, um etwas über Westfields Aktivitäten zu erfahren?«

»Nein.« William setzte sich neben sie und legte seine Hand auf ihre. »Er hätte nichts über Westfield gewusst, genauso wenig wie ich. Ich glaube, er heiratete sie, um sicherzustellen, mein Partner zu bleiben.«

»Ah, ja, das wäre ein kluger Schachzug gewesen. Also haben wir Hawthorne, der mit dir gegen St. John ermittelt, dir aber gleichzeitig Sand in die Augen streut. Er ist mit Elizabeth verheiratet und hat ein Tagebuch mit verschlüsseltem Inhalt, der sich bislang als nicht besonders bedeutsam erwiesen hat. Dabei muss er doch so bedeutsam sein, dass es sich dafür zu töten lohnt.«

»Allerdings.«

»Ich meine, das Beste wäre, St. John zu fassen, ihm das Tagebuch zu geben und ihn zu zwingen, den Inhalt preiszugeben.«

William verzog grimmig den Mund. »Elizabeth sagt, St. John habe behauptet, nur Hawthorne könne das Tagebuch entschlüsseln. Aber das kann nicht stimmen, daher sucht Avery nach dem Piraten, der unglücklicherweise schon wieder aus London geflohen ist. Er ist der Schlüssel zu dem Ganzen.«

»Ich mache mir Sorgen um Elizabeth, das weißt du, aber dennoch wünschte ich, Westfield hätte das Tagebuch irgendwo anders versteckt.«

»Ich weiß, Liebes. Hätte es eine andere Möglichkeit gegeben, hätte ich sie vorgeschlagen. Aber tatsächlich bin ich, trotz seiner langjährigen Zusammenarbeit mit Avery und Eldridge, der Einzige, für den Elizabeths Sicherheit oberste Priorität hat. Und wir beide waren schon so lange vorsichtig. Ich könnte nicht ertragen, dass unsere Kinder in Angst leben müssen. Wir müssen das Ganze nun beenden.« Er sah sie um Verständnis heischend an.

Sie umfasste seine Wange. »Ich bin froh, dass du jetzt die Wahrheit über Hawthorne und St. John weißt. Das mildert die

Schuldgefühle, die du all die Jahre empfunden hast. Vielleicht war Hawthornes Tod unvermeidlich, schließlich lebte er immer mit einem Fuß in der Welt des Verbrechens.« Sie nahm seine Hand, legte sie auf ihren Bauch und lächelte, als er ehrfürchtig die Augen aufriss, als er einen heftigen Tritt gegen seine Hand spürte.

»Verzeihst du mir, dass ich diese Aufgabe übernommen habe, während du mein Kind unter dem Herzen trägst?«, fragte er heiser und drückte ihr einen innigen Kuss auf die Stirn.

»Natürlich, mein Lieber«, sagte sie tröstend. »Es blieb dir nichts anderes übrig. Und wenn man bedenkt, dass eure Freundschaft eigentlich beendet war, ist es doch ein gutes Zeichen, dass Westfield dich um Hilfe gebeten hat. Wir sollten dieses Puzzle zusammen lösen. Vielleicht finden wir dann alle unseren Frieden.«

»Bitte, sag mir, was los ist, Elizabeth«, sagte Elaine besorgt. »Es schmerzt mich, dich so bedrückt zu sehen.«

»Ich sollte jetzt in London sein und nicht hier.«

Als Elizabeth zum tausendsten Mal an William und Margaret dachte, stöhnte sie gequält auf. Marcus hatte vielleicht getan, was er für das Beste hielt, aber er hätte es mit ihr besprechen, ihr die Möglichkeit geben müssen, sich mit dem Gedanken anzufreunden. Er hätte sie mit William sprechen lassen müssen, damit sie ihm hätte danken können. Ihre Brust zog sich zusammen, als sie daran dachte, wie sehr ihr Bruder sie liebte.

»Es tut mir sehr leid, dass du hier nicht glücklich bist …«

»Nein, das ist es nicht«, versicherte sie rasch. »Ich finde es wunderbar hier. Aber es – gibt etwas, worum ich mich kümmern muss.«

Elaine runzelte die Stirn und sagte: »Das verstehe ich nicht.«

»Ich habe Westfield gebeten, etwas für mich Wichtiges zu tun, und er hat meine Wünsche missachtet.«

»Dann muss er einen guten Grund gehabt haben«, beschwichtigte Elaine sie. »Er betet dich an.«

Da betrat Paul den Salon. »So trübsinnig?«, fragte er. Dann sah er Elizabeths tränenüberströmtes Gesicht und runzelte die Stirn. »Hat Marcus dich wieder angeschrien, Beth?«

Trotz ihres Kummers musste Elizabeth lächeln, als Paul sie so nannte. Noch nie hatte ihr jemand einen Spitznamen gegeben.

»Nein, fast wünschte ich, es wäre so«, gestand sie. »Er war die ganze letzte Woche fast unerträglich höflich mir gegenüber. Ein schöner Streit würde meine Stimmung beträchtlich heben.«

Paul lachte. »Ja, distanzierte Höflichkeit ist eine von Marcus' Lieblingsdisziplinen. Also habt ihr euch gestritten?«

»So kann man es auch nennen, obwohl das noch ein moderater Ausdruck ist.«

Seine braunen Augen funkelten spitzbübisch. »Zufällig bin ich Fachmann für so etwas. Da hilft kein Trübsalblasen, sondern vielmehr ein kleiner Rachefeldzug.«

Elizabeth schüttelte den Kopf. Sie hatte sich Marcus schon die letzten sechs Nächte verweigert. Jede Nacht prüfte er, ob ihre Tür verschlossen war. Jede Nacht drehte er wortlos wieder ab. Tagsüber war er charmant, höflich und aufmerksam wie immer.

Was fehlte, waren seine glühenden Blicke und die vertrauten heimlichen Berührungen, die ihr zeigten, wie sehr er sie begehrte. Die Botschaft war eindeutig. Sie war nicht die Einzige, die sich verweigerte.

»Ich glaube, weiter als ich kann man nicht gehen, um eine Reaktion zu bekommen«, sagte sie.

»Dann Kopf hoch, Beth. Ein Streit unter Liebenden dauert nie lange.«

Aber Elizabeth war anderer Meinung. Sie würde erst nachgeben, wenn Marcus sich entschuldigte. Er konnte sich nicht einfach so über sie hinwegsetzen. Entscheidungen dieser Größenordnung mussten gemeinsam besprochen werden.

Und ehrlich gesagt konnte sie genauso stur sein wie er.

Als die Kohlen im Kamin verrutschten, fuhr Elizabeth auf. Jeder Muskel ihres Körpers war vor lauter Erwartung angespannt. Fast atemlos wartete sie darauf, dass Marcus am Türknauf drehte. Erst dann konnte sie sich entspannen und versuchen einzuschlafen.

Wenn er seine Routine beibehielt, dann musste sie nicht mehr lange warten. Sie saß aufrecht in ihrem Bett und umklammerte nervös ihr Laken. Der Spitzenkragen ihres Nachthemds kam ihr zu eng vor. Sie hatte Mühe zu schlucken.

Dann drehte sich der Knauf langsam nach rechts.

Sie konnte ihren Blick nicht davon lösen, nicht mal blinzeln.

Als der Knauf den Zapfen des Türschlosses berührte, klickte es leise.

Sie biss die Zähne zusammen, bis ihr der Kiefer wehtat.

Anschließend wurde der Knauf losgelassen und schnellte in seine frühere Position zurück.

Sie schloss die Augen und seufzte, gleichzeitig erleichtert und enttäuscht. Allerdings konnte sie nicht über ihre gemischten Gefühle nachdenken, denn eine Sekunde später ging die Tür auf, und Marcus kam herein. Er wirbelte eine Schnur um seinen Zeigefinger, an dem ein Schlüssel hing.

Kochend vor Wut biss sie sich auf die Unterlippe, hielt aber den Mund. Sie hätte keine Fairness erwarten sollen von einem Mann, der gewohnt war, alles zu bekommen, was er wollte. Was es auch kosten mochte.

Er schlenderte zum nächststehenden Sessel und drehte ihn zum Bett. Dann setzte er sich, schlug die Beine übereinander und zog seinen Morgenmantel aus schwerer Seide gemächlich zurecht. Den Schlüssel hatte er in die Tasche gesteckt.

»Du bist der arroganteste Kerl, der mir je begegnet ist.«

»Wir können sehr gerne später über meine angeblichen Charakterschwächen reden. Doch jetzt bleiben wir doch bitte bei dem Grund, aus dem du mich aus deinem Bett verbannst.«

Sie verschränkte die Arme. »Du kennst ihn.«

»Wirklich? Dann habe ich ihn wohl vergessen. Wärst du so nett, ihn mir noch einmal zu nennen? Und bitte schnell. Ich habe mein Bestes gegeben, um dir Zeit zu lassen, deinen Ärger zu überwinden, aber eine ganze Woche hat meine Geduld schon ziemlich beansprucht.«

Elizabeth knurrte: »Du kannst mich nicht einfach benutzen, um Dampf abzulassen. Wenn du so dringend Sex brauchst, nimm es doch selbst in die Hand.«

Er holte scharf Luft, und daran merkte sie, dass sie ihn getroffen hatte. »Wenn ich nur sexuelle Befriedigung suchte, hätte ich genau das getan. Also: der Grund für die verschlossene Tür?«

Eine ganze Weile saß sie nur da, weil sie dachte, er müsste schon selber herausfinden, was er falsch gemacht hatte. Aber schließlich ertrug sie die lastende Stille nicht mehr. »Du schuldest mir eine Entschuldigung.«

»Wirklich?«

»Ja.«

»Wofür denn, bitte?«

»Du weißt, wofür. Es war falsch, William in die Sache zu verwickeln. Ich hatte dich ausdrücklich gebeten, das zu lassen.«

»Dafür werde ich mich nicht entschuldigen.« Seine großen Hände mit den langen, eleganten Fingern umfassten die geschnitzten Lehnen seines Sessels.

Sie reckte das Kinn. »Dann haben wir nichts mehr zu besprechen.«

»Aber ja doch«, sagte er gedehnt. »Denn heute gedenke ich, das Bett mit dir zu teilen, mein geliebtes Weib, und es soll schließlich schön werden.«

»Ich habe Gefühle, Marcus, und einen eigenen Kopf. Du kannst nicht einfach über alles hinwegtrampeln und dann erwarten, von mir mit offenen Armen empfangen zu werden.«

»Ich schätze deine Gefühle sehr, Elizabeth, und respektiere, dass du deinen Willen durchsetzen willst. Sonst hätte ich dich nicht heiraten können.«

Mit schräg gelegtem Kopf betrachtete sie ihn. Er war so groß und breitschultrig, dass der Sessel fast klein wirkte. »Wenn das die Wahrheit ist, warum besprichst du nicht mit mir, was du vorhast, und gibst mir die Möglichkeit, meine Meinung zu äußern? Du behandelst mich wie ein Kind, wenn du ohne mein Wissen handelst und versuchst, es vor mir zu verbergen.«

»Ich habe gar nichts zu verbergen versucht. Als du mich gefragt hast, habe ich dir alles erzählt. Und deine Meinung war mir bereits bekannt. Ich bin ziemlich schlau«, sagte er trocken. »Man muss mir etwas nur einmal sagen, damit ich es behalte.«

»Dann ist meine Meinung für dich so bedeutungslos, dass du sie nicht mal berücksichtigst?«

Er stand auf. »Ich werde deine Meinung immer berücksichtigen und messe ihr genauso viel Gewicht bei wie meiner eigenen, aber deine Sicherheit hat oberste Priorität. Immer.«

Da Elizabeth sich auf einmal unterlegen fühlte, stand sie ebenfalls auf. Obwohl Marcus viel größer war als sie, war es ihr angenehmer, sich gegen ihn aufzurichten. »Und was ist mit Williams Sicherheit? Und der seiner Familie?«

Marcus kam zu ihr und fuhr ihr mit dem Handrücken über die Wange. Er schloss die Augen, als wollte er die Berührung ihrer Haut auskosten. Sie erschauerte, als sie seinen warmen Geruch nach Sandelholz und Zitrone wahrnahm, den sie so gut kannte und liebte.

»Zugegeben, ich mache mir Sorgen um ihn. Und ich bedaure, dass ich gezwungen war, ihn in die Sache hineinzuziehen. Sollte ihm oder seiner Frau etwas zustoßen, wäre ich für immer von Schuldgefühlen zerfressen. Ich würde den Verlust eines Mannes betrauern, der mir einst so nahestand wie einer meiner Brüder – und mir hoffentlich irgendwann einmal wieder so nahestehen wird.« Seine Stimme senkte sich zu einem Flüstern. »Aber ich würde es überleben. Doch wenn ich dich verlöre …«

»Marcus …« Sie war so überrascht, dass sie unwillkürlich seine Hand an ihrer Wange umfasste.

»Ich weiß nicht, wie ich die letzten vier Jahre ohne dich überlebt habe. Ich erinnere mich nur an die endlosen Tage, an meine ständige, schmerzende Sehnsucht und das Gefühl, mir würde etwas Wichtiges fehlen …« Er schüttelte den Kopf. »Das könnte ich nicht noch einmal ertragen. Außerdem war das, bevor ich die vielen Facetten deines Lächelns kannte, die Wärme deiner Haut, die Laute deiner Lust, das Gefühl, dich neben mir zu spüren.«

Keuchend holte sie Luft, weil sie sich plötzlich überwältigt fühlte.

Er zog sie näher an sich und nahm sie sanft in den Arm. »Es tut mir leid, dass ich dir mit meiner Entscheidung wehgetan habe, doch ich würde mich immer wieder so entscheiden. Ich weiß, es ist schwer für dich, und mir ist klar, dass du nicht verstehst, was ich empfinde. Ich würde mein eigenes Leben opfern, um dich zu schützen, denn ohne dich wäre nichts mehr von Bedeutung. Also werde ich nicht länger bei der Organisation arbeiten, weil meine Arbeit dich in Gefahr bringt.«

»W-w-was …« Sie schluckte hart und hielt ihn fest umklammert. »Ich hätte nie damit gerechnet, so etwas von dir zu hören. Ich weiß gar nicht, was ich sagen soll …«

»Eine Woche ohne dich hat gereicht zu erkennen, dass ich dir sagen muss, was ich empfinde, um jeden Zweifel auszuräumen.«

»Ich hätte nie gedacht, du würdest mich lieben. Nicht nach all dem, was ich dir angetan habe.«

Er schmiegte seine Wange an ihren Schopf. »Früher habe ich mich gefragt, warum ich unbedingt dich haben wollte. Ich hatte schon andere Frauen kennengelernt, die schön waren – und klug, lustig und mutig. Warum also ausgerechnet dich, Elizabeth? Warum nicht eine, die mir ihr Herz schenken konnte? Vielleicht lag es daran, dass du meinen Jagdinstinkt geweckt hast. Vielleicht aber auch daran, dass du verletzt bist und ich dich heilen möchte.« Er zuckte die Achseln. »Das weiß nur Gott.«

»Ich wünschte immer noch, du hättest mir mitgeteilt, was du vorhast«, grummelte sie, obwohl ihr Groll sich durch seine Liebeserklärung fast verflüchtigt hatte.

»Ich hoffe, in Zukunft habe ich mehr Zeit, dich zu überzeugen, aber in diesem Fall war das eben nicht möglich.«

Sie schmiegte sich in seine Arme. Dann verengte sie ihre Augen zu Schlitzen. »Wie lange hätte es wohl gedauert?«

Er lachte. »Offenbar eine Woche, und die hatten wir nicht.«

Als sie zu ihm hochschaute und seinen warmen Blick und sein liebevolles Lächeln sah, hätte sie am liebsten wie ein albernes Schulmädchen geseufzt. Obwohl ihr seine markanten Züge mittlerweile vertraut waren, verfehlten sie immer noch nicht ihre Wirkung auf sie. Mit Worten konnte sie sich nicht so gut ausdrücken wie er, konnte nicht so klar und mutig sagen, was sie empfand. Aber sie würde ihr Bestes versuchen.

Sie fuhr mit den Händen unter seinen Morgenmantel, sodass er sich öffnete und seinen prächtigen Körper freilegte. Ihr wurde der Mund trocken, und ihre Scham zog sich erwartungsvoll zusammen. Sie fuhr ihm mit den Fingerspitzen über seine warme, straffe Haut, seinen Bauch hinunter bis zu den Schenkeln.

»Siehst du, was du mir antust?«, fragte er, schloss die Augen und erschauerte. Er leckte sich über die Lippen und packte sie an der Taille, als ihm das Blut in die Wangen schoss. »Ich verzehre mich nach deiner Berührung, Elizabeth, ich entbrenne davon.« Er griff nach ihrer Hand und legte sie auf seinen steifen, pochenden Schwanz. Als sie ihn umfasste, holte er scharf Luft.

Ehrfürchtig betrachtete sie seinen Körper, der sich hilflos ihren eher erkundenden Liebkosungen ergab.

Vertrauen, hatte er einmal zu ihr gesagt. *Das ist Vertrauen.*

Sie würde darauf vertrauen müssen, dass er immer tat, was in seinen Augen das Beste für ihr Wohl war, selbst wenn sie seine Methoden nicht billigte. Würde sie nicht dasselbe tun, um ihn zu beschützen?

Durchströmt von Gefühlen, die kein Ventil fanden, sank sie auf die Knie, öffnete den Mund und spendete ihm den Genuss, nach dem er sich verzehrte.

Ah … wie sie das liebte! Seine weiche Haut, sein genüssliches

Aufkeuchen, seine langen Finger, die sich in ihrem Haar verkrallten.

»Ja«, rief er aus und stieß sachte sein Becken nach vorn, sodass seine Pobacken sich hart wie Stein in ihren Händen anfühlten. »Dafür würde ich sterben.«

Kurz darauf hob er sie hoch, trug sie zum Bett und streifte ihr das Nachthemd über den Kopf. Weiche Kissen von unten und sein harter Körper von oben umfingen sie, als er sich auf sie legte, und sie schmolz dahin, als er ihr Bein hob und tief in sie eindrang.

Seine Stärke, die Härte seines zustoßenden Glieds, die feuchte Haut, die fast unerträgliche Intimität verblasste vor der Intensität seines Blicks.

Mitgerissen von ihrer Leidenschaft und überwältigt von der Erinnerung an seine Worte, umklammerte sie seinen angespannten Körper und weinte vor Freude. Ihre Tränen benetzten seine Schulter und vermischten sich mit seinem Schweiß, sodass sie auch hier verbunden waren. Ihr Körper bäumte sich unter seinem auf und verharrte dort im Höhepunkt, gehalten durch den stetigen Rhythmus, mit dem Marcus ihre Lust verlängerte.

Und als er mit ihr zusammen kam, fest an sie gepresst, erschauerte und ihren Namen rief, da schmiegte sie ihren Mund an sein Ohr und sagte, was sie fühlte.

21. Kapitel

»Mr. Christopher St. John möchte Sie sprechen, Mylady.«

Elizabeth blickte von ihrem Roman auf und starrte mit offenem Mund zum Butler. Dann ließ sie das Buch auf das Sofa fallen und stand auf. »Wohin haben Sie ihn geführt?«

»In den unteren Salon, Mylady.«

Marcus war mit dem Verwalter aufgebrochen, um ein paar reparaturbedürftige Pächterhäuschen zu inspizieren. Elaine hatte sich für ein Mittagsschläfchen zurückgezogen, und Robert und Paul waren vor einer knappen Stunde ins Dorf geritten. Sie war zwar allein, hatte aber keine Angst. Als sie zur Tür des Salons kam, nickte sie den Leibwächtern zu, die dort Wache standen.

Bevor sie das Zimmer betrat, holte sie tief Luft. St. John erhob sich bei ihrem Erscheinen. Er war prächtig gekleidet und sah fast überirdisch gut aus. Als er lächelte, brachte die Ähnlichkeit mit Nigel sie kurzzeitig aus dem Konzept.

Doch als sie sich ihm näherte, bemerkte sie, dass er dünner wirkte und die Schatten unter seinen Augen tiefer waren. Trotz seiner stolzen Haltung spürte sie, dass er müde war.

»Ziemlich mutig von Ihnen, mich hier aufzusuchen.«

Er zuckte die Achseln. »Eigentlich hatte ich damit gerechnet, Westfield würde durch diese Tür platzen. Ich bin erleichtert, dass Sie es sind. Eine Prügelei käme mir gerade nicht gelegen.« Er warf einen Blick über ihren Kopf hinweg. »Wo ist Seine Lordschaft?«

»In der Nähe.«

Er hob die Augenbrauen und lächelte. »Solange er einen großen Bogen um mich macht, werde ich es schon schaffen.«

»Eldridge sucht nach Ihnen.«

Christophers Lächeln schwand schlagartig. »Ich weiß.«

»Sie sagen, Sie wollen mir helfen, aber durch Ihr Stillschweigen bringen Sie mein Leben in Gefahr.«

Er wandte sich ab, ging zum Fenster, schob den Vorhang beiseite und starrte auf den runden Vorplatz. »Ich wollte Sie nie in die Sache mit hineinziehen. Ich wusste, der Mann ist niederträchtig, aber Sie zu benutzen, zu bedrohen …« Er grollte: »Ich wünschte bei Gott, das verdammte Tagebuch wäre nie aufgetaucht.«

»Dem kann ich mich nicht anschließen. Denn dann hätten Marcus und ich vielleicht nie wieder zueinandergefunden.«

Er sah sie an und lächelte traurig. Daraufhin fiel sein Blick auf die livrierten Leibwächter, die unübersehbar an der Tür Aufstellung genommen hatten. »Ich sehe, Westfield lässt Sie gut bewachen. Das beruhigt mich etwas.«

»Ich hingegen sehe, dass Sie schlecht aussehen«, gab sie unverblümt zurück.

»Danke, sehr aufmerksam«, grummelte er, »nachdem ich mir solche Mühe mit meinem Erscheinungsbild gegeben habe. Ich darf nicht vergessen, meinen Kammerdiener zu entlassen.«

»Selbst der beste Kammerdiener der Welt kann die Spuren eines harten Lebens nicht unsichtbar machen«, erwiderte sie. »Haben Sie je daran gedacht, Ihr Betätigungsfeld zu wechseln? Ihre Lebensweise zehrt Sie förmlich auf.«

Er presste die Lippen zusammen. »Ich bin nicht gekommen, um über meine Lebensweise zu diskutieren.«

Elizabeth setzte sich und wartete, dass er es ihr gleichtat. »Na gut. Ich habe das Tagebuch nicht mehr.«

Daraufhin fluchte er so unflätig, dass sie rot wurde. »Hat Eldridge es?«

Sie zögerte kurz, weil sie sich fragte, ob es klug wäre, ihm noch mehr zu erzählen. »Nein«, sagte sie schließlich, und nur ihre nervös zuckenden Finger verrieten ihr Unbehagen.

»Gott sei Dank. Halten Sie es von ihm fern.«

»Er war einverstanden, dass Westfield versucht, es zu entschlüsseln. Gerade konzentriert er sich auf die Suche nach Ihnen.«

»Ja, das kann ich mir vorstellen. Ehrlich gesagt bin ich überrascht, dass er so lange gewartet hat. Ich wage zu behaupten, dass er vorher all seine Agenten gegen mich aufbringen wollte. Wenn er eines ist, dann sorgfältig.«

Elizabeth betrachtete St. John prüfend. »Warum sind Sie hier?«

»Als ich erfuhr, dass Eldridge nach mir sucht, wurde mir klar, wie schwierig die Lage geworden ist. Ich weiß nicht, was ich tun soll. Am Ende gibt es nur eine einzige Lösung, aber es ist nahezu unmöglich, sie in die Tat umzusetzen.«

Sie wollte schon antworten, als plötzlich Lärm von draußen ihre Aufmerksamkeit erregte. Sie sprang auf und lief mit St. John zum Fenster. Draußen fuhr ein Karren aus dem Dorf gefährlich schwankend vor. Eines seiner Räder war zerbrochen. »Bleiben Sie hier«, befahl sie, weil sie wusste, Marcus würde mit dem Piraten sprechen, ihn vielleicht sogar dabehalten wollen.

Sie vergewisserte sich kurz, dass draußen Hilfe kam, dann wandte sie sich um und blinzelte. Denn das Zimmer war leer.

»Wo ist er hin?«, fragte sie die beiden Leibwächter.

Sie stürzten herein und durchsuchten alles.

Aber St. John war fort.

Marcus lehnte sich an das Kopfende des Bettes und verlagerte Elizabeths Körper, der schlaff und befriedigt über seinem lag. Nicht mal ihr Protestgemurmel brachte ihn zum Lächeln. Er strich ihr beruhigend mit der Hand über den Rücken, damit sie wieder einschlief. Er selbst konnte an Schlaf nicht mal denken.

Warum war St. John gekommen? Wenn er das Tagebuch wollte, hätte er sich nicht mit Elizabeths Versicherung zufriedengegeben, dass sie es nicht mehr hatte. Doch mehr hatte er nicht erfahren, bevor er aus dem Fenster floh. Es war typisch für ihn, ein Ablenkungsmanöver wie das mit dem schwankenden Karren schon im Voraus zu planen. Er musste sie beobachtet haben, weil er gewusst hatte, dass alle männlichen Mitglieder der Familie Ashford nicht im Haus waren.

Als er Elizabeth fester umarmte, schmiegte sie ihr Gesicht an seine Brust. Die Warnung des Piraten war eindeutig: Du bist nicht sicher. Nicht mal in deinem eigenen Haus.

Marcus erstarrte bei der Vorstellung. Er neigte den Kopf zur Seite und lauschte angestrengt. Aber außer dem Knacken des Feuers hörte er nichts. Entspannen konnte er sich trotzdem nicht. Im Gegenteil: Ihm stellten sich die Nackenhaare auf.

Da er schon vor langer Zeit gelernt hatte, seinem Instinkt zu vertrauen, glitt er die Kissen hinunter, rollte sich mit Elizabeth herum und bettete sie in ihre Kissen. Sie umarmte ihn, war sie es doch schon gewohnt, dass er sie weckte, um mit ihr zu schlafen. Doch jetzt drückte er ihr nur einen raschen Kuss auf den Mund, löste sich von ihr und stieg aus dem warmen Bett.

»Was machst du denn?«, klagte sie und blinzelte ihn an.

Es schmeichelte ihm, dass sie schmollte, und einen Moment lang kostete er das Gefühl aus. Es hatte eine Zeit gegeben, da hatte er nur davon träumen können, lustvoll mit ihr das Bett zu teilen. Als ihr Ring im schwachen Lichtschein des Feuers aufblinkte, biss er die Zähne zusammen. Er würde verdammt sein, wenn er zuließe, dass sie irgendwie in Gefahr geriet.

Er zog seine Hose an und flüsterte: »Bleib so, Liebes.« Dann nahm er sein Kurzschwert, das er auf einen Stuhl in der Nähe gelegt hatte, und zog die Klinge aus ihrer Scheide. Elizabeths Kopf fuhr hoch. Mit einem Finger auf den Lippen hieß er sie zu schweigen, dann ging er auf nackten Füßen zur Tür, die zum Nebenzimmer führte. Dort holte er tief Luft, bevor er sie einen Spalt öffnete.

Durch die schmale Öffnung konnte er bis zu Elizabeths Zimmer sehen, und er bemerkte, dass Licht unter ihrer Tür hervordrang. Wieder einmal hatte ihn sein Instinkt nicht getrogen. Jemand war in ihrem Zimmer. Er straffte die Schultern und verließ sein Zimmer. St. John hatte nicht aufgegeben. Wie Marcus schon geahnt hatte, war er zurückgekommen.

Er hatte eine Wache im Wohnzimmer aufstellen wollen, doch Elizabeth fand die Vorstellung grauenhaft, einen Zuhörer beim Sex zu haben. Sie hatte sich nicht erweichen lassen, und da er bezweifelte, sich zurückhalten zu können, hatte er nachgegeben. Jetzt konnte er nur den Kopf schütteln, dass er jede Vernunft in den Wind geschlagen hatte. Rasch schlich er zur Tür und drehte am Knauf. Die Tür war verschlossen. Er verfluchte sich und kehrte in sein Zimmer zurück, um den Schlüssel zu holen.

Elizabeth streifte gerade ihren Morgenmantel über.

Marcus verzog das Gesicht und schüttelte den Kopf. *Bleib hier*, sagte er lautlos.

Was ist denn?, fragte sie, ebenfalls lautlos.

Als Antwort hielt er den Schlüssel in die Höhe und kehrte ins Wohnzimmer zurück. Sofort bemerkte er, dass kein Licht mehr unter der Tür hervordrang. Da es dunkel war, brauchte er einen Moment, um sie zu erreichen. Ein kühler Luftzug verriet ihm, dass auf der anderen Seite des Zimmers ein Fenster offen stand. Er war nicht so dumm, in ein dunkles Zimmer zu gehen. Marcus trat hinaus auf den schwach beleuchteten Flur, nahm einen Kerzenhalter und zündete den Leuchter auf der Kommode an.

Als er sich umdrehte, sah er, dass die Tür vom Flur zu Elizabeths Zimmer nur angelehnt war. Mit dem Leuchter in der einen und dem Kurzschwert in der anderen Hand trat er sie auf. Da die Vorhänge zurückgezogen waren, drang fahles Mondlicht herein und warf tiefe Schatten um die Möbel. Die Vorhänge wehten im sanften Abendwind, sodass er wachsam Leuchter und Schwert umklammerte. Sie befanden sich im zweiten Stock, weshalb er bezweifelte, dass irgendjemand durchs Fenster gekommen oder gegangen war. Was bedeutete, er war noch im Zimmer oder auf den Flur geschlüpft, während er den Schlüssel geholt hatte.

Elizabeth.

Obwohl alles still war, waren seine Nerven bis zum Zerreißen gespannt.

»Mylord«, murmelte eine tiefe Stimme hinter ihm, »ist etwas nicht in Ordnung?«

Marcus wirbelte herum. Einer der Leibwächter stand vor ihm. Hinter ihm verbarg sich Elizabeth, die sich nervös auf die Unterlippe biss. Einen Moment lang stockte ihm der Atem bei der Vorstellung, dass sie über die ungeschützte Galerie gegangen war. Aber es gab nichts anderes, das sie hätte tun können, und wieder einmal ging ihm vor Bewunderung das Herz auf. Sie war eine praktisch denkende und zugleich mutige Frau. Er brauchte einen Moment, um sich zu fassen, dann sagte er: »Jemand war im Zimmer von Lady Westfield. Warten Sie hier mit ihr, während ich mich vergewissere, dass der Eindringling fort ist.«

Der Leibwächter nickte kurz, und Marcus machte sich an die Durchsuchung. Das Zimmer war leer, trotzdem schwand sein Unbehagen nicht. »Wecken Sie die anderen Wachen«, befahl er, als er in den Flur zurückkam. »Untersuchen Sie alle freien Zimmer und Ausgänge. Finden Sie heraus, wie er sich Zutritt verschafft hat. Und von nun an will ich, dass jede Nacht ein Leibwächter im Wohnzimmer bleibt.«

Er gab dem grimmig blickenden Leibwächter den Leuchter, fasste Elizabeth am Ellbogen und führte sie zurück ins Schlafzimmer.

»Es ist Zeit, aus unserem Versteck zu kommen, Marcus.«

»Nein.«

»Du weißt, dass es notwendig ist.« Sie blieb abrupt stehen und sah ihn an.

Er biss die Zähne zusammen und schüttelte den Kopf. »Das ist zu gefährlich.«

»Was bleibt uns denn anderes übrig? Sieh doch, wie du deine Familie, dein Zuhause gefährdest.«

Marcus umfasste ihr Gesicht. »Du bist meine Familie, mein Zuhause.«

»Jetzt sei doch bitte nicht so stur.«

»Du verlangst zu viel, Elizabeth.«

»Ich verlange Freiheit.« Mit Tränen in den Augen sah sie ihn an. »Ich bin es leid. Mit diesem endlosen Warten kommen wir doch nicht voran. Wir müssen die Initiative ergreifen und ihn zum Handeln zwingen. Es beenden.«

Als er den Mund öffnete, legte sie ihm einen Finger auf die Lippen. »Du musst nichts mehr sagen. Ich verstehe deinen

Standpunkt vollkommen. Denk nur darüber nach. Mehr verlange ich gar nicht.«

Obwohl er wusste, dass sie recht hatte, linderte dies nicht im Geringsten seine Qual, und als sie wieder ins Bett gingen, drückte er sie fest an sich, um mit ihrer Wärme die eisige Furcht zu vertreiben, die sich in seiner Brust eingenistet hatte.

»Bitte, mach dir keine Sorgen«, flüsterte sie, und ihre weichen Lippen kitzelten an seiner Brust. »Ich vertraue dir.« Dann schlief sie wieder ein.

Er hielt sie fest, voller Liebe, weil sie so an ihn glaubte, dass sie ihm etwas derart Gefährliches vorschlug. Sie hatte einmal gesagt, sie würde ihm niemals vertrauen, und er hatte ihr das geglaubt. Die Entdeckung, so tief in ihr Inneres vorgedrungen zu sein, war Balsam für seine schwärenden Wunden, die mit jedem Tag mehr verheilten.

Doch für sich selbst empfand er nur Verachtung. Er begriff nicht, wie sie ihm vertrauen konnte, obwohl er bei jeder Gelegenheit, sie zu schützen, versagte.

Die nächsten drei Tage verbrachte Elizabeth in höchster Anspannung. Marcus zog sich in sein Arbeitszimmer zurück, wo er unermüdlich arbeitete, um alle Schwachstellen in seinem Schutzwall um Elizabeth aufzuspüren. Die Nächte waren noch schlimmer. Da im Nebenzimmer ein Leibwächter postiert war, konnte sie sich nicht genug entspannen, um sich der Liebe hinzugeben, und Marcus weigerte sich, sie in diesem Zustand zu nehmen.

»Es ist schrecklich, dich so niedergeschlagen zu sehen, Beth«, bemerkte Paul eines Nachmittags, als sie die Speisepläne einsammelte, die auf dem Esstisch lagen.

»Ich bin nicht niedergeschlagen.«

Er zog die Augenbrauen hoch. »Dann gelangweilt? Das könnte ich dir nicht verdenken. Du bist schon seit Tagen hier eingesperrt.«

Elizabeth zog die Nase kraus. Fast hätte sie gestanden, wie sehr ihr Marcus fehlte, doch da sich das nicht schickte, schüttelte sie nur den Kopf.

»Möchtest du gerne ins Dorf gehen?«, fragte er.

»Nein, danke.« Marcus würde sie nicht aus dem Haus lassen, aber das war nicht der einzige Grund. In Kürze würde das Mittagessen aufgetragen, und dies war in letzter Zeit die einzige Gelegenheit, bei der er sie mit seinem charmanten Geplauder beglückte. Sie redete sich ein, es wäre albern, ihn zu vermissen, da er und sie doch im gleichen Haus waren, doch so empfand sie eben, und überraschenderweise wollte sie das auch nicht ändern. Früher hatte sie Angst gehabt, ihn zu brauchen. Jetzt genoss sie es, schließlich war es ein Zeichen für ihre tiefe Verbindung.

»Bist du sicher?«, hakte Paul nach.

Elizabeth bedachte ihn mit einem beruhigenden Lächeln und ging ins Foyer. Noch ein paar Minuten, dann konnte sie Marcus rufen. Ihr Schritt wurde leichter, als sie an ihren Mann dachte – und sein Lächeln, das er ihr zuwerfen würde, wenn sie ihn von der Tür seines Arbeitszimmers riefe. Sie war so in diese Vorstellung versunken, dass sie nicht sah, wie eine Hand vor ihr auftauchte und sie in die Nische unter der linken Treppe zog. Die Speisepläne, die sie mitgenommen hatte, um sie mit der Köchin zu besprechen, fielen weit verstreut auf den Marmorboden.

Ihr erschrockener Prostest wurde erstickt von einem leidenschaftlichen Kuss. Dann drängte Marcus' muskulöser Körper sie an die Wand. Sie hatte die Hände schon gehoben, um ihren Angreifer abzuwehren, aber jetzt schlang sie sie um seinen Hals und zog ihn zu sich.

»Süße«, hauchte er und presste seine Lippen auf ihre.

Ihr Herz raste noch von dem Schock, und sie holte keuchend Luft. »Was … Was machst du denn?«

»Ich brauche dich.« Er knabberte an ihrer Kehle. »Es ist schon drei verdammte Tage her.«

Sie schloss die Augen und sog seinen Geruch ein. Seine warme Haut, sein offenkundig erregter Körper, seine großen Hände, die über ihren Bauch fuhren …

»Warum kannst du nicht einfach immer nackt sein?«, beklagte er sich. »Da ist zu viel Stoff zwischen uns.«

Elizabeth wurde bewusst, wo sie sich befanden. Sonnenlicht vom rückwärtigen Garten drang durch die Glastüren. Jeder, der zufällig vorbeikam, konnte erkennen, was hier vor sich ging. Nur vom Foyer aus waren sie nicht zu sehen. »Du musst aufhören.«

»Ich kann nicht.«

Sie lachte atemlos, so entzückt war sie über seine Aufmerksamkeiten, dass auch sie am liebsten nackt gewesen wäre. Das Blut rauschte in ihren Adern, und ihr ganzer Körper wurde weich und hingebungsvoll. »Was machst du da?«

»Ich hole meinen Rückstand auf.« Marcus löste sich nur ein wenig von ihr. Seine Hände nestelten vergeblich an ihrem Kleid, die eine an der Taille, die andere an ihrem Busen.

»Man kann uns sehen«, warnte sie ihn.

»Du wirst mich nicht davon abbringen.« Er leckte ihr über die Lippen.

»Du kannst mich doch nicht ernsthaft hier verführen wollen.«

»Kann ich nicht?« Er zerrte an ihrem Seidenmieder, worauf sich widerstrebend die Schnüre lösten. »Ich bin der Verzweiflung nahe.«

»Marcus.« Sie schlug leicht nach seinen Händen.

»Ich will dich.« Ein Blick in seine Augen war Beweis genug.

»Jetzt?« Erfreut, dass er sich nicht mehr unter Kontrolle hatte, biss sie sich auf die Unterlippe. »Das verstehe ich nicht. Kannst du nicht warten?«

Sein Kopfschütteln erfüllte sie mit tiefster Freude.

»Ich will dich auch«, gestand sie.

Da packte er fester zu und sah sie so glühend an, dass sie rot wurde. »Das hätte ich nie erwartet, nicht ernsthaft.« Er senkte die Stimme. »Aber es ist wahr, oder?«

Nickend presste Elizabeth ihre Lippen auf sein Kinn. »Ich verzehre mich nach dir. Du hast mir so sehr gefehlt.«

»Ich war doch hier.« Er zog sie so nah an sich, wie ihr Reifrock es zuließ.

»Ich bin selbstsüchtig, Marcus. Ich will deine ungeteilte Aufmerksamkeit.«

»Die hast du.« Er lächelte sie vielsagend an. »Aber hättest du jetzt gerne auch den Rest von mir? Dann schleichen wir uns fort und suchen uns ein verschwiegenes Plätzchen.«

»Kann ich dich fesseln oder irgendwo anketten? Damit ich dich Stunden und Tage nur für mich habe?«

Mit aufgerissenen Augen löste Marcus sich von ihr. »Ist das dein Ernst?« Er lächelte noch breiter, weil ihn der Gedanke spürbar erregte.

Auch sie wurde von der Vorstellung feucht. »O ja.«

»Du hast fünf Minuten, um ein Bett zu finden und dich auszuziehen. Sonst schneide ich dir dieses Kleid mit dem Dolch vom Leib.«

»Das würdest du nicht tun«, protestierte sie lachend. »Ich liebe dieses Kleid.«

»Vier und drei Viertelminuten.«

Elizabeth wandte sich ab und lief los. »Vergiss nicht, die Speisepläne aufzuheben«, rief sie ihm über die Schulter zu.

Sie raffte die Röcke und eilte die Treppe hinauf. Auf halber Strecke sah sie, dass der Butler auf der Galerie auftauchte und ihr entgegenkam.

»Mylady, die Post ist gekommen.«

Sie griff nach dem Brief auf dem Silbertablett und erkannte das vertraute Siegel der Langstons. »Danke.«

Sie riss den Brief auf, überflog ihn einmal und dann ein zweites Mal.

»Margaret hat entbunden!«, rief sie. »Es ist ein Junge!«

»Zwei Minuten«, sagte Marcus langsam. Er stand ein paar Stufen unter ihr.

Sie erstarrte. »Hast du nicht gehört? Ich muss zu ihnen.«

»Komm her, Lady Westfield«, sagte er gefährlich grollend, während er die Treppe mit katzengleicher Eleganz heraufkam. »Du wolltest meine Aufmerksamkeit. Ich schwöre, du hast sie jetzt. Dein Neffe wird warten müssen.«

Elizabeth lachte laut auf. »Dann musst du mich erst mal kriegen«, provozierte sie ihn und rannte die Treppe hinauf. Sie erreichte den oberen Absatz und stürzte, den kostbaren Brief in der einen, ihren Rock in der anderen Hand, den Flur hinunter. Marcus war ihr dicht auf den Fersen.

Elaine stand in der Tür zum unteren Salon und beobachtete alles. »Ich habe ihn noch nie so glücklich gesehen«, sagte sie zu Paul, der neben ihr stand. »Die Ehe hat bei ihm Wunder bewirkt.«

»In der Tat«, stimmte Paul ihr zu.

Sie sah ihn liebevoll an. »Du bist der Nächste, mein Lieber.«

22. Kapitel

Da sie ihre Abfahrt geheim halten mussten, war es nach Mitternacht, als die Mietdroschke Chesterfield Hall erreichte. Elizabeth und Marcus verließen sie erst hinter dem Haus und gingen durch den Lieferanteneingang hinein.

»Sind diese Vorsichtsmaßnahmen wirklich nötig?«, klagte Elizabeth und erschauerte in der kühlen Nachtluft.

Marcus warf ihr seinen Umhang über die Schultern, nahm sie in die Arme und wärmte sie. »Ich will einfach kein Risiko eingehen. Du bist mir zu wichtig.«

Über die Dienstbotentreppe gelangten sie in Elizabeths früheres Schlafzimmer. »Wie wichtig bin ich dir denn?«, fragte sie leise und ging im Flur voran.

»Du bist mein Ein und Alles.«

Marcus schloss die Tür hinter ihnen, nahm ihre Umhänge und drehte sich zu ihr um. Er blickte ihr direkt in die Augen. Liebevoll küsste er sie und schien seine Lippen nicht mehr von ihren lösen zu wollen.

»Liebst du mich, Marcus?«

Sie hatte sich geschworen, ihn das nie zu fragen. Jeden Tag zeigte er ihr mit Hunderten von Gesten, wie viel sie ihm bedeutete. Aber sosehr sie sich auch wehrte, sie wollte es von ihm hören.

Sie spürte, wie seine Lippen an ihrem Mund sich zu einem Lächeln verzogen. »Musst du das noch fragen?«

Elizabeth löste sich von ihm und sah ihn forschend an. »Wäre es so schwer für dich, es auszusprechen?«

Er wollte gerade antworten, da klopfte es leise an der Tür. »Herein«, rief er aus, ohne seine Erleichterung verbergen zu können.

William steckte seinen blonden Schopf durch die Tür. »Lady Barclay hat euch kommen hören. Sie würde Elizabeth gerne ihren Neffen zeigen. Du musst bis morgen warten, Westfield.«

»Natürlich, ich komme sofort.« Elizabeth stellte sich auf die Zehenspitzen und wartete, bis Marcus sie küsste. »Aber unser Gespräch ist noch nicht beendet, Mylord.«

Er rieb seine Nase an ihrer. »Ich freue mich schon darauf, Lady Westfield.«

Als Elizabeth das Zimmer verließ, blieb William noch.

Marcus betrachtete seinen Schwager und bemerkte, dass er dunkle Ringe unter den Augen hatte. »Du wirkst erschöpft.«

»Der zukünftige Earl of Langston hat einen ungeheuren Appetit, und Lady Barclay wollte keine Amme einstellen. Ich habe versucht, sie umzustimmen, aber vergeblich. Sie bleibt fest.«

»Gratuliere.« Marcus hielt ihm die Hand entgegen, und William ergriff sie. »Du bist ein vom Glück begünstigter Mann.«

William fuhr sich mit der Hand durchs Haar. »Du hättest nicht nach London zurückkehren sollen.«

»Dem stimme ich zu, aber Elizabeth war ähnlich entschieden wie deine Frau. Leider ist sie an einem Punkt, wo sie die ganze Sache nur noch zu Ende bringen will. Deshalb bietet sie sich als Lockvogel an.« Marcus seufzte. »Bedauerlicherweise ist sie nahezu frei von jeglicher Angst.«

»Ja, das war schon immer so. Schau nicht so finster, Westfield. Ich sehe, dass du nicht mit ihrer Entscheidung einverstanden bist, sonst wärst du nicht mitten in der Nacht hier aufgetaucht, sondern in dein eigenes Haus zurückgekehrt. Du willst nicht, dass man eure Rückkehr bemerkt.«

»Kannst du mir das verdenken? Sie ist meine Frau. Dir muss doch klar sein, wie ich empfinde. Hast du nicht die letzten vier Jahre mit derselben Angst gelebt?«

»Etwas anders war es schon«, räumte William ein. »Es gab kein Tagebuch, das man schützen musste, und auch nicht das Wissen um einen Maulwurf in der Organisation. Die Gefahr ist jetzt größer, das sehe ich und nehme es auch ernst. Ich liebe Elizabeth, wie du weißt, aber ich habe inzwischen einen Sohn. Nun ist es an der Zeit, dieses Kapitel in unserem Leben abzuschließen und ein neues zu beginnen.«

»Und was ist mit meinen Kindern? Sollte Elizabeth etwas zustoßen, bleibt mir nichts mehr. Ihr beide verlangt Unmögliches von mir.«

»Westfield …« William seufzte schwer. »Wenn der Zeitpunkt gekommen ist, werden wir beide vorbereitet sein.«

»Wenn welcher Zeitpunkt gekommen ist?«, fragte Elizabeth von der Tür aus.

»Dass du schwanger wirst«, erwiderte William lächelnd, um das wahre Thema ihrer Unterhaltung zu vertuschen.

Elizabeth riss die Augen auf. »Ihr habt über Kinder gesprochen?« Sie sah Marcus an. »Über unsere Kinder?«

Bei der Vorstellung musste er lächeln. Jeden Tag zwang er sich zu glauben, dass sie ihm gehörte. Noch immer konnte er dieses Glück nicht fassen.

William umarmte sie rasch.

»Dein Sohn ist hinreißend«, sagte sie mit sanftem Lächeln. »Als ich kam, war er schon eingeschlafen. Ich freue mich schon, ihn im Arm zu halten, wenn wir beide nicht so müde sind.«

William küsste sie auf die Stirn, gähnte und ging. »Dann bis morgen.«

Die Tür schloss sich mit einem leisen Klicken. Elizabeth straffte die Schultern und sah Marcus an. »Über Kinder haben wir noch nie gesprochen.«

»Das ist auch nicht notwendig.« Er kam auf sie zu. »Sie kommen, wenn es so weit ist, und keinen Moment früher.«

Sie wandte den Blick ab und biss sich auf die Unterlippe.

Als er ihre kühle Miene sah, runzelte er die Stirn. »Was hast du, Liebes?«

»Darüber will ich nicht sprechen.«

Mit einem leisen Lachen strich er ihr über das Schlüsselbein und spürte, wie sie auf seine Berührung reagierte. »Das sagst du immer, und dann zwingst du mich, es aus dir herauszukitzeln. Aber da es schon spät ist, bitte ich dich, mir das zu ersparen.«

Sie schloss die Augen. »Können wir nicht einfach ins Bett gehen? Ich bin müde.«

»Sag's mir«, drängte er, die Lippen an ihre Augenbraue gepresst. Er senkte verführerisch die Stimme. »Ich könnte dich dazu zwingen. Möchtest du das?«

»Vielleicht …« Sie senkte das Kinn und flüsterte: »Vielleicht bin ich unfruchtbar.«

Verblüfft löste er sich von ihr. »Wie kommst du auf diesen albernen Gedanken?«

»Denk doch mal nach! Ich war ein Jahr mit Hawthorne verheiratet und …«

»Er hat sich nicht darum bemüht«, winkte Marcus schnaubend ab.

»Aber du hast dich in den letzten Monaten mehr als bemüht«,

entgegnete sie. »Und trotzdem kommen meine Blutungen mit unfehlbarer Regelmäßigkeit.«

Stirnrunzelnd starrte Marcus auf Elizabeths gesenkten Schopf. Ihre spürbare Traurigkeit belastete auch ihn. »Ach, Süße.« Er griff nach den Schnüren ihres Mieders und begann sie zu lösen. »Du machst dir grundlos Sorgen.«

»Mit jedem Monat, der vergeht, komme ich mir immer mehr wie eine Versagerin vor.« Sie schmiegte ihre Wange an seine Samtjacke.

»Sehr merkwürdig. Mit jedem Monat, der vergeht, bin ich dankbar, dich noch ein bisschen länger für mich allein zu haben.«

»Das ist nicht lustig.«

»Nein, im Ernst. Ich habe zwei Brüder. Die Familie Ashford wird nicht aussterben.«

»Aber du willst doch sicher eigene Nachkommen, und es ist meine Pflicht, sie dir zu schenken.«

»Das reicht.« Er drehte sie herum, um sie leichter ausziehen zu können. »Ich will nur dich. Mein ganzes Leben lang habe ich nur dich gewollt.«

»Marcus …« Ihr versagte die Stimme, und als er das hörte, brach es ihm das Herz.

»Ich liebe dich«, sagte er rau, weil er plötzlich einen Kloß im Hals hatte. »Ich habe dich immer geliebt.« Er spürte, dass sie weinte. »Selbst wenn wir für den Rest unseres Lebens ohne Kinder bleiben sollten, wäre ich der glücklichste Mensch der Welt. Daran darfst du nie zweifeln.«

Sie umklammerte ihn und zog seinen Kopf zu sich, bis sie ihren tränenfeuchten Mund auf seinen pressen konnte. »Ich habe dich nicht verdient«, schluchzte sie und packte seinen Schopf.

Darauf drückte Marcus sie so fest an sich, dass sie kaum noch

Luft bekam. Nun, da er die Worte gesagt hatte, die er niemals hatte aussprechen wollen, fiel ihm nichts mehr ein, was er sagen oder auch nur denken sollte. Sie drängte sich so heftig an ihn, dass er zurücktaumelte. Sie streifte ihm die Jacke von den Schultern und riss an den Elfenbeinknöpfen seiner Weste.

»Elizabeth.«

Sie war überall, nestelte an den vielen Lagen seiner Kleider und an seinem Hosenlatz, bis er ihr half. Er verstand sie, und das vielleicht besser als sie selbst. Sie war in die Ecke getrieben, im Bann von Gefühlen, vor denen sie seit ihrer ersten Begegnung geflohen war, und jetzt floh sie wieder, nur diesmal zu ihm statt vor ihm. Und er würde ihr den Trost geben, den sie brauchte, und im Gegenzug das nehmen, was sie ihm gab. Denn er liebte sie mit Haut und Haaren.

»Zieh das aus«, rief sie und riss an ihrem Mieder. »Befrei mich davon.«

Er griff nach dem offenen Rückenteil und streifte das ganze Kleid ab. Sie trat aus dem Stoffhaufen, der sich zu ihren Füßen bauschte. Dann riss sie ihn, nur in Korsett, Hemd und Unterröcken, zu Boden und warf ein Bein über seine Hüfte. Marcus lachte, entzückt von ihrem Eifer und ihrem fast brutalen Bedürfnis nach ihm. Daraufhin keuchte er auf und wölbte sich hoch, als sie ihn in die Hand nahm, in sich einführte und mit ihrer weichen, glitschigen Haut umschloss.

»Du lieber Gott«, stöhnte er und fragte sich, wie jedes Mal, wenn er sie vögelte, ob seine Lust je auf ein erträgliches Maß sinken würde. Wenn das alles sein sollte, wenn sein Samen niemals Früchte tragen würde, konnte er damit leben. Das wusste er genau.

Elizabeth verharrte keuchend, Bauch und Busen wurden von

ihrer Unterwäsche zusammengepresst. Sie blickte hinunter auf ihren Ehemann, der in seiner Hingabe so unwiderstehlich war. Marcus Ashford, bekannt für seine Unerschütterlichkeit und Makellosigkeit, war hochrot, seine Augen funkelten, und sein sinnlicher Mund war leicht geöffnet. Da sie nicht widerstehen konnte, umfasste sie seinen Nacken und drückte ihre Lippen auf seine. Als sie sein herbes, verführerisches Aroma schmeckte, seine heiße seidige Zunge spürte, erschauerte sie und umschloss noch fester den Schaft, der in ihr pochte.

Er stöhnte in ihren Mund und umfasste sie sanft, während er mit tiefen Stößen noch weiter in sie hineindrängte.

»Marcus …« In glühender, wollüstiger Sehnsucht nach ihm stemmte sie sich hoch und kreiste die Hüften, um sich dann, als er nach oben drängte, abzusenken und ihn so tief in sich aufzunehmen, dass sie vor Lust erzitterte. Mit jeder Berührung, mit jedem Laut zeigte er, wie sehr er sie liebte und annahm, wie sehr er sie brauchte. Trotz all ihrer Fehler.

Sein Blick war wie eine Liebkosung. Er liebte es, sie zu beobachten, das wusste sie. Liebte es, ihre Schreie zu hören und ihr Verlangen zu spüren. Fast unabhängig von ihr, ganz seiner Lust hingegeben, bewegte sich ihr Körper wellenartig über seinem. Die unnachgiebige Umklammerung des Korsetts intensivierte alles, denn durch den leichten Schmerz und den Schwindel, den sie erzeugte, waren all ihre Sinne hellwach.

»Ja«, drängte er sie heiser. »Nimm dir, was du brauchst. Ich will es dir schenken.«

Ihre Finger verharrten auf seinem Bauch, und unter dem Leinenhemd spürte sie die Bewegung seiner angespannten, harten Muskeln. Sie blickte ihm in die Augen. »Halte mich.«

Er zog sie zu sich, presste seine Lippen auf ihre und stieß mit seiner Zunge im Rhythmus seines Schwanzes in ihren Mund. Sie war so erregt und feucht, dass bei jedem Stoß ein lautes Schmatzen zu hören war.

Dafür würde ich sterben, hatte er gesagt, und sie wusste, es war wahr, denn hier in seinen Armen starb sie.

Und wurde wiedergeboren.

Als Elizabeth spät am nächsten Morgen erwachte, war sie allein. Sie badete und zog sich an, um Marcus noch zu sehen, bevor sie den restlichen Tag mit Margaret und dem Neugeborenen verbrachte.

Während sie die Haupttreppe hinunterstieg, entdeckte sie Lord Eldridge und Avery mit ihrem Mann im Foyer. Sie stockte kurz, um sich auf das gefasst zu machen, was sie erwartete, und ging dann weiter.

Marcus hörte sie kommen und kam ihr daraufhin am Fuß der Treppe entgegen. »Guten Morgen, meine Liebe.« Sein warmer, anerkennender Blick sprach Bände.

»Ist etwas passiert?« fragte sie.

»Ich muss mit Eldridge gehen. St. John ist in London gesehen worden, und es gibt auch noch anderes, um das ich mich kümmern muss.«

Sie bedachte Lord Eldridge und Avery mit einem kurzen Lächeln. »Guten Morgen, Mylord. Mr. James«, rief sie.

Beide Gentlemen verneigten sich.

Dann wandte sie ihre Aufmerksamkeit wieder Marcus zu, sah ihn forschend an und bemerkte den angespannten Zug um seinen Mund. »Gibt es noch etwas? Etwas, das du vor mir geheim hältst?«

Er schüttelte den Kopf. »Ich möchte dich nur nicht allein

lassen. Avery wird hierbleiben, aber ich würde dich viel lieber selbst beschützen. Wann immer ich dir den Rücken zukehre, passiert etwas –«

Elizabeth legte ihm ihre Finger auf die Lippen und hieß ihn zu schweigen. »Schsch, mit Mr. James hier wird es mir gut gehen. Und William ist ja auch noch da.«

»Selbst die Wächter des Königs könnten meine Angst nicht lindern.«

»Dann bleib doch«, sagte sie einfach. »Schick Mr. James mit Eldridge.«

»Das geht nicht. Ich habe meine Kündigung eingereicht, aber bevor ich frei bin, muss ich noch einiges klären.«

Elizabeth schlug sich die Hand vor den Mund, und Tränen traten ihr in die Augen. Er hatte sein Versprechen gehalten.

»Sag mir, dass das Freudentränen sind.«

»Ich liebe dich«, hauchte sie.

Sein Mund verzog sich zu einem liebevollen Lächeln. »Ich komme zurück, sobald ich kann. Halte dich in der Zwischenzeit von allen Gefahren fern. Bitte.«

Marcus und Eldridge verließen Chesterfield Hall und stiegen auf die Pferde, die die Stallburschen vor das Anwesen geführt hatten.

»Haben Sie Lady Westfield irgendetwas verraten?«, fragte Eldridge, als sie die Straße erreicht hatten.

»Nein. Damit hätte ich ihr nur unnötig Sorgen bereitet.«

»Sie nehmen eine Morddrohung nicht ernst?«

Marcus schnaubte. »Wenn St. John mich wirklich umbringen wollte, hätte er es schon viel früher tun können«, sagte er abschätzig. »Er weiß, dass es viel wirkungsvoller ist, Lady Westfield zu bedrohen. Trotzdem prüft er, ob die Chance besteht, dass ich meine Wachsamkeit ihr gegenüber zugunsten meiner eigenen Sicherheit sinken lasse. Ein lächerlicher Versuch zwar, aber mehr als einen Brief an Sie kostet es ihn ja nicht.«

Marcus war so überzeugt von seiner Einschätzung, dass es ihn vollkommen unerwartet traf, als ein Schuss ertönte und ein brennender Schmerz seine Schulter durchfuhr.

Die Pferde bäumten sich auf, Eldridge brüllte etwas, und Marcus wurde mit erstaunlicher Macht zu Boden gerissen. Er war so benommen, dass er sich nicht gegen das halbe Dutzend Männer wehren konnte, die plötzlich aus dem Nichts auftauchten. Er sah nur mit entsetzlicher Klarheit, wie sehr er sich geirrt hatte, als Talbot mit einem Dolch in der Hand vor ihm erschien. *Er arbeitet gut mit Avery James zusammen*, hatte Eldridge gesagt. Blind gegenüber diesem Hinterhalt hatte er Elizabeth in der Obhut des Mannes gelassen, der ihr schaden wollte.

Jetzt lag er auf dem Rücken und bemerkte, dass die Bäume, die die Straße säumten, nur noch einen grünlichen Hintergrund vor dem Stahlgrau des Dolchs bildeten, der mit tödlicher Präzision auf ihn gerichtet war.

Doch nicht seinen Tod fürchtete er am meisten, sondern den Kummer seiner geliebten Frau, die ihn brauchte. Und er würde nicht da sein.

23. Kapitel

»Du siehst wunderschön aus.«

Margaret wurde rot. »Um Himmels willen, Elizabeth, wie kannst du so etwas sagen? Ich muss doch schrecklich aussehen. Seit der Geburt habe ich keine Nacht mehr geschlafen, mein Haar ist zerzaust, ich …«

»Du strahlst«, unterbrach Elizabeth sie.

Margaret betrachtete hingebungsvoll ihren Sohn und lächelte. »Ich habe nicht geglaubt, jemanden so lieben zu können«, sagte sie und blickte wieder zu Elizabeth auf, die an der Tür stand. »Wenn Westfield und du Kinder bekommt, wirst du es selbst erfahren.«

Elizabeth nickte traurig und griff nach dem Türknauf. »Ich lasse dich jetzt allein, damit du meinen Neffen stillen kannst.«

»Du musst nicht gehen«, protestierte Margaret.

»Wir sind gestern so spät angekommen, dass ich immer noch müde bin. Ich komme nach einem kurzen Nickerchen zurück.«

»Wo ist Lord Westfield?«

»Er hatte etwas zu erledigen. Ich erwarte ihn in Kürze zurück.«

»Na gut«, nickte Margaret. »Dann komm frisch und munter zu mir zurück. Ich brauche weibliche Gesellschaft.«

Gähnend kehrte Elizabeth in ihr Zimmer zurück. Aber ihr Herz war schwer vor Sorge. Marcus war aufgebracht gewesen. Obwohl er es abgestritten hatte, konnte sie nicht das Gefühl abschütteln, dass irgendetwas Schlimmes passiert war.

Als sie bei ihrem Zimmer ankam, blieb sie stirnrunzelnd stehen, denn die Tür war nur angelehnt. Ganz vorsichtig trat sie ein und sah eine vertraute Gestalt in den Schubladen ihres Schreibtischs wühlen. Dann wandte sie sich zu ihr um.

Erst jetzt sah sie das Messer.

Sie erstarrte und schluckte hart. »Was machen Sie da, Mr. James?«

Marcus machte sich innerlich auf den Schmerz gefasst, fuhr aber überrascht auf, als er Schüsse hörte. Talbot zuckte und riss entsetzt die Augen auf. Ein dunkelroter Fleck breitete sich auf seiner Weste aus, sickerte durch das Loch in seiner Brust. Er senkte die Hand, die er zum Stoß gehoben hatte, stürzte nach vorn und zwang Marcus, sich schnell zur Seite zu rollen, sonst wäre er auf ihn gefallen. Tot.

Marcus sprang auf und fand sich in einem blutigen Handgemenge wieder. Ein Dutzend Unbekannter kämpfte auf Leben und Tod miteinander. Staub wallte von der Straße auf, nahm ihm den Atem und brannte in seinen Augen. In einer makabren Kakofonie klirrte Stahl auf Stahl, und obwohl sein linker Arm unbrauchbar war, konnte er mit dem rechten noch kämpfen. Blitzschnell zog er sein Schwert, um sich zu verteidigen.

»Runter damit.«

Als er mit erhobenem Schwert herumwirbelte, sah er sich St. John gegenüber.

»Sie sind nicht in der Verfassung zu kämpfen«, bemerkte der Pirat trocken und warf eine rauchende, mittlerweile nutzlose Pistole zu Boden.

»Wie lange standen James und Talbot schon in Ihren Diensten?«

St. John trat auf ihn zu. »Gar nicht. Womit ich nicht sagen

will, dass ich nicht meine Spione in der Organisation habe. Aber die Männer, die Sie erwähnten, gehören nicht dazu.«

Marcus erstarrte und dachte rasend schnell nach, um das zu erfassen, was sich ihm darbot. Auf der Suche nach Eldridge drehte er sich um, doch sah er ihn nirgendwo. Aber als sein Blick auf Talbot fiel, kam er zur einzig logischen Schlussfolgerung. Nichts war, wie es schien.

Schnaubend sagte St. John: »Jetzt erkennen Sie die Wahrheit. Ich hätte Sie Ihnen ja erklärt. Aber Sie hätten mir nicht geglaubt.«

Als ein Mann vor ihnen zu Boden ging, sprangen beide schnell aus dem Weg.

»Gestatten Sie meinen Männern, dies hier zu erledigen, Westfield. Wir müssen Ihre Wunde verbinden, sonst verbluten Sie. Und wir müssen zu Lady Westfield.«

Bei der Vorstellung, mit St. John zusammenzuarbeiten, stieg Galle in ihm hoch, und er spuckte sie aus. All die Jahre, die ganze Zeit …

Langsam ließ das Kampfgetümmel nach, doch Marcus' Blut raste immer noch und rauschte in seinen Ohren. Er streifte seinen Umhang ab und warf ihn in den blutbespritzten Staub. Schnell und geschickt verband St. John seine verletzte Schulter, während Marcus zusah, wie die Handlanger des Piraten erschreckend unbekümmert die Toten und Verwundeten wegschleiften.

»Wie lange wussten Sie schon davon?«, fragte er schroff.

»Seit Jahren.«

»Und das Tagebuch?«

St. John zog den Verband so fest zu, bis Marcus zusammenzuckte, dann musterte er nickend sein Werk und trat einen Schritt zurück. »Können Sie reiten?«

»Ich wurde zwar angeschossen, aber ich bin kein Krüppel.«
»Gut. Dann los. Ich kann alles auf dem Weg erklären.«

»Wo ist das Tagebuch, Mylady?«, fragte Avery.

Elizabeth ließ das Messer nicht aus den Augen. »In Sicherheit.«

»Niemand von uns ist in Sicherheit.«

»Wovon reden Sie?«

Als er rasch auf sie zukam, zuckte sie zurück. »Jetzt ist nicht der rechte Zeitpunkt, um schreckhaft zu sein. Sie müssen rasch nachdenken und mir blind vertrauen, sonst werden Sie dies hier nicht überleben.«

»Das verstehe ich nicht.«

»Ich auch nicht. Aber ich habe mehrere Männer im Garten auftauchen sehen, die sich um das Haus herum verteilt haben.«

»Eine Belagerung?«, schrie sie entsetzt auf. »Aber es sind doch noch Dienstboten hier, und Lord und Lady Barclay … O Gott: das Neugeborene!«

Avery packte sie am Ellbogen und marschierte mit ihr zur Tür. »Lord Langston ist fort, genauso wie Westfield und Eldridge. Sollten es genug Banditen sein, könnten sie Sie mühelos entführen. Sie wissen, wie man hier hereinkommt, schließlich haben sie schon einmal Ihr Zimmer durchsucht.«

»Wer würde so tollkühn sein?«

Eine vornehm gekleidete Gestalt erschien im Türrahmen und versperrte ihnen den Weg.

Avery blieb stehen und biss grimmig die Zähne zusammen. Ruckartig wies er mit dem Kinn zur Tür. »Er.«

Marcus spähte durch das Gebüsch und fluchte leise. Beim Gedanken an seine Frau fing sein Herz vor Panik an zu rasen. Hatte er bei seinen lebensgefährlichen Unternehmungen jemals so viel Angst gehabt?

Er zählte vier Männer an der Vorderseite und drei hinter dem Haus. Im Vollbesitz seiner Kräfte hätte er leichtes Spiel mit ihnen gehabt, aber jetzt konnte er nur einen Arm benutzen. Außerdem war er geschwächt durch den Blutverlust und wie gelähmt vor Angst um Elizabeth. So konnte er kaum gegen alle kämpfen. Daher sah er ohnmächtig und frustriert zu, wie St. Johns Männer die Sache übernahmen, sich heimlich anschlichen und auf die Gelegenheit zum Angriff warteten.

»Eldridge wusste es fast von Anfang an«, sagte St. John und zog damit Marcus' Aufmerksamkeit auf sich. »Ihm fiel die Ähnlichkeit zwischen Hawthorne und mir sofort auf. Er überprüfte seinen Verdacht, konfrontierte Hawthorne damit und drohte, seine verräterischen Absichten aufzudecken.«

»Es sei denn …?«

»Es sei denn, wir arbeiteten mit ihm zusammen. Er würde die Informationen liefern, wir würden damit arbeiten, und er bekäme die Hälfte des Profits.«

»Zum Teufel noch mal.« Marcus wandte den Blick wieder nach Chesterfield Hall, erfasste aber kaum die von wildem Wein bewachsene Backsteinfassade. Vier Jahre seines Lebens hatte er einer Täuschung gewidmet. »Ich habe ihm vertraut«, sagte er grimmig.

»Hawthorne nicht. Daher kam er auf das Tagebuch.«

»Was enthält es?«

»Nichts.« St. John zuckte die Achseln, als er Marcus' finsteren Blick bemerkte. »Hawthorne wusste, dass wir austauschbar waren, daher hielt er Eldridge mit dem Tagebuch in Schach, in dem angeblich Beweise für Eldridges Schuld und Verstecke für die

Beute aufgelistet waren, die wir ihm unterschlagen hatten. In Wahrheit hatten wir gar nichts in der Hand, aber das Tagebuch war ein Garant für unsere Sicherheit. Sollte uns etwas zustoßen, würde Eldridges Doppelspiel ans Tageslicht kommen und er würde ein Vermögen verlieren – was es natürlich nicht gab.«

»Um Ihre Haut zu retten, haben Sie meine Frau in Gefahr gebracht?«, knirschte Marcus. »Bedenken Sie doch, was sie erleiden musste, was sie jetzt erleidet.«

»Hinter der Durchsuchung ihrer Räume stand ich. Aber die Angriffe geschahen nicht auf meinen Befehl, sondern waren eine Warnung für mich. Ich hätte Eldridge schon vor Langem umgebracht, doch er schwor, Lady Westfield würde mit ihrem Leben bezahlen, sollte er durch mich zu Tode kommen. Er drohte auch, Hawthornes Verrat aufzudecken. Das konnte ich nicht zulassen. Also warteten wir beide, Eldridge und ich, auf den Tag, an dem sich das Kräfteverhältnis verschieben würde, damit einer von uns zuschlagen konnte.«

Aus seinem Hinterhalt beobachtete Marcus, wie dem letzten von Eldridges Männern völlig lautlos die Kehle durchgeschnitten wurde. Mit derselben Präzision wie schon zuvor auf der Straße schleppten St. Johns Handlanger leise und unbemerkt die Leichen ins nahe gelegene Wäldchen. »Warum hat er Sie nicht umgebracht, als das Tagebuch auftauchte? Welchen Nutzen hatten Sie noch für ihn, als er es endlich hatte?«

»Er befürchtet, ich bin der Einzige, der Hawthornes Code knacken kann.« St. John lachte freudlos. »Er hat Ihnen erlaubt, ihn zu entschlüsseln. Wenn Sie Erfolg gehabt hätten, hätte er Sie bestimmt umgebracht und es mir in die Schuhe geschoben. Er kann mich nicht einfach um die Ecke bringen, das gäbe öffentliches Aufsehen.«

Sie verließen ihre Deckung und rannten zum Herrenhaus. »Es ist zu ruhig«, murmelte Marcus, als sie durch die Eingangstür traten. Ein Schauer fuhr ihm über den Rücken, und seine Kleider waren schweißnass. Sie bewegten sich nur vorsichtig, weil sie mit einer Falle rechneten.

»Westfield.«

Beide Männer blieben abrupt stehen. Als sie den Kopf wandten, sahen sie Viscount Barclay, der wie erstarrt in einer Tür aufgetaucht war.

»Haben Sie mir etwas zu sagen?«, fragte er in gleichmütigem Ton, doch seine Anspannung und sein Hass auf St. John waren unverkennbar.

Marcus drehte sich ganz zu seinem Schwager um und zeigte seine Verletzung.

»Guter Gott! Wer war das?«

»Eldridge.«

William riss die Augen auf und erzitterte, so geschockt war er. »Was? … Das kann ich nicht … Eldridge?«

Marcus rührte sich nicht, doch William kannte ihn gut genug, um die Antwort zu erkennen. Er stieß geräuschvoll den Atem aus, den er angehalten hatte, verschob alle weiteren Fragen auf später und fasste sich. »Du kannst nicht weitermachen. Du brauchst einen Arzt.«

»Ich brauche meine Frau. Eldridge ist hier, Barclay. In diesem Haus.«

»Nein!« William schoss einen entsetzten Blick die Treppe hinauf, dann zeigte er auf St. John. »Und du glaubst wirklich, man kann ihm vertrauen?«

»Ich weiß nicht mehr, wem ich trauen kann, aber er hat mir das Leben gerettet. Das soll mir für den Augenblick genügen.«

Bleich und offensichtlich verstört brauchte William einen Moment, um sich zu sammeln, doch für Marcus dauerte es zu lang. Es war schon viel zu viel Zeit verstrichen. Eldridge war ihnen voraus, Elizabeth schwebte in Gefahr, und er wurde fast wahnsinnig vor Angst um sie. Er ließ alle Vorsicht fahren, rannte die Treppe hinauf und ließ die anderen zurück.

»Lord Eldridge?« Verwirrt runzelte Elizabeth die Stirn, als sie an ihm vorbeisah. »Wo ist Westfield?«

»Lord Westfield ist anderweitig beschäftigt. Wenn Sie ihn wiedersehen wollen, holen Sie das Tagebuch und kommen mit mir.«

Sie starrte ihn an und versuchte, die Lage zu erfassen. Dann bemerkte sie winzige dunkle Spritzer auf seiner grauen Samtjacke. Ihre dunklen Vorahnungen verstärkten sich. Sie ballte die Fäuste und trat vor. »Was – haben – Sie – getan?«

Überrumpelt wich Eldridge zurück, und Avery nutzte die Gelegenheit, um sich auf ihn zu stürzen und ihn niederzuwerfen.

Mit einem unangenehm dumpfen Schlag trafen die beiden auf dem Boden auf, rollten auf den Flur und knallten an die Wand gegenüber. Benommen fragte sich Elizabeth, ob der Lärm das Neugeborene wecken würde. Dieser Gedanke trieb sie trotz ihrer Atemnot zum Handeln.

Verzweifelt überflog sie ihr Zimmer, um irgendetwas zu finden, das als Waffe dienen konnte.

»Fliehen Sie!«, knurrte Avery, während er mit beiden Händen Eldridge abwehrte, der mit dem Dolch auf ihn zielte.

Dieser kurze Befehl setzte sie in Bewegung. Sie hob die Röcke, rannte an den Männern vorbei, die auf Leben und Tod miteinander kämpften, und floh den Flur hinunter zu Margarets Zimmer. Als sie um eine Ecke rannte, prallte sie mit dem Kopf voran gegen ein Hindernis. Entsetzt schrie sie auf, taumelte zu Boden und riss das Hindernis mit sich.

»Elizabeth!«

Alle Luft wich ihr aus den Lungen, als sie auf dem Boden aufschlug.

Als sie aufsah, bemerkte sie, dass sie auf ihrem Mann lag und William in Richtung seines Schlafzimmers rannte.

»Überlassen Sie Eldridge mir«, sagte St. John sanft und trat an ihnen vorbei.

Elizabeth konzentrierte sich wieder auf ihren Mann, konnte ihn durch ihre Tränen hindurch jedoch kaum erkennen. Marcus packte sie behutsam und rollte sie von sich herunter. Er war erschreckend blass und hatte den Mund zusammengepresst, aber sein Blick war voller Liebe und Erleichterung.

»Er sagte, du wärst gefangen genommen worden!«, schluchzte sie.

»Ich wurde fast umgebracht.«

Da bemerkte sie den blutgetränkten Verband an seiner Schulter. »O Gott, du bist verletzt!«

»Geht es dir gut?«, fragte er rau, stand auf und half ihr auf die Beine.

Sie nickte, weinte aber immer noch hemmungslos. »Mr. James hat mir das Leben gerettet. Er hat Eldridge abgewehrt, bis ich fliehen konnte, doch er hat mein Zimmer durchsucht. Er wollte das Tagebuch, Marcus. Er hatte ein Messer ...«

Marcus zog sie an sich, legte seinen unverletzten Arm um sie und erstickte so ihr Zittern. »Schsch. Geh zu deinem Bruder, Liebes. Bleib bei ihm, bis ich dich holen komme. Hast du verstanden?«

»Wo willst du hin?« Sie umklammerte seinen Hosenbund.

»Du brauchst Hilfe. Du blutest.« Sie richtete sich auf. »Ich bringe dich zu William, dann kann ich …«

Er schloss ihren Mund mit einem kurzen, harten Kuss. »Ich liebe dich über alle Maßen, meine furchtlose Frau. Aber bitte lass mich das übernehmen. Erlaube mir, die Sache zu Ende zu bringen. Mein männlicher Stolz braucht das.«

»Jetzt sei nicht so arrogant! Du bist nicht in der Lage, Verbrecher zu stellen, und ich kann besser mit der Pistole umgehen als die meisten Männer.«

»Dem will ich nicht widersprechen.« Seine Stimme wurde entschiedener. »Aber in diesem Fall muss ich wohl Gebrauch von meinen Rechten als Ehemann machen und dir befehlen, das zu tun, was ich dir sage. Obwohl ich weiß, dass es deswegen Streit geben wird. Geh, Liebes. Ich bin gleich wieder bei dir, und dann kannst du mich nach Herzenslust umsorgen und dich gleichzeitig in Tiraden ergehen.«

»Ich? Mich in Tiraden ergehen?«

Als weiter den Gang hinunter Stahl auf Stahl klirrte, wurde sein Blick so hart, dass sie erschauerte. Mit zitternden Knien ließ sie sich sanft von ihm in die andere Richtung drängen.

»Sei vorsichtig«, mahnte sie. Doch als sie sich umblickte, war er schon verschwunden.

Während Marcus Elizabeth nachsah, dankte er Gott für diese Frau. Alles, woran er geglaubt hatte, alles, was er für unumstößlich gehalten hatte, war mit einem einzigen Schlag zunichtegemacht worden. Nur sie nicht. Obwohl er sich verzweifelt danach sehnte, bei ihr Trost zu suchen, musste er dies jetzt erst zu Ende bringen, daher drehte er sich um und rannte in die Richtung, aus der die lauten Kampfgeräusche kamen.

Als er mit grimmig zusammengebissenen Zähnen um die Ecke bog, entdeckte er St. John, der elegant und so schnell sein Schwert schwang, dass man ihm kaum folgen konnte. Eldridge wehrte ihn ab. Er hatte die Perücke verloren, seine Haare hingen wüst herunter, und sein Gesicht war vor Anstrengung hochrot. Er focht einen aussichtslosen Kampf, aber das ging Marcus nichts mehr an. Zwar war Eldridge ein Verräter, doch ihn interessierte nur, dass seine Frau lebte. St. Johns Bruder hingegen war tot.

Marcus' Aufmerksamkeit richtete sich nun auf Avery, der mit einem Dolch in der Hand beiseitegetreten war. Marcus wartete unbemerkt, weil er Avery die Gelegenheit geben wollte, das Richtige zu tun. Sie hatten jahrelang zusammengearbeitet, und noch eine Stunde zuvor hatte Marcus ihn als Freund betrachtet. Er hegte immer noch die Hoffnung, dass sein Vertrauen nicht gänzlich verschwendet gewesen war.

St. John führte einen Scheinangriff aus, dann stürzte er sich auf Eldridges ungedeckte Seite. Dieser wurde auf dem falschen Fuß erwischt und konnte den Stoß nicht rechtzeitig abwehren. Marcus sah, wie die Klinge sich in seinen Oberschenkel bohrte und Eldridge auf die Knie sank.

Der Pirat stand drohend vor dem Besiegten und umklammerte zähneknirschend dessen Kehle.

»Sie können mich nicht töten«, krächzte Eldridge. »Sie brauchen mich noch.«

Da wagte Avery seinen Vorstoß. Von hinten näherte er sich St. John mit erhobenem Dolch.

»Avery«, knurrte Marcus.

Avery wirbelte herum, stürzte zu Marcus und zwang ihn zurückzuweichen. Er parierte den blitzenden Dolch mit seinem

Kurzschwert und sprang einen Schritt zurück. »Tun Sie das nicht«, knurrte er. Aber Avery gab nicht auf.

»Ich habe keine andere Wahl.«

Marcus versuchte, die Konfrontation hinauszuzögern, weil er hoffte, Avery würde seine Panik überwinden und nachgeben. Er zielte nur auf ungefährliche Stellen, weil er seinen Gegner verletzen, aber nicht töten wollte. Aber schließlich vollführte er vor lauter Erschöpfung, und weil Avery ihn dazu zwang, den tödlichen Stoß.

Keuchend ließ sich Avery an der Wand zu Boden gleiten. Blut rann ihm aus dem Mundwinkel. Seine Hände waren blutgetränkt, weil er sie auf die Wunde in seiner Brust presste, die Marcus ihm zugefügt hatte. Eldridge lag am Boden, St. Johns Schwert hatte sein Herz so tief durchbohrt, dass die Spitze in der Holzdiele unter ihm steckte.

Seufzend hockte sich Marcus vor Avery. »Ach, Avery. Warum?«

»Mylord«, keuchte Avery mit schweißnasser Stirn, »Sie kennen die Antwort. Für jemanden wie mich ist das Gefängnis nichts.«

»Sie haben meine Frau verschont, vielleicht hätte ich Ihnen helfen können.«

Eine rötlich durchsichtige Blase bildete sich zwischen Averys Lippen und zerplatzte, als er sagte: »Ich hatte – sie ins Herz geschlossen.«

»Sie sie auch.« Marcus nahm sein Taschentuch und wischte Avery den Schweiß von der Stirn. Da schloss der Agent die Augen.

Marcus warf einen Blick auf Eldridge. Es war eine unwirkliche herzzerreißende Szene.

»Da waren noch – mehr Männer«, keuchte Avery. »Ist sie in Sicherheit?«

»Ja, das ist sie.«

Avery nickte, sein Atem rasselte, und dann erstarrte er, und sein Körper sank in die Umarmung des Todes.

Erschöpft und entmutigt mühte sich Marcus auf die Beine. Er blickte zu St. John, der leise sagte: »Sie haben mir das Leben gerettet.«

»Da Sie mir den gleichen Dienst erwiesen haben, sind wir quitt. Was haben Sie mit Eldridge vor?«

»Der arme Mann wurde Opfer eines Raubüberfalls.« St. John riss sein Schwert aus Eldridges Leiche. »Meine Männer sorgen dafür, dass er am rechten Ort und zur rechten Zeit aufgefunden wird. Wenn wir hier fertig sind, kümmere ich mich darum.«

Unwillkürlich verspürte Marcus einen Anflug von Kummer und Reue. Er hatte Eldridge bewundert und würde um den Mann trauern, den er in ihm gesehen hatte.

»Nehmen Sie das Tagebuch mit«, sagte er grimmig. »Ich will das verdammte Ding niemals wiedersehen.«

»Meine Männer werden sich um die beiden kümmern«, antwortete der Pirat und wies mit der blutigen Spitze seines Schwerts auf die Leichen. »Jetzt sind wir frei, Westfield. Ich bin sicher, der König wird unsere Geschichte glauben, wenn Barclay und Sie sie erzählen. Dann werden alle kriminellen Elemente aus der Organisation entfernt, und Eldridges Drohung, mich auch nach seinem Tod heimzusuchen, wird hinfällig.«

»Ja, davon gehe ich aus.« Aber das war für Marcus nur ein schwacher Trost. Er wusste, dieser Tag würde ihn für immer verfolgen.

»Marcus?«

Er hörte die zaghafte Stimme seiner Frau, woraufhin er sich umdrehte. Nur ein paar Schritte entfernt von ihm stand Elizabeth, und in ihrer Hand hielt sie eine Pistole. Als er sie sah, so klein und doch so entschlossen, wich die Last von seiner Brust, und er ließ die ganze Hässlichkeit der Welt hinter sich, um Trost in ihren Armen zu finden.

Epilog

London, April 1771

Das Wetter war perfekt für einen Ausritt im Park, und Marcus genoss ihn sehr. Sein Pferd war lebhaft und preschte ungeduldig voran, trotzdem hielt er die Zügel nur mit einer Hand und tippte sich grüßend mit der anderen an seine Hutkrempe. Eine neue Saison begann, seine erste komplette Saison mit Elizabeth, und er war in Hochstimmung.

»Guten Tag, Lord Westfield.«

Marcus wandte den Kopf zu dem Landauer, der neben ihm fuhr. »Lady Barclay.« Er lächelte.

»Dürfte ich fragen, wie es Lady Westfield geht?«

»Sie dürfen. Ich bedauere, sagen zu müssen, dass sie gegenwärtig schläft. Dabei sehne ich mich nach ihrer Gesellschaft.«

»Aber sie ist doch nicht krank, oder?«, fragte Margaret und sah ihn mit zusammengezogenen Augenbrauen unter ihrer weiten Hutkrempe an.

»Nein, es geht ihr gut. Sie ist nur müde und ein bisschen unwohl, aber wir sind ja, wie Sie wissen, auch gerade erst nach London zurückgekehrt. Die Reise kann sehr anstrengend sein.« Natürlich hatte er ihr nachts in der Herberge nicht viel Zeit zum Schlafen gelassen.

Elizabeth wurde mit jedem Tag schöner und unwiderstehlicher. Er dachte oft an das Porträt ihrer Mutter, das im Salon von Chesterfield Hall über dem Kamin hing. Früher hatte er sich gewünscht, auch Elizabeth einmal so glücklich zu sehen. Doch dahingehend übertraf sie ihre Mutter jetzt bei Weitem.

Noch vor einem Jahr hatte er gedacht, er würde seine Lust stillen und seine Qual beenden. Ersteres würde niemals geschehen, nicht solange er lebte, doch Letzteres war nur noch eine ferne Erinnerung. Er dankte Gott täglich dafür, dass er auch Elizabeths Dämonen besiegt hatte. Gemeinsam hatten sie Frieden gefunden, und diesen Frieden kostete er vollends aus.

»Ich bin erleichtert, dass es nichts Ernstes ist. Mein Sohn möchte unbedingt seine Tante wiedersehen, und sie hat versprochen, uns diese Woche zu besuchen.«

»Dann wird sie das sicher auch tun.«

Sie unterhielten sich noch ein wenig, doch als sein Pferd unruhig wurde, verabschiedete Marcus sich. Er wählte einen einsameren Pfad und ließ die Zügel schießen, ritt aber dann wieder zum Grosvenor Square zurück, weil er hoffte, Elizabeth hätte genug geschlafen. Er war einfach zu ungeduldig, noch länger zu warten.

Als er sich seinem Haus näherte, sah er gerade einen Besucher gehen, und schlagartig wurde ihm unbehaglich zumute.

Er warf einem wartenden Stallburschen die Zügel zu und eilte ins Haus.

»Guten Tag, Mylord«, grüßte ihn ein Diener, als Marcus ihm Hut und Handschuhe überließ.

»Es kann kein guter Tag sein, wenn der Arzt hier war.«

»Lady Westfield ist krank, Mylord.«

»Meine Mutter?« Aber er wusste, dass es nicht seine Mutter war, denn diese hatte beim Frühstück noch wie das blühende

Leben ausgesehen, während es Elizabeth schon seit über einer Woche nicht gut ging. Mehr als besorgt rannte er, immer zwei Stufen auf einmal nehmend, die Treppe hinauf. Ihre Mutter war auch krank geworden und hatte sich nie mehr erholt. Das konnte er nicht vergessen, hatte die Wunde von diesem Verlust Elizabeth und ihn doch für Jahre getrennt gehalten.

Zögernd und vorsichtig betrat er ihre Wohnräume. Auf der Türschwelle zu Elizabeths Boudoir empfing ihn schon der Geruch nach Erbrochenem, trotz der weit geöffneten Fenster. Seine Frau lag reglos auf dem Sofa. Sie war unnatürlich blass, und ihre Haut war schweißbedeckt, obwohl sie nur ein Negligé trug und es eher kühl war.

Der Arzt war ein Idiot. Trotz seiner spärlichen medizinischen Kenntnisse schien es Marcus offensichtlich, dass Elizabeth schwer krank war.

Ein Dienstmädchen machte sich im Zimmer zu schaffen und arrangierte Blumen in einer Vase, um den Krankengeruch zu vertreiben. Aber ein Blick von Marcus reichte, und sie eilte davon.

»Mein Liebling.« Er kniete sich neben das Sofa und strich Elizabeth das feuchte Haar aus der Stirn. Als er spürte, wie klamm ihre Haut sich anfühlte, musste er gegen den Drang ankämpfen, sie an sich zu reißen.

Elizabeth stöhnte leise, als sie die Berührung ihres Mannes spürte. Sie öffnete die Augen, starrte ihn an und erkannte, wie so oft, dass sie es niemals müde werden würde, ihn anzusehen.

»Was hast du denn?«, fragte er mit leiser, samtweicher Stimme.

»Ich habe gerade an dich gedacht. Wo warst du?«

»Ich bin im Park ausgeritten.«

»Böser Mann. Hast alle Frauen Londons mit deinem Anblick gequält.« Der harte, zynische Zug, der einst sein Gesicht geprägt hatte, war verschwunden, sodass seine männliche Schönheit nun unbeeinträchtigt zutage trat. »Ich bin sicher, du hast jedes weibliche Herz höher schlagen lassen.«

Er lächelte tapfer, trotz seiner Angst. »Du wirst gar nicht mehr eifersüchtig. Ich weiß nicht, wie ich das finden soll.«

»Du arroganter Kerl. Ich vertraue darauf, dass du dich benimmst. Vor allem in nächster Zeit, wenn ich dich nicht mehr begleiten kann.«

»Wenn du mich nicht begleiten ... Guter Gott.« Er riss sie in seine Arme. »Bitte nicht«, bettelte er. »Sag mir, was los ist. Deine Krankheit vernichtet mich. Ich werde die besten Ärzte finden, alle medizinischen Bücher lesen, bei jedem –«

Sie drückte ihm ihre kühlen Finger auf die Lippen. »Eine Hebamme reicht schon.«

»Eine Hebamme?« Er riss die Augen auf, dann blickte er auf ihren Bauch. »Eine Hebamme?«

»Du hast dir wirklich genug Mühe gegeben«, scherzte sie und jubelte innerlich über seinen staunenden Blick. »Also sollte es dich gar nicht so überraschen.«

»Elizabeth ...« Er drückte sie sanft an sich. »Mir fehlen die Worte.«

»Sag mir, dass du glücklich bist. Mehr will ich nicht hören.«

»Glücklich? Zum Teufel noch mal, ich war schon mehr als glücklich, als wir nur zu zweit waren. Und zufrieden. Aber jetzt ... Jetzt kann ich gar nicht sagen, wie ich mich fühle.«

Elizabeth schmiegte ihr Gesicht an seine Kehle und atmete seinen Geruch ein. Es tröstete sie schon, ihn nur zu spüren. Sie hatte schon seit Wochen geahnt, dass sie schwanger war, als ihre Brüste empfindlicher wurden und ständige Müdigkeit sie plagte. Es war nicht leicht gewesen, die Morgenübelkeit vor ihm zu verheimlichen, aber bis zum heutigen Tag war es ihr gelungen. Als sie schließlich sicher gewesen war, das bestätigt zu bekommen, was sie mehr als alles andere auf der Welt ersehnte, hatte sie den Arzt gerufen.

»Ich weiß genau, was du sagen willst«, murmelte sie, den Mund an seine Haut gepresst. »Ich werde dir niemals sagen können, wie es mich berührt hat, dass du mich auch liebtest, obwohl ich dir anscheinend keine Kinder schenken konnte.«

Sie setzte sich bequemer auf seinen Schoß und dachte daran, wie anders ihr Leben noch ein Jahr zuvor ausgesehen hatte. Sie hatte behauptet, sie strebte nach Gleichmut, aber in Wahrheit hatte sie einfach nur nicht merken wollen, dass ihr etwas Entscheidendes im Leben fehlte. Jetzt begriff sie nicht, wie sie solche Angst hatte haben können, wie sie hatte denken können, ihre Liebe zu Marcus würde sie schwächen und nicht stärken …

»Ich liebe dich«, murmelte sie, zum ersten Mal wieder so glücklich wie in ihrer Kindheit. Geborgen in seinen Armen, nickte sie ein und träumte von ihrer Zukunft.

Dank

Großer Dank gilt den Juroren der Schreibwettbewerbe IRW Golden Opportunity und Gateway to the Rest von 2004, die diesem Roman die Auszeichnungen *First Place* und *Best of the Best* zuerkannten. Als Finalistin genannt zu werden hat mein Vertrauen sowohl in diese Geschichte als auch in meine schriftstellerischen Fähigkeiten gestärkt.

Ein Riesendank geht auch an meine kritischen Partner Sasha White, Annette McCleave und Jordan Summers. Ihre Freundschaft, Hilfe und Unterstützung haben mir (und der Geschichte) unermesslich geholfen.

Ewige Dankbarkeit schulde ich meiner fabelhaften Verlegerin Kate Duffy. Sie ist einfach wundervoll. Ich bin sehr, sehr glücklich, für sie schreiben zu dürfen.

Danken möchte ich zuletzt den Allure-Autorinnen (www.Allure-Authors.com), meinen Freundinnen und Kolleginnen, für ihre Unterstützung, für ihre Ermutigungen und guten Wünsche. Ihr seid eine Gruppe umwerfender Frauen, und ich freue mich unendlich, zu euch zu gehören!

Ist die Liebe zwischen zwei verletzten Seelen möglich?

Die internationale Bestsellerserie von Sylvia Day

978-3-453-54558-8

978-3-453-54559-5

978-3-453-54560-1

»Der Sex-Roman des Jahres.«
Cosmopolitan

»Sexuelle Spannung, heiße Liebesszenen und eine äußerst tiefgründige Liebesgeschichte sorgen jetzt schon für begeisterte Leser-Reaktionen.«
bild.de

www.heyne.de

HEYNE